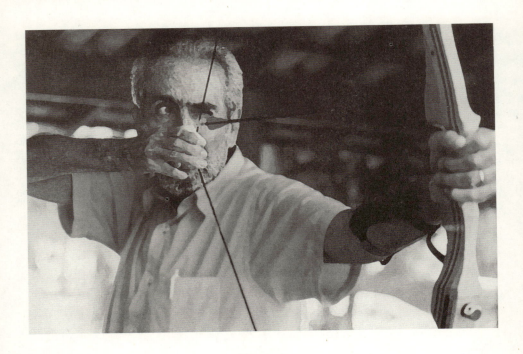

O Arqueiro

GERALDO JORDÃO PEREIRA (1938-2008) começou sua carreira aos 17 anos, quando foi trabalhar com seu pai, o célebre editor José Olympio, publicando obras marcantes como *O menino do dedo verde*, de Maurice Druon, e *Minha vida*, de Charles Chaplin.

Em 1976, fundou a Editora Salamandra com o propósito de formar uma nova geração de leitores e acabou criando um dos catálogos infantis mais premiados do Brasil. Em 1992, fugindo de sua linha editorial, lançou *Muitas vidas, muitos mestres*, de Brian Weiss, livro que deu origem à Editora Sextante.

Fã de histórias de suspense, Geraldo descobriu *O Código Da Vinci* antes mesmo de ele ser lançado nos Estados Unidos. A aposta em ficção, que não era o foco da Sextante, foi certeira: o título se transformou em um dos maiores fenômenos editoriais de todos os tempos.

Mas não foi só aos livros que se dedicou. Com seu desejo de ajudar o próximo, Geraldo desenvolveu diversos projetos sociais que se tornaram sua grande paixão.

Com a missão de publicar histórias empolgantes, tornar os livros cada vez mais acessíveis e despertar o amor pela leitura, a Editora Arqueiro é uma homenagem a esta figura extraordinária, capaz de enxergar mais além, mirar nas coisas verdadeiramente importantes e não perder o idealismo e a esperança diante dos desafios e contratempos da vida.

ABBY JIMENEZ

APENAS amigos?

Título original: *The Friend Zone*

Copyright © 2019 por Abby Jimenez

Copyright da tradução © 2024 por Editora Arqueiro Ltda.

Publicado mediante acordo com a Grand Central Publishing,
Nova York, NY, Estados Unidos.

Todos os direitos reservados. Nenhuma parte deste livro pode ser utilizada ou reproduzida sob quaisquer meios existentes sem autorização por escrito dos editores.

coordenação editorial: Gabriel Machado

produção editorial: Ana Sarah Maciel

tradução: Alessandra Esteche

preparo de originais: Priscila Cerqueira

revisão: Luíza Côrtes e Mariana Bard

diagramação: Gustavo Cardozo

capa: Elizabeth Turner Stokes

adaptação de capa: Natali Nabekura

impressão e acabamento: Cromosete Gráfica e Editora Ltda.

CIP-BRASIL. CATALOGAÇÃO NA PUBLICAÇÃO
SINDICATO NACIONAL DOS EDITORES DE LIVROS, RJ

J57a

    Jimenez, Abby
        Apenas amigos? / Abby Jimenez ; tradução Alessandra Esteche. - 1. ed. - São Paulo : Arqueiro, 2024.
        320 p. ; 23 cm.

    Tradução de: The friend zone
    ISBN 978-65-5565-625-1

    1. Ficção americana. I. Esteche, Alessandra. II. Título.

24-87988   CDD: 813
                          CDU: 82-3(73)

Meri Gleice Rodrigues de Souza - Bibliotecária - CRB-7/6439

Todos os direitos reservados, no Brasil, por
Editora Arqueiro Ltda.
Rua Artur de Azevedo, 1.767 – Conj. 177 – Pinheiros
05404-014 – São Paulo – SP
Tel.: (11) 2894-4987
E-mail: atendimento@editoraarqueiro.com.br
www.editoraarqueiro.com.br

*Este livro é dedicado a todos que torceram
por mim enquanto eu escrevia.
E a Dublê Mike.*

1

JOSH

Aproveitei o sinal vermelho para checar as mensagens.

Celeste: Eu não vou te dar nem um centavo, Josh. Vai se ferrar.

– Droga – resmunguei, jogando o celular no banco do passageiro.
Eu sabia que ela ia me deixar na mão. *Merda.*
Quando saí de casa, não levei nada comigo. Só pedi que ela pagasse metade da conta. Metade dos três mil dólares gastos em eletrodomésticos que comprei com meu cartão de crédito e deixei para ela. Mas é claro que *eu* era o babaca nessa história toda por conseguir um emprego novo em outro estado três meses após nosso término.
Fontes seguras me contaram que ela andava pegando um tal de Brad. Eu esperava que esse Brad curtisse meu fogão com forno duplo da Samsung.
Um bafo com cheiro de asfalto quente entrava pela janela aberta no engarrafamento matinal de Burbank. Era domingo e, mesmo assim, havia trânsito. Eu precisava consertar o ar-condicionado para sobreviver na Califórnia, mais uma despesa extra no orçamento. Teria sido melhor ir ao mercado andando. Provavelmente chegaria mais rápido – e sem desperdiçar gasolina, duas vezes mais cara que na Dakota do Sul.
Talvez eu nem devesse ter me mudado.
Esse lugar me levaria à falência. Eu precisava organizar a despedida de solteiro do meu melhor amigo, tinha que arcar com as despesas da mudança, com o custo de vida mais alto... e agora isso.

O sinal abriu e arranquei. A picape à minha frente freou de repente e bati no para-choque.

Merda. Só pode ser brincadeira.

Meu dia foi oficialmente arruinado duas vezes em menos de trinta segundos. E ainda nem eram oito da manhã.

O carro entrou no estacionamento de um mercado e a motorista fez sinal com a mão para que eu a seguisse. Era uma mulher – vi um bracelete no pulso. O aceno de alguma forma conseguiu ser sarcástico. Mas a picape era bacana. Uma Ford F-150, ainda com o adesivo da concessionária. Deu até pena de ter batido nela.

A mulher estacionou e parei logo atrás. Desliguei o carro e procurei o cartão do seguro no porta-luvas enquanto ela pulava da picape e corria para dar uma olhada no para-choque.

– Oi – falei, saindo do carro. – Desculpa pela batida.

Ela interrompeu a inspeção e olhou para mim.

– Você sabe que sua tarefa é bem simples, não sabe? É só não bater no carro da frente. – A mulher inclinou a cabeça.

Ela era baixinha. Não tinha nem 1,60 metro de altura. Toda pequena. Com cabelos castanhos, na altura do ombro, e olhos castanhos também. Bonita. Estava com uma mancha escura e úmida na frente da blusa e com cara de poucos amigos.

Cocei a bochecha. Mulheres irritadas são minha especialidade. Fui bem treinado por seis irmãs.

– Vamos dar uma olhada – falei com calma, usando minha voz de gestão de crise. – Ver o tamanho do problema.

Eu me agachei entre a traseira da picape dela e a frente da minha e analisei o estrago. Ela parou ao meu lado, os braços cruzados. Olhei para ela.

– Bati no engate. Seu carro está inteiro. – O meu tinha um amassado pequeno, nada de mais. – Acho que não precisamos acionar o seguro.

Eu não podia me dar ao luxo de ter um acidente no histórico. Não pegaria bem no trabalho. Fiquei de pé e me virei para ela.

Ela se abaixou um pouco e puxou o engate, que nem se mexeu.

– Está bem – disse, claramente satisfeita com minha análise. – Então tudo certo?

– Acho que sim.

Ela deu meia-volta e correu até a porta do passageiro do próprio carro. Fui em direção ao mercado, mas vi quando a mulher mergulhou na cabine, meio de bruços no banco, ficando com as pernas penduradas no assento. Seu chinelo caiu no chão do estacionamento.

Ela tinha uma bela bunda.

– Ei! – exclamou quando passei por ela. – Em vez de olhar minha bunda, que tal fazer algo útil e me trazer uns guardanapos?

Droga. Ela reparou.

Apontei para trás com o polegar.

– É que... não tenho guardanapos no carro.

– Dá seu jeito – respondeu ela, impaciente.

Eu me senti meio culpado por admirar seus dotes físicos descaradamente – ou melhor, por ser pego no flagra –, então decidi ser útil. Voltei até minha picape, abri a mochila da academia, peguei uma camiseta e ofereci a ela, que aceitou na mesma hora e mergulhou de volta para dentro da cabine.

Fiquei ali parado, principalmente porque aquela era minha camiseta favorita, mas também porque não havia como reclamar daquela vista.

– Tudo bem aí? – perguntei.

Tentei ver o banco do motorista, mas ela estava bloqueando minha visão.

Um cachorrinho marrom de queixo branco rosnou para mim da janela traseira – um cachorrinho de madame. Dei risada. Ele estava com roupa e tudo.

– Derramei café na picape nova do meu amigo – disse ela, sem sair do carro. O outro chinelo também tinha caído no estacionamento quente e agora ela estava descalça, as unhas pintadas de vermelho à mostra no estribo lateral. – Então não, não está tudo bem.

– Por um acaso seu amigo é um babaca? Foi um acidente.

Ela se virou e olhou para mim como se eu tivesse chutado o cachorro.

– Não, ele não é um babaca. *Você* é babaca. Aposto que estava no celular.

Ela era invocada, mas tão bonita que não me assustava. Contive o sorriso e pigarreei.

– Eu não estava no celular. E, para falar a verdade, você freou *do nada,* sem motivo.

– O motivo foi que eu *precisava parar.* – Ela voltou a limpar o café derramado.

Desconfiei que ela havia derramado o café em si mesma e pisado no freio por reflexo. Mas eu tinha noção do perigo, então não falei nada. Como eu disse, era bem treinado.

Coloquei a mão no bolso e balancei o pé, olhando para o mercado à minha esquerda.

– Beleza. Olha, foi bom conversar com você. Pode deixar a camiseta no para-brisa quando terminar.

Ela se sentou no banco do passageiro e bateu a porta.

Balancei a cabeça e ri durante todo o caminho até o mercado.

Quando saí, ela já tinha ido embora e minha camiseta não estava lá.

2

KRISTEN

Shawn colocou uma cadeira bem no meio da sala de descanso do Corpo de Bombeiros e se sentou nela, com as costas da cadeira para a frente, me encarando. Fez isso para poder me atormentar bem de pertinho.

Eu estava sentada em uma das seis poltronas reclináveis de couro marrom que ficavam em frente à TV. Meu Yorkshire, Dublê Mike, estava no meu colo, rosnando.

Shawn ergueu as sobrancelhas sob aquele topete ridículo.

– E aí, garota? Pensou no que eu falei? – Ele deu um sorrisinho.

– Não, Shawn, não tenho nada de mexicano em mim e prefiro continuar não tendo.

O capitão do Corpo de Bombeiros, Javier, entrou na sala e se dirigiu à cafeteira enquanto eu afagava a cabeça do meu cachorro.

– Shawn, quero que você saiba que, se eu precisasse de respiração boca a boca e você fosse o único paramédico na face da Terra, eu não iria querer flores no meu funeral. Preferiria doações para caridade.

Javier riu enquanto se servia de uma xícara de café, e Brandon, na poltrona ao meu lado, deu uma risadinha sem tirar os olhos do livro.

– Shawn, cai fora – disse Brandon.

Shawn se levantou e pegou a cadeira, resmungando enquanto a arrastava de volta até a mesa.

Sloan voltou do banheiro caminhando graciosamente. Estava com a saia branca de linho que tinha comprado quando fomos ao México no verão anterior e sandálias amarradas na panturrilha. Parecia a Helena de Troia.

Minha melhor amiga era maravilhosa. Loira, cabelo até a cintura, tatuagens coloridas no braço esquerdo, uma pedra reluzente no dedo anelar. Estava noiva de Brandon, bombeiro e igualmente gato.

Era domingo. Dia da família, quando os quatro bombeiros de plantão podiam trazer amigos e familiares para o café da manhã se quisessem. Sloan e eu éramos as únicas convidadas naquela manhã. A esposa de Javier estava na igreja com as filhas, e Shawn não tinha namorada.

Que surpresa.

Tecnicamente, eu havia sido convidada por Josh, o quarto membro da equipe, embora ainda não o conhecesse.

Melhor amigo de Brandon, Josh tinha acabado de ser transferido da Dakota do Sul como novo motorista de viatura. Ele seria o padrinho de casamento de Brandon, e eu, a madrinha de Sloan. O casamento aconteceria no dia 16 de abril, dali a dois meses. Josh tinha perdido a festa de noivado, então era importante que nos conhecêssemos *para ontem*.

Chequei a hora no celular. Estava morrendo de fome e começando a ficar irritada. Naquele dia, o café da manhã era responsabilidade de Josh. Só que ele ainda não havia aparecido, ninguém estava preparando nada e eu só tinha um pouco de café no estômago.

Ele já estava me tirando do sério e a gente ainda nem se conhecia.

– Então… – falou Sloan, sentando-se ao lado de Brandon. – Vai me contar onde conseguiu essa roupa, Kristen?

Olhei para a camiseta preta masculina da cervejaria Wooden Legs que eu estava vestindo, com um nó na cintura.

– Não.

Ela me encarou.

– Você saiu para comprar absorvente e voltou com uma camiseta aleatória. Está escondendo algo de mim por um motivo específico?

Brandon tirou os olhos do livro. Ele era um cara equilibrado. Nunca perdia a pose. Mas explicar que eu tinha batizado de café sua picape nova provavelmente me renderia um olhar de reprovação que, de algum jeito, seria pior do que se ele me xingasse.

Achei melhor não explicar.

Eu já tinha limpado o carro. E o para-choque ficara intacto depois da leve batida que causei ao pisar no freio quando derramei café. O que os olhos não veem…

Tinha usado minha blusa manchada para limpar a bagunça e vesti a camiseta do Cara do Estacionamento.

– É do Tyler – menti. – Tem o cheirinho dele. Eu estava com saudade.

Levei a gola da camiseta ao nariz e inspirei, fazendo uma ceninha.

Meu Deus, como o cheiro era bom.

Aquele cara até que era atraente. Tinha um corpo bacana, deu para perceber. Bonito também. O rosto bem barbeado, que sempre me atrai.

Eu precisava transar. Estava começando a fantasiar com estranhos. Já fazia muito tempo desde a última vez. Fazia sete meses que Tyler não vinha para casa.

Sloan baixou a guarda.

– Ah, que fofa! É triste você não poder estar com ele amanhã, no Dia dos Namorados. Mas faltam só três semanas, e ele vai ser seu para sempre.

– É. Ele vai voltar da missão no exterior e vamos morar juntos oficialmente.

Uma pontada de nervosismo revirou meu estômago, mas não demonstrei.

Sloan sorriu e colocou a mão sobre o peito. Ela não gostava muito de Tyler, mas era romântica.

Minha cólica aumentou e levei a mão à barriga, fazendo careta. Eu estava no auge de mais uma menstruação épica. Isso – misturado com a fome, o acidente de trânsito e o drama policial na minha casa às três da manhã, sobre o qual Sloan nada sabia – estava me deixando com um humor todo especial. Eu estava tão cansada que tinha acabado de tentar conectar o carregador de celular à xícara de café.

Sloan deu uma olhada no relógio e, sem dizer nada, mexeu na bolsa, de onde tirou dois comprimidos. Ela me entregou seu copo d'água e os comprimidos, seguindo a coreografia bem ensaiada que aperfeiçoamos ao longo de cinco anos morando juntas.

Engoli os comprimidos e me virei para Brandon.

– Esse livro é bom?

– Até que é – respondeu ele, olhando a capa. – Quer emprestado quando eu terminar? – Então olhou para trás de mim e seus olhos se iluminaram. – E aí, cara?

Segui seu olhar até a porta e fiquei de queixo caído. O babaca atraente do estacionamento estava ali com uma sacola de compras.

Nossos olhares se cruzaram e ficamos encarando um ao outro, surpresos. Então ele olhou para a minha camiseta – para a camiseta *dele* – e seus lábios se curvaram num sorrisinho atrevido.

Coloquei Dublê na poltrona e me levantei enquanto o cara largava as compras e vinha na minha direção. Respirei fundo, esperando a reação dele.

Brandon largou o livro no braço da poltrona e ficou de pé.

– Josh, essa é a Kristen Peterson, melhor amiga da Sloan. Kristen, Josh Copeland.

– Oi... É um prazer te conhecer – disse ele, segurando minha mão com uma força um pouquinho exagerada.

Semicerrei os olhos.

– O prazer é meu.

Josh não soltou minha mão.

– Ei, Brandon, você não comprou uma picape nova este fim de semana? – perguntou ao amigo, mas olhando para mim.

Encarei-o de volta e seus olhos castanhos brilharam.

– Comprei. Quer ver? – perguntou Brandon.

– Depois do café da manhã. Amo cheirinho de carro novo. O meu cheira a café.

Eu o fuzilei com os olhos e seu sorrisinho sarcástico ficou ainda mais largo. Brandon não pareceu perceber e disse:

– Tem mais sacolas? Quer ajuda?

Sloan já tinha entrado em ação e estava na cozinha desembalando as compras.

– Só mais uma viagem. Deixa comigo – respondeu Josh, me convidando com o olhar a segui-lo.

– Vou com você – anunciei. – Esqueci uma coisa na picape.

Ele segurou a porta para que eu passasse e, assim que ela se fechou, disparei:

– Acho bom você não abrir o bico. – Coloquei o indicador no peito dele.

A essa altura o problema não era tanto ter derramado o café, mas não ter revelado a tentativa descarada de acobertar meu crime. Eu nunca mentia, e é claro que, na única vez que abri uma exceção, corria o risco de ser chantageada. Droga.

Josh arqueou uma sobrancelha e se aproximou.

– Você roubou minha camiseta, sua ladra de roupa.

Cruzei os braços.

– Se quiser sua camiseta de volta, é bom ficar quietinho. Não se esqueça: *você* bateu na *minha* traseira. O seu também está na reta.

Seus lábios voltaram a se curvar num sorriso irritantemente lindo. Ele tinha covinhas. *Covinhas*, caramba.

– Eu *bati mesmo* na sua traseira? Tem certeza? Porque não existe nenhuma prova de que isso aconteceu. Nenhum dano na picape. Nenhum boletim de ocorrência. Na verdade, minha versão é a seguinte: vi uma mulher histérica em apuros no estacionamento do mercado e ofereci minha camiseta para ajudá-la. E ela foi embora com a camiseta.

– Bem, já começou errado – retruquei. – Ninguém acreditaria que fiquei histérica. Eu *nunca* fico histérica.

– Bom saber. – Ele se aproximou ainda mais. – Vou corrigir minha história. Uma mulher calma mas mal-educada pediu minha ajuda e roubou minha camiseta favorita. Melhor assim?

Ele estava sorrindo tanto que quase ria.

Babaca.

Franzi os lábios e dei um passo à frente. Ele pareceu se divertir quando invadi seu espaço. Não recuou, e eu o encarei.

– Você quer a camiseta. Eu quero seu silêncio. Não é uma situação difícil de resolver.

Ele deu um sorrisinho torto.

– Talvez eu deixe você ficar com a camiseta. Até que caiu bem em você.

E saiu em direção à picape dele, rindo.

3

JOSH

Quem cozinha é o novato, a regra é essa. Então preparei o café da manhã para a equipe. Uma frigideira de ovos mexicanos, minha especialidade.

Eu estava em período de experiência. Tinha cinco anos de Corpo de Bombeiros, mas só cinco plantões naquele batalhão. Ou seja, era o último a me sentar para comer e o primeiro a me levantar para lavar a louça. Era praticamente um empregado. Limpava os banheiros e trocava os lençóis. Trabalho pesado era comigo mesmo.

Sloan e Kristen quiseram ajudar e Brandon ficou com pena de mim, então os três estavam na cozinha limpando as bancadas e descartando os restos de comida enquanto eu lavava a louça. Shawn e Javier jogavam baralho na mesa.

Kristen passou o café da manhã inteiro me encarando, furiosa, mas só quando ninguém estava olhando. Até que foi engraçado, admito. Pelo que entendi, ela tinha falado para todo mundo que a camiseta era do namorado dela.

Eu não pretendia contar nada. Brandon não merecia descobrir que sua picape novinha já tinha sido profanada. Mas me diverti muito às custas de Kristen. E ela não deixou barato. Reagiu à altura.

– Então, Josh, quer dizer que você dirige o caminhão de bombeiro? – perguntou ela como quem não quer nada, limpando o fogão.

– Dirijo, sim. – Dei um sorriso.

– Você é bom nisso? Consegue dirigir sem bater em ninguém? – Ela inclinou a cabeça.

– Consigo. Desde que a pessoa da frente não freie do nada.

Mais um olhar furioso. Mais um sorriso debochado. E nada de Sloan e Brandon perceberem alguma coisa. Fazia semanas que eu não me divertia tanto.

Sloan me entregou a tábua para eu lavar.

– Você vai entrar com a Kristen no casamento. – Ela sorriu para a amiga. – Ela é minha madrinha.

– Espero que você se saia melhor andando que dirigindo – resmungou Kristen, baixinho.

Dei um sorriso torto e mudei de assunto antes que Sloan ou Brandon fizessem alguma pergunta.

– Qual é o nome do seu cachorro, Kristen?

Aquela coisinha ficou sentada no colo dela durante todo o café da manhã. De vez em quando a cabeça surgia acima do tampo da mesa, fitando o prato, a ponta da língua para fora. Ele parecia um Ewok fofinho.

– Dublê Mike.

Ergui uma sobrancelha sem tirar os olhos da pia.

– Tarantino?

Pelo canto do olho, vi que ela também ergueu uma sobrancelha.

– Você viu *À prova de morte*?

– Claro. É um dos meus filmes favoritos. Kurt Russell como Dublê Mike. E seu cachorro tem problemas? – perguntei.

O cãozinho vestia uma camiseta que dizia EU TENHO PROBLEMAS.

– Tem, principalmente com o Shawn.

Dei uma risadinha.

Sloan jogou os talos de coentro no saco de lixo, que Brandon logo tirou da lixeira e amarrou.

– Kristen tem uma loja on-line chamada Doglet Nation – explicou Brandon. – Ela vende produtos para cachorros de pequeno porte.

– É mesmo? Tipo o quê? – perguntei enquanto colocava uma caçarola no escorredor.

Kristen respondeu jogando o pó de café na composteira:

– Roupas, sacolas, petiscos gourmet. É a Sloan quem faz os petiscos. Mas o item mais caro é a escadinha.

– Escadinha?

– É. Cachorro pequeno não consegue subir numa cama alta. Então fabricamos escadinhas que combinem com o quarto da pessoa. Na cor, na padronagem, no estilo.

– E as pessoas compram isso? – perguntei, colocando a última tigela no escorredor e tirando as luvas de borracha.

– Ah, se compram! Quem gasta uma fortuna numa cama legal não vai querer uma escadinha horrorosa de espuma.

– É, acho que faz sentido – concordei.

– E isso me lembra de que... preciso de um marceneiro – comentou Kristen, virando-se para Sloan.

– O quê? – Sloan franziu a testa. – Desde quando?

– Desde que o Miguel pediu demissão semana passada. Ele conseguiu um emprego na Universal Studios. Vai construir cenários. Me largou como se eu fosse radioativa. E tenho três pedidos de escada para atender.

– E agora? – Sloan balançou a cabeça.

Kristen deu de ombros.

– Vou colocar um anúncio na internet, rezando para não aparecer nenhum pervertido que vai me matar e vender meus órgãos.

Soltei uma risada bufada.

Brandon apontou para mim com a cabeça enquanto colocava um saco novo na lixeira.

– Josh é marceneiro. E dos bons.

Sloan olhou para mim.

– É mesmo?

Brandon já estava pegando o celular. Eu sabia o que ele ia mostrar. O bar que eu tinha construído no quintal de casa. O bar de Celeste. O bar de *Brad*.

– Olha só – falou, mostrando a tela. – Foi ele que fez.

Sloan fez cara de aprovação. Depois passou o celular para Kristen, que deu uma olhada antes de se virar para mim.

– Nada mau – disse a contragosto.

– Valeu. Mas não estou atrás de nenhum trabalho extra.

Eu não precisava construir escadinha de cachorro por alguns centavos no meu tempo de folga. A sala do meu apartamento ainda estava repleta de caixas de mudança.

– É, quem precisa de duzentos dólares por três horas de trabalho? –

disse Kristen, levantando a mão com desdém. – Miguel pelo jeito não precisa.

Fiquei paralisado.

– Duzentos dólares?

– Às vezes mais... – respondeu Sloan, borrifando um produto com cheiro de limão na bancada. – Não é, Kristen? Depende do estilo.

Kristen encarou a melhor amiga como quem manda alguém calar a boca. Então olhou de volta para mim.

– As escadinhas custam entre quatrocentos e quinhentos dólares, mais o frete. Divido o lucro por igual com o marceneiro, descontando os gastos com o material. Então, sim, às vezes é mais.

– Você tem uma foto dessa escadinha? – perguntei.

Sem entusiasmo nenhum, Kristen me entregou o celular e rolei a galeria de um site que mostrava escadinhas ridículas com Dublê Mike posando com vários looks diferentes. Parecia moleza. Eu daria conta.

– Sabe, acho que tenho tempo para isso, sim. Eu faço se você não conseguir ninguém.

Algumas escadinhas daquelas e eu pagaria os eletrodomésticos. Era um bom dinheiro.

Kristen balançou a cabeça.

– Acho que prefiro me arriscar com os ladrões de órgãos.

Sloan engoliu em seco e Brandon ficou encarando a gente, paralisado.

– É mesmo? – perguntei, olhando para ela. – Que tal conversarmos melhor sobre isso tomando um *café*?

Kristen semicerrou os olhos e arqueei uma sobrancelha.

– Está bem – aceitou, como se isso fosse fisicamente doloroso para ela. – Pode fazer as malditas escadas. Mas só até eu achar outra pessoa. E eu *vou* procurar outra pessoa.

Sloan olhou de Kristen para mim e de mim para Kristen.

– Tem alguma coisa que vocês queiram contar?

– Flagrei o Josh olhando minha bunda – respondeu Kristen, sem rodeios.

– Flagrou mesmo. – Dei de ombros. – Não tenho nem o que dizer. É uma bela bunda.

Brandon riu e Sloan ficou olhando para a melhor amiga. Kristen tentou parecer brava, mas deu para perceber que curtiu o elogio. Então suspirou e disse:

– Me fala qual é seu e-mail. Vou encaminhar os pedidos. Quando terminar me avisa, que aí eu envio as etiquetas de endereçamento. E eu vou inspecionar cada peça antes de você levar à transportadora. Então, nada de trabalhinho meia-boca.

– Espera. Você não tem uma oficina? – perguntei. – Onde eu vou fazer as escadas?

– Você não tem uma garagem ou algo do tipo?

– Eu moro em apartamento.

– Ah, puxa. Parece que não vai rolar, então. – Ela deu um sorrisinho sarcástico.

Sloan olhou para ela.

– Kristen, você tem uma garagem para três carros que está vazia. Você nem guarda o carro na maior parte do tempo. Ele não pode trabalhar lá?

Kristen olhou de soslaio para Sloan.

Foi minha vez de dar um sorrisinho sarcástico.

– Posso, sim, viu?

Um sinal sonoro ecoou nos alto-falantes seguido de luzes vermelhas. Tínhamos um chamado. Kristen ficou olhando para mim enquanto o atendente nos passava os detalhes. Eu queria ter ficado mais tempo com a madrinha carrancuda.

Que falta de sorte.

Brandon se despediu de Sloan com um beijo. As garotas provavelmente já teriam ido embora quando voltássemos.

– Vamos terminar de limpar tudo – disse Sloan.

– Pega meu celular com o Brandon – falou Kristen, cruzando os braços, acho que para me impedir de estender a mão para ela.

Como o chamado era de socorro médico, não precisamos do equipamento de combate a incêndio, então Brandon e eu fomos direto até a garagem onde o caminhão estava estacionado. Senti os olhos de Kristen fuzilando minhas costas e sorri de leve. Ela me detestava. Como muitas mulheres naquela época.

Além de Celeste, todas as minhas seis irmãs *e* minha mãe estavam irritadas com a mudança. Até minhas sobrinhas me tratavam com frieza ao telefone. Tinham 7 e 8 anos e já dominavam a arte do desprezo.

– O que achou da Kristen? – perguntou Brandon com um sorriso malicioso enquanto subíamos no caminhão.

– Parece bacana. – Dei de ombros, colocando o headset.

Brandon e eu tínhamos passado um ano juntos no Iraque. Ele me conhecia bem. Em circunstâncias normais, Kristen fazia meu tipo. Eu gostava de morenas baixinhas – e, pelo jeito, de mulheres que me mandavam para aquele lugar.

– Só bacana? – insistiu ele, colocando o headset. – Foi por isso que você olhou para a bunda dela?

Javier subiu também, rindo do comentário de Brandon, e Shawn veio em seguida, subindo atrás do caminhão.

– Kristen é uma gostosa. Fico secando a bunda dela sempre que ela vem aqui. – Ele colocou o headset. – Mas o cachorro já me mordeu uma vez.

Todos rimos e dei a partida.

– Ela não foi com a minha cara – falei. – E tem namorado. Além disso, não estou atrás de relacionamento nenhum agora. – Apertei o botão para abrir o portão da garagem. – O último me saiu bem caro.

Literalmente.

4

KRISTEN

O interrogatório começou na ida para casa.

– O que foi que aconteceu entre você e o Josh? – perguntou Sloan assim que saímos do estacionamento do Corpo de Bombeiros no seu Corolla velho. – Desde quando você se ofende tanto assim porque um cara olhou para sua bunda?

Eu não tinha me ofendido. Nada me incomodava, exceto couve-flor e estupidez. Eu só não queria aquele cara em especial perto de mim porque, se ele me olhasse, seria muito difícil não corresponder.

Josh era como um sorvete no congelador para quem está de dieta. Ele fazia meu estilo e eu estava na seca. Poucos homens eram capazes de conversar comigo numa boa no auge da minha irritação, e quando isso acontecia eu nem precisava de preliminares. Não estava a fim de me torturar sem necessidade me sujeitando a isso diariamente.

– Se eu falar a verdade, você vai contar ao Brandon? A quem você é leal agora que está noiva?

Ela riu.

– Conta logo.

Abri o jogo sobre o café derramado e a camiseta.

– Ah, meu Deus! – exclamou Sloan, entrando na Topanga Canyon Boulevard. – Brandon não pode saber disso. Nunca.

– Jura? Não brinca! Ele me emprestou a picape por cinco minutos por causa de uma emergência menstrual e eu consegui derramar café nela *e* me envolver num pequeno acidente com o melhor amigo dele.

Eu teria ido com o carro da Sloan, mas era impossível dar a partida. Era necessário um manual de instruções. *Vire a chave enquanto pisa no acelera-*

dor; empurre a porta com o ombro para abrir; não se assuste com o barulho dos cintos. Não queria sangrar até a morte no estacionamento do mercado por não ter conseguido dar a partida. Eu poderia ter derramado café e me envolvido num acidente no carro dela que ninguém teria percebido. Talvez nem com perda total o carro ficasse pior do que estava.

– Por que Brandon pode comprar uma picape nova *e* uma moto e você tem que dirigir esta porcaria?

– Eu *gosto* do meu carro. – Sloan deu um meio-sorriso. – Josh é bonito, hein?

– Se eu não tivesse namorado, já estaria com ele em cima de mim.

Ela engoliu em seco e arregalou os olhos. Sloan era muito mais conservadora do que eu no que dizia respeito a sexo. Escandalizá-la era um dos meus passatempos favoritos. Eu nunca perdia a oportunidade.

– O que foi? – Dei de ombros. – Não transo desde o ano passado. E o cheiro da camiseta dele é incrível. – Voltei a mergulhar o nariz na gola. – Cheira a testosterona e cedro. E você viu o sujeito lavando louça? Parecia o Sr. Maio num calendário de bombeiros. É por causa de caras como ele que minha avó me dizia para sempre usar uma calcinha limpa. Porque vai que me envolvo num acidente...

Ela balançou a cabeça.

– Você parece um homem falando.

– *Bem* que eu queria. Não teria que lidar com esse problema de encanamento.

Senti a cólica mais uma vez e estremeci, passando a mão na barriga.

Ela olhou para mim e parou no sinal fechado.

– Está piorando?

Estava.

– Não, mesma coisa de sempre.

Sloan não precisava saber a verdade. Ela sempre assumia os problemas dos outros – principalmente os das pessoas que amava. Eu não tinha intenção nenhuma de revelar o que ouvira do médico até que ela voltasse da lua de mel. Preferia mantê-la desinformada e feliz.

Não queria estragar a vida dela. Já bastava a minha.

TYLER LIGOU ENQUANTO EU LIA OS E-MAILS, uma hora depois de Sloan ter me deixado em casa. Eu ainda estava com cólica e me sentindo um lixo. Deixei o celular tocar quatro vezes antes de atender.

– Oi, amor – falei, com mais entusiasmo do que estava sentindo de verdade.

Esse era o problema de ter um relacionamento com um militar – as ligações eram raras. Talvez uma por semana. Era preciso atender quando elas aconteciam, mesmo que eu não estivesse tão a fim.

E naquele momento eu *não* estava.

– Oi, Kris – respondeu ele com aquele sotaque sexy. Um pouco francês, um pouco espanhol, quem sabe? Só dele. – Recebi o pacote. Você salvou minha vida.

Coloquei o laptop na mesinha de centro e fui até a cozinha. Dublê foi junto comigo.

– Que bom… Fiquei com medo de não chegar a tempo.

– Chegou na sexta-feira. Não vejo a hora de comer grãos de café com cobertura de chocolate sempre que eu quiser.

– Pois é.

Peguei um produto de limpeza e um pano e abri a geladeira. Eu geralmente falava ao telefone andando de um lado para outro. Mas, nos momentos de estresse, fazia faxina.

E eu estava estressada.

Comecei a tirar potes e caixas de suco e colocar tudo no chão, com o celular apoiado no ombro.

– Vou comprar para ter na despensa quando você chegar.

A despensa. Seria a *nossa* despensa. Não sei por que estranhei tanto isso. Arrastei a lixeira até a geladeira e comecei a jogar fora as embalagens velhas de delivery.

– Amanhã é Dia dos Namorados – cantarolou ele, me provocando.

Soltei um grunhido diante da geladeira. Eu detestava o Dia dos Namorados. Tyler sabia disso. Um desperdício de dinheiro.

– Espero que não esteja planejando me mandar flores – respondi, seca.

Ele riu do outro lado da linha.

– Então o que você prefere que eu mande?

– Algo prático e que eu possa usar. Um nude, por exemplo.

Ele riu.

– Mas me conta… Como estão as coisas por aí? – perguntou.

Estendi a mão até o fundo da prateleira de cima para tirar uma garrafa de dois litros de Sprite sem gás.

– Nada de mais. Vem cá, você tem algum dom para trabalhar com madeira?

Abri a garrafa, que soltou um *pf*, e virei todo o conteúdo na pia.

– Não. Por quê?

– Ah, é que o Miguel pediu demissão – resmunguei.

– O quê? Por quê?

– Conseguiu outro emprego. E agora preciso de um marceneiro. Arrumei um cara, mas ele não é a melhor opção. – Tirei o suporte cheio de temperos da porta. – Ele não tem uma oficina como o Miguel, então teria que fazer as escadinhas na minha garagem.

– Não entendo nada de marcenaria, Kris. Olha, se você colocar um anúncio, espera eu chegar para fazer as entrevistas. Tem muito pervertido por aí e você está sozinha em casa.

Na mesma hora pensei na ligação que tinha feito para a emergência de madrugada. Mas não queria que Tyler soubesse. Ele só ficaria preocupado e não poderia fazer nada.

Tirei os frascos de mostarda e ketchup com cuidado e comecei a lavar a prateleira vazia.

– E aí, qual é o plano para quando você voltar? Quanto tempo acha que vai demorar até arrumar emprego?

Não que ele precisasse se preocupar muito com as finanças. A família de Tyler tinha dinheiro. Mas, se ele não tivesse um trabalho que o ocupasse a semana toda, eu não saberia lidar com tanto tempo juntos.

Namorávamos havia dois anos, mas ele passou todo esse tempo em missão no exterior. Eu o conheci num bar quando ele estava de folga. Todo o nosso relacionamento aconteceu à distância. Duas semanas de folga por ano cheias de sexo e refeições fora de casa era uma coisa. Ter um namorado morando comigo e me fazendo companhia por tempo indeterminado era outra totalmente diferente.

A situação toda me tirava do eixo. Eu ia deixar de ter um homem quase invisível para ter um homem ali o tempo todo.

E a ideia tinha sido *minha*.

Ele queria se realistar e eu disse que para mim não dava. Eu não aguentaria outra missão no exterior. Mas ultimamente eu andava com medo de também não aguentá-lo *ali*. Não que eu não o amasse. Mas era uma mudança e tanto.

– Consegui uma entrevista com o Departamento de Estado para assim que eu chegar – respondeu ele. – Talvez demore um pouco até me contratarem. E teremos muito tempo juntos durante todo esse processo.

Franzi os lábios. Coloquei a prateleira de ponta-cabeça para secar.

– Pois é – falei. – A gente pode alugar um chalé no lago ou algo do tipo enquanto isso. Ilha Catalina é uma boa. Vai ser divertido.

– Ah, vamos sonhar mais alto. Por que ficar na Califórnia se podemos conhecer um lugar novo?

Ele amava viajar.

Dei um sorriso amarelo e parti para a prateleira seguinte. Dublê latiu. Ele ficava agitado com a geladeira aberta. Eu nunca lhe dava comida de gente, mas acho que ele andava comendo peru escondido quando Sloan vinha aqui.

– Quem está aí? É meu pequeno arqui-inimigo? – perguntou ele. – É bom que esse cachorro não me morda de novo.

Puxei a prateleira. Estava emperrada.

– *Ou...?*

– Ou quem vai para o lago é ele.

Tyler riu. Estava brincando. Mas fiquei irritada assim mesmo.

– Como você enfrenta insurgentes armados se não dá conta de um Yorkshire de dois quilos?

Puxei a prateleira com força e ela saiu da porta. Os frascos de tempero chacoalharam.

– Se aquela bolota tiver dois quilos, eu engulo meu capacete.

Ele deu uma risadinha.

Também ri. Fui ficando mais leve.

– Ele só é peludo – falei.

– Eu sei. Estou só brincando com você. Você sabe que eu amo seu cachorro. – Ele fez uma pausa. – *Mi amor?*

Nosso jogo. Meus lábios se contorceram num sorriso e continuei em silêncio. Coloquei a prateleira na mesa da cozinha e fechei a porta da geladeira.

– *Amore mio?* – disse ele, em italiano.

Continuei esperando. Queria mais um. Talvez dois.

– *Meine Geliebte?*

Alemão, quem sabe?

– *Mon amour?*

Ah. Foi o que bastou. O francês sempre me ganhava.

A família de Tyler se mudava bastante quando ele era criança. Seus pais eram diplomatas e ocuparam cargos no mundo todo. Logo quando começou a falar, ele aprendeu quatro idiomas. Agora falava nove. Era intérprete. Também era um dos homens mais inteligentes que já conheci.

Sua especialidade era a tradução simultânea, uma habilidade bem específica. Também falava árabe e persa, por isso era tão relevante no Oriente Médio. Fizeram de tudo para mantê-lo em serviço. O fato de ele querer deixar tudo para trás dizia muito sobre o que ele sentia por mim.

Apoiei as costas na porta da geladeira e deslizei até o chão, com um sorriso largo no rosto.

– Diga.

– Sei que está nervosa com a minha volta. Posso ouvir a faxina daqui.

Ele me conhecia bem demais.

– E você não está? Vamos ser sinceros… É meio louco, não é? Nunca passamos mais de quinze dias juntos e agora vamos dividir uma casa. E se eu enlouquecer você? E se no décimo dia você quiser me matar enquanto eu durmo?

E se eu quiser matar você?

A ideia era ótima na teoria. Ele não tinha casa própria. Por que comprar ou alugar uma? Podia ficar na minha. E, já que ficaria aqui, não seria justo pagar aluguel?

Fazia seis meses que planejávamos a mudança. Decidimos isso quando Sloan e eu entregamos o apartamento antigo e aluguei um lugar só para mim. Ou seja, a ideia não era mais novidade, mas me senti muito pressionada de repente.

– Kris, a única loucura seria passar mais dois anos a meio mundo de distância de você. Eu também não aguento mais. Vai ser ótimo. E, se não for, você me manda à merda e me põe para fora.

Ri e levei a mão à testa. Meu Deus, qual era o meu problema?

– Tyler, você já se pegou agindo como um doido, mas não conseguiu parar porque não é de desistir?

– Você é a pessoa menos doida que eu conheço. É o que mais gosto em você. É normal ficar nervosa. Estamos dando um passo importante. – Ele mudou de assunto: – Como está se sentindo hoje? Já marcou a cirurgia?

– Vai ser daqui a dois meses e meio. Uma semana após o casamento da Sloan. Não estou mais com anemia – respondi.

– Que bom. Queria já estar aí para cuidar de você.

– Ah, é? Você vai comprar absorventes quando eu precisar? – perguntei com ironia, sabendo que essa missão poderia ser considerada uma afronta à sua masculinidade.

Os homens fazem tanto drama para comprar produtos femininos... Nunca entendi qual é o problema.

– Vamos com calma.

Revirei os olhos.

– Para sua sorte, só tem uma necessidade que você precisa saciar. Estou subindo pelas paredes.

Ele riu.

– Desde que você não suba em outra pessoa, tudo bem.

Minha mente traiçoeira foi direto para Josh.

Tyler não tinha com que se preocupar. Eu não traía. Nunca tinha traído, nunca trairia.

Toda traição é absolutamente evitável. Basta ter o mínimo de bom senso.

E não se colocar em situações de risco, como contratar um bombeiro- -marceneiro gostoso para passar horas trabalhando na sua garagem.

Josh seria meu teste de resistência.

– Olha só, Kris, eu preciso ir. Vou tentar ligar de novo em breve. Não fique se estressando. Estou ansioso para te encontrar. Quando chegar aí vou te rasgar ao meio.

Naquele momento meu humor tinha melhorado. Ele me rasgar ao meio dependeria de como meu ciclo maluco estaria na hora, é claro. Mas gostei da proposta.

– Também não posso esperar para te ver. – Abri um sorrisão.

– Te amo.

– Também te amo.

Desligamos e eu avaliei o caos que tinha criado com tudo que tirei da geladeira. Dublê estava sentado no meio das coisas, olhando para mim. Seu queixinho branco parecia a barba do Quebra-Nozes.

Está tudo bem. Vai ficar tudo bem.

Mas passei as três horas seguintes esfregando a cozinha.

5

JOSH

Dois dias após o incidente, bati à porta de Kristen. Pude ouvir os latidos do lado de dentro. Eu tinha acabado de sair do trabalho e estava com uma pilha de materiais de marcenaria na caçamba da picape. Graças a Deus Brandon havia me emprestado umas ferramentas. Afinal, era só um bico... A última coisa que eu queria era ter que comprar ferramentas novas.

Kristen abriu a porta com um roupão rosa e uma máscara de argila verde.
– Oi. Pode entrar.

Dublê Mike atacou meus tornozelos. Kristen me repreendeu quando estendi a mão para fazer carinho nele.
– Não faça isso. Ele morde.
– A gente já se conhece. Ele até ficou no meu colo no quartel – lembrei.
– O cérebro dele é do tamanho de um amendoim, então não deve armazenar muita memória – resmungou ela. – E ele acha que é meu dono. Espera um minuto até ele se acalmar. É mais seguro.

Olhei para baixo e encarei aquela bola de pelos, que rosnou e abanou o rabinho ao mesmo tempo. Entrei atrás de Kristen e me abaixei para acariciar Dublê Mike sem que ela visse.

Havia caixas da transportadora empilhadas perto da porta. A mesinha de centro estava coberta de pilhas de papel cuidadosamente organizadas. No meio, um laptop e uma cerveja, ainda gelada. A garrafa estava suada.
– Já está bebendo, é? No café da manhã?
– É meu café da manhã. Já comi uma torrada – resmungou ela.

Tive que rir.

A casa dela era limpa. Meio vazia, mas limpa. Cheirava um pouco a alvejante. Havia um vaso de flores enorme no aparador. Imaginei que ela tivesse ganhado de Dia dos Namorados. Eu odiava aquele dia. Não passava de uma desculpa para gastar dinheiro com coisas superfaturadas. Eu estava feliz por estar solteiro dessa vez.

– A garagem fica aqui. – Ela abriu uma porta nos fundos da lavanderia.

Uma calcinha minúscula de renda preta estava pendurada num cabide em cima da secadora, bem na altura dos olhos. Olhei para a peça durante mais tempo do que seria apropriado.

Eu não ficava com ninguém desde Celeste. Andava ocupado e cansado demais com o novo emprego e a mudança. E, para falar a verdade, estava gostando de não precisar lidar com mulher nenhuma. Era um alívio.

Minha experiência dizia que toda relação dava trabalho, por mais casual que fosse. E eu não estava com pressa nenhuma de voltar a essa vida.

Parei atrás de Kristen e espiei a garagem. Era cavernosa e estava quase vazia, com exceção de algumas caixas empilhadas num canto e um Honda preto novo estacionado na última vaga. Ela apertou um botão na parede e a luz do sol entrou pelo portão que se abria.

Ela se virou para mim, a máscara verde começando a rachar nas extremidades.

– O banheiro fica no final do corredor. Tem refrigerante na geladeira. Se precisar de alguma coisa é só gritar. Vou pegar um ventilador. Está um calor da porra.

E me deixou ali parado.

Uma recepção fria, é verdade, mas pelo menos ela me deixou entrar.

Dei marcha a ré com a picape e comecei a descarregar as coisas. Kristen desceu a escada e colocou um ventilador no meio da garagem. Depois veio até o portão, com máscara verde e tudo, e me devolveu a camiseta dobrada.

– Toma. Eu lavei.

– Obrigado. – Um carro passou e o motorista ficou olhando para ela. Eu também olhei. – Você não se importa com o que os outros pensam?

– Pareço me importar?

– Não.

– Pois é.

Ela se virou e voltou para dentro da casa, e eu fiquei ali, rindo.

Tinha pensado em Kristen algumas vezes naqueles dois dias. Na verdade, me peguei quase ansioso para encontrá-la e ser maltratado de novo.

Perguntei a Brandon sobre o tal namorado. Não abertamente... Perguntei por que ela não tinha pedido que *ele* fizesse as escadinhas. Apenas uma desculpa para descobrir mais sobre ela.

Brandon só vira o sujeito uma vez, quase um ano antes. Não tinha muito a dizer sobre ele, apenas que parecia um cara bacana. E que Sloan parecia não gostar dele por algum motivo. Eu quis saber mais, mas Brandon deu de ombros e só disse que a noiva não era uma grande fã dele.

Duas horas depois, espiei dentro da sala de estar.

– Onde você disse que fica o banheiro mesmo?

Agora Kristen estava com uma calça de moletom e uma camiseta, deitada no sofá com uma compressa quente na barriga. A máscara de argila já tinha desaparecido.

– No final do corredor, segunda porta. Abaixa o assento depois – respondeu com os olhos fechados. E estremeceu.

– Você está bem?

– Estou.

Ela não parecia nada bem. Parecia estar com uma cólica infernal.

– Você já tomou alguma coisa? – perguntei.

– Duas aspirinas às quatro da manhã.

Até falar parecia doer. Olhei o relógio.

– Você pode alternar com ibuprofeno. Tenho na mochila da academia.

Fui até a picape, busquei dois comprimidos e levei para ela com uma garrafa d'água que peguei na geladeira. Ela aceitou de bom grado.

– Vocês recebem muitas chamadas por causa de cólica menstrual? – indagou ela, voltando a se deitar nas almofadas e fechando os olhos.

– Não. Mas cresci cercado de mulheres, então sei como é. Além disso, sou paramédico. Você não devia tomar aspirina para cólica. Naproxeno ou ibuprofeno são mais indicados.

– É, eu sei. Mas acabou – resmungou ela.

– Vou sair para almoçar. Quer alguma coisa?

Imaginei que, já que eu ia comer, poderia muito bem perguntar se ela também queria. Ela abriu um dos olhos e me encarou.

– Não. – Então se sentou, fazendo careta. – Preciso ir ao mercado.

– Do que você precisa? Eu compro. Vou sair mesmo.

Ela pressionou a compressa contra a barriga e olhou para mim.

– Você não vai querer comprar o que eu preciso. Vai por mim.

– O quê? Absorvente? – zombei. – Externo ou interno? Eu tenho seis irmãs. Não é a primeira vez que compro absorvente. Depois me diz por mensagem qual você quer.

Voltei à garagem antes que ela tivesse chance de responder. Eu não me importava nem um pouco em comprar absorvente, e ela não parecia ser o tipo de pessoa que ficava constrangida com isso... ou com qualquer outra coisa.

E não ficava mesmo. Kristen me mandou uma lista enorme. Pelo jeito a coisa estava feia. Era não-sei-o-que-ultra aqui, não-sei-o-que-noturno ali. Comprei ibuprofeno também.

Passei no McDonald's e comprei um lanche, imaginando que ela estaria com muita dor para cozinhar qualquer coisa.

Quando voltei, pus a sacola de absorventes ao lado do sofá.

– Valeu – disse ela, sentando-se para dar uma olhada nas compras. – Depois te reembolso. Nunca conheci um cara disposto a comprar essas coisas.

– Como assim? Seu namorado fica com medo de o caixa pensar que ele está menstruado? – Eu me joguei no sofá ao lado dela com a embalagem do McDonald's no colo.

Ela deu um sorrisinho. Já parecia melhor. O ibuprofeno devia estar fazendo efeito.

Comecei a tirar a comida da embalagem.

– Batata frita – falei, colocando a porção numa das mãos dela. – E sundae de chocolate. – Coloquei o sorvete na outra.

Ela olhou para as mãos e depois para mim, confusa.

– Minhas irmãs sempre queriam algo salgado e doce quando ficavam menstruadas – expliquei, tirando o restante da comida. – Batata frita e sundae de chocolate. Elas me mandavam ao McDonald's e eu comprava no automático. Trouxe também um Big Mac e dois cheeseburgers. Não sabia o que você ia querer.

O semblante dela ficou mais suave. Parecia ter baixado a guarda pela primeira vez desde o acidente, como se tivesse acabado de decidir gostar de mim. Os absorventes a conquistaram, pelo visto.

– Seis irmãs, é? Mais novas? Mais velhas? – perguntou ela.

– Todas mais velhas. Meus pais pararam quando finalmente conseguiram um menino.

Meu pai diz que chorou de felicidade, inclusive.

– Uau. Agora entendi por que você suborna mulher menstruada com sorvete. Aposto que, quando o ciclo sincronizava, elas ficavam te encarando e afiando objetos pontudos.

– Big Mac ou cheeseburger? – perguntei, rindo.

– Cheeseburger. E aí, como você conheceu o Brandon? – Ela colocou o sundae na mesinha de centro e comeu uma batata.

Entreguei a ela um cheeseburger embrulhado em papel amarelo.

– Nos fuzileiros navais.

– Você era fuzileiro? – Ela arqueou a sobrancelha.

– Uma vez fuzileiro, sempre fuzileiro – respondi, abrindo a caixinha do Big Mac.

Ela me olhou de cima a baixo.

– Quantos anos você tem?

– Vinte e nove. Mesma idade do Brandon.

Dublê Mike pulou do sofá e começou a latir freneticamente para o nada. Quase morri de susto, mas Kristen não moveu um cílio, achando tudo muito normal. Ele ficou encarando o vento, satisfeito por ter espantado o que quer que fosse, deu uns rodopios e se deitou de novo. A camiseta do dia estampava SAUDADE DAS MINHAS BOLAS.

– Quantos anos você tem? – perguntei.

– Vinte e quatro. Mesma idade da Sloan.

Ela era muito madura para a idade. Mas sempre achei o mesmo de Sloan.

– Hum. – Dei uma mordida e mastiguei, pensativo. – Você parece mais velha.

Um sorrisinho torto revelou que ela gostou de ouvir aquilo.

– Está curtindo o trabalho aqui? – perguntou. Ela deve ter lido a resposta na minha cara, porque disse em seguida: – Sério? É uma merda?

Ela parecia surpresa. Balancei a cabeça.

– Sei lá. É ok.

– Qual é o problema? Me conta.

Franzi os lábios.

– É que não havia chamado idiota onde eu trabalhava antes. Quer dizer, só recebíamos umas três ligações por dia…

– E quantas vocês recebem aqui?

– Umas doze. Quinze, talvez. É movimentado. Mas são chamados bestas. Moradores de rua bêbados. Ferimentos bobos. Ontem socorri um caso de topada no dedão do pé.

– É, as pessoas são imbecis. – Ela comeu uma batata frita.

– Meu avô sempre dizia: "Nem silver tape conserta gente imbecil" – falei, levando o canudo à boca.

– É. Não conserta. Mas abafa o som.

Ri e quase me engasguei com o refrigerante. Gostava muito mais do sarcasmo dela quando eu não era o alvo.

– Sabe, nunca pensei que ser bombeiro fosse assim – disse ela quando me recompus. – É uma profissão tão romantizada. O sonho de todo garotinho.

Olhei para dentro da embalagem de batata frita.

– Não é como as pessoas pensam… Isso é verdade.

Eu vinha questionando todas as minhas escolhas de vida naquela última semana. Até então, não estava gostando muito de nenhuma delas. Reduzido a novato, pagando caro demais por tudo, atendendo a chamados para fazer curativo. Mas *aquilo* estava ficando interessante…

– Por que você se mudou? – perguntou ela.

Dei de ombros.

– Terminei um namoro de três anos com a Celeste, minha ex. Achei que era hora de mudar de cenário, de ter um trabalho mais movimentado. E morar perto das minhas irmãs já não estava dando muito certo. Descobri que gosto mais delas quando estou em missão no exterior – falei, indiferente.

– O término foi decisão dela ou sua?

Kristen abriu o cheeseburger e pegou a rodela de picles para comer primeiro. Depois arrastou o pão no papel para tirar as cebolas.

– Minha.

– E por quê? – Ela deu uma mordida.

– Por vários motivos. O principal era que ela não queria ter filhos e eu queria. Não era algo negociável.

– É um motivo importante – resmungou, assentindo.

O fim daquela relação havia sido motivado por várias questões importantes. Eu também não gostava muito de sustentar sua mania de compras e me incomodava com sua incapacidade de manter qualquer uma das muitas carreiras que ela já tinha escolhido na vida. Celeste era uma eterna estudante, pulando de um curso para outro sem nunca se formar. Serviços jurídicos, técnica em veterinária, auxiliar odontológica, auxiliar de enfermagem, técnica em emergências médicas… Ela era a garçonete mais parcialmente escolarizada da Dakota do Sul.

– E você? Tem namorado, né? – perguntei, varrendo a sala com o olhar atrás de uma fotografia.

Quando fui pegar as ferramentas com Brandon, vi que Sloan tinha decorado a casa com fotos e obras de arte por toda parte. Kristen não havia pendurado nada nas paredes. Vai ver Sloan ficou com tudo na mudança.

– É. Ele se chama Tyler. Volta daqui a três semanas e vai morar aqui. Também é fuzileiro naval.

Tomei um gole de Coca.

– É a primeira vez que você vai morar com alguém?

– Já morei com a Sloan. Mas sim… Primeira vez que vou morar com um namorado. Alguma dica?

Fingi pensar.

– Ofereça comida e muito sexo.

– Bom conselho. Mas quem está esperando isso dele sou eu. – Ela riu.

A risada transformou seu rosto tão de repente que fiquei impressionado com sua beleza. Natural. Cílios espessos e longos, pele macia impecável, olhar caloroso. Eu já a achava bonita, mas até então só a tinha visto brava.

Pigarreei e desviei o olhar.

– Então você curte cachorrinhos? – Apontei para Dublê Mike com a cabeça. Ele estava com o focinho no colo dela, a ponta da língua para fora. Nem parecia de verdade. Estava mais para um bichinho de pelúcia. – Sabe, ele não parece o tipo de cachorro que você teria.

Ela olhou para mim com curiosidade.

– Que tipo de cachorro eu pareço ter?

– Sei lá. Acho que eu tinha uma ideia preconcebida do tipo de pessoa que tem um cãozinho assim. Paris Hiltons e madames. Foi por causa dele que você abriu sua empresa? – Dei uma mordida no Big Mac.

– Foi. Eu queria oferecer coisas para ele que não conseguia achar na internet, então comecei a fabricar essas coisas. As pessoas fazem de tudo por seus cachorrinhos. A empresa está indo bem.

Nisso eu acreditava. Com o número de pedidos que já tinha me passado, dava para perceber que ela ganhava bem. Era impressionante.

– Mas eles são meio inúteis, não são? – perguntei, inclinando a cabeça. – Cãezinhos que na verdade não fazem nada.

– Vamos lá, primeiro de tudo: ele está ouvindo. Segundo: ele tem uma função.

– Qual? Apoio emocional? – Todo mundo parecia ter um bichinho assim atualmente. – Isso não conta. Fazer companhia não é uma função. Não é um trabalho.

– E o que exatamente contaria?

– Um cachorro policial. Um animal de busca e resgate ou de serviço. Um cão de proteção. Um cão de caça.

Ela olhou para mim, muito séria, e colocou a mão na cabeça de Dublê Mike.

– Ele é um cão de caça.

– Tenho certeza de que isso é um insulto aos cães de caça do mundo todo. – Peguei o celular e abri uma foto do labrador de um amigo com um pato na boca. – *Isto* é um cão de caça.

Kristen não pareceu se impressionar.

– É, esse é um cão que caça patos. Dublê caça mulheres.

Ri com desdém.

– Acha que é brincadeira? – continuou ela. – Estou falando sério. Ele é uma isca de mulheres.

Olhei para ele. Era bem fofinho mesmo.

Kristen largou o cheeseburger na mesinha de centro, colocou o cachorro no colo e o embalou como se fosse um bebê. Ele colocou a língua para fora, que ficou pendurada na lateral da boca.

– Tenho uma proposta – falou ela. – Na próxima vez que você for ao mercado, leve o Dublê.

Balancei a cabeça.

– Não posso levá-lo ao mercado.

– Por que não?

– Porque ele não é um animal de serviço?

Ela riu.

– Dublê pode ir a qualquer lugar. Ele está *vestido*. Não é um cachorro... é um acessório.

Mastiguei uma batata, pensativo.

– Então eu simplesmente entro no mercado puxando uma coleira?

– Não. Você vai levar o Dublê numa bolsa.

Balancei a cabeça de novo, rindo.

– Tudo bem comprar absorvente, mas não vou entrar num mercado usando uma bolsinha com um cachorro dentro.

– Não é uma bolsinha. É tipo uma bolsa de viagem. E, se não fosse meio constrangedor, qualquer cara faria isso. A ideia é justamente essa. Homens não têm esse tipo de cachorro. Eles têm *esse* tipo de cachorro. – Ela apontou para o meu celular. – Vai ser fofo. Acredite. Você vai virar um ímã de mulheres.

Eu não fazia questão nenhuma de ser um ímã de mulheres, mas por algum motivo gostei da ideia de entrar numa brincadeira só nossa.

– Beleza. Você despertou meu interesse. Vou testar sua teoria.

– E se eu tiver razão?

– Vou dizer que você tem razão.

Ela franziu o canto dos lábios.

– Não. Não é suficiente. Se eu tiver razão, você vai posar com as bolsas de cachorro que eu vendo no site. Preciso de um modelo masculino.

Meu Deus, no que eu estava me metendo?

– Acho que já saí perdendo de um jeito ou de outro.

Mas tudo bem, eu tinha espírito esportivo.

– Perdendo por quê? – perguntou ela. – Estou oferecendo a oportunidade de usar meu cão de caça altamente treinado para atrair dezenas de mulheres para a sua cama.

Dei um sorrisinho malicioso.

– Sabe, sem querer parecer babaca, eu não tenho dificuldade de conseguir mulheres.

– É, dá para ver. – Ela inclinou a cabeça. – Você tem um quê de bombeiro sexy – disse acenando com a mão em frente ao meu corpo.

Tomei um gole de refrigerante e abri um sorriso.

– Então quer dizer que você me acha sexy?

Ela se virou para me encarar de frente.

– Você precisa saber uma coisa sobre mim, Josh. Eu digo o que me vem à cabeça. Sem um pingo de pudor. Sim, você é sexy. Aproveite o elogio porque nem sempre você vai gostar do que eu digo, e eu não vou dar a mínima.

DOIS DIAS DEPOIS eu estava de volta ao trabalho. Tinha acabado de me sentar na sala de descanso após passar meia hora limpando a cozinha sozinho. O restante da equipe gostava de ir à academia após o jantar. Não havia aparelhos de musculação suficientes, e eu, como novato, seria o último da fila, então fiquei vendo TV.

Brandon entrou na sala com uma garrafa d'água e se jogou numa das poltronas.

– Shawn perdeu o livro que emprestei para ele.

– Que livro? – perguntei, trocando de canal.

– *O demônio na Cidade Branca*. Juro por Deus, sempre que eu empresto alguma coisa para aquele cara, ou ele perde ou estraga.

– Procurou no banheiro?

– Foi o primeiro lugar onde procurei. Fica de olho também. Aposto que ele largou na garagem ou algo assim. Acho que vou ter que comprar outro.

– Por que emprestou, então?

Ele levantou uma das mãos.

– Ah, sei lá. Vacilo meu. – Ele balançou a cabeça. – Vem cá, e o trabalho extra?

Sorri, pensando em Kristen.

– Ela é demais. De vez em quando aparecia na garagem para falar besteira enquanto eu trabalhava. É muito engraçada.

Nada contra Brandon, mas Kristen estava virando minha colega de trabalho favorita. E, se alguém tinha que mandar em mim, eu preferia que fosse ela.

– Eita, eu estava perguntando do trabalho. Mas estou vendo onde anda sua cabeça. – Ele sorriu como se tivesse acabado de ganhar uma aposta. – Eu sabia que você ia gostar dela.

– O que você sabe sobre ela? – Dei um sorrisinho.

Brandon provavelmente era o único amigo com quem eu podia falar sobre isso. Ele não me encheria o saco. E Deus sabe quantas conversas sobre Sloan nós tivemos.

Ele deu de ombros.

– O que você quer saber?

Tudo.

– Sei lá – respondi. – Me conta o que sabe. Você conhece a Kristen desde que conhece a Sloan.

Ele pensou por um tempinho.

– Bem, vamos ver. Ela é inteligente.

Isso eu já tinha percebido. Boa em matemática. Calculou o total de alguns pedidos de cabeça, com imposto e tudo.

– Competitiva. Não gosta de perder. Jogou pôquer lá em casa duas vezes e foi até a final. E olha que os caras são muito bons. Ela é determinada.

– Você acha que o relacionamento dela é sério? Eles vão morar juntos, então deve ser sério, né?

Era o que eu realmente queria saber. Ele ergueu a sobrancelha.

– Sei que ela é fiel, amigão.

Eu não achava que ela o traísse. Não era o que eu estava insinuando, mas o comentário me deixou curioso.

– Como você sabe?

– Tipo, nunca vi nada que me levasse a acreditar que ela sacaneia o cara. E ela não parece ser do tipo que faz isso. Tem princípios.

Gostei de saber que ela era leal. Muitas mulheres traem quando o companheiro está em missão no exterior. Vi isso acontecer várias vezes. A distância cobra um preço. Era sinal de caráter se manter na linha, mas, ao mesmo tempo, não gostei porque significava que o relacionamento devia ser bastante sério.

– Acha que ela vai se casar com ele?

Ele deu um sorrisinho, balançando a cabeça.

– Vamos lá. – Ele pegou o controle remoto que estava no braço da poltrona e tirou o volume da TV. – Quer saber o que eu acho? – Ele inclinou o corpo para a frente, apoiando os cotovelos nos joelhos e unindo as mãos, em uma pose de líder. – Acho que ela não gosta tanto assim desse cara.

Agora, sim. Eu me ajeitei na poltrona.

– Por que você acha isso?

– Não sei. É um palpite. Linguagem corporal. E tem a *Sloan*. Se a melhor amiga não apoia a relação é porque algo não anda bem. E não acho que a Kristen esteja superapaixonada por ele. Parece algo unilateral. Foi o que percebi quando vi os dois juntos. Mas isso já faz quase um ano. As coisas podem estar diferentes agora.

Bati no braço da poltrona e fiquei olhando para a tatuagem dos fuzileiros navais no braço de Brandon. A minha era no peito. Fizemos juntos.

– Ela não tem fotos dele na casa. Nenhuma.

Garotas costumam gostar de espalhar fotos pela casa. Ela não ter nenhuma devia significar alguma coisa.

– Ah, tem várias no Instagram dela.

Murchei de novo. Ele sorriu.

– Olha só, você sabe como são essas coisas. O cara volta de uma missão no exterior e não tem onde ficar, então vai morar com a namorada. Pode ser só isso. Conveniência. *Ou* eles podem estar mesmo apaixonados. Quer um conselho?

Fiquei olhando para ele, esperando.

– Fique por perto – disse Brandon. – Quando esse cara voltar, de duas, uma: ou eles vão terminar, ou vão se casar. E, se terminarem, você vai ser o primeiro a saber. – Ele deu de ombros. – Você não gosta da companhia dela? Então passe um tempo com ela. Como amigo.

Amigo. Ser amigo dela era uma boa. De todo modo, que escolha eu tinha?

6

KRISTEN

Eu estava na entrada da garagem segurando um prato e olhando aquelas costas musculosas sem camisa, curvadas sobre uma escadinha em construção.

Era por isso que eu não queria o sujeito lá em casa. Sabia que seria um problema. Eu tinha namorado e estava atraída por outro – e agora ele estaria ali, seminu e suado, sempre que eu entrasse na garagem.

Um belo upgrade desde a saída de Miguel, isso era verdade.

Fazia uma semana que Josh estava trabalhando para mim. Já tinha feito cinco pedidos, e muito bem. Até que era bom marceneiro. Eu havia recebido mais quatro pedidos na noite anterior, o suficiente para mantê-lo ocupado e sem camisa na minha garagem até que voltasse ao trabalho oficial, dali a dois dias, para um plantão de 48 horas.

Ele se virou e deu um daqueles sorrisos de um milhão de dólares. Um sorriso de lado, os dentes brancos retinhos. O cabelo naturalmente bagunçado. Então viu o que eu estava segurando e murchou como um balão furado. Desci a escada e segurei o prato à sua frente.

– Fiz lasanha.

Ele olhou para o prato com desconfiança. Eu não sabia cozinhar. Nem fingi saber. Ele sabia muito bem disso. Era uma lasanha congelada que eu tinha esquentado, então tecnicamente eu que tinha feito mesmo.

Já havia preparado algumas refeições naquela semana e compartilhado com ele. Um macarrão com queijo meio empapado, um sanduíche deplorável e um cachorro-quente só de salsicha fervida na água. Já que eu ia cozinhar para mim, não podia deixar de oferecer para ele. Seria falta de educação. Afinal, ele já tinha me alimentado uma vez.

Ou talvez fosse falta de educação obrigá-lo a comer minha comida. Não sei dizer o que era pior.

– Valeu. O cheiro está bom – disse, quase esperançoso, e pegou o prato.

Ele comia qualquer coisa que eu oferecesse, mas naquele dia tinha levado o próprio almoço. Fez questão de anunciar em voz alta quando chegou.

– Quer entrar e comer na mesa? – convidei.

Ele deu uma olhada no relógio e limpou a testa com as costas da mão. Eu tinha deixado um ventilador ali, mas, mesmo com o portão aberto, estava quente na garagem.

– Claro.

Ele me devolveu o prato e se virou para vestir a camiseta, e eu fiquei olhando os músculos salientes desaparecerem sob o tecido cinza. Desviei o olhar quando ele se virou de volta para não parecer que fiquei o tempo todo atenta àquelas costas largas.

Quando entramos, Dublê pulou nos pés dele. Josh o pegou no colo e o segurou por um tempo, deixando que ele lambesse seu rosto.

Aquela coisinha era uma montanha-russa de emoções. Mas parecia gostar de Josh. E *odiava* Tyler. Na verdade, eu estava preocupada com o que iria acontecer quando ele voltasse. Dublê não o deixava nem se sentar na cama. Só de pensar em como seria, eu saía limpando a casa.

Fiquei imaginando se Dublê deixaria Josh se sentar na cama. Eu apostava que sim.

Esse pensamento também me fez querer sair limpando tudo.

Josh lavou as mãos na pia da cozinha, pegou uma Coca-Cola na geladeira e puxou uma cadeira à mesa. Deu uma garfada e fez careta.

– Que foi? – perguntei.

– Ainda está um pouco congelada.

Ele engoliu com dificuldade, estremecendo.

Levantei, peguei o prato dele e enfiei no micro-ondas.

Ele limpou a boca com um guardanapo e tomou um gole do refrigerante como quem tenta tirar cristais de gelo dos dentes.

– Por que não fazemos um trato? Enquanto eu estiver aqui, eu cozinho.

Dei de ombros, me escorando na bancada.

– Eu ficaria ofendida se não fosse tão prática.

Ele riu e as covinhas apareceram. Meu Deus, como era bonito. Eu, por outro lado, parecia uma maltrapilha.

Minha reação de culpa ao fato de ter um homem atraente em casa era me esforçar o mínimo possível para parecer arrumada.

Eu não tinha como controlar meus pensamentos sobre Josh. Eram como um trem desgovernado. Mas eu *podia* controlar as aparências. Minhas roupas eram meu jeito de dizer "Não, não estou interessada", enquanto por dentro minha imaginação estava nua e desrespeitando meu relacionamento com Tyler de todos os jeitos possíveis.

Meu cabelo estava preso em um nó desleixado no topo da cabeça e eu parecia vestida para jogar vôlei no meio da rua. Escolhi de propósito uma camiseta que tinha um furo no sovaco.

– Ei, eu queria pedir um favor – disse Josh. – Posso usar seu banheiro de hóspedes para tomar um banho mais tarde?

Josh nu no meu chuveiro.

– Claro.

– Tenho um encontro e não quero ter que passar em casa.

– E devemos agradecer ao Dublê Mike por esse encontro? – perguntei, esperando parecer indiferente com aquela notícia. *Como deveria ser.*

O micro-ondas apitou e devolvi o prato para ele.

– Você tinha razão. Ele é um *cão de caça* – balbuciou Josh.

– Como é? Não ouvi. – Dei um sorrisinho torto.

Ele também deu um sorrisinho de canto de boca.

– Ele é um cão de caça. Satisfeita?

Josh tinha levado Dublê à loja de materiais de construção por causa do desafio que propus e, ao voltar, dissera apenas: "Me avise quando quiser fazer as fotos."

Ele colocou o dedo no meio da lasanha, testando a temperatura, e pareceu satisfeito. Levou o dedo à boca para lamber o molho e começou a comer. Coloquei meu prato no micro-ondas e voltei a me escorar na bancada para esperar.

Meu celular apitou.

Sloan: Está se comportando com seu marceneiro gato? ☺

Dei um sorrisinho malicioso.

Kristen: Não. Ele acabou de colocar o dedo na minha lasanha.

Sloan: O QUÊ?!

Dei uma risada nasalada.

Sloan: Tá, agora minha pálpebra está tremendo. Obrigada.

Fazer o olhinho nervoso de Sloan tremer era um grande feito para mim. Eu amava. Depois de doze anos, ela já deveria ter desenvolvido resistência ao meu senso de humor, mas não. Ainda se deixava abalar.

Sloan: Lembre que você pode olhar, mas não pode tocar. A não ser que termine com o Tyler 😬

Semicerrei os olhos. Ela adoraria.

Kristen: Sem chance.

A implicância de Sloan com meu namorado se resumia a "algo não se encaixa".

O problema não era ele nem eu. Era ele *comigo*.

Acho que eu meio que entendia. Quer dizer, Tyler não tinha uma moto. Ele não caçava. Não gostava de pôquer. Preferia uma taça de vinho caro a um uísque ou uma cerveja. Preferia teatro a cinema. Brandon e ele tiveram pouquíssimo assunto quando se encontraram e só falaram sobre os fuzileiros navais, e mesmo assim o trabalho de Tyler era tão específico que nem nessa área conseguiram estabelecer uma conexão de verdade.

Tyler não se encaixava na imagem que Sloan tinha do meu futuro, cheio de festas na piscina e churrascos. Tyler fazia mais o tipo coquetel e tábua de frios.

Eu não gostava de tábua de frios. Sempre tinha alguma coisa esquisita.

Tirei minha lasanha do micro-ondas e me sentei em frente a Josh.

– A festinha está chegando, né? – comentou ele. – Você se importa se eu me arrumar aqui no dia também? Perco meia hora se voltar para casa.

Sloan iria dar um jantar para preparar os convites e fazer as lembrancinhas. Era uma tarefa obrigatória para os padrinhos e ela queria todo mundo nos trinques, claro, para tirar fotos e postar no Instagram.

– Claro, sem problemas. Vai querer dividir um Uber? Pretendo beber.

– Pode ser. Bem pensado.

Dei um sorriso. Gostei da ideia de irmos juntos. Além de alimentar minhas fantasias, Josh era uma das poucas pessoas que não me irritavam. Eu gostava da companhia dele.

Isso era um perigo, não posso negar.

Meu celular tocou e eu atendi, me esticando para pegar a prancheta de pedidos em cima da bancada. Anotei o pedido e desliguei. Josh deu um sorriso genuíno.

– Uau. Você é tão diferente no telefone. Tão profissional.

– Só xingo durante o trabalho se for para vender a coleção Sua Cadela.

Ele riu e cortou mais um pedaço de lasanha com a lateral do garfo.

– Qual foi o pedido? Alguma escadinha?

Parte de mim esperava que ele tivesse feito essa pergunta porque queria uma desculpa para me ver de novo. A mesma parte de mim derrubou lasanha na camiseta de propósito como penitência. Se eu tivesse mais *um* pensamento impróprio sobre Josh, seria obrigada a pôr bobes no cabelo.

– Ele já tem minhas escadinhas em todos os cômodos da mansão – respondi, limpando a mancha vermelha de molho com um guardanapo. – Dale é meu melhor cliente. Tem seis malteses e milhões de dólares. É dono de uma casa de strip no centro de Los Angeles. Passou dois anos preso por sonegação. Eu amo aquele cara. Todo mês ele pede 24 camisetas para os cachorros. Gosta que eu entregue pessoalmente.

Josh franziu aquela testa linda.

– Você faz entregas para um criminoso sozinha?

– Ele tem 83 anos – respondi, erguendo uma sobrancelha. – É muito sozinho. E que perigo eu posso correr com um velhinho artrítico com um rabo de cavalo e um cachorro chamado Sargento Penugem?

Ele riu.

– Sargento Penugem? Todo cachorro pequeno tem nome idiota? – Ele bebeu um gole de refrigerante.

Amassei o guardanapo sujo de molho e peguei o garfo.

– O nome do cachorro deve respeitar a regra de como vai soar quando você sair correndo de roupão pela rua atrás dele gritando seu nome.

Ele riu tão de repente que escorreu Coca-Cola pelo queixo. Engasgou por um instante e eu lhe passei um guardanapo.

– E aí, você já planejou a despedida de solteiro? – perguntei quando ele se recompôs.

– Estou pensando. Ainda falta um mês, então tem tempo. E você?

Josh continuou sorrindo e balançando a cabeça.

– Primeiro vamos a um spa – respondi. – Depois, pular de bar em bar em Hollywood numa limusine. E estou fazendo uma camiseta chupe-por--um-dólar para ela.

A testa dele se enrugou.

– Uma camiseta o quê?

– Espera... Vou buscar.

Fui até meu quarto e peguei a camiseta que estava fazendo. Quando voltei e mostrei, ele ficou um tempo olhando, até que disse:

– São balas de menta?

Eu tinha costurado as balas na camiseta uma ao lado da outra.

– São. Caras aleatórios pagam um dólar por bala e têm que tirar com a boca. As dos mamilos custam cinco dólares. Ela vai detestar.

Ele começou a rir de novo.

– Aonde você vai levar o Brandon? – perguntei, pendurando a camiseta com cuidado numa cadeira e me sentando de novo.

Ele mastigou, pensativo.

– Estou pensando em Vegas. Nada de casas de strip. Talvez um resort bacana, uma partida de golfe. Uma churrascaria. Esse trabalho está me ajudando muito com o orçamento.

Brandon nunca iria a uma casa de strip. O fato de Josh saber disso dizia muito sobre a amizade deles. Brandon até manteria o bom humor, mas não fazia o estilo dele. Era meio introvertido. Não gostava de dançar nem chegava perto de um karaokê.

– Acho que ele ia gostar de ir numa barbearia bacana. Quem sabe uma degustação de uísque?

Ele assentiu, aprovando a ideia.

– Gosto disso. Mais alguma dica?

– Será que você consegue arranjar uma moto? Brandon ama a dele. Ele curtiria ir de moto até lá.

Isso me rendeu um sorriso com covinhas.

– Você é boa nisso.

– Sou cheia de ideias. Infelizmente, eles jamais me deixariam improvisar na cerimônia. Sloan quer que seja tudo muito respeitável. – Revirei os olhos.

– O que você tem em mente?

– Sei lá. Algo que viralizasse. Tipo o passo de *Dirty Dancing*.

– A gente pode fazer isso. De surpresa. Você sabe que eles iriam amar quando vissem.

Olhei para ele.

– Você dança bem assim?

– Ah, se danço. Ninguém coloca a Baby de lado. Quando quiser ensaiar, me avisa.

Meu Deus, aquelas covinhas.

Sorri e admiti:

– Talvez a gente seja o casal de padrinhos mais perfeito que já existiu.

Ele sorriu para mim por um segundo a mais que o esperado e senti um frio na barriga.

Não pude deixar de pensar que daríamos certo em outras coisas também.

E que isso seria o maior desastre.

7

JOSH

Por que eu tinha ido àquele encontro? Eu não fazia ideia. Não havia nada de errado com Amanda, ela era linda e simpática, mas meu coração não estava convencido.

Kristen tinha razão: Dublê Mike era um cão de caça. Ele atraía, farejava e capturava ao mesmo tempo.

Eu havia parado numa lanchonete antes de ir à loja de materiais de construção. Ficava ao lado de um estúdio de ioga onde uma turma tinha acabado de ser liberada, e fui abordado por quase todas as mulheres ao redor. O insano do Dublê Mike parecia muito à vontade com as moças. Era todo ginga e charme, deixando que elas o segurassem e lambendo o rosto delas. Kristen tinha colocado uma camiseta nele que dizia AMO MEU PAPAI, o que me tornava irresistível.

Amanda e eu estávamos num bar a uns dez minutos da casa de Kristen. Eu tinha proposto um drinque, e não um jantar, para poder ir embora se não nos déssemos bem. Ela estava com um vestido rosa bem justo e cheirava a pêssegos. Cabelo castanho comprido, pernas incríveis, belos olhos.

Muita maquiagem. Pediu um martíni de frutas light com um guarda-chuvinha. Não come cheeseburger.

Ela tocou meu joelho com a ponta dos dedos.

– Vou ao toalete rapidinho. – Mordeu o lábio, o cabelo caindo em cascata sobre o ombro. – Eles têm saladas incríveis aqui. Quer pegar uma mesa?

Ela deu uma piscadinha e desceu da banqueta.

Os cubos de gelo tilintaram no meu copo quando bebi um gole do bourbon, observando-a ir até o banheiro.

Eu me perguntei o que Kristen estaria fazendo.

Peguei o celular e procurei seu contato. Ela atendeu no segundo toque.

– E aí? – falou.

Ouvi seus dedos digitando no laptop.

– O que está fazendo? – perguntei, me escorando no bar.

– Emitindo notas. A mesma coisa que estava fazendo quando você saiu daqui há meia hora. O encontro foi rápido. A não ser que esteja ligando para perguntar se pode usar meu quarto de hóspedes…

Dei um sorrisinho malicioso.

– Posso?

– Se trocar os lençóis – respondeu ela, sem pestanejar. – Qual vai ser a história? Eu sou sua irmã? Preciso de detalhes para poder te ajudar. E se ela acabar se revelando uma louca e ficar aparecendo aqui atrás de você, vou descontar do seu pagamento: cem dólares por infração.

Minha risada fez o barman virar de repente.

– Não preciso do seu quarto de hóspedes. Mas obrigado por oferecer. Ela está no banheiro.

– Você está me ligando enquanto ela está no *banheiro*? Meu Deus, isso que é tédio.

Dei uma risadinha e expliquei:

– Acabei de passar dez minutos ouvindo sobre os benefícios de uma dieta orgânica e vegana. Ainda não jantei e agora estou com desejo de pepperoni. Estou a uns dez minutos da sua casa. Quer dividir uma pizza daqui a meia hora?

– Eu comeria uma pizza.

Sorri. Percebi algo rosa se aproximando pela minha visão periférica.

– Me manda mensagem dizendo o sabor da pizza – sussurrei. – Tenho que ir.

Desliguei e me virei de volta para Amanda.

– Acabei de receber um chamado. – Peguei a carteira e coloquei algumas notas na bancada. – Desculpa ter que ir embora assim.

Ela fez cara de decepcionada, mas pareceu acreditar em mim, o que pelo menos diminuiu minha culpa por sair daquele jeito. Eu nem devia tê-la convidado para sair. Não estava pronto para isso. E não cometeria esse erro de novo.

Comprei uma pizza e uma cerveja preta e fui até a casa de Kristen, feliz por estar voltando.

De repente pensei que era isso que eu devia estar fazendo desde o início daquela noite. Podia ser eu mesmo quando estava com Kristen.

Ela abriu a porta com Dublê Mike no colo e bobes no cabelo.

Se um dia me perguntei se ela teria algum interesse por mim, seu absoluto desprendimento com a aparência quando eu estava por perto era a resposta. Ela não dava *a mínima*.

Na verdade eu curtia que ela fosse autêntica na minha frente. Mas não ficava exatamente animado com o que estava por trás disso. Significava que nosso relacionamento era cem por cento platônico. Para todos os efeitos, era como se eu fosse um amigo gay, um irmão ou algo do tipo. Éramos só amigos, *de verdade*, e essa era a prova. Quanto mais a conhecia, mais isso me incomodava.

O relacionamento com Tyler deve ser mesmo sério.

Ela se jogou no sofá e colocou o laptop no colo.

– Quer ver alguma coisa?

Afastei a pilha organizada de notas e coloquei a pizza na mesinha de centro.

– Claro.

Eu me sentei no sofá também e abri uma cerveja para ela.

Estar naquela casa à noite parecia algo íntimo. A energia era diferente. As luzes fraquinhas, tudo mais silencioso. E eu não estava ali para trabalhar, o que definitivamente alterava a dinâmica entre nós.

Ela pegou a cerveja que eu tinha aberto para ela.

– Valeu. – Passou o controle remoto para mim. – Mas preciso terminar de emitir essas notas.

– Que tal *À prova de morte*? – sugeri, abrindo a caixa de pizza. – Você já viu, então não vai perder nada.

– Perfeito.

Procurei na Netflix e encontrei o filme. Ficamos sentados – Dublê Mike no meio com sua camiseta que dizia AS CADELAS ME AMAM – tomando cerveja e comendo pizza durante a primeira meia hora do filme. Então ela apertou a última tecla e fechou o laptop.

– E aí, qual era o problema com ela? – perguntou, colocando os pés sobre a mesinha.

– Ela quem?

– A garota com quem você saiu.

Dei de ombros.

– Não tínhamos nada em comum. E não estou pronto para namorar de novo, eu acho.

– Então por que saiu com ela?

Kristen olhou para mim, equilibrando a cerveja na coxa.

– Ela é professora de ioga. Ou seja, usa calça justinha. – Ergui as sobrancelhas sugestivamente.

– É, você gosta *mesmo* de bundas.

– Além disso, eu estava cercado. Entrei em pânico.

Kristen bufou.

– Você já pensou no quanto ela deve ser flexível? – Ela tomou um gole de cerveja. – Deu mole, cara.

Sorri e levei a cerveja aos lábios.

– Ah, eu vou ficar bem. Além do mais, mulheres como ela dão muito trabalho. Quanto mais bonitas, mais loucas.

Eu tinha bastante experiência no assunto.

– Não é uma regra universal. Sloan não tem nada de louca, e *olha* só para ela.

Balancei a cabeça.

– Sei, não. Ela parece alguém que perderia completamente a linha se o cara certo desse um empurrãozinho. Brandon é tranquilo demais para despertar essa fúria, eu acho.

Ela riu. Eu amava fazê-la rir. Era como um prêmio.

– Bem, sua professora de ioga era vegana, então pelo menos você sabe que ela não seria louca a ponto de matar seu cachorro ou algo do tipo. Aliás, que perfume gostoso – disse ela, como se tivesse acabado de perceber.

– Obrigado.

O perfume dela também era bom. Quando devolveu minha camiseta, a peça ainda tinha um pouco do cheiro dela, mesmo depois de lavada. Cheirinho de maçã verde. Eu não queria admitir quantas vezes cheirei aquela camiseta. Não queria admitir que algumas vezes quis poder cheirar o pescoço dela para ver se o perfume ficava diferente na pele.

Eu me obriguei a lembrar que ela já estava comprometida.

O que eu tinha ao meu lado era uma "garota legal". Aquela mulher que é maravilhosa sem ser doida. A garota que na escola andava com os caras, mas nunca saía com nenhum deles porque não eram maduros o bastante para ela.

A garota que tinha um namorado que estava na faculdade e ia buscá-la de carro depois da aula. A que ganhava de você no *beer pong* e tinha um time de futebol inteiro capaz de quebrar sua cara se você pisasse na bola com ela, mas ela nunca deixava porque se virava sozinha.

– Que foi? – perguntou Kristen. – Nunca viu uma mulher de bobes?

Eu a estava encarando. Estava sentado ali, com os olhos fixos na lateral do rosto dela como um maluco qualquer.

– Eu estava me perguntando como você era na escola.

– Menos sarcástica. Mais magra.

Dei um sorriso.

– Clube de teatro? Esportes?

– Orquestra.

– Por algum motivo imaginei que fosse a líder da equipe de debate.

– E você? – perguntou ela, me cutucando.

– Eu não gostava de esportes. Passei meio despercebido. Nada de memorável. – Tomei um gole de cerveja. – Com que tipo de cara você saía?

Ela voltou a olhar para a TV.

– Em geral com caras que já estavam na faculdade.

Eu sabia.

Um celular tocou na mesinha à minha direita e Kristen se endireitou no sofá de repente. Ela deixou a cerveja na mesinha de centro e mergulhou para pegar o celular, passando por cima de mim.

Arregalei os olhos. Nunca tinha ficado tão perto dela antes. Só havia encostado em sua mão. Se eu a puxasse sobre meus joelhos, poderia dar um tapinha em sua bunda.

Ela pegou o celular e saiu de cima de mim.

– É a Sloan. Passei o dia esperando essa ligação.

Ela levou o dedo aos lábios, fazendo sinal para que eu ficasse quieto, atendeu e colocou Sloan no viva-voz.

– E aí, Sloan?

– Você me mandou uma *batata*?

Kristen cobriu a boca com uma das mãos e eu tive que segurar a risada.

– Por quê? Você recebeu uma batata anônima?

– Você tem algum problema sério – disse Sloan. – *Parabéns, ele colocou uma aliança no seu dedo. PotatoParcel.com.* – Ela parecia estar lendo uma mensagem. – Você achou uma empresa que envia batatas com mensagens para as pessoas? Como você descobre essas coisas?

Os olhos de Kristen eram só festa.

– Não sei do que está falando. Mas você recebeu mais alguma coisa?

– Siiiiim. O bilhete diz para ligar para você antes de abrir. Por que estou com medo?

– Abra agora – ordenou Kristen com uma risadinha. – Brandon está com você?

– Sim, ele está aqui. Está balançando a cabeça.

Imaginei o rosto dele, aquele sorriso tranquilo nos lábios.

– Tá, estou abrindo. Parece um tubo de papel-toalha. Tem uma fita adesiva no... AAAAH! Você está de brincadeira, Kristen?! Mas que inferno!

Kristen se curvou para a frente e encostou a testa no meu ombro, rindo.

– Estou coberta de purpurina! Você me mandou uma bomba de purpurina? Brandon está coberto de purpurina! O sofá!

Agora *eu* estava morrendo de rir. Cobri a boca, tentando ficar quieto, e me apoiei em Kristen, que estava uivando, nossos corpos sacudindo de tanto rir. Mas pelo jeito não consegui ficar tão quieto assim.

– Espera, quem está aí com você? – perguntou Sloan.

Kristen enxugou os olhos.

– Josh.

– Ele não tinha um encontro hoje? Brandon me disse que ele tinha um encontro.

– Tinha, mas depois voltou para cá.

– Ele *voltou* aí? – A voz dela mudou de repente. – E o que vocês estão fazendo? Lembra o que conversamos, Kristen... – O tom era de provocação.

Kristen olhou para mim. Sloan parecia não ter percebido que estava no viva-voz. Kristen desativou a função e levou o celular à orelha.

– Te ligo amanhã. Te amo!

Ela desligou e colocou o celular na mesinha de centro, ainda rindo.

– E sobre o que vocês conversaram? – perguntei, arqueando uma sobran-celha.

Gostei de saber que ela havia falado de mim. Gostei *muito*.

– Sobre objetificar você sexualmente. O de sempre – respondeu ela, dando de ombros. – Nada que um bombeiro gostoso como você não tire de letra.

Um bombeiro gostoso como você. Eu me esforcei para esconder o sorriso.

– Então você faz isso com frequência? – perguntei.

– O tempo todo. Amo implicar com a Sloan. Ela se irrita com muita facilidade.

Ela pegou a cerveja. Eu ri.

– Como você vai conseguir dormir à noite sabendo que ela vai passar um mês achando purpurina no sofá?

Ela bebeu uma golada.

– Com o ventilador no médio.

Gargalhei tão alto que Dublê Mike olhou para mim e inclinou a cabeça.

Ela mudou de canal e parou na HBO. Uma série. Uma cena com pétalas de rosas indicando o caminho até um quarto cheio de velas. Ela balançou a cabeça olhando para a TV.

– Eu não entendo por que isso seria romântico. Você quer pétalas de rosas grudadas na sua bunda? E quem vai limpar essa merda? Eu? Tipo, obrigada pelo sexo com flores, agora vamos passar meia hora varrendo tudo?

– E essas velas são um risco de incêndio – falei, apontando para a TV com a cerveja.

– Né? E depois boa sorte para tirar a cera do carpete.

Olhei para o rosto dela, de perfil.

– E o que *você* acha romântico?

– Bom senso – respondeu Kristen, sem nem pensar. – Minha cerimônia de casamento não seria romântica. Seria divertida. Sabe o que eu quero no meu casamento? – perguntou ela, olhando para mim. – Quero o padre de *A princesa prometida*, que não consegue pronunciar os erres e fala "ceuimônia".

– Eu sentaria minha noiva numa cadeira e dançaria em volta dela ao som de "Stuck in the Middle with You", tipo em *Cães de aluguel*.

– Sim! E eu ia querer que meu noivo aparecesse em cima da hora todo vermelho, como em *Se beber, não case*. As fotos ficariam ótimas.

Voltei a olhar para a TV com um sorriso no rosto.

Aquele era o encontro que eu devia ter tido. *Ela* que gostaria de levar para casa.

– Ei – disse ela, recostando a cabeça no encosto do sofá e olhando para mim. – Desculpa por ter sido grossa quando nos conhecemos.

Eu ri.

– Então vai parar de me encher o saco por causa do jeito que eu dirijo?

– Não. Você é um péssimo motorista. Eu estava falando sério.

Dei outra risada.

– Aquela semana foi ruim – contou ela. – Você me pegou numa manhã difícil.

– Por quê? – Tomei um gole de cerveja.

Ela hesitou por um instante, como se estivesse pensando se devia entrar em detalhes.

– Ah, você já sabe que o Miguel pediu demissão. E eu estava com uma TPM horrível. Para completar, já não andava dormindo bem, e naquele dia alguém tinha tentado invadir minha casa…

– Espera, como é que é? – Meu humor mudou de repente. Eu me endireitei no sofá e coloquei a cerveja na mesinha de centro. – Alguém tentou invadir sua casa? Quem?

Minha reação pareceu surpreendê-la.

– Olha só, você não pode contar isso ao Brandon. Sloan não sabe. Ela ama séries de crimes e a imaginação dela vai correr solta. Não preciso que ela surte por causa disso.

– Você chamou a polícia?

– Claro.

– Eles pegaram o cara?

Ela fez que não com a cabeça.

– Acharam uns cigarros no quintal e uma lata de cerveja. Eram três da manhã. Dublê começou a latir. Andei pela casa e cheguei à porta dos fundos a tempo de ver a maçaneta balançar. A porta estava trancada, foram embora quando acendi a luz da varanda… O que foi?

Minha expressão devia estar demonstrando exatamente o quanto eu estava puto. Aquilo não era nada bom. Ela estava ali sozinha, uma mulher de uns cinquenta quilos, e alguém tentou entrar para fazer só Deus sabe o que com ela.

– Você tem um alarme?

Por que ela parecia não se importar nem um pouco com aquilo?

– Não. Mas logo vou ter um Tyler. Nada melhor que um fuzileiro armado, não é mesmo?

Franzi a testa.

– Você não devia ficar aqui sozinha.

– Vou ficar bem. – Ela levantou uma das mãos, desdenhando da minha preocupação. – Minha intenção não era te deixar preocupado assim. Só queria que soubesse por que perdi a cabeça com você. Foi a gota d'água numa semana infernal. Teve isso, e a demissão do Miguel, e eu estava exausta e irritada e você é um péssimo motorista, batendo nas pessoas em cruzamentos...

– A polícia falou mais alguma coisa? Teve mais alguma denúncia de arrombamento por aqui?

– Não. Mas ontem à noite... – Ela parou de falar, como se tivesse se arrependido de começar.

Esperei.

– Ontem à noite *o quê*?

– Achei mais uma lata e duas bitucas de cigarro lá fora hoje de manhã.

Minha mandíbula travou. Isso já era demais.

– Vou passar a noite aqui até o Tyler voltar.

Eu estava falando sério. E não aceitaria um não como resposta.

A expressão no rosto dela ficou mais suave.

– Eu agradeço o cavalheirismo, mas você passa metade do tempo no Corpo de Bombeiros.

– E nesses dias você vai para a casa da Sloan. Se não fizer isso, vou contar ao Brandon o que está acontecendo.

Ela me encarou, atônita.

– Olha só – continuei –, se fosse com uma das minhas irmãs, eu gostaria que alguém fizesse a mesma coisa. Você não devia ficar aqui sozinha com um cachorro que não passa de um apito escandaloso. O babaca claramente sabe que você está sozinha. E se ele tivesse conseguido entrar? Ou te pegasse quando você saísse para passear com o cachorro?

Eu me levantei.

– Aonde você vai?

– *Nós* vamos. Não vou deixar você aqui sozinha enquanto vou até minha casa.

– Fazer o que lá?

– Pegar minha arma.

8

KRISTEN

Josh estendeu a mão, o rosto sério. Não aceitei.
– Não é um pedido, Kristen. Vamos – disse ele, sem piscar.
Mas nem me mexi.
– Tyler não vai gostar disso – falei.
– Da próxima vez que ele ligar, me passa o telefone.
– Quê?
Ele estava falando sério?
– Um homem que deixa a namorada desprotegida numa situação como essa ou está desinformado, ou é um babaca. Qual é o caso dele?
Caramba, ele era bom nisso. Pressionei os lábios um contra o outro.
– Ele está a mais de onze mil quilômetros de distância. Não quero que ele se preocupe com algo que não pode resolver.
É assim que se mantém uma relação com um militar: escondendo as coisas ruins. Ele não me contava quando uma bomba caseira explodia um blindado nem quando um homem-bomba explodia uma barreira, e eu não contava para ele quando um babaca passava a noite no meu quintal bebendo cerveja e fumando. Nosso papo era leve e divertido, essa era a regra. Do contrário, a gente perderia a cabeça.
– Foi o que pensei – disse ele. – Não vou deixar você aqui sozinha. Suas opções são as seguintes: ligar para a Sloan, contar o que está acontecendo e ficar lá até o Tyler voltar; ficar num hotel; ou deixar que eu passe a noite aqui, no quarto de hóspedes. – Ele olhou para mim, muito sério. – É como morar com um amigo. Não tem nada de errado nisso. Você não pode ficar aqui sozinha com essa merda acontecendo.

Soltei um suspiro resignado. É claro que ele tinha razão. E, para falar a verdade, eu estava, *sim*, assustada. Na primeira vez fiquei um pouco incomodada, mas imaginei que não fosse se repetir. Mas naquela madrugada senti medo. E fiquei bem inquieta quando Josh foi para o encontro e voltei a ficar sozinha. Tinha passado o dia fazendo faxina, de tão estressada.

Eu não podia ir para a casa de Sloan. Um cano tinha estourado no quarto de hóspedes na semana anterior e a cama ainda estava desmontada. Eu me recusava a dormir no sofá ou pagar por um quarto de hotel. Isso, não.

– Vamos – disse ele.

– Preciso colocar sutiã? Porque se eu precisar colocar sutiã eu não vou.

Olhei para ele com naturalidade. Também não ia tirar os bobes, pelos motivos já mencionados.

Meu comentário desmontou um pouquinho aquela expressão séria. Ele ajudou a me levantar do sofá e esperou enquanto eu tomava mais dois comprimidos de ibuprofeno. Era o décimo primeiro dia de menstruação e ela não dava nem sinal de que estava acabando, mas pelo menos eu tinha passado dos absorventes ultra para os comuns.

Eu tentava enxergar o lado bom sempre que possível.

O APARTAMENTO DE JOSH era uma quitinete cheia de caixas. Ele tinha um colchão sem cama, usava um saco de dormir como cobertor e um único abajur constituía toda a mobília. O apartamento tinha o cheiro dele, de leve: cedro.

Enquanto eu esperava, escorada no balcão da cozinha, ele foi abrindo caixas onde estava escrito "quarto".

– Você desempacotou poucas coisas – falei, olhando em volta. Dei uma espiada num armário ao lado do micro-ondas: vazio.

Ele fechou a caixa que estava vasculhando e abriu a seguinte.

– Eu trabalho em plantões de 48 horas e depois vou para sua casa fabricar escadinhas para cachorro. Não tive muito tempo.

Ele pegou uma caixa preta de metal e abriu. De dentro dela saiu o que parecia um pequeno canhão de mão.

– Uau. Que arma grande.

– Sabe, você não é a primeira mulher que me diz isso.

E deu um sorrisinho sacana, tirando algumas balas de uma caixa e carregando a arma.

Meu Deus, como aquilo era sexy.

Meu celular apitou.

Sloan: Josh ainda está aí?

Digitei uma resposta qualquer.

Kristen: Sloan, está acontecendo uma parada
bem macho alfa aqui. Preciso me concentrar.

Sloan: Do que você está falando?

Kristen: Ele pegou uma arma e está me mostrando.
É ENORME. Te ligo amanhã.

Coloquei o celular no silencioso, imaginando a expressão horrorizada de Sloan e rindo sozinha.

Voltei a olhar para Josh.

– Brandon devia ajudar você a guardar suas coisas – comentei.

Ele voltou a guardar a arma na caixa de metal e se levantou.

– Que nada, são só roupas. Um dia eu termino. Celeste ficou com tudo o que tinha na casa.

– E você deixou? – perguntei, abrindo uma gaveta ao lado da pia. Dentro havia um único garfo de plástico e dois sachês de ketchup. – Este lugar está deprimente.

Não era de admirar que ele ficasse lá em casa depois de terminar o trabalho na garagem.

– Não parecia certo deixá-la com a casa vazia. Mas ela me deu umas contas que eu também gostaria de ter deixado para ela – disse ele, olhando em volta como se só naquele instante percebesse a aparência do lugar. – Celeste está saindo com um cara chamado Brad.

Não contive o riso.

– Brad? Aposto que ele usa bermuda rosa e tem cheiro de desodorante Axe.

Ele riu e se escorou na bancada à minha frente, cruzando as pernas na altura dos tornozelos. Pigarreei.

– Meu futon é uma bosta. Tem certeza de que quer fazer isso?

Não que eu não gostasse do gesto. Eu me sentiria *mesmo* melhor com ele lá.

Se Tyler não estivesse prestes a ir morar comigo, alguém como Josh seria perfeito para dividir a casa. Ele tinha um emprego estável. Passava metade da semana fora, então eu teria um tempo só para mim. E era muito boa companhia.

A atração que eu sentia por ele era um problemão. Eu não podia morar com um cara de quem acabaria ficando a fim – porque seria *isso* que aconteceria. Seria conveniente demais. Mas sempre gostei da ideia de morar com um homem. Nunca tive a oportunidade porque morei com Sloan desde que saí da escola, o que foi ótimo. Mas em outro universo eu certamente teria morado com um cara.

Ele cruzou os braços sobre aquele peito magnífico.

– Sim, eu quero fazer isso. Se alguma coisa acontecesse com você, eu não me perdoaria.

Inclinei a cabeça, e os bobes balançaram.

– Quando você parou de desenhar pênis nas coisas?

– Quê?

– Tipo, quantos anos você tinha quando parou de desenhar pênis nas coisas? Eu estava pensando no quanto seria incrível morar com um homem e me dei conta de que a desvantagem seria encontrar pênis desenhados no vapor no espelho do banheiro.

As covinhas dele me fizeram sorrir também.

– Desenhei um pênis na picape do Brandon esses dias.

Eu ri.

– Então os homens nunca superam isso. Legal.

– É nisso mesmo que você está pensando agora? – perguntou, sorrindo para mim.

– Bem-vindo ao meu cérebro. Aperte o cinto e mantenha os braços dentro do carro o tempo todo – falei, espiando uma gaveta que tinha aberto com o dedo.

Dentro dela havia uma foto, uma chave reserva e uma caneta. Peguei a foto. Estava emoldurada por quatro palitos de picolé, pintados provavelmente por uma criança. O ímã tinha caído e também estava dentro da gaveta. Na foto, Josh estava de quatro com um garotinho nas costas, como se fosse um pônei. Eu ri e ele se aproximou, apoiando-se na bancada ao meu lado.

– Meu sobrinho, Michael. Essa foto é de dois anos atrás. Ele me deu de aniversário.

Meu sorriso se desfez um pouquinho.

– Você gosta mesmo de crianças, né?

– Amo.

Ele estava perto demais. Cruzou os braços e seus músculos se destacaram e encostaram no meu ombro. Meu Deus, como ele cheirava bem.

Aquela professora de ioga não sabe o que perdeu ao deixá-lo escapar. Se tivesse parado de falar de tofu, talvez ele estivesse lá com ela, não comigo.

Azar o dela.

– Você quer ter uma família grande? – perguntei, já sabendo a resposta.

– Ah, quero. Eu amei crescer numa família grande. Quero ter pelo menos cinco filhos. Eu meio que achava que já teria filhos a esta altura, na verdade.

– E por que não teve?

Ele deu de ombros.

– Fiquei no Exército até os 22 anos. Ainda não estava preparado. Aí namorei a Celeste. Ela nunca quis ter filhos, mas era muito mais jovem que eu. Pensei que ela fosse mudar de ideia com o tempo, sabe?

– E ela não mudou.

Ele balançou a cabeça.

– Não. E ela ficou puta comigo por ter terminado. Por isso deixei tudo com ela. Não foi culpa dela. Fui eu que mudei as regras. Não conseguia mais manter um relacionamento que não tinha futuro.

– Entendo. – *Não tinha futuro.* – E você vai obrigar sua esposa a ter todos esses filhos que você quer? Ou vai adotar alguns?

– Não, eu quero todos da forma tradicional.

Uma decepção que eu não tinha o direito de sentir pesou no meu estômago. Ele me olhou com aqueles olhos castanhos profundos.

– E você? Família grande?

Fiz que não com a cabeça, desviando o olhar.

– Sou filha única.

– Mas gosta de crianças? Quer ter filhos?

Devolvi a foto para ele, torcendo para que não visse um coração partido no meu olhar.

– Quero, sim.

Não era mentira.

Mas nunca aconteceria.

9

JOSH

Ela não estava brincando – o futon era mesmo uma bosta. Duro como pedra. Quando voltamos para a casa de Kristen, vesti a calça do pijama e uma camiseta. Eu estava deitado naquela cama que parecia de tijolo, me perguntando se o sofá não seria uma opção melhor, quando ela bateu à porta.

Ficou no corredor, ainda de bobes no cabelo, retorcendo as mãos, com Dublê Mike aos seus pés olhando para mim. Por um segundo pensei que tivesse visto alguém no quintal e vindo me contar.

– Josh... Pode vir até o meu quarto?

O sorriso malicioso que eu dei aliviou um pouco a tensão no rosto dela.

– Ah, para com isso. É uma aranha. Quero que você mate. Por favor. Antes que ela desapareça e eu tenha que colocar fogo na casa.

Eu ri.

– Será que pego minha arma ou...?

Ela pulou de nervoso.

– Josh, estou falando sério. Eu odeio aranhas. Por favor, me ajuda.

Peguei alguns lenços da caixa que estava na mesinha de cabeceira.

– Sabe, você parece corajosa demais para ter medo de aranha.

– Uma viúva-negra matou meu Schnauzer quando eu era criança. Aceitar o medo debilitante e eterno de aranhas é mais barato que fazer terapia.

Ela parou na porta do quarto como se houvesse um campo de força invisível ali. Quase trombei com ela.

– Muito bem, cadê o bicho?

Ela apontou para a parede do outro lado da cama. Era uma aranha de respeito. Entendi o desespero.

O quarto era supreendentemente feminino. Não sei o que eu esperava. Ela tinha várias almofadas e um cobertor macio aos pés da cama. O cheiro era o mesmo do perfume que ela estava usando no dia em que emprestei minha camiseta – maçã verde.

Dublê Mike subiu uma escadinha de mogno que combinava com a cama e se jogou na colcha floral com a língua para fora.

A aranha marrom correu alguns centímetros e Kristen deu um pulinho, enterrando o rosto em meu peito.

Nunca gostei tanto de aranhas na vida.

Eu a segurei pelos ombros e a tirei do caminho com delicadeza.

– O que você teria feito se eu não estivesse aqui? – perguntei, pressionando os lenços contra a parede com firmeza e colocando fim ao cerco.

– Eu teria ido para a casa da Sloan e do Brandon.

Ela se espremeu contra o batente da porta quando levei a aranha morta até o vaso sanitário do banheiro de hóspedes. Dei a descarga e me virei para ela.

– Deixa eu ver se entendi. Você faria as malas e iria embora por causa de uma aranha, mas um invasor no quintal tudo bem?

– Minhas prioridades me parecem corretas.

Ela olhou para o vaso atrás de mim como se quisesse se certificar de que a aranha tinha mesmo ido embora com a descarga.

– A propósito – falei –, a aranha parecia grávida. Ainda bem que você me chamou.

Ela agitou as mãos e deu um gritinho, e eu ri. Cruzei os braços e me escorei no batente da porta do banheiro.

– Fomos chamados por causa de uma aranha semana passada. Acredite se quiser, foi um dos chamados menos idiotas que atendi.

– Eu entendo perfeitamente. Estava quase chamando a emergência.

Abafei uma risada.

– Bem, obrigada – disse ela. – Se precisar que eu retribua o favor, é só avisar. Tipo, se um dia precisar de alguém que seja capaz de matar uma planta.

Sorri e ficamos parados ali. Nenhum dos dois fez menção de sair, embora já fosse tarde. Um sorrisinho sugestivo surgiu no rosto dela.

– Está cansado?

Gostei de ver o brilho em seus olhos e não tinha intenção nenhuma de colocar um fim à noite se ela não quisesse, por mais que estivesse, sim, cansado.

– Não.

– Quer ir jogar papel higiênico na casa da Sloan e do Brandon?

Ri alto. Ela estava empolgada.

– Sei que parece coisa de adolescente – disse ela. – Mas eu sempre quis fazer isso. E não dá para jogar papel higiênico na casa de alguém estando sozinho... É uma regra.

– Vamos ter que ir lá amanhã e oferecer ajuda para limpar tudo. Fingir que foi uma coincidência – falei.

– Você pode pedir uma ferramenta do Brandon emprestada, que tal? Posso mandar mensagem para a Sloan amanhã dizendo que vamos passar lá e pegar. Ela vai até querer preparar alguma coisa para a gente. Assim filamos o café da manhã e pagamos por nossos pecados – sugeriu, com um sorrisinho.

MEIA HORA DEPOIS eu estava agachado atrás da picape a duas casas de distância da casa de Brandon, traçando uma estratégia com Kristen. Ela ainda não tinha tirado os bobes.

– Se eles acordarem – sussurrou ela –, dispersamos e nos encontramos naquela loja de donut da Vanowen.

– Entendido. Se pegarem você, não importa o que fizerem, não ceda ao interrogatório.

Ela bufou.

– *Até parece*. Eu não cedo.

Ela pegou o rolo e saiu correndo de trás da picape.

Fomos rápidos. A Operação Papel Higiênico foi finalizada em menos de cinco minutos. Nenhuma baixa. Voltamos para o carro rindo tanto que só consegui dar a partida depois de três tentativas. Então percebi que ela tinha perdido um bobe. Soltei o cinto.

– Nenhum bobe fica para trás. Esse é o princípio dos fuzileiros navais.

Saímos para uma missão de reconhecimento no gramado de Brandon.

Localizei o bobe caído sob um montinho de papel higiênico ao lado da caixa de correio.

– Ei – sussurrei, levantando o bobe. – Achei.

Ela abriu um sorriso largo e correu pelo gramado coberto de papel higiênico, mas, quando estendeu a mão para pegar o bobe, eu o segurei.

– Você está ferida – falei baixinho. – Perdeu um bobe. Os médicos vão dar um jeito, mas preciso tirar você daqui. Suba nas minhas costas.

Eu não tinha certeza absoluta se ela ia entrar na brincadeira. Mas apostei que não fosse querer sair do personagem. Ela nem titubeou.

– Tem razão – sussurrou. – Combatente ferido. Boa!

Ela subiu e eu a levei nas costas até a picape, rindo durante todo o percurso.

Aqueles trinta segundos em que seus braços envolveram meu pescoço me fizeram ganhar a noite.

Quando oficializamos nossa fuga e estávamos dirigindo pelo bairro, ela se virou para mim.

– Ei, quer ver uma coisa legal?

Eu queria fazer qualquer coisa que significasse passar mais tempo com ela.

– Claro.

– Então vira à esquerda aqui – disse ela. – É uma surpresa.

Dirigi alguns quilômetros até que ela me indicou uma vaga de estacionamento num shopping na Roscoe Boulevard, perto da casa dela.

– Pode parar aqui. Chegamos.

Estacionei na vaga e desliguei o carro.

– E aí, qual é a surpresa?

Nenhuma das lojas estava aberta. Era quase uma da manhã.

Ela soltou o cinto e se virou de frente para mim, sentando-se em cima das pernas dobradas. Seus olhos brilhavam.

– Olha. – E apontou para uma casa de penhores à frente.

– O quê?

– Não sabe que loja é essa? – perguntou, sorrindo.

Voltei a olhar para a fachada. Era apenas uma loja velha.

– Não. O que é?

Ela se aproximou e sussurrou no meu ouvido:

– Ainda não acabei com você. Usarei métodos medievais no seu traseiro.

Arregalei olhos.

– Não acredito.

Desci da picape e parei em frente à casa de penhores, observando a vitrine e o letreiro. Ela veio atrás de mim.

– É a...? – perguntei, maravilhado.

– Aham. A casa de penhores sadomasoquista de *Pulp Fiction*.

Olhei para o letreiro amarelo e sorri.

– Uau.

– Né?

Eu sabia que o filme tinha sido rodado na Califórnia, mas nunca pensei em procurar os lugares.

– Tem mais? – perguntei.

– Tem, sim. Tem a rua onde o Butch atropela o Marsellus. E a fachada do Jack Rabbit Slim's na verdade é um boliche vazio em Glendale. Podemos passar lá um dia se você quiser. Mas a maioria dos lugares não existe mais. O restaurante da cena de abertura, o apartamento onde Vincent morre... Tudo foi demolido.

Franzi a testa, mas não por causa dos lugares que tinham sido demolidos.

Aquele era o melhor encontro da minha vida. E nem era um encontro.

Olhei para ela, que se equilibrava na ponta dos pés sobre o pedaço de concreto que dividia duas vagas. Ela estava sem maquiagem. De moletom. Com malditos bobes no cabelo. Sério, ela nem tinha tirado a camiseta com aquela mancha enorme de molho de lasanha antes de sair de casa. E era mil vezes melhor que a professora de ioga maravilhosa de horas antes.

Divertida. Inteligente. Esperta. Linda.

A garota legal.

E que eu não podia ter.

10

KRISTEN

Fazia cinco dias que Josh morava comigo. Fiquei na casa de praia vazia da minha mãe nos dois dias em que ele foi dar plantão no Corpo de Bombeiros. Não era o ideal. O estoque da empresa ficava na minha casa e eu só conseguia trabalhar de lá. O deslocamento levava duas horas. Mas ele tinha razão – eu não podia ficar sozinha na minha casa à noite. Não era seguro.

Josh e eu desenvolvemos uma espécie de rotina. Fazíamos quase todas as refeições juntos, maratonávamos séries, nos revezávamos para levar Dublê para passear e saíamos para comprar comida tarde da noite. Eu tinha planejado ficar o mais longe possível dele, mas só tinha TV na sala e a mesinha de centro era meu escritório não oficial. E, como nós dois precisávamos comer, não fazia sentido fazermos isso separados. Então acabamos meio que nos encaixando.

Toda manhã ele inspecionava o quintal em busca de evidências do invasor. E isso era sexy pra cacete. Então preparava ovos e sentávamos à mesa da cozinha, conversando até que ele precisasse ir para o trabalho.

Ele tinha acabado de voltar para a folga de dois dias. Eu estava sentada na escada da garagem conversando com ele, com uma camiseta tie-dye que tinha feito num acampamento de verão uns nove anos antes com a Sloan. E o prendedor de cabelo combinando. Estava me esforçando para manter o look sem-teto-chique. Isso era cada vez mais necessário.

Eu gostava dele. Gostava *muito* dele.

Josh era divertido. Quando ele ia para o plantão de dois dias, eu ficava com *saudade*. Muita.

Isso não era nada bom. Eu precisava que Tyler voltasse para casa.

Josh estava me contando sobre um chamado que atendeu e eu viajei observando-o esculpir a lateral de uma escadinha. Eu amava o fato de ele trabalhar com as mãos. Era mais que sexy. E imaginei como seria a sensação de ter aquelas mãos na minha pele nua. Fortes e ásperas.

Eu pensava tanto no dia em que ele me carregou nas costas que alguém poderia achar que eram preliminares. A pressão dos músculos das costas dele e o calor daquela pele no meu peito. O perfume. A facilidade com que ele me levantou. Aposto que conseguiria fazer flexão comigo sentada nas costas dele. Então imaginei Josh fazendo flexão em cima de mim, deitada na cama.

Meu Deus. Eu vou direto para o inferno.

Enfiei o dedo num buraquinho que havia na bainha da minha camiseta e fiz um rasgo.

Tyler ligou. Coincidência? Ou ele sentiu a ameaça do outro lado do mundo?

– Preciso atender – falei.

A ligação foi como um plantão de notícia urgente na TV, que interrompe a programação. Não tinha como pular, mas esperei que acabasse logo para poder voltar ao que estava assistindo antes da interrupção.

Era uma droga eu me sentir assim.

Eu *gostava* de conversar com Tyler. Só não gostava de conversar com Tyler quando isso me impedia de conversar com *Josh*. Eu sabia que isso era errado. Sabia que não era saudável. Mas também não conseguia não me sentir assim.

Atendi, me levantei e fui até a entrada da garagem, no sol escaldante, onde Josh não pudesse ouvir.

– Oi, amor.

– Oi, Kris. O que está fazendo?

– Conversando com o Josh na garagem. E você?

– Me preparando para encontrar *você*. Oito dias.

Dava para perceber o sorriso em sua voz.

Sim. Oito dias. Depois disso eu passaria a assistir ao *Show do Tyler*.

– Pois é. Não vejo a hora – falei, forçando o entusiasmo.

Fiquei observando uma rachadura no chão e passei o pé em cima de um dente-de-leão que tinha crescido ali, esmagando-o no concreto, fazendo-o sangrar em amarelo e verde.

– Os policiais te procuraram? Alguma notícia?

Quando o perigo foi neutralizado pela presença de Josh no quarto de hóspedes, abri o jogo com Tyler a respeito da tentativa de invasão.

– Não. Não me falaram nada.

– E o Josh está se comportando? – perguntou ele.

Olhei para a garagem e Josh desviou o olhar, como se estivesse me observando.

Eu me perguntei se Josh já tinha pensado em mim como eu pensava nele ou se minhas tentativas de causar desinteresse estavam funcionando. Ele parecia gostar da minha companhia, mas nunca ultrapassava nenhum limite comigo. Isso era bom. Porque, se fizesse isso, eu teria que mandá-lo embora. Para sempre.

– Josh é muito comportado – falei, e era verdade. – Quer dizer, eu nem teria concordado com isso se ele não fosse o melhor amigo do Brandon. Ele passou na triagem. – Tudo verdade.

Deixei de fora o fato de eu ter uma bela queda por ele e estar gostando mais daquela companhia do que deveria.

– Como é esse cara, afinal? – perguntou Tyler.

– Josh? Tipo bombeiro gato.

Não adiantava mentir, já que ele veria com os próprios olhos em breve. E Tyler nunca se chocava com minha franqueza.

– Não mais gato que eu, espero.

Ele estava dando aquele sorrisinho arrogante pelo telefone. O cara sabia que era lindo. E não pareceu preocupado.

– Na verdade é um empate técnico. Vocês dois renderiam muito dinheiro leiloando o corpo em eventos beneficentes para salvar criancinhas.

Eu iria à falência num evento desses. Pelas criancinhas, claro.

Ele riu.

– Bom, diz para ele que agradeço por cuidar de você até eu chegar.

– Digo, sim. E o que está rolando por aí?

Eu queria sair do assunto Josh.

– Ah, na verdade preciso te contar uma história.

Arqueei uma sobrancelha. As histórias de Tyler eram ótimas.

– Montgomery?

– Hansen – respondeu.

Ele tinha dois amigos lá, Montgomery e Hansen, que sempre garantiam boas histórias.

– Hansen acabou de voltar de licença. Você não vai acreditar no que o cara fez.

– Conta.

Ele começou a contar as façanhas de Hansen e eu sorri ao lembrar como Tyler e eu fizemos dar certo um relacionamento à distância por dois anos. Ele era ótimo ao telefone. Soltei um suspiro de alívio ao me sentir fisgada novamente, e não impaciente para voltar a conversar com Josh.

– E no fim tinha três viaturas e um Bentley estacionados em frente à casa dele às três da manhã.

– Caramba, Hansen.

– Né? E ainda fotografou tudo.

Imaginei Tyler balançando a cabeça, rindo com aqueles olhos verdes penetrantes.

– Esse cara me mata – concluiu, dando risada.

Soltei um suspiro e perguntei:

– O que você vai fazer quando não puder mais encontrar esses caras?

Hansen e Montgomery continuariam no Exército.

Ele ficou em silêncio por um tempo que pareceu longo demais.

– Vamos manter contato. Não estou preocupado com isso. – Seu tom pareceu mais desanimado. – Ei, estava pensando em fazermos uma viagem à Espanha quando eu voltar. Adoraria te mostrar onde morei quando era criança.

Passamos alguns minutos falando sobre a Espanha. Então a ligação pareceu abafada, como se ele estivesse falando com outra pessoa.

– Kris, preciso ir. Volto a ligar em alguns dias.

– Tyler?

– O que foi?

Lancei um olhar para Josh.

– Preciso muito que você volte para casa. Estou com saudade.

– Também estou com saudade, Kris. Nos falamos em alguns dias.

Desligamos e eu fiquei parada por um instante na entrada da garagem, olhando para Josh.

Eu estava mesmo com saudade de Tyler. Mas, na verdade, embora sentisse sua falta, eu não conseguia *me lembrar* dele.

Durante os períodos de separação, Tyler ia sumindo da minha mente. Era como uma fogueira se apagando. Mas as brasas sempre voltavam a arder assim que ele chegava. E eu sabia que pelo menos parte do que estava sentindo por Josh se devia ao fato de meus sentimentos por Tyler terem ficado turvos e adormecidos com toda aquela distância e depois de tanto tempo.

A presença de Josh era palpável. É *claro* que ele iria me distrair. Certo? Tyler era como uma estação do ano que eu não via tinha oito meses, e Josh brilhava mais que o sol naquele momento. Só isso. Não que Josh fosse especial. Como poderia ser?

Josh e eu tínhamos uma lacuna tão grande entre nós que era como se fôssemos de espécies diferentes. Ele queria uma família enorme, e eu...

Eu só precisava que Tyler viesse para casa. Só isso. Eu precisava que ele voltasse para minha vida e bloqueasse o sol.

Eu precisava de um eclipse.

Josh olhou para mim e deu aquele sorriso incrível, com covinhas, e senti meu coração traiçoeiro estender a mão para ele.

Sim, eu precisava de um eclipse.

Mas então eu ficaria no escuro, não ficaria?

11

JOSH

Kristen e eu nunca nos tocávamos. Pelo menos desde que a carreguei nas costas semanas antes.

Eu queria tocá-la. Caramba, eu pensava nisso quase o tempo todo. Mas os limites dela eram bem definidos. Ela nunca sentava muito perto de mim. Eu nunca a pegava olhando para mim. Ela nunca dava nem o menor dos sinais de que estivesse interessada.

E por que faria isso? Ela tinha *Tyler*.

Quando passei a segunda noite lá, ele ligou e ouvi Kristen contando a história inteira sobre a tentativa de invasão e que eu estava dormindo no quarto de hóspedes. Ela foi sincera com ele. E ele não pareceu se incomodar.

Confiava nela.

E tinha mais era que confiar mesmo, pelo menos no que dizia respeito a *mim*. Eu claramente não era uma ameaça.

Como foi que me enfiei naquela situação? Cair de amores por uma mulher que não estava disponível. Foi exatamente o que fiz naquelas duas semanas. Fiquei caidinho por ela.

Fiz besteira. E ia pagar por isso quando o namorado voltasse e aquilo tudo chegasse ao fim. Eu devia ter tomado mais cuidado, passado menos tempo com ela, dito "não" algumas vezes quando ela quis minha companhia. Eu devia ter saído com outras mulheres, considerado outras opções.

Mas não tive forças.

Embora tivesse percebido que estava caindo naquele poço sem fundo, não consegui me conter. Não quis me conter.

Naquele dia, ela saiu para ir ao cabeleireiro às dez da manhã e passou o dia fora. E tínhamos o jantar da Sloan e do Brandon à noite.

Eu estava entediado sem Kristen. Ela deixou Dublê Mike em casa, com sua camiseta O PODEROSO DOGÃO, e ele se tornou meu parceiro de trabalho. Passou boa parte do tempo dormindo, mas de vez em quando levantava de um salto e latia para barulhos fantasmas. Isso manteve o dia interessante.

Às cinco da tarde Kristen ainda não tinha voltado, então fui tomar um banho para começar a me arrumar para a festa. Quando saí do banheiro de hóspedes, vestido e pronto, perdi o fôlego assim que a avistei. Ela estava sentada na bancada da cozinha, olhando para o celular.

Estava *maravilhosa*.

Ela já era bonita, mesmo com as camisetas largonas e as calças de moletom. Mas agora? Arrumada assim? Meu Deus, estava muito sexy.

Vestido preto justinho e salto vermelho. O cabelo solto em cachos e o rosto maquiado. Batom vermelho-vivo.

Quando ela ergueu a cabeça, tentei agir como se não tivesse ficado paralisado à porta.

– Ah, oi. Você pode me ajudar com o zíper? – perguntou ela, levantando-se da banqueta sem parar de mandar mensagens.

Ela nem *olhou* para mim direito. Pigarreei.

– Ah, sim. Claro.

Ela se virou de costas para mim, ainda olhando para a tela. O zíper do vestido estava totalmente aberto, e o cós de uma calcinha de renda azul-clara estava aparecendo. Seu perfume adentrou minhas narinas e quase senti gosto de maçã verde na língua.

Caralho. Isso é tortura.

Fechei o zíper, meus olhos percorrendo toda a extensão de sua coluna. Sem sutiã. Ela tinha seios pequenos, arrebitados. Não precisava de um. Parei para tirar seu cabelo do caminho e meus dedos tocaram seu pescoço quando o coloquei para o lado. Senti uma vontade quase irresistível de tocar a pele atrás da orelha com os lábios, deslizar as mãos pelas laterais do vestido, envolver a cintura, despi-la.

Ela tem namorado. Não está interessada.

Terminei o trabalho com o zíper. Ela ficou o tempo todo olhando para o celular, indiferente.

Kristen não era tímida ou conservadora. Isso eu já tinha percebido naquelas duas semanas. Aquilo devia ter sido natural para ela. Mas eu quase fiquei sem fôlego. Estava ficando excitado só de estar ali. Torci para que ela não olhasse para baixo.

Ela se virou.

– Pronto, consegui um Uber. Vai chegar em cinco minutos. – Ela me olhou pela primeira vez desde que entrei na cozinha. – Você está bonito.

Fiquei olhando para ela.

– Valeu. Você também.

Meu coração estava batendo tão forte que imaginei que ela conseguiria vê-lo através da minha camisa. Meus dedos estavam eletrizados com a lembrança do toque em sua pele.

Dublê Mike veio até mim todo pomposo e se jogou aos meus pés. Eu me abaixei e o peguei no colo, feliz por aquela distração.

– E aí, carinha?

Kristen abriu um sorriso largo, lábios vermelho-vivos reluzentes sobre dentes retinhos, perfeitos.

– Meu Deus, ele gosta mesmo de você. Não deixo de me admirar com isso.

– É, passamos o dia todo juntos.

Beijei o topo da cabeça dele. Eu gostava de Dublê, mas o beijo foi por causa de Kristen. Eu amava ver os olhos dela brilharem quando eu era carinhoso com o bichinho. Abracei-o contra o rosto e ela se derreteu. Soltou um suspiro.

– Ele não gosta de ninguém. Odeia o Tyler.

É. Eu entendo. *Porque também estou começando a odiá-lo.*

12

KRISTEN

A festa era no Luigi's, sob as estrelas. Tínhamos todo o terraço do restaurante italiano favorito dos noivos para as atividades da noite. Primeiro jantaríamos e depois passaríamos horas enfiando convites de casamento em envelopes e montando as lembrancinhas: 150 velas com aroma de jasmim. Cada uma delas tinha que ser rotulada, colocada numa caixinha com papel de seda, etiquetada e fechada com uma fita.

A salada caprese, o frango marsala e o penne foram servidos num buffet sob uma treliça branca coberta de videiras e luzinhas. Frank Sinatra cantarolava nos alto-falantes.

Aquilo tudo era *muito* Sloan. A obsessão dela pelo Pinterest tinha dado frutos.

Estávamos todos sentados a uma mesa comprida com flores frescas e velas espalhadas. A mãe da noiva, a mãe do noivo e a irmã dele, Claudia, estavam na ponta da mesa. A prima de Sloan, Hannah, acabou ficando ao lado de Shawn, que provavelmente daria em cima dela a noite toda. Josh estava ao lado de Brandon e acabei ao lado de Sloan, de frente para os dois.

Era uma noite perfeita de março. O ar estava perfumado e quente.

E a área do meu pescoço onde os dedos de Josh tinham me tocado... estava quente também.

Meu Deus, ele estava lindo. Tive que me segurar muito para não ficar olhando para ele. Assim que o vi, acho que um ovário inteiro se soltou e flutuou até meu útero inútil para esperar.

Eu estava cansada de mentir para mim mesma. Naquela semana me convenci de que me sentia mais atraída por Josh do que por Tyler. Muito mais.

Mesmo. E isso não era pouca coisa, porque Tyler e eu tínhamos muita química.

E não era só o corpo de Josh. Era ele *todo*. Não havia nada nele de que eu não gostasse. Eu queria que houvesse.

Ele era descontraído e engraçado. Meu humor não o assustava nem um pouco. Ele topava tudo. Odiávamos as mesmas coisas: filmes indie metidos a artísticos sem um final claro, abacaxi na pizza, horário de verão. Às vezes ele dizia exatamente o que eu estava prestes a dizer, como se nossos cérebros operassem na mesma frequência.

Todo dia eu procurava um defeito fatal para deixar de sentir tudo aquilo. Às vezes eu o enchia de perguntas só para ver se as respostas me irritariam.

Nunca dava certo.

Eu estava bem naquele dia. Não estava com cólica nem sangrando. Minha menstruação de dezenove dias tinha finalmente ido embora e eu tinha passado a tarde me depilando e fazendo as unhas no salão. Fiz isso porque sabia que teria aquela noite com Josh. Era uma festa e pela primeira vez estar arrumada não denunciaria o que eu sentia por ele. Eu queria que ele me achasse bonita, só uma vez.

Mesmo que só para provocá-lo, só para ver se eu surtia esse efeito nele.

Josh e Brandon estavam absortos numa conversa animada do outro lado da mesa, sobre caça de patos, quando Sloan se aproximou e sussurrou por cima do tiramisu:

– Josh passou a noite toda olhando você.

Peguei minha sangria e dei um gole. Como se quisesse confirmar a constatação, Josh olhou para mim e sorriu.

Se eu fosse do tipo que fica corada, teria ficado.

Há dias eu não falava com Tyler. Ele tinha ligado no dia anterior, mas não atendi porque estava vendo *Cassino* com Josh e não quis sair de perto dele para conversar com o homem com quem eu *deveria* estar conversando.

Era vergonhoso.

Mas eu só tinha mais dois dias até que Tyler voltasse. Só isso. Então Josh voltaria para a garagem. Fazia dias que eu ouvia o tique-taque de um relógio imaginário na minha mente, e mais uma vez a ideia de morar com Tyler me deixou em pânico. Mas dessa vez tinha mais a ver com perder Josh do que com a preocupação de que Tyler e eu não déssemos certo.

Cutuquei Sloan.

– Banheiro.

Arrastei a cadeira para trás e larguei a taça. Sloan se levantou e foi atrás de mim, a anágua vermelha farfalhando sob o vestido de bolinhas.

Na segurança do banheiro feminino, ela me encurralou em frente à pia com um sorrisinho.

– Aquele cara está muito a fim de você.

E fez uma pausa que me desafiava a negar. Talvez ele estivesse *mesmo* um pouco a fim de mim. Mas não importava.

Como não protestei, ela continuou, os olhos brilhando:

– E sabe o que mais? Brandon não comenta nada. Sabe o que isso quer dizer? Que o Josh está dizendo coisas para o Brandon que ele não quer contar para mim.

Ela parecia muito entusiasmada com essa informação.

Não consegui olhar em seus olhos. Fiquei mirando as tatuagens coloridas no braço dela.

– Eu gosto dele, Sloan. Muito. Faz tempo que não me sinto assim.

Talvez nunca tenha me sentido. Olhei para ela, que me abriu um daqueles sorrisos deslumbrantes de beldade.

– Você vai terminar com o Tyler?

Sabia. Balancei a cabeça.

– Não. Josh e eu nunca vamos ter nada.

– Por que não? – Ela franziu a testa. – Seria incrível. Eu e Brandon, você e Josh. Os Ramirez e os Copelands poderiam ser vizinhos de porta, criar os filhos juntos…

Bufei.

– Vamos com calma.

Como se eu não tivesse pensado no quanto seria fácil. No quanto seria perfeito. Mas era impossível, porque eu não era diferente da última namorada dele.

Eu precisava contar a ela. Não podia mais guardar segredo. Não com Josh envolvido.

Devia ter contado semanas antes, mas Sloan não conseguia separar as coisas como eu. Ela ficaria chateada. Quer dizer, eu também estava, mas conseguia seguir em frente e aceitar aquilo como mais uma merda que acontece na vida e não podemos mudar. Se eu quisesse explicar por que não podia ficar com Josh, teria que abrir o jogo. E eu precisava muito conversar com ela sobre o assunto.

– Sloan, preciso te contar uma coisa.

Ela fechou o lindo semblante na mesma hora. Reconheceu o tom na minha voz. Sabia que era má notícia.

Coloquei o cabelo atrás da orelha.

– Você sabe que eu tive que abrir mão de muitas coisas por causa dos meus ciclos menstruais, não sabe?

Ela sabia. Éramos amigas desde o sétimo ano. Ela conhecia bem meus pesadelos de três semanas de duração. Tive uma úlcera no primeiro ano do ensino médio por tomar muito ibuprofeno para a dor. Perdi o baile de formatura porque estava com tanta cólica que não conseguia ficar em pé. Ela me levou ao pronto-socorro mais vezes do que eu seria capaz de contar.

– Eu não queria te contar isso antes do casamento, e sinto muito se isso mexer com você.

Eu me preparei para falar, para contar a ela o que vinha enfrentando sozinha havia seis meses.

– Vou fazer uma histerectomia.

Sua expressão se fechou de vez. Ela levou a mão à boca.

– *O quê?*

Eu tinha finalmente tomado a decisão extrema. Estava cansada de passar semanas sangrando, de sofrer sem necessidade, de não viver a vida. Era hora de dar um basta.

– Não costumam recomendar essa cirurgia para mulheres da minha idade. É opcional. Mas os miomas são graves e estão afetando minha qualidade de vida. A chance de eu levar uma gravidez até o fim é quase nula.

– Como foi que ficou ruim assim? – perguntou ela, quase sussurrando.

– Sloan, *sempre* foi ruim assim.

Ela desviou o olhar, mirando o chão.

– Ai, meu Deus, Kristen. Meu Deus. Por que você não me contou antes? Eu… Eu teria ido ao médico com você. Eu teria… – Ela me encarou boquiaberta e completou baixinho: – Você nunca vai ter um bebê…

– Eu nunca teria mesmo. – E dei de ombros.

Ela pareceu chocada.

– Mas você ainda tem uma *chance* de engravidar um dia, não tem? Ainda que pequena, ela existe. Se fizer isso...

– Sloan, meu útero é terra arrasada. Sempre foi. Tem sido uma questão atrás da outra desde a primeira vez que menstruei, e agora o inferno dos miomas. Eu tenho o útero de uma mulher de 50 anos e tentei de tudo... Você sabe disso. Passei boa parte dos últimos seis meses sangrando. Até voltei a ficar anêmica. O DIU que coloquei como último recurso não adiantou de nada. Continuo sangrando e com cólica quase o tempo todo. O anticoncepcional que deveria ter ajudado fez os tumores crescerem. Chega. Esgotei as opções.

A derrota passeou pelo rosto dela conforme a realidade se sobrepunha. Não era uma atitude impulsiva, e ela sabia disso. Eu havia considerado as opções. Consultado vários especialistas. Lido os folhetos sobre o "luto do útero". Conversado com outras mulheres que tiveram os mesmos problemas e superaram.

– Eu não vou melhorar, Sloan.

Olhei para minha barriga e alisei o vestido sobre o montinho firme e dilatado que era meu abdômen. Eu parecia grávida de três meses. Isso foi decisivo. O que virou o jogo. Os tumores tinham começado a distender meu útero.

Em pesquisas no Google vi mulheres com o mesmo problema que eu com a barriga tão cheia de tumores que pareciam grávidas de seis meses. Foi o que bastou para mim. A gota d'água. Eu não podia deixar a situação chegar àquele ponto. Já tinha aberto mão da minha dignidade por tempo demais.

– O médico disse que os tumores podem crescer a ponto de dificultar minha respiração. Empurrar meus órgãos. Olha minha barriga, Sloan.

Ela ficou observando o triângulo entre meus dedos.

– Quando? – Seus olhos castanhos piscaram para conter as lágrimas.

– Em abril. Marquei para a quinta-feira depois do seu casamento. Vou ficar com os ovários, então não vou entrar na menopausa. Posso tentar uma barriga solidária, se tiver dinheiro para isso. É uma possibilidade.

Ela fungou.

– Eu carregaria seu bebê.

– E você acha que o Brandon aceitaria isso?

Ela puxou uma toalha de papel e a pressionou sob os olhos.

– Não tenho dúvida.

Eu duvidava. Brandon era um cara bacana, mas eu não conseguia imaginá-lo aceitando que sua esposa carregasse o bebê de outra mulher ou emprestasse o corpo para algo tão sério durante tanto tempo. Não era uma escolha que impactava só a vida dela.

Eu já tinha pesquisado. Não era simples nem barato.

Uma profissional me custaria por volta de quinze a vinte mil dólares e a fertilização, outros doze mil. A taxa de sucesso da fertilização era de apenas 40%, e meu seguro não cobria um centavo. Então, a não ser que eu ganhasse na loteria e tivesse muita sorte, meu útero me deixaria estéril e sem filhos. Eu provavelmente acabaria como a tia doida que usa casquete, cheira a naftalina e tem dez cachorrinhos.

Sorri para Sloan, embora soubesse que meus olhos não estavam sorrindo.

– Bem, a gente não precisa se precipitar. Tyler nem quer ter filhos. Mas obrigada por se oferecer.

– Tyler não quer ter filhos? – perguntou ela, franzindo a testa.

Fiz que não com a cabeça. Ela me encarou, atônita.

– Está falando sério? Então por que você está com ele? Você quer filhos, Kristen.

Desviei o olhar.

– Kristen!

– Sloan, chega.

– O que você está fazendo? Por que está se contentando com pouco?

A porta do banheiro se abriu e uma mulher entrou. Ela sorriu para nós, e Sloan e eu ficamos ali sem jeito enquanto ela entrava numa cabine.

– Não estou me contentando com pouco, Sloan – sussurrei. – Ele é um homem incrível. Motivado e ambicioso. Inteligente. Ganha bem. Temos coisas em comum. E sejamos sinceras… Eu preciso escolher alguém que não quer ter filhos. Essa é a minha realidade. Josh quer ter filhos. Ele terminou com a Celeste porque ela não queria. E, na melhor das hipóteses, se os astros se alinharem, talvez eu tenha *um*. Um filho, se eu for rica e sortuda. Tyler e eu somos mais compatíveis, só isso.

Ela ficou olhando para mim antes de responder.

– Meu Deus. Lá vem você com sua análise. Você *sempre* faz isso. A gente não escolhe namorado como escolhe um carro, Kristen. – Ela cruzou os braços. – Você não ama o Tyler, ama? Você não é nem um pouco apaixonada por ele. Eu sabia. Eu soube quando vi vocês juntos na última vez que ele veio.

– Amo, *sim.*

Era uma paixão louca como a que Sloan e Brandon viviam? Não. Era o que eu sentia arder por Josh? Definitivamente não. Mas era amor. Estava um pouco esmaecido no momento, claro, mas só porque fazia muito tempo que ele estava longe. Voltaria a ser forte. Sempre voltava. Eu tinha quase certeza.

Ela balançou a cabeça.

– O amor não é uma lista de prós e contras. É um *sentimento.* O que você está fazendo, Kristen?

Eu estava sendo sensata. Tyler fazia sentido para mim. Ele era o caminho com menos obstáculos. Era exatamente o tipo de homem de que eu precisava.

– E se eu estiver, *sim,* sendo um pouco racional no que diz respeito ao Tyler? – falei. – As pessoas deveriam ser mais racionais nos relacionamentos. Se fossem, não teríamos tantas mães solo com pais que nem pensão pagam e traições que destroem famílias. O que tem de errado em ser prática e analisar as coisas com alguma lógica?

– Termine com ele. – Ela pressionou os lábios. – Termine com ele antes que ele vá morar com você.

A mulher saiu da cabine, lavou as mãos, e Sloan e eu ficamos nos olhando em silêncio. Ela pegou uma toalha de papel, secou as mãos e saiu.

– Por quê? – perguntei, quando a porta se fechou. – Qual o sentido de terminar um relacionamento ótimo com um cara decente de quem eu gosto e que tem um estilo de vida que combina com o meu?

– Que tal… felicidade? Para que você possa talvez ter uma chance com o Josh? Ou com alguém como ele que queira ter filhos? Por que você age como se não quisesse isso?

– Quem *se importa* se eu quero? – Joguei as mãos para o alto. – Isso é irrelevante. Eu não posso ter filhos.

Ela olhou para mim e continuei:

– Digamos que eu fique com o Josh. E depois? A gente se apaixona? Para quê? Para que ele se contente com pouco? Para que a gente namore alguns anos, até que ele se ressinta de mim e vá embora? Depois de ter desperdiçado alguns anos, sendo que ele podia ter se dedicado a alguém que lhe desse uma família? Ou pior, para que ele fique comigo e se pergunte o tempo todo como poderia ter sido se não ficasse? Para que ele desista dos sonhos dele? Isso se ele quiser ficar comigo depois de descobrir que não tenho a merda de um útero.

Ela fez que não com a cabeça.

– Pelo menos dê a ele a chance de decidir. E se ele aceitar adoção?

Soltei o ar devagar.

– Ele *decidiu*, com a última namorada, que ele amava e com quem já estava morando. E aquele homem não quer adotar... Ele quer filhos biológicos. Eu *perguntei*.

– Está bem, mas talvez você *consiga* engravidar. Você nunca tentou. Não vai saber enquanto não tentar, e não vai poder tentar se não tiver um útero.

Inclinei a cabeça.

– Eu nunca usei proteção com o Tyler. *Nunca*. Nem com nenhum dos meus namorados mais sérios desde a faculdade. Faz oito anos que jogo essa roleta-russa e não tenho nenhuma criança correndo por aí. – Levantei os braços e olhei ao redor. – E agora está pior do que *nunca*.

Sloan suspirou como quem sabe que está perdendo a discussão.

– Só... tenha uma conversa sincera com o Josh. Quem sabe ele...?

– *Não*. – Pela primeira vez desde o início da conversa, a raiva borbulhou dentro de mim. – Você acha que quero falar das minhas vulnerabilidades como mulher com o cara por quem estou me apaixonando?

Minha voz falhou com a confissão e precisei de um momento para me recompor. Mordi os lábios até que a tensão na garganta fosse embora.

– Por que eu contaria isso a ele, Sloan? Para me humilhar? Para que ele me olhe com pena? Ou pior, me rejeite? Não vai haver nenhuma rejeição, porque eu não vou propor nada. Não há motivo para isso. Eu gostaria de me poupar desse constrangimento. Tudo bem para você?

Ficamos em silêncio, ela parecendo magoada e eu tentando entender por que algo tão racional fazia com que eu me sentisse um lixo. Soltei um longo suspiro.

– Eu sinto alguma coisa pelo Josh? Sim, sinto. Ele é maravilhoso e eu odeio não ter nenhuma chance. Mas *não posso*. Não posso prometer filhos a ele. Na verdade, posso quase garantir que *não* vou ter filhos. Sei como isso terminaria e prefiro me poupar.

Voltamos a ficar em silêncio por um tempo, processando tudo. Quando comecei a falar outra vez, minha voz estava tão fraca que nem a reconheci.

– Ele não é um cara que quer ter um ou dois filhos, Sloan. Ele vem de uma família enorme. Sabe o que ele me disse outro dia? – A amargura cresceu no meu peito. – Que quer um time de beisebol. É tudo que ele quer. E é exatamente o que eu não posso oferecer. Não do jeito que ele planeja.

Mordi o interior da bochecha até machucar e desviei o olhar.

– Ele não poderia ficar comigo no banheiro para esperar a linha vermelha aparecer no palitinho nem colocar as mãos na minha barriga e sentir o bebê chutar. Ele não poderia ir comigo fazer a ultrassonografia nem segurar minha mão quando eu fizesse força. Esse cara quer ser pai, Sloan. E eu não vou ser mãe. E é isso.

O lábio dela tremeu e achei que ela fosse chorar.

Sloan sempre foi emotiva. Por isso eu não queria contar a ela. Esse assunto iria pairar como uma sombra sobre o que deveria ser uma época feliz antes do casamento. Eu não devia ter contado. Fui egoísta.

– Sloan – suspirei –, você é romântica. Você tem uma imagem de nós duas grávidas ao mesmo tempo, saindo de férias com nossos respectivos maridos e empurrando carrinhos pela rua. Você vai ter que adaptar essa imagem do nosso futuro.

– Odeio isso. – Ela enxugou os olhos com o polegar. – Odeio que você tenha que abrir mão de tanta coisa.

– Não estou abrindo mão. Não pense nas coisas que estou renunciando. Pense no que eu vou ter *de volta*. Só de pensar em nunca mais menstruar pelo resto da vida, eu quase choro de felicidade. Não vejo a hora.

Sloan estava tão triste que parecia que era *ela* quem faria a histerectomia. Eu odiava isso, e a amava por isso. Coloquei as mãos em seus braços.

– Sabe do que eu preciso de verdade? – falei. – Preciso que você me ouça e me apoie. Só isso. Consegue fazer isso por mim?

Por favor. Seja minha amiga. Eu preciso de você.

Ela assentiu e me abraçou. O cheiro familiar do perfume de madressilva – o perfume da minha melhor amiga – me trouxe de volta à Terra e me dei conta do quanto tinha sido difícil não poder falar sobre aquilo com ela ou contar o que sentia por Josh.

– Sloan... – falei, depois de um tempo, com o queixo apoiado no ombro dela.

– Quê?

– Eu e o Josh jogamos papel higiênico na sua casa.

Ela fungou.

– Eu sei.

Soltei um riso e fechei bem os olhos.

– Esse lance com o Josh seria tão legal – sussurrou ela no meu ouvido.

Seria *mesmo* legal. Mas homens como Josh não eram mais para mim. Nunca mais seriam. Homens que queriam uma esposa grávida e uma família grande, filhos que se parecessem com eles – esses homens não faziam mais parte do meu cardápio. Eu poderia ter outros Tylers. Poderia ter mais cachorros. Uma carreira importante sem filhos para me distrair. Poderia ter mais renda e uma casa limpa sem giz nas paredes ou fraldas para trocar. Poderia ser a tia legal.

Mas eu não poderia ter filhos.

E nunca, nunca, poderia ter Josh.

13

JOSH

Sloan e Brandon já tinham se despedido dos convidados. Apenas Kristen e eu tínhamos ficado para trás cumprindo nossos deveres de madrinha e padrinho e ajudando os noivos a levar as lembrancinhas e os convites para a picape de Brandon. Kristen, Sloan e eu estávamos no terraço vendo os funcionários apagarem as velas e limparem a mesa enquanto Brandon acertava a conta.

– A festa foi ótima – disse Kristen para Sloan. – Conseguimos terminar tudo.

Brandon entregou a conta para o garçom e foi atrás da noiva, abraçando-a pelos ombros. Sloan sorriu, inclinando o rosto enquanto ele beijava sua bochecha.

Kristen pegou o celular para pedir um Uber.

– Quer comer alguma coisa antes de ir para casa? – perguntei, esperando que ela aceitasse.

Tínhamos passado três horas organizando as coisas do casamento, então fazia mesmo algum tempo desde o jantar, mas meu convite era só uma desculpa para ficar mais tempo com ela, porque não passaríamos aquela noite na mesma casa.

Nem qualquer outra noite, talvez para sempre.

O invasor tinha sido pego. Um garoto do bairro aprontando no quintal dos outros. Kristen ainda não sabia. Eu precisava contar para ela, mas estava evitando. Assim que ela soubesse, eu não teria nenhum motivo para passar a noite lá. Então ficaria dois dias trabalhando e, quando voltasse, tudo teria chegado ao fim. Tyler estaria em casa.

Aquela era minha última noite com Kristen.

Tentei não deixar que a decepção estragasse meu humor e o pouco tempo que ainda me restava com ela.

– Claro. Mas não estou conseguindo um Uber – respondeu ela, olhando a tela. – O mais próximo está a 23 minutos daqui. Os bares devem estar fechando.

– Podem ir com meu carro – disse Sloan, envolvida pelo abraço do noivo. – Viemos com dois carros porque eu tive que chegar bem cedo. Eu vou para casa com o Brandon.

– Eu não vou dirigir aquela lata-velha – protestou Kristen, balançando a cabeça.

– Eu dirijo – falei. – Eu dirijo qualquer coisa.

– Dirige mesmo? – Kristen olhou para mim.

– Rá. Me dê a chave. Vou trabalhar amanhã. Não bebi nada além do champanhe do brinde.

Sloan me entregou a chave e nos despedimos. Ela estava estranha. Deu um abraço longo demais na amiga, mas não consegui decifrar a expressão de Kristen.

– E aí, o que você quer comer? – perguntei enquanto seguíamos para o estacionamento ao som dos seus saltos vermelhos.

– Tacos. Conheço um lugar que fica aberto até tarde.

Isso me fez rir sozinho. Ela sempre sabia exatamente o que queria comer. Não era dessas mulheres que dizem "Qualquer coisa" e depois rejeitam todas as sugestões que a gente dá. Quando comentei isso na semana anterior, ela disse que já tomava o café da manhã pensando no que iria jantar. Eu amava isso nela.

Eu amava muitas coisas nela.

Quando abri a porta do passageiro para que ela entrasse, ouvi um rangido deprimente. Sloan tinha um Corolla digno de ferro-velho. Era um total e verdadeiro lixo.

A porta do motorista estava emperrada e tive que forçar. Consegui dar a partida na marra e saí do estacionamento ao som dos cintos rangendo. Kristen me pediu para virar à esquerda.

Olhei para ela. Estava tão linda naquela noite. Um dourado bem leve no cabelo, o olhar profundo, o vestido perfeito. Tive que me obrigar a voltar a olhar para a rua.

– Está tudo bem entre você e a Sloan? Vocês passaram bastante tempo no banheiro mais cedo. .

– Aham – disse apenas isso e olhou pela janela.

Ela não queria tocar no assunto, então deixei para lá.

– Ah, me esqueci de te contar uma coisa – falei, relutante.

Ela voltou a olhar para mim e pensei ter visto uma pontada de tristeza ou cansaço em seus olhos.

– O quê? – perguntou.

– Você vai se livrar de mim. Hoje, enquanto você estava fora, seu vizinho da frente apareceu com o filho. Pelo jeito o garoto estava roubando cerveja da geladeira do pai e levando para beber com um amigo no seu quintal. Eles tentaram entrar na sua casa para roubar bebida. A boa notícia é que o pai vai obrigar o moleque a cortar sua grama durante um mês.

Olhei para ela e a expressão em seu rosto parecia ser de decepção.

Decepção.

Será que ela estava sentindo o mesmo que eu? Será que ela também não queria que eu fosse embora?

– Ah. Bem, fico feliz – disse ela. – O mistério foi resolvido e você não vai ter mais que cuidar de mim.

– Posso falar a verdade? – Fiz uma pausa para escolher bem as palavras. – Gostei de passar esse tempo com você.

Era o máximo que eu podia dizer a ela sem sentir que estava ultrapassando algum limite.

– Eu também gostei de passar esse tempo com você – respondeu ela, em voz baixa.

O silêncio entre nós era pesado.

Por que parecia que estávamos terminando um relacionamento? Acho que de certa forma estávamos. Aquilo que havia entre nós estava prestes a acabar.

Na segunda-feira, quando chegasse à casa dela, eu teria que conhecer o cara. Apertar a mão dele. Ver os dois juntos. E achava que não seria capaz. Achava mesmo. Eu pretendia dizer a ela que não faria mais as escadinhas. Daria uma ajuda até que ela encontrasse alguém, mas não poderia continuar depois disso.

O tal lugar que vendia tacos na verdade era um food truck. Ficava num estacionamento abandonado na parte mais decadente de Los Angeles, mal iluminado e com mato saindo das rachaduras no asfalto.

Senti falta da minha arma.

Havia barracas do lado de fora da grade do estacionamento, e a luz do poste da entrada estava piscando.

– Você quer mesmo comer aqui? – perguntei, desligando o carro e olhando ao redor.

Eu não estava gostando nada daquilo. Prédios com janelas quebradas, pichações nas paredes. Eu atendia chamados frequentes em áreas como aquela. E era sempre coisa ruim. Esfaqueamentos, overdoses... *estupros*.

– Por quê? Você não precisa nem fazer baliza. Qual é o problema?

– É sério isso? Ter que fazer baliza é a única coisa que te impediria de comer aqui? Olha para esse lugar.

– São os melhores tacos da cidade – disse ela, soltando o cinto. – E não finja que sabe fazer baliza. Nós dois sabemos como você dirige.

Ela sorriu para mim, e um velho sem-teto que estava sentado do lado de dentro da grade cambaleou em direção ao carro.

– Não. Vamos embora – falei, dando a partida.

O carro fez um muxoxo que mal processei porque Kristen abriu a porta e saiu.

– Merda – resmunguei, indo atrás dela.

A porta não fechou completamente quando bati, mas eu não tive tempo de voltar para fechá-la. O cara já estava quase no carro e Kristen estava... *indo em direção a ele?*

– E aí, Marv? – cumprimentou ela quando disparei para me colocar entre os dois.

Pus o braço diante dela e estendi a mão para impedir o avanço do homem desdentado.

– E aí? – disse Marv, me ignorando e falando com Kristen atrás de mim como se eu não estivesse ali.

Ela remexeu na bolsa e lhe entregou uma nota de dois dólares por cima do meu braço.

– Bom jantar. Sua porta está aberta, filho – disse o sujeito antes de voltar cambaleando para a grade.

Kristen se virou para mim.

– Ele é o cara que cuida do estacionamento. Vamos. – E apontou para o food truck.

Meu coração ainda estava martelando no peito.

– Você está falando sério? O cara "que cuida do estacionamento"?

Fui atrás dela, virando o rosto para olhar o sujeito.

– Isso. Ele é tipo um valet. Recolhe o lixo, mantém os meliantes longe. Olha, não tem uma agulha no chão. E ele é capaz de dar uma coça em qualquer um que olhe para o nosso carro. Não que alguém queira olhar para aquilo.

Ela sorriu. Eu balancei a cabeça.

– Você não tem nenhum instinto de sobrevivência, né? Entrega roupas de cachorro para um criminoso, não dá bola quando tem um invasor no seu quintal. Agora está pagando um sem-teto que "cuida do estacionamento".

– Ei, meus instintos não falham. No fim das contas o invasor nem era grande coisa. De qualquer forma, eu já sei como vou morrer.

Paramos em frente à janela do food truck. O gerador zumbia e dava para ouvir as espátulas raspando a grelha quente lá dentro.

– Como? – perguntei.

– Mordida de aranha. Ou sendo sarcástica na hora errada.

Enquanto eu ria, dois outros carros pararam no estacionamento, um atrás do outro. Um SUV bacana e um Honda mais antigo. Baixei o que ainda restava da guarda.

– Você gosta de tudo? – perguntou ela. – Cebola? Pimenta?

O cheiro de carne emanava pela janela, e um homem grisalho com um avental branco sujo esperava por nosso pedido enquanto mariposas voavam ao redor da luz que ficava sobre o cardápio no quadro-branco.

– Como de tudo – respondi.

Ela pediu para nós dois e eu paguei, passando uma nota de vinte pela janela antes que ela pudesse protestar.

– Isso não é um encontro – disse Kristen, tentando entregar o próprio dinheiro.

Ela nunca me deixava pagar.

– É, mas você pagou pela nossa proteção.

Ela não pareceu satisfeita, mas aceitou minha desculpa. Fiquei olhando para ela ali parada e senti uma pontada de arrependimento por aquilo *não ser* um encontro.

Eu não acreditava que a perderia em breve.

Quando a comida chegou, ela deu três tacos a Marv e sentamos no capô do carro para comer.

– Foi bem sexy quando você incorporou o fuzileiro naval e partiu para cima do cara – disse ela, tirando os sapatos e os jogando para dentro do carro pelo teto solar.

– Eu nunca deixaria que ele tocasse em você.

Jamais permitiria que alguém a machucasse.

Ela tomou um gole do Sprite.

– Eu sei. Por isso foi tão sexy.

Embora ela ficasse repetindo que eu era sexy, isso não me adiantava de nada. Ela não me queria. Nada daquilo continuaria quando o namorado chegasse. Eu não poderia levá-la para comer tacos ou aparecer na casa dela com uma pizza. Não poderia nem ficar na sala com ela.

Eu me perguntei se isso a incomodava também ou se ela só estava feliz por ter o namorado de volta.

Provavelmente a segunda opção.

Fiquei olhando para o estacionamento e uma sensação de perda sugou meu coração.

Ela era como um unicórnio. Uma criatura mítica. Uma mulher sincera, que não fazia drama nem ficava de joguinhos, que bebia cerveja e falava palavrão e não se importava com o que as pessoas pensavam dela. Era um unicórnio preso no corpo de uma mulher linda com uma bunda excepcional.

E eu não podia ficar com ela. Então precisava parar de pensar nisso.

Terminamos de comer e entramos no carro. Eu não queria levá-la para casa. Na verdade *queria*, mas sem ir embora depois.

Pensei em convidá-la para fazer mais alguma coisa, só para que aquele momento se prolongasse, mas não poderia ser nada que parecesse um encontro. Ela não concordaria. Só que eu não conhecia Los Angeles. Não fazia ideia do que estaria aberto. E só poderia ir até certo ponto sem que a situação parecesse inadequada para uma pessoa comprometida e que tem limites saudáveis. Então, relutante, me preparei para levá-la para casa.

Aquela era a última vez que eu ficaria sozinho com Kristen. Os momentos finais. Não conseguiria mais que aquilo.

Virei a chave na ignição e o motor não ligou. Meus olhos procuraram os dela e tentei mais uma vez. O chiado virou um estalo.

– Merda – falei, embora internamente estivesse gostando da ideia de ficar preso com ela num estacionamento suspeito no meio da noite.

– Precisamos de uma chupeta? – perguntou ela, olhando para mim com aqueles olhos castanhos lindos.

– Provavelmente – resmunguei, me esforçando para não parecer feliz com aquilo.

Saí e fiz sinal para os caras do Honda, que ainda estavam comendo no carro. Depois de uma chupeta sem sucesso, chamei um guincho.

– Vou falar muito no ouvido do Brandon. Sloan não podia estar dirigindo essa coisa – comentei, voltando a me sentar no banco do motorista para esperar.

Essa parte era verdade, mas, em prol de prolongar a noite, eu não poderia estar mais feliz por Sloan dirigir aquele lixo. Tive que bater a porta três vezes para fechá-la, e fiz isso com muito prazer.

– Ela é sentimental – respondeu Kristen. – Foi o primeiro carro dela. Sloan não consegue se desapegar de nada. – Ela abaixou o banco até ficar deitada e se virou de lado para me encarar, o braço embaixo da cabeça. – Ela ainda guarda o ingresso da primeira vez que fomos juntas ao cinema, tipo, doze anos atrás.

A posição destacava a curva do seu quadril. Quase consegui imaginá-la deitada assim na cama ao meu lado. O batom já tinha ido embora, mas seus lábios ainda estavam manchados, e pareciam rosados e macios. Eu queria tocá-los com o polegar para ver se eram tão macios quanto pareciam.

Ela era um peixe fora d'água naquela porcaria de carro, com o tecido rasgado e gasto embaixo dela, silver tape no porta-luvas. Parecia uma diva saída de um filme em preto e branco, largada numa cena que não fazia sentido.

Eu me obriguei a desviar o olhar, com medo de que ela percebesse.

– Deita também – disse ela. – Vamos ter que esperar... o quê? Uns 45 minutos? Que pelo menos a gente fique confortável.

Deitei o banco e olhei pelo teto solar para as estrelas de Los Angeles, os aviões fazendo fila para pousar no LAX.

Ficamos em silêncio por um tempo e pensei naquela cena de *Pulp Fiction* em que...

– Sabe o que isso parece? – perguntou ela. – Aquela cena de *Pulp Fiction* em que...

– Silêncio confortável. Quando Mia Wallace diz: "É assim que você sabe que encontrou alguém especial. Quando pode calar a boca um minuto e sentir-se à vontade em silêncio."

Ela apontou para mim e disparou:

– Bingo.

Sorrimos e ficamos nos olhando por um tempo. Um bom tempo. Então, só por um segundo – uma fração de segundo –, seu olhar desceu até meus lábios.

Foi o que bastou.

Naquele momento eu *soube*. Ela pensou em me beijar naquele instante. *Não estou sozinho nessa.*

Foi a primeira vez que percebi um sinal de que ela estava interessada. De que pensava em mim de outro jeito, não só como um amigo.

Encorajado, meu coração pegou fogo quando comecei a considerar minhas opções.

O namorado.

O limite que me fazia respeitar aquele babaca ausente sortudo estava evaporando. Eu tinha que arriscar. Se não arriscasse, nunca me perdoaria. Se havia uma possibilidade ainda que mínima de ela estar a fim de mim, eu *tinha* que tentar.

Mas como? Será que eu devia tentar beijá-la? Será que ela me mandaria para o inferno?

Provavelmente.

E se eu pegasse a mão dela? Será que ela tiraria? Tiraria. Eu sabia que tiraria.

Eu precisava de outra coisa. Algo menor. Mais sutil. Algo que fosse ambíguo para testar a situação. Algo que pudesse *levar* a algo mais.

– Então... Sabia que sou bom em massagem nos pés? Se os seus estiverem doendo...

Apontei com a cabeça o console do carro onde estavam os sapatos que ela havia jogado pelo teto solar.

Para minha surpresa ela se virou, apoiou as costas na porta e pôs as pernas no meu colo. Depois colocou um braço atrás da cabeça e se recostou.

– Vai em frente. Esse salto me matou hoje.

Sorri por dentro ao ver que a estratégia tinha funcionado. Apoiei as costas na porta e peguei aquele pezinho minúsculo.

– Sou o mestre da massagem no pé. Nem faço cócegas – falei, citando uma fala de *Pulp Fiction*.

– Fiz esfoliação e pedicure. *Alguém* devia tocar esses *pés*.

Pensei no que Vincent Vega diz no filme, que massagens no pé significam alguma coisa. Que homens agem como se não fossem nada, mas são, e essa é a graça de tudo.

Aquilo significava alguma coisa, e eu sabia que ela sabia disso. Ela conhecia o filme tão bem quanto eu. Devia estar fazendo essa conexão.

E ela deixou.

Fiquei feliz com a chance de tocá-la e com o significado implícito que havia por trás daquele consentimento.

– E aí, Mestre da Massagem no Pé, que outros truques você tem na manga? – perguntou ela, sorrindo para mim com o canto da boca.

Pressionei o polegar no arco do pé dela e fiz movimentos circulares com um sorrisinho malicioso.

– Não vou entregar meus segredos.

E se eu precisar deles?

Ela riu.

– Não há nenhum segredo masculino que as mulheres já não tenham desvendado antes mesmo dos 20 anos.

– Já ouviu falar do peladão? – perguntei, arqueando uma sobrancelha.

Ela revirou os olhos.

– Ah, meu Deus, o peladão. Esse é o *pior*.

– Por quê? – Dei risada. – Porque funciona?

Ela fez uma careta.

– Preciso admitir que *já funcionou* comigo no passado. Tipo, o cara está ali pelado. Ele já fez metade do trabalho. É meio difícil dizer não. Mas quando não funciona é muito constrangedor.

– É arriscado, admito – falei, inclinando a cabeça de um lado para o outro. – E você precisa conhecer bem o público. Mas grandes riscos podem trazer grandes recompensas.

– O problema é que esperar que sua namorada saia do cômodo e tirar a roupa para surpreendê-la quando ela voltar não é nada original. Vocês não têm nenhum material novo. Tenho absoluta certeza de que, se voltasse vinte mil anos no tempo e espiasse uma caverna, veria homens desenhando pênis em tudo e fazendo o peladão e o pirocóptero.

Puxei o pé dela mais para perto e ri.

– Ei, não fala mal do pirocóptero. É a primeira manobra que a gente aprende. Pode ser bom para quebrar o gelo.

– O pirocóptero devia ser banido quando vocês fazem 8 anos. Vou te poupar dessa ilusão agora mesmo. Mulher nenhuma chega para as amigas e diz: "Gente, foi o pirocóptero mais sexy que eu já vi. Quebrou totalmente o gelo."

Ri e passei a mão em sua canela macia, acariciando o músculo. Imaginei aquele tornozelo delicado em meu ombro, onde eu poderia beijá-lo, passar a mão pela lateral da coxa, abaixar aquela calcinha de renda azul-clara...

Ela sorriu e perguntou:

– Você já viu a baleia da bunda branca?

– Não.

– Essa, sim, é uma rara aparição.

– Do que se trata? – perguntei, pegando o outro pé para massagear também.

– É quando você está numa piscina ou lagoa, ou algo do tipo e... Quer saber? – Ela acenou com uma das mãos. – É melhor que você veja pessoalmente. Não vou estragar o momento.

– Como é que é? – Dei risada. – Você me atiça com a baleia da bunda branca e agora não vai falar?

Ela fez que não com a cabeça.

– É mágico demais. Se eu contar, vai tirar o espanto de quando você finalmente vir uma.

– Me conta – apelei, fazendo cócegas no pé dela.

Ela deu um gritinho e tentou tirar o pé, mas eu segurei com mais força.

– O que é a baleia da bunda branca, Kristen?

– Ok! Ok! Eu falo.

Ela se contorceu e riu e eu parei de fazer cócegas, mas continuei segurando o pé dela. Seu vestido tinha subido alguns centímetros e olhei para a pele nua, admirado. Ela reparou. Deu um sorrisinho e puxou o vestido para baixo.

– Então, a baleia da bunda branca é quando você abaixa o calção embaixo d'água e sobe até a superfície como uma baleia, mostrando a bunda para quem estiver na piscina com você.

– Como foi que nunca ouvi falar disso?

Ela balançou a cabeça.

– Não faço ideia. Vocês, homens, estão sempre arranjando um jeito de mostrar a bunda uns para os outros. Aposto que a ideia foi de um homem.

– Vou fazer isso com o Brandon na próxima vez que estivermos na piscina.

Ela voltou a colocar o braço atrás da cabeça.

– Bem, me avise antes. Faz anos que não vejo uma baleia da bunda branca. – E deu um sorrisinho sarcástico.

Torci para que isso significasse que ela queria ver minha bunda. Quando pressionei os dois polegares na planta do seu pé, ela mordeu o lábio.

– Caramba, você é bom nisso.

Você precisa ver o que eu faria com o restante do seu corpo.

Continuei apertando os polegares em círculos.

– E você? Tem algum truque? – perguntei.

– Aff, sou mulher. Posso entrar num bar sem um tostão, com uma calça de moletom e uma erupção cutânea e sair com uma quentinha e meio bêbada.

Eu estava rindo disso quando o celular dela tocou. Ela pegou a bolsa e tirou o celular de dentro.

– É o Tyler.

Ela não atendeu. Silenciou.

– Não vai atender?

Ela também não tinha atendido na última vez que ele ligou. E não olhou nos meus olhos ao guardar o celular na bolsa.

– Não.

Quando ela finalmente olhou para mim, nos fitamos por um instante.

– Por quê? – perguntei.

Seis letrinhas. E uma pergunta tão pesada. Eu não queria que ela falasse sobre Tyler. Só queria entender por que ela o ignorava quando estava comigo.

A primeira vez já tinha sido digna de nota. Mas aquilo era uma declaração. Mesmo que estivesse ocupada, ela teria atendido, só para garantir que não era uma emergência. Ele estava em zona de guerra.

Ela tirou o pé do meu colo.

– Acho que você não vai querer ficar aí sentado me ouvindo falar no telefone. – E deu de ombros.

Não caí nessa. Insisti.

– E na última vez? São duas chamadas que você não atendeu. É difícil ligar quando se está em missão no exterior.

– A gente estava assistindo a um filme – respondeu ela, na defensiva.

Uma desculpa esfarrapada. Era um filme que já tínhamos visto várias vezes. Não estávamos nem prestando atenção quando ele ligou. Estávamos conversando.

– Por que você não atende as ligações dele quando está comigo?

Ela era sincera demais para desviar de uma pergunta direta.

Talvez eu estivesse abusando. Talvez fosse odiar a resposta. Talvez tivesse ultrapassado todos os limites. Mas eu precisava perguntar. Eu precisava saber se estar comigo era tão importante para ela quanto era para mim.

Para mim, até os segundos importavam.

Ela ficou me olhando, os lábios entreabertos. Vi que estava lutando contra a resposta.

Me diga.

Então ela olhou por sobre meu ombro.

O guincho tinha entrado no estacionamento.

14

KRISTEN

Graças a Deus. Salva pelo guincho.

Josh me olhou por um bom tempo antes de empurrar a porta com o ombro e sair para falar com o cara do reboque.

Eu sabia que a conversa não tinha acabado. Ele continuaria perguntando. Eu não podia deixar. Não ia mentir, mas também não ia responder. A resposta não seria justa com ninguém. Qual era o sentido de contar a Josh que eu queria aproveitar cada momento com ele? Para quê?

Meus pés ainda estavam formigando onde ele tinha me tocado. A sensação irradiava por meu corpo como eletricidade, eriçando tudo conforme subia. Fiquei sem ar só de recordar aquelas mãos fortes e ásperas na minha pele. Foi fácil demais imaginá-las deslizando por baixo do meu vestido.

Eu queria que ele me tocasse, e ele me ofereceu a oportunidade de deixá-lo fazer isso. Não pude dizer não. Deixei porque era tudo que eu teria dele.

Voltei a calçar os sapatos, peguei a bolsa e saí para me juntar a Josh ao lado do guincho. Ele ficou me olhando enquanto conversava com o motorista e senti seus olhos em mim como se fossem suas mãos.

Estava esfriando. Passava da meia-noite. Fiquei ali abraçando o próprio corpo enquanto Josh assinava uns papéis numa prancheta. Ele se virou para mim e se aproximou quando o cara começou a rebocar o carro.

– Com frio?

Ele tirou o casaco antes que eu pudesse responder e o colocou nos meus ombros, com uma névoa do seu perfume. Tive que me esforçar para manter a cara de paisagem. O casaco conservava o calor do corpo dele como se fosse ele me envolvendo.

– Obrigada – falei. – Sinto muito que isso tenha acontecido. Você precisa trabalhar de manhã.

– Vou ficar bem.

Josh esfregou meus braços por cima do casaco, tentando me aquecer.

Ele nunca me tocava, e agora tinha me tocado duas vezes em minutos, como se um limite tácito tivesse se dissolvido.

Desejei que ele me abraçasse. Ele parecia ser o tipo de homem que dava abraços ótimos. Abraços de urso. Do tipo que nos envolve por completo.

Por um instante quis pedir que me abraçasse. Aposto que ele não recusaria. Mas eu já tinha brincado com fogo o bastante por um dia e isso ultrapassaria todos os limites que restavam.

A massagem nos pés ultrapassou todos os limites.

Meu Deus, como eu queria aquele abraço. A atração por ele parecia uma força física, como o oceano que nos puxa pelo tornozelo quando a maré recua.

Mas eu precisava manter os limites. Por tantos motivos… E Tyler era o menor deles.

Josh apontou o carro com a cabeça.

– Pedi ao reboque que leve o carro até uma oficina perto da sua casa. A gente vai de carona até lá e depois segue andando.

O cara do guincho falou mais alto que o barulho das correntes.

– Um de vocês vai ter que ir no colo do outro. Estou com meu cachorro.

Meus olhos voaram até os de Josh e balancei a cabeça.

– Não. Não posso sentar no seu colo.

As palavras saíram da minha boca antes que eu pudesse perceber. Mas eu não podia. Não podia *mesmo*. Se eu me sentasse no colo dele, a tentação tomaria conta de mim.

– Vou chamar um Uber – falei, pegando o celular e abrindo o aplicativo.

– O quê? É sério isso? – perguntou ele.

– Aham. A gente não cabe na cabine, então sem chance.

Ele soltou um grunhido de impaciência.

– Olha só, eu preciso estar no trabalho em algumas horas. Estou a uma hora de casa se sair daqui *agora*. Podemos ir?

Fiz que não com a cabeça, olhando para o celular. Consegui um Uber.

E o motorista cancelou imediatamente. *Merda!* Era por causa da área onde estávamos. Ninguém queria ir tão tarde até aquela região da cidade. Era perigoso demais.

– Então vai – falei. – Eu vou ficar bem. Vou chamar um táxi.

Os olhos de Josh me fuzilavam. Eu estava sentindo, mas não podia ousar olhar para ele.

– Kristen, estamos praticamente em Skid Row. Não vou deixar você aqui. Se ficar, eu também fico. E, se me obrigar a ficar, vai me fazer perder horas de sono.

Olhei para ele, implorando.

– Não posso sentar no seu colo – repeti.

Nem me dei ao trabalho de inventar uma desculpa. Eu não gostava de mentir. Ele que pensasse que era por causa de Tyler.

Ele passou a mão no cabelo, balançando a cabeça.

– Eu não entendo, Kristen. Você é prática demais para isso. Temos uma carona. Ele está aqui. *Agora.* Estaremos na sua casa em quinze minutos. Eu não me importo se você tiver que sentar no meu colo.

– Eu tenho namorado.

Não era uma desculpa. Não era mentira. Eram os fatos.

– Bem, eu não conto para ele se você não contar. Vamos.

Ele foi em direção ao caminhão, o tom decidido.

Aquilo era errado. Era errado exatamente porque eu queria muito que acontecesse. Quinze minutos no colo de Josh... seria uma eternidade. E eu amaria cada segundo – e me odiaria por isso.

Olhei em volta, desesperada, como se um táxi pudesse aparecer das sombras. Em vez disso, o food truck de taco passou por nós, buzinando, saindo do estacionamento. Até Marv já tinha sumido. O estacionamento vazio com iluminação fraca e barracas enfileiradas de repente pareceu assustador. Não tínhamos nem um carro onde ficar esperando enquanto eu tentava conseguir um táxi.

Ele tinha razão. Precisávamos da carona.

Suspirei, me preparando para o que teria que fazer.

Josh entrou primeiro, sentando-se ao lado de um Golden Retriever velho com a cara branca que ocupava a maior parte da cabine.

De repente fiquei com calor. *Com muito calor.* Tirei o casaco, dobrei-o sobre o braço e entrei atrás dele. Ele me puxou para cima dos joelhos, as mãos fortes na minha cintura, e coloquei o casaco no meu colo.

Ele inclinou o tronco para fechar a porta, pressionando o peito contra meu corpo, e segurei a respiração.

Merda, não posso fazer isso.

Aquilo era uma sobrecarga sensorial. Era tanto Josh de uma vez só que fiquei tonta. Eu queria saltar do colo dele para o estacionamento, onde estaria a salvo de mim mesma. Mas ele era o sol. Sua gravidade era forte demais, e tão pertinho assim eu não conseguia me livrar daquela atração.

Ele bateu a porta e se recostou no assento enquanto eu me empoleirava de lado em seus joelhos, as costas rígidas, tentando manter a respiração estável. Ele soltou um suspiro exasperado, como se eu estivesse sendo ridícula, e me puxou mais para perto até meu ombro ficar encostado em seu peito. Então passou o cinto por cima de nós dois, me envolvendo, e o prendeu.

A cabine tinha cheiro de cachorro e gasolina.

E de Josh.

A respiração dele fez cócegas no meu rosto.

– Pronto. É tão ruim assim? – perguntou ele, em voz baixa.

Era terrível. Simplesmente terrível. Porque era maravilhoso e muito mais do que eu podia suportar. Seu corpo era quente e firme, e seu cheiro era incrível. Eu queria descansar a cabeça em seu ombro e acariciar seu pescoço com o nariz e, se fizesse isso e ele abaixasse a cabeça, eu o beijaria e nada poderia me impedir.

Eu não conseguia nem olhar para ele. Estávamos tão próximos, que eu temia que nossos lábios se tocassem se eu virasse.

Tentei relaxar. Eu me recostei nele, agindo como se aquilo não fosse nada de mais, enquanto me concentrava em cada ponto de contato – a parte de trás das minhas coxas nas dele, a mão que ele repousava no meu joelho, seus dedos distraídos roçando minha perna, seu braço envolvendo minha cintura como se não fosse nada.

Ficamos sentados ali pelo que pareceram horas até que o cara entrasse e desse a partida.

Parte de mim saboreou cada segundo, sentada ali tão pertinho de Josh. A outra parte estava sendo torturada – provocada.

Se as coisas fossem diferentes… se meu útero não impossibilitasse um relacionamento com ele, se eu não tivesse namorado, eu o beijaria ali mesmo, na frente do Cara do Guincho e do Cachorro Velho, sem pensar duas vezes.

Mas as coisas não eram diferentes. Eram o que eram.

O caminhão saiu do estacionamento aos solavancos e Josh me segurou, os braços musculosos me mantendo no lugar.

As ruas estavam vazias e os carros de polícia que surgiam no caminho eram o único sinal de vida.

Coloquei o cabelo atrás da orelha e umedeci os lábios, sem saber para onde olhar. Olhei para Josh, imaginando que ele estaria olhando para a frente, pelo para-brisa, mas ele estava olhando para a minha boca.

Então olhei para a dele.

Nossos olhares subiram no mesmo instante e se encontraram.

Céus, Sloan tinha razão. Ele estava a fim de mim. E eu estava a fim dele. E ele *sabia*.

O caminhão balançou, o motorista mexeu no rádio e Josh olhou para mim, seus olhos castanhos semicerrados. Senti sua respiração quente no meu rosto, constante, entrando e saindo do peito dele, e minha determinação vacilou. Eu não conseguiria me conter. Como poderia? Não conseguia nem desviar o olhar.

Os lábios dele se abriram e o braço que envolvia minha cintura me apertou um pouquinho mais. Os dedos ao lado da minha perna deslizaram para cima do meu joelho até sua mão cobrir minha pele nua.

Os movimentos eram muito sutis. Tão pequenos que pareciam quase insignificantes. O motorista do guincho não perceberia nem se estivesse olhando para a gente. Mas eu e Josh sabíamos o que significavam. Perguntas e respostas. Riscos e permissões.

Não fiz nada para impedi-lo e seu olhar voltou aos meus lábios, sua expressão se obscurecendo de um jeito que me fez perder o fôlego.

Ele quer me beijar.

Ele faria isso? Bem ali no caminhão do guincho?

Sim. Faria.

Porque, se eu fosse ele, desimpedido e sem nenhum motivo que o detivesse, eu também faria.

Meu coração, que já estava batendo forte, começou a palpitar. Se ele se aproximasse, eu seria fisicamente incapaz de desviar. Eu deixaria que ele se aproximasse e encostasse os lábios nos meus. Eu queria sentir o gosto dele. O toque dos seus lábios. Estava perdendo a noção do tempo e da realidade enquanto tudo parecia sumir ao nosso redor, restando só ele, cada vez mais perto, só seu rosto, aqueles olhos, a cabeça inclinada, nossos narizes se tocando, a respiração no meu lábio inferior...

Você não trai.

Eu me afastei de repente antes que perdesse minhas forças, virando o rosto para o para-brisa, ofegando.

O feitiço se quebrou.

Afastei a mão dele do meu joelho. O braço que envolvia minha cintura se afrouxou. Senti a decepção em seu corpo.

E me perguntei se ele sentia a decepção no meu.

Finalmente o guincho entrou no estacionamento da oficina. Soltei o cinto e saí de cima dele, saltando para fora do caminhão assim que as rodas pararam de girar, e comecei a percorrer as três quadras até minha casa, sem esperar por ele.

– Kristen, espera!

Continuei andando.

Ele precisava falar com o motorista do guincho e eu precisava me afastar dele, daquele momento. Precisava colocar *Tyler* entre nós dois, onde era o lugar dele. Tyler, que não se importava com o fato de eu não poder lhe dar filhos. Tyler, que não seria afetado se eu arrancasse meu útero fora.

Peguei o celular para ouvir a mensagem que ele tinha deixado, esperando que o som de sua voz me trouxesse de volta à realidade, colocasse meus pés no chão, me fizesse perceber que não, eu não queria Josh – eu queria meu namorado.

Mas nada disso aconteceria.

Sloan tinha razão. Eu estava me contentando com pouco. Porque qualquer coisa menos que Josh seria pouco.

Como eu tinha chegado àquele ponto? Como foi que caí naquela vida de merda que eu nem queria? Eu era um sapo numa panela com água fervente.

Acessei a caixa postal, lutando para recuperar o fôlego, a emoção sugando todo o meu ar. Eu ia ouvir a mensagem de Tyler como se fosse meu dever fazer isso. Como se fosse algo desagradável que eu tivesse que cumprir por pura obrigação.

– *Oi, Kris...*

Será que Tyler e eu compartilharíamos silêncios confortáveis? Será que ele me deixaria irritada quando estivesse ali todos os dias?

Ele me deixaria irritada por não ser Josh. Por fazer Josh desaparecer. E isso mudaria meus sentimentos por ele. Não era justo com ele, mas eu sabia que era isso que aconteceria. Eu me ressentiria dele.

Minha garganta se fechou. Eu era uma pessoa horrível. Era traiçoeiro sentir aquilo por outro homem, mas eu não conseguia evitar. Eu não conseguia me lembrar do cheiro de Tyler. Não conseguia nem me lembrar da sensação de seus braços me envolvendo.

Tudo era Josh.

– *Eu provavelmente não vou conseguir ligar nos próximos dias e queria muito conversar com você hoje...*

Eu me obriguei a manter o celular na orelha, me obriguei a suportar as decisões que tinha tomado enquanto elas caíam sobre mim e me enterravam nos destroços. Cada escolha era uma pedra da pilha. A histerectomia. *Pedra.* Convidar Tyler para morar comigo. *Pedra.* Passar tanto tempo com Josh, me permitindo me apaixonar por ele. Pedras cada vez mais pesadas.

– *Estou tentando falar com você, mas você não atende...*

Passei os braços ao redor do meu corpo e caminhei o mais rápido que pude com aqueles saltos. Sabia que Josh estava atrás de mim e eu precisava de mais distância.

Subi correndo os degraus que levavam à porta da frente e tirei a chave da bolsa, abri a porta e entrei segurando o celular na orelha com o ombro. Eu iria me trancar no quarto sem dizer boa-noite. Não podia ficar cara a cara com ele de novo. Não sozinha.

– *Você é tão importante para mim, Kris, e eu te amo...*

Por mais que eu reconhecesse que Tyler não era o que eu queria de verdade, eu sabia, sem sombra de dúvida, que ele era a única rede de segurança me separando de Josh. Que ele precisava ocupar esse lugar ou eu cederia. Não havia dúvida quanto a isso. Sem Tyler eu seria atraída para Josh com tanta força que meu coração não sobreviveria ao impacto.

Eu só precisava que Tyler viesse para casa. *Logo.* Precisava que ele me protegesse de mim mesma e me fizesse lembrar por que estávamos juntos. Que me distraísse e me fizesse me apaixonar por ele de novo e...

– Eu vou para mais uma missão.

Parei tão rápido que meu salto balançou e quase virei o tornozelo.

O quê???

Meus dedos cederam e derrubei o celular, que caiu em cheio no piso de madeira. Dei um jeito de pegar o aparelho do chão e o segurei com as mãos trêmulas, colocando a mensagem para tocar de novo, no viva-voz.

Então ouvi uma terceira vez para ter certeza de que tinha ouvido direito o que ele estava dizendo.

Ele ia para mais uma missão.

Estava terminando comigo.

O relacionamento tinha acabado.

Adeus, rede de segurança...

Eu me tornei um perigo iminente para o meu próprio coração. Joguei o celular no sofá, tirei os sapatos e corri em direção à porta.

Josh já estava subindo os degraus, correndo. Assim que me viu à porta, começou a brigar comigo.

– Você não pode ficar andando por aí sozinha no meio da noite, Kristen. Não é seg...

Eu me joguei nele, abraçando seu pescoço e devorando seus lábios.

Ele não hesitou. Nem por um segundo. Retribuiu o beijo.

Seus lábios tinham urgência e não fizeram perguntas, como se ele soubesse que aquele instante era um presente e não quisesse arriscar ter que devolvê-lo. Mas eu precisava que ele soubesse. Interrompi o beijo, ofegante, e encostei minha testa na dele.

– Tyler e eu terminamos. Ele deixou uma mensagem. Vai para outra missão. Eu disse a ele que, se fizesse isso, estaria tudo terminado entre a gente. E ele vai para outra missão.

Eu não me importava. Naquele momento inebriante, eu não estava nem aí que Tyler e eu tivéssemos terminado.

Ele observou meu rosto por uma fração de segundo antes de responder com mais um beijo.

Foi como me deitar em lençóis macios. Uma sensação de segurança e perfeição. Todos os pedacinhos roubados e fragmentados que eu vinha colecionando naquelas duas semanas, seu cheiro, sua respiração no meu corpo no caminhão do guincho, os contornos do seu peito nu na garagem, a aspereza das suas mãos no meu joelho despido, a imagem de seus lábios... Tudo isso se uniu numa onda familiar e revigorante quando ele me abraçou e me beijou.

As mãos dele desceram pelas minhas costas para agarrar minha bunda e ele mergulhou em mim.

Sexo puro. Nada mais que isso.

– Você tem camisinha? – perguntei, ofegante.

Ele fez que não com a cabeça, percorrendo a lateral do meu pescoço com os lábios.

Joguei a cabeça para trás e fechei os olhos.

– Faz mais de seis meses que não transo com ninguém e tenho DIU.

Ele beijou meu pescoço com vontade.

– Você transou com alguém depois da Celeste?

– Não. – Seus olhos voltaram para os meus e vi o desejo ali, como brasas fumegantes. – Se você não se importar, fazemos sem.

Aquele homem me desejava. Nós nos desejávamos. Eu estava num raro intervalo sem sangramento. Aquela pausa no inferno menstrual que acontecia uma vez por mês.

E estava apaixonada por ele.

Eu venderia minha alma para ficar com ele. Voaria perto demais do sol. Mas faria isso com algumas condições.

– Tudo bem, sem camisinha. Não gosto mesmo. Mas, Josh, é só sexo. Nada mais. – Suspirei. – Você precisa concordar ou paramos agora.

Meus olhos se afogaram nos dele. Meu peito pressionou seu tórax, sua respiração dançou nos meus lábios, suas mãos me puxaram mais para perto, e eu, pequena, me senti protegida, aninhada em seu corpo firme. Era melhor que o abraço que eu imaginava. Era paralisante.

Diga sim.

Ele não respondeu. Sorriu, com os lábios bem perto dos meus, colocou minhas pernas ao redor da cintura e me levou direto para o quarto, devorando meus lábios enquanto entrava cambaleando.

Meu vestido subiu até meu quadril e as mãos dele seguraram minhas coxas nuas contra seu corpo. A pressão da calça dele na minha calcinha estava quase me levando à loucura. Eu me sentia como um animal ensandecido. Queria arrancar as roupas dele com os dentes.

Ele me soltou no meio do quarto e eu puxei sua camisa, desesperada para passar as mãos no seu peito nu. Ele chutou os sapatos para longe e tirou a camisa, e seu cheiro masculino e quente me envolveu enquanto eu tentava abrir a fivela do cinto. O tilintar metálico era como um canto de acasalamento que nos alucinava.

Tive dificuldade com o zíper e ele assumiu o comando, seus dedos mais rápidos que os meus, e empurrou as calças para baixo. Ele se libertou e eu arquejei.

– Ai, meu Deus...

O homem era um touro.

Era o pau mais lindo que eu já vi. Fiquei olhando para ele, segurando a respiração, me perguntando se caberia.

Se aquilo era típico dos Copelands, não era de admirar que a mãe dele tivesse sete filhos. Eu nunca o recusaria. Faria dele meu protetor de tela.

Meus olhos arregalados subiram até os dele, e ele ergueu as sobrancelhas e sorriu. Então me virou e afastou meu cabelo, beijando meu ombro, encostando aquela coisa enorme na minha bunda enquanto abria meu vestido e o deixava cair aos meus pés. Ofeguei como um cachorro no calor.

– Não toca minha barriga – pedi, ofegante. – Estou com um negócio e ela fica inchada e...

Ele assentiu, com os lábios no meu pescoço, e suas mãos subiram e envolveram meus seios, voltando a roçar em mim por trás.

Arqueei as costas.

Ele gemeu, deslizando a mão na parte da frente da minha calcinha.

– Me diga do que você gosta – sussurrou no meu ouvido, empurrando o corpo contra o meu.

Ai, meu Deus do céu...

Do que eu *não* gostava? Fazia tanto tempo e eu estava tão carente que tive medo de gozar ali mesmo. Meu corpo começou a tremer. Eu não conseguia mais suportar. Ele pareceu sentir, porque afastou os dedos antes que eu me desintegrasse na mão dele e me deitou na cama, deslizando sobre mim. Pairou apoiado nos antebraços e passou a coxa grossa e musculosa entre minhas pernas até atingir meu centro, e eu puxei o ar com os lábios encostados nos dele.

Céus, ele era bom nisso...

E ele *sabia* que era.

Ele sorriu e me beijou, a língua explorando minha boca, as mãos ásperas examinando minha pele como se quisesse sentir cada centímetro do meu corpo.

E fiz o mesmo.

Era tão bom tocá-lo. Meus olhos tinham passado muito tempo estudando o corpo dele e minhas mãos queriam mapeá-lo. Passei os dedos pelo tórax, sobre a curva dos ombros largos e sardentos, pelos músculos das costas, ao longo do vale da espinha. Inalei seu cheiro ao agarrar sua bunda firme e o puxei para mim, e ele gemeu, esfregando-se com força na minha perna.

Eu não conseguia acreditar que era real, que eu estava tocando o corpo dele, que ele estava me beijando, que não havia nada além da minha calcinha entre nós dois. Aquela pele nua contra a minha era a melhor sensação que eu já tinha experimentado, um milhão de terminações nervosas se conectando com as dele, pequenos choques elétricos que se fundiam numa explosão enorme.

Ele se sentou e se ajoelhou entre as minhas pernas, pegando o meu pé e o colocando sobre o ombro.

Aquela vista era *espetacular*.

Uma trilha de pelos começava em seu peito definido e seguia por um músculo em V que apontava para aquele pau divino como uma seta. Estendi a mão para segurá-lo e a respiração dele falhou. Meu olhar voltou para seus olhos semicerrados. Ele beijou meu tornozelo e fiquei assistindo, mordendo o lábio, acariciando-o, meu desejo se transformando em algo tão faminto que fiquei a ponto de implorar que ele tivesse piedade de mim e me penetrasse logo.

Pensei em como ele tinha me tocado no carro, aquelas mãos fortes massageando minha panturrilha, e não pude deixar de pensar que ele estava dando continuidade a algo que tinha começado mais cedo. Ele passou a mão no meu tornozelo, atrás do meu joelho, subindo pela minha coxa e enganchou minha calcinha com o polegar até tirá-la. Então a segurou na mão, fechou os olhos e a levou ao nariz, inspirando fundo.

Quando seus olhos voltaram a se abrir, pareceu algo primitivo.

Ele veio para cima de mim como um animal selvagem.

Deitou-se sobre mim, o maxilar retesado, cada músculo do seu corpo tenso, e eu levantei os quadris. Ele sustentou meu olhar enquanto me penetrava, devagar e com cuidado, e envolvi sua cintura com as pernas, com um desejo feroz, incitando-o freneticamente a ir mais fundo.

Uma...

Duas...

Eu não duraria um minuto, estava sobrecarregada, seu corpo nu contra o meu, sentindo-o dentro de mim, impulsionando o corpo cada vez mais fundo, a respiração trêmula na minha clavícula, o quadril roçando nas minhas pernas, seu cheiro, seus sons, o calor da sua pele, o balanço da cama, o gemido na minha garganta... Minhas costas se arquearam e eu desmoronei ao mesmo tempo que ele, agarrando-me ao que estivesse ao meu alcance, puxando-o mais para dentro, pulsando.

Ele desabou sobre mim e eu me senti esgotada.

Fiquei ali deitada como uma boneca de pano, me contorcendo com os espasmos.

Ele arquejou, o rosto ao lado do meu ouvido.

– Pu... ta... merda – disse, ofegante.

Eu só assenti. Não conseguia nem falar. Nunca tinha experimentado um sexo tão bom. Nunca *na vida* – e eu tive muitas transas boas. Era como se tivéssemos passado semanas nas preliminares e eu estivesse desnutrida, faminta, esperando que ele me alimentasse.

Ele olhou para mim depois de um tempo, a tempestade no seu olhar já mais calma, e me beijou devagar enquanto recuperava o fôlego, dando beijinhos suaves ao longo do meu queixo, tirando o cabelo da minha testa com os dedos.

Eu amei isso.

Era tão doce e delicado. E eu não podia permitir.

– Pode pegar uma toalha? – pedi, colocando um fim naquilo.

Ele beijou minha testa.

– Claro.

Josh se levantou e eu fiquei assistindo enquanto ele atravessava o quarto, seu corpo nu perfeito contornado pela luz que vinha do banheiro. Voltou um segundo depois e sorriu para mim ao me entregar a toalha.

Meu coração ansiava por ele. Eu queria abraçá-lo. Queria que ele ficasse.

– Muito bem, hora de ir embora – falei.

Ele entrou embaixo das cobertas.

– Não – respondeu, me abraçando.

– Como assim "não"? Terminamos por hoje. Obrigada, pode ir para casa agora.

Esse era o preço. O pagamento pelo que eu tinha roubado. Eu não podia ter tudo. E tentei levantar o braço dele. Ele pesava, tipo, um milhão de quilos. Meu Deus, como era musculoso.

Ele me virou de lado, puxou minhas costas contra o peito e se aconchegou.

– Não. Vou dormir aqui. Você me tirou tempo de sono. Não vou dirigir durante meia hora até meu apartamento para perder ainda mais sono antes de um plantão de 48 horas.

– Bem, então vai dormir no quarto de hóspedes – falei, puxando sua mão.

Ele colocou a mão na minha costela.

– Não. Seu futon é uma bosta.

Não que eu não o quisesse ali. Eu *queria*. Nunca quis tanto que alguém dormisse comigo. E era exatamente por isso que ele tinha que ir embora.

Tinha que ser sexo, e só sexo. Não era um relacionamento. Nunca poderia ser. Nunca. Eu não podia deixar que ele pensasse que era. Eu tinha que ser muito clara. Eu oferecia ainda menos futuro que Celeste, e, se ele desenvolvesse sentimentos ou se as coisas ficassem confusas, seria minha obrigação colocar um fim naquilo.

Ele tinha que ir embora.

– Josh, não vamos ficar abraçadinhos. É só sexo.

Tentei me esquivar e ele riu, acariciando meu pescoço.

– Para com isso. Somos adultos. Podemos dormir uma noite na mesma cama. E não estou abraçadinho... Estou te usando como travesseiro de corpo.

Olhei de soslaio, embora ele não pudesse ver.

– Bem, não vou fazer café da manhã para você – falei.

– Graças a Deus.

Sorri.

– Beleza. *Fica.* Mas não se apaixona. Estou falando sério. Isso não é um relacionamento. Entendeu?

– Você só está me usando. Entendi.

Ele me puxou mais para perto e beijou meu ombro.

– Para! – protestei.

– Boa noite.

Percebi pelo tom da voz que ele estava sorrindo.

Parei de relutar e tentei relaxar. O peito dele subia e descia contra minhas costas, ritmado, e a cada expiração eu me encaixava mais nele, como se ali fosse meu lugar.

Como se eu fosse amada.

Fechei bem os olhos, tentando afastar esse sentimento.

Aquilo era má ideia. Eu não sabia se conseguiria separar as coisas como esperava. Principalmente se ele insistisse em ficar.

E *por que* ele insistiu em ficar? Os caras não preferem sexo sem compromisso? Ele não disse que não estava pronto para namorar? Eu estava facilitando as coisas para ele.

Minha mente cansada caiu no sono e, enquanto eu mergulhava na névoa, envolta em seus braços fortes, ele colocou o nariz no meu cabelo e inspirou profundamente.

15

JOSH

Estávamos na cozinha da casa dela comendo cereal, olhando um para a cara do outro. Ela comia numa xícara medidora porque "gostava da alça". Isso me fez sorrir.

– Não vem de sorrisinho para mim – resmungou, me lançando um olhar de advertência.

Estava mal-humorada desde o momento em que acordou. Uma fofura.

Seu cabelo caía bagunçado pelo rosto, ainda um pouco enrolado da festa, e ela estava vestindo nada mais que um blusão de moletom que deixava à mostra um ombro e a calcinha azul-clara de renda que eu tinha tirado na noite anterior. Estava linda. Tão sexy.

– Não posso mais nem sorrir? – brinquei.

Meu coração estava feliz demais.

Acordar com ela era como ganhar todos os presentes que eu tinha pedido no Natal. Acordei com um sorriso no rosto, e depois ela acordou e subiu em mim de novo.

Foi uma bela manhã.

– Preciso ter certeza de que você sabe quais são as regras – disse ela, comendo o cereal. – É só sexo. Só isso. Uma amizade colorida.

É, ela já tinha falado isso na noite anterior – várias vezes, inclusive. Eu estava tão focado na parte que dizia respeito ao sexo que acabei não processando o restante. Estava um pouco distraído na hora. Agora que estávamos vestidos e meu cérebro funcionava corretamente, eu poderia abordar melhor o assunto.

– E se eu não quiser só uma amizade colorida? – perguntei, sorrindo.

– Então seremos só amigos.

A expressão no rosto dela era impassível.

Caramba. Beleza, então.

Ela queria mesmo que fosse só sexo? Eu meio que achava que ela estava só me enchendo o saco na noite anterior com a coisa do "obrigada pela transa, pode ir agora". Ela gostava de implicar comigo – era seu jeitinho. Não achei que estivesse falando sério.

Decidi provocá-la.

– É mesmo? Então podemos sair com outras pessoas?

Comi uma colherada do cereal com um sorriso desafiador no rosto. Algo surgiu em seu olhar.

– Claro – respondeu. – Pegue quem você quiser.

E deu de ombros, desviando o olhar.

Analisei a lateral do rosto dela. A testa estava franzida, como acontecia quando ela ficava frustrada. Dava para perceber que aquilo a incomodava. Então, se a incomodava, por que ela insistia?

– Bem, é melhor começarmos a usar camisinha, então – falei, como se não fosse nada, dobrando a aposta.

– Ótimo. Talvez a gente devesse ter usado mesmo. – E colocou o cereal na pia.

Aquela *não* era a resposta que eu esperava. Ela não gostava de camisinha, então eu esperava algo sarcástico, como "Ué, não sou *eu* que estou querendo sair com outras pessoas".

Acabei me obrigando sozinho a usar camisinha. *Merda.*

Coloquei o cereal na bancada.

– Se bem que… você usa DIU. E, claro, se a gente decidir pela exclusividade, pode continuar…

– Não. Camisinha está ótimo.

Ela saiu da cozinha e fiquei olhando para ela com a testa franzida. Mas eu não tinha tempo para aprofundar o assunto. Precisava estar no trabalho em vinte minutos. Só tinha dormido umas duas horas. Estava exausto, o trabalho seria um suplício.

Mas havia valido a pena.

Lavei a tigela e fui atrás de Kristen. Ela estava sentada no sofá com o laptop no colo, Dublê Mike ao lado.

– Tenho que ir para o trabalho – falei.

Conversaria com ela depois. Apoiei a mão nas costas do sofá e me abaixei para beijá-la, mas ela afastou a cabeça.

– Não. Só vamos nos beijar na hora do sexo.

O comentário foi um pequeno soco no meu peito.

– Por quê?

– Porque é sexo, Joshua. Vai ser só sexo. Não estamos namorando. Não vamos demonstrar afeto em público ou ficar de mãos dadas nem nada disso. Se não aceitar isso, vamos parar por aqui.

Fiquei olhando para ela, que voltou a fitar a tela, sem emoção alguma.

– Tudo bem. – Endireitei a postura. – Nos vemos daqui a uns dias. Para fazer *sexo*.

– Tchau – disse ela, sem desviar o olhar do computador.

Olhei para ela mais uma vez. Ela não me encarou.

Um muro. Um muro enorme de repente se impôs entre nós.

Mas que merda é essa?

Eu não entendia. Como ela podia estar falando sério? Ela não queria me namorar? *Nunca?* Por quê?

Kristen não era uma garota para quem eu ligaria às duas da manhã para transar e ir embora. Eu gostava dela. Era mais que isso – eu queria estar com ela. Esperava que aquele fosse o início de algo mais entre nós. Se ela quisesse que eu não saísse com mais ninguém, eu aceitaria o posto de namorado na hora.

Será que era por causa de Tyler? Quer dizer, pela rapidez com que ela se jogou em cima de mim, achei que não estivesse tão chateada assim com o término.

Mas não chegamos a falar sobre isso – *eu* é que não ia tocar no assunto Tyler se *ela* não tocasse, e ela não fez isso. Kristen não era de guardar as coisas. Então, se estivesse pensando nele ou no término, ela falaria, não falaria?

Mas a única coisa que ela disse era que não *me* queria.

Isso me consumiu durante todo o caminho até o trabalho.

Quando cheguei, Shawn me passou uma lista de tarefas de novato, que me manteve ocupado por duas horas. Quando consegui parar e conversar com Brandon, ele estava malhando.

A academia era uma sala grande com carpete cinza ao lado da garagem. Uma esteira, uma bicicleta e um elíptico que ninguém usava ficavam enfileirados em frente à parede espelhada. Três aparelhos de musculação, um saco de boxe e uma prateleira com pesos ficavam na outra parede com vista para o caminhão do outro lado de uma ampla janela.

Peguei um copo d'água no bebedouro ao lado da porta e me sentei num banco ao lado de Brandon, que estava fazendo rosca direta.

– E aí, cara? O carro da Sloan deixou a gente na mão ontem à noite. Num estacionamento bizarro em Skid Row. – Apoiei os cotovelos nos joelhos, segurando o copo entre as pernas. – E eu fiquei com a Kristen.

– Bem – comentou ele, terminando a série –, não posso dizer que fiquei surpreso com nada disso.

Ele se virou de frente para mim e abriu um sorriso largo, erguendo as sobrancelhas. Bebi mais um gole de água.

– Ela terminou com o namorado ontem – contei.

– Ótimo. – E começou a fazer rosca com o outro braço. – Sloan vai ficar feliz.

– Que bom. Pelo menos alguém vai ficar feliz com isso. Kristen não quer me namorar. Só quer sexo.

– Certo. E qual é o problema? – Ele soltou o peso, que tocou o chão com um baque surdo. – Achei que você não quisesse namorar. Você não dispensou a professora de ioga?

– É diferente. Eu gosto da Kristen. Muito. E a gente se dá bem. A gente se dá muito bem. E o estranho é que sei que ela também gosta de mim... Dá para perceber. Alguma coisa não está se encaixando.

Terminei de beber a água e amassei o copo, jogando no cesto ao lado das toalhas.

– Hum. E o sexo? – perguntou ele.

Suspirei.

– Puta merda, foi o melhor sexo da minha vida. Sem brincadeira.

Ela havia me atacado como uma tigresa faminta recém-fugida da jaula. Seu cheiro, seu sabor... Só de pensar, eu já ficava ligado.

Shawn entrou pela porta e jogou uma toalha na prateleira de pesos.

– E aí? – cumprimentou a gente.

Brandon e eu acenamos para ele.

– Pergunta o que ela está querendo – me aconselhou Brandon. – Deve ser porque ela acabou de terminar com o cara. Kristen é direta. Acho que ela vai dizer exatamente o que pensa se você perguntar.

Shawn se sentou no outro banco ao lado de Brandon.

– Vocês estão falando da Kristen? Amiga da Sloan? Ela está solteira? Ela é muito gostosa. Eu pegaria.

Ele se deitou embaixo da barra de peso. Peguei a toalha e joguei nele.

– Ela está comprometida, otário.

Shawn riu, tirando a toalha do rosto.

– Não com você.

– Sim, comigo. – *Mais ou menos.*

Ele parou com as mãos na barra e olhou para mim.

– Caraca! Vocês estão se pegando? Ela baixou o sarrafo!

Mostrei o dedo do meio. Brandon riu.

– Quer que eu pergunte à Sloan? – ofereceu ele.

– Não. – Kristen e Sloan sentiriam o cheiro de armação de longe. – Não pergunta nada. Não conta para ela o que eu disse, beleza?

Ele pegou o peso e voltou a fazer roscas.

– Vai vendo como as coisas se desenrolam – sugeriu. – Espera algumas semanas.

– Não consegue amarrar a garota, é? – provocou Shawn com um sorrisinho.

Ignorei e me levantei para colocar pesos na minha barra. Eu não ia discutir isso com ele. A última coisa de que eu precisava era ouvir conselhos de Shawn. Tantas garotas já tinham jogado ovo no carro dele que passamos a trancar o portão do estacionamento.

Shawn fez a série gemendo e soltou a barra no apoio com um estrondo.

– Ela deve estar querendo voltar com o ex.

– Ele vai para mais uma missão. Foi por isso que eles terminaram – falei, querendo dar fim à teoria. – Ele não vai voltar.

– De quem foi a ideia de terminar? – perguntou Brandon.

– Dela. Ou talvez dele. Não tenho certeza.

O cara havia aceitado mais uma missão sabendo que ela terminaria tudo.

Eu não tinha pensado nisso. Mesmo que ela tivesse terminado com ele, não foi por vontade própria. Então, de certa forma, quem terminou foi ele.

Merda. Talvez isso mudasse tudo.

Shawn ficou ali sentado recuperando o fôlego.

– Ele vai sentir falta dos mimos e dos nudes e vai voltar implorando. Acredita em mim, cara. E enquanto isso ela vai transar com a lista inteira de contatos, por vingança. – Ele se abaixou e pegou a garrafa d'água. – Pelo jeito ela chegou no J.

Meu sangue ferveu ao pensar em Tyler tentando reconquistá-la. Agora eu queria ter tocado, *sim*, no assunto para saber o que ela estava sentindo.

Brandon riu e trocou o peso de braço.

– Ela só deve estar precisando de um tempo, cara.

Shawn deu uma risadinha, voltando a se deitar sob a barra.

– Ela deve é estar precisando transar, e não só com você.

– Vai à merda – falei, prendendo o peso na barra.

– Pensa comigo – interveio Brandon, rindo. – Faz o quê...? Doze horas que eles terminaram? Você não pode esperar que ela mergulhe de cabeça em outro relacionamento, por mais incrível que *você* possa ser.

Brandon tinha razão. Mas talvez Shawn também tivesse. Ela namorou por dois anos. Talvez estivesse *mesmo* feliz por estar solteira e quisesse explorar as opções.

Não gostei disso. Não gostei *nada* disso. Não gostei de nada que Shawn comentou.

De repente o plantão de 48 horas pareceu longo demais.

As luzes vermelhas iluminaram a academia. Um chamado. Nós três nos levantamos na hora. A voz do atendente saiu pelo alto-falante.

– *Pessoa desmaiada. Caminhão dez, atenda pessoa doente na Palm Drive, 437, com a unidade de atendimento 674.*

Saímos da academia para a garagem e subimos no caminhão. Javier veio do alojamento.

– Quase consegui comer um sanduíche – disse, sentando-se no banco da frente com o laptop.

Eu me sentei no banco do motorista. Shawn se acomodou atrás de mim, ao lado de Brandon, e colocou o headset.

– Ei, Javier, Josh está comendo a Kristen.

Javier parou de colocar o cinto e olhou para mim.

– Sério? Ela não está noiva?

Virei a chave na ignição e o motor ganhou vida, roncando.

– Não. Terminou com ele ontem à noite. Mas não quer me namorar. E não estou comendo ninguém. Eu *gosto* dela, babaca – falei por cima do ombro.

Shawn bufou.

– Não, *ela* está comendo você. Ei, cara, falando sério agora... Se você é o pau de emergência, não dá para ficar de frescura.

– Quê? – perguntei, colocando o headset.

Apertei o botão que abria o portão e acendi os faróis.

– Você é o pau de emergência. Tipo uma alavanca de segurança. E ela teve uma emergência, cara – disse Shawn. – Se você ficar de grude assim tão rápido, ela vai substituir você por uma alavanca nova.

– Acho que ele está dizendo que você deve dar um tempo para ela – explicou Brandon, rindo.

– Eu geralmente discordo de qualquer coisa que o Shawn diga – comentou Javier, abrindo o laptop –, mas, como um sujeito casado com duas filhas adultas, tenho que concordar. É cedo demais. Deixa as coisas acontecerem naturalmente.

Javier olhou para a tela e verificou os detalhes da ocorrência. Vagos. Pessoa doente, talvez inconsciente.

Outro chamado sem noção.

Uma dor de dente. Gente bêbada. Como havia gente bêbada! Inferno, aquele chamado devia ser para atender um pinguço. "Pessoa doente" era código universal para "não faço ideia, mas acho que alguém encheu a cara".

Fechei o portão ao sair e acionei as sirenes. Shawn não parava:

– Olha, quem sabe ela queira uma alavanca marrom agora. Eu tenho uma que ela pode curtir.

– Ah, é? – falei, entrando na Victory Boulevard. – Fabricam alavancas pequenas assim?

Os caras riram e Javier falou, olhando para a tela:

– Conheci o amor da minha vida aos 19 anos. Nunca pude explorar o mundo. Talvez devesse ter explorado. Fique solteiro. Saia com outras pessoas enquanto isso.

– Já saí com muitas pessoas – resmunguei.

Ninguém era como Kristen. Esperta, bonita. Inteligente. Ela me fazia rir. Eu amava conversar com ela, amava saber o que ela pensava sobre as coisas.

Nas últimas semanas ela havia se tornado minha melhor amiga. E sair com outras pessoas estava fora de cogitação – era perda de tempo.

Paramos em frente a um condomínio antigo. Quando entramos no apartamento, vi que eu tinha razão. Outro chamado inútil. Uma senhora fingindo desmaio após uma briga com o marido. Ela queria que ele achasse que tinha lhe causado um infarto. E se sentisse culpado por isso.

Esses teatrinhos pareciam ser relativamente comuns na Califórnia. Eu já havia atendido cinco ocorrências como aquela desde a minha chegada. Alguém fingindo ter uma emergência para chamar atenção. Um desperdício de tempo e de recursos.

Não recebíamos esse tipo de chamado em cidades pequenas na Dakota do Sul. Recebíamos muito menos chamados que na Califórnia, mas, quando recebíamos, eram legítimos. As pessoas não ligavam para a emergência a não ser que *realmente* precisassem. Não nos usavam como adereço de palco. Havia orgulho nas pessoas do interior.

Eu não via a hora de contar a Kristen essa presepada. Ela amava ouvir sobre os chamados. Era nosso primeiro assunto quando eu voltava após um plantão. Ela com certeza faria um comentário cômico. Na semana anterior, eu tinha enfiado três bêbados numa ambulância sozinho e ela me chamou de Encantador de Idiotas.

Voltando para o caminhão com a equipe, sussurrei para Brandon:

– Como vocês têm paciência com essas pessoas?

– Esse é o trabalho. – Ele deu de ombros. – A gente tenta ao máximo educar as pessoas quando pode.

– E funciona?

– Não – respondeu Shawn, rindo, e Javier deu uma risada atrás dele.

– Sabe – balancei a cabeça –, pensei em ir para o Serviço Florestal. Estou começando a achar que devia ter pesquisado melhor minhas opções.

– O quê? – Shawn riu. – Você quer ser jardineiro?

– O Serviço Florestal não é tão ruim assim – retrucou Brandon, guardando o equipamento no caminhão.

– Não ter que lidar com pessoas... – falei. – Estar ao ar livre, na natureza... Como não gostar disso?

– Eles só ficam capinando mato – disse Shawn, subindo no caminhão. – E fazendo campanhas de prevenção de incêndios.

– E é pior que *isto*? – perguntei. – Acabamos de reanimar uma mulher que não estava inconsciente. Pelo menos eu estaria fazendo algo útil de verdade.

Subi no caminhão e coloquei o headset. Javier tinha ficado para trás, reclamando com alguém do condomínio a respeito do lixo em frente ao hidrante. Estávamos esperando.

Que bosta. O que eu estava fazendo da minha vida? Eu queria mesmo passar vinte anos naquela função de merda? Eu não sabia se teria paciência. Claro, às vezes eu atendia chamados interessantes. Tinha feito um parto na semana anterior e apagado um incêndio num carro. Mas a maioria era uma besteira como aquela. E o período de experiência só piorava as coisas.

Eu podia ter tentado o Serviço Florestal. Talvez até no norte da Califórnia. Morar perto da região vinícola e das sequoias, onde poderia caçar e comprar umas terras.

Mas tinha Kristen.

Se eu tivesse me mudado para outro lugar e vindo para o casamento de Brandon e conhecido Kristen, acabaria a noite querendo morar na Califórnia. Eu sabia disso. Ela era especial. Não era uma garota qualquer. Acho que soube disso no dia em que a conheci.

Peguei o celular, cliquei no contato dela e fiquei olhando para o traço piscando, esperando que eu escrevesse a mensagem. *E dizer o quê?* Ela não me deixou nem dar um beijo de despedida naquela manhã. Por que iria querer saber de mim?

Minha vida inteira era um período de experiência. Eu estava no limbo, esperando para ver se as coisas iriam melhorar.

Só tinha um jeito de passar por aquilo tudo. Abaixar a cabeça. Fazer um bom trabalho. E cumprir o que mandavam.

Eu teria que esperar.

16

KRISTEN

O plantão de 48 horas de Josh me deixou com abstinência. Aquele desejo parecia uma espécie de vício, e eu ansiava por ele. Estava na fissura. Cheguei a entrar no carro para passar em frente ao Corpo de Bombeiros, como uma obcecada, e tive que me acalmar.

Pensei em mandar uma mensagem para ele, mas achei melhor não. Para quê? Para que ficássemos mais íntimos? Para que nos conhecêssemos ainda mais? Eu devia era estar pensando em maneiras de nos vermos menos. Procurando outro marceneiro, talvez até colocando um fim naquela história de sexo sem compromisso, antes que eu ficasse tão envolvida que não conseguisse mais sair.

Céus. O que foi que eu fiz?

Mandei mensagem convidando Sloan para almoçar, mas sua madrasta tinha organizado um pequeno chá de panela em San Diego, e ela passaria lá os dois dias em que Josh estaria de plantão. Eu não queria contar "Transei com o Josh" por telefone. Então passei os dois dias sem ele, sozinha, olhando para o relógio e sentindo sua falta enquanto esfregava minha casa do chão ao teto.

Quando o plantão acabou e ele finalmente voltaria para trabalhar nas escadinhas, esperei pelo barulho do portão da garagem se abrindo como um cachorro que espera o dono voltar para casa.

Fiz cabelo e maquiagem e vesti roupas normais para variar. Nada bonito demais – uma legging e uma camiseta que deixava um ombro de fora. Eu não queria passar a mensagem errada. A mensagem que dizia como eu me sentia *de verdade*.

Quando ele chegou, corri para o sofá da sala e coloquei o laptop no colo para que não parecesse que eu estava esperando feito uma groupie.

Era mico demais.

– Oi – disse ele, vindo até a sala com um sorriso. Dublê levantou em um salto com sua camiseta SOU PEQUENO E ODEIO TODO MUNDO. Josh se agachou e fez carinho nele. – Trouxe um burrito para o café da manhã.

Ai, Deus.

Como ele conseguiu ficar ainda mais atraente durante aquelas 48 horas? Estava tão lindo de jeans e camiseta cinza, com aquele cabelo bagunçado e aquelas malditas covinhas que eu amava... E o homem ainda tinha me trazido uma droga de um burrito.

Isso sem falar que agora eu podia imaginá-lo nu.

Meu coração disparou só de olhar para Josh. Eu quis correr e pular em cima dele, abraçar seu pescoço e beijá-lo.

– Oi – murmurei, voltando a olhar para o computador.

Ele colocou a comida na mesinha de centro, e seu perfume e o cheiro de linguiça me atiçaram.

– Valeu – agradeci, fingindo escrever um e-mail.

Ele esperou um bom tempo enquanto eu digitava.

– Bem, acho que vou trabalhar...

Não soltei a respiração até ouvir a porta da lavanderia se fechar.

Depois disso, ele passou o dia na garagem. Não fiquei lá fazendo companhia como costumava fazer. Ele me convidou para almoçar, e é claro que rejeitei.

E é claro que eu queria muito.

Ele não tentou me tocar nem me beijar. Estava seguindo minhas regras.

Eu odiava minhas regras.

Às quatro da tarde ele voltou para dentro e se sentou ao meu lado no sofá.

– Estou menstruada, então...

– Bom saber. Obrigado pela informação. – E abriu uma Coca-Cola. – E aí, o que estamos vendo na TV?

Contive um sorriso.

– Estou escrevendo uns e-mails. Não estava prestando muita atenção. –

Fechei o laptop e coloquei a mão na coxa dele. – Sabe, a gente pode fazer *outras* coisas...

Eu estava acostumada a ser criativa no sexo. Passar três semanas por mês menstruada não me dava muita escolha, e eu não via motivo para meu parceiro se abster durante esse período. Além disso, queria muito tocá--lo. Mesmo que fosse sem compromisso. Eu só queria ficar perto dele. Mas quando toquei a fivela do cinto, ele me segurou.

– Não. Se você não vai ser divertir, eu também não vou.

– Quem disse que não vou me divertir? – falei, sorrindo, enquanto tentava desvencilhar minha mão da dele.

– Kristen, não. – Ele me segurou com firmeza. – Não é por isso que estou aqui.

– Então é *por quê*?

Ele me encarou com aqueles olhos castanho-escuros.

– Para te fazer companhia. Você disse que seria uma amizade colorida, não disse? Esta é a parte da amizade. Quero passar um tempo com você.

Senti um aperto no peito. *Ele precisava ir embora.*

– É que tenho planos para hoje. Então não posso ficar aqui com você – falei, me ajeitando no sofá.

Seus lábios se curvaram levemente para baixo.

– Beleza. Que horas você vai sair? Quer jantar? Ou assistir a alguma coisa antes de ir?

– Na verdade vou sair agora. – E me levantei.

O brilho no olhar dele se apagou, e eu quis abraçá-lo na mesma hora e retirar tudo que tinha dito, pedir que ficasse e se aconchegasse comigo no sofá e comesse comida chinesa direto da caixa e fosse meu namorado.

Mas eu *não podia* fazer isso.

A gente. Não podia. Namorar.

Ele se levantou do sofá.

– Tudo bem. Nos vemos amanhã, então. – E foi embora sem nem olhar para mim.

Enterrei o rosto nas mãos. O que eu estava fazendo? Eu precisava me afastar dele. Aquilo era tortura. Era *ridículo*.

Eu só queria ser espontânea com ele. Queria tratá-lo de um jeito que o fizesse sentir o que eu sentia. Dar a ele toda a minha atenção e beijá-lo e abraçá-lo.

Dizer a ele que estava apaixonada.

Mas isso iria atraí-lo para um relacionamento sem futuro que seria um desperdício de tempo para todo mundo. Ou pior, ele me rejeitaria assim que soubesse a verdade sobre meus problemas de saúde. E nenhuma dessas opções era aceitável.

Com Josh, eu só poderia ter um acordo que envolvesse apenas sexo, com limites estritos... Ou não poderia ter nada.

Peguei Dublê, entrei no carro e fui até a casa de Sloan e Brandon. Ela abriu a porta vestindo a camisa que usava para pintar, o cabelo preso num coque loiro bagunçado no topo da cabeça.

– Ah, oi!

Sloan voltou para o banquinho em frente ao cavalete na sala de estar. Ela era artista. O quadro retratava uma garotinha num campo de papoulas.

– Cadê o Brandon? – perguntei.

Ela apontou o controle remoto para a TV e abaixou todo o volume da série policial.

– Está na garagem.

– Eu dormi com o Josh.

Ela se virou para mim, os olhos arregalados.

– *O quê?!*

– É. – Eu me joguei no sofá, abraçando meu cachorro. – Tyler e eu terminamos. E eu dormi com o Josh. Foi incrível. O pau dele é um acontecimento. Estou péssima e apaixonada por ele, e não sei o que fazer. Acho que estraguei tudo.

Ela parecia horrorizada, o rosto pálido. Acho que não sabia como reagir à informação sobre o pau. Ela nunca tinha feito sexo casual nem dormido com alguém que não fosse seu namorado.

Esperei um minutinho até que ela processasse tudo. Quando se recompôs, sentou-se ao meu lado.

– E por que você acha que estragou tudo?

Enterrei o rosto nas mãos.

– Eu gosto tanto dele. Tanto, Sloan. E ele é todo doce e quer minha companhia. Perguntou se poderíamos namorar sério. Eu disse que não, que para mim é só sexo, só que não é. Mas o que mais poderia ser?

Olhei para ela e senti o desespero praticamente vazando pelos meus poros.

– Quer dizer – continuei –, ele gosta de mim de verdade, e eu preciso colocar um fim nessa história. Não podemos ficar juntos. Ele não vai querer alguém que não possa ter filhos. E eu prefiro morrer a contar para ele que vou tirar o útero. Mas não sou de enganar ninguém, né? Então é melhor eu terminar tudo. Certo?

Ela ficou me encarando como se eu tivesse enlouquecido.

– Meu Deus, eu nunca te vi assim – disse baixinho.

Talvez eu tivesse *mesmo* enlouquecido um pouco. Aquela não era eu. Eu não ficava agitada assim por causa de um cara. *Nunca.* Lidar comigo nesse estado também era um terreno novo para Sloan.

– Sabe o que ele fez esses dias? – falei. – Eu tinha ido até a transportadora para deixar umas encomendas. Quando voltei, ele estava na cozinha com o Dublê. Acho que ele derrubou um refrigerante e o Dublê se sujou, então precisava de um banho. E aí o Josh deu banho nele. Entrei e ele estava ali, sem camisa, abraçando o Dublê, que estava enrolado numa toalha. Juro por Deus, Sloan… Nunca vi nada mais sexy na vida. O homem é literalmente perfeito. Como foi que encontrei o cara perfeito e não posso ficar com ele?

Ela acariciou minhas costas, sem saber o que fazer. Apoiei a testa na mão.

– Odeio tanto meu útero. Sexo me faz sangrar. Estou com um sangramento leve há dois dias. E, como se não bastasse, tive que pedir a ele que ignorasse minha barriga inchada. Foi uma humilhação.

Ela pareceu sentir minha dor.

– Bem, e o que ele disse?

– Nada. – Suspirei. – Ele não deu a mínima. O cara estava prestes a se dar bem. Talvez nem fosse perceber, mas achei que tinha que explicar assim mesmo. Vai que ele achava que estava transando com uma grávida…

Senti um nó no fundo da minha garganta e lágrimas ameaçaram cair. Fui até o banheiro pegar um lenço. Assoei o nariz e joguei o lenço na privada, e a descarga saiu na minha mão. Saí do banheiro segurando a descarga. Sloan revirou os olhos e se levantou do sofá.

A casa dela precisava de reforma. Brandon estava fazendo os reparos. Ele era dedicado, mas as coisas quebravam mais rápido do que ele conseguia consertar.

Ela pegou a descarga da minha mão e ficamos paradas no corredor, ao lado de fotos emolduradas nas paredes, numa troca silenciosa. Estávamos praticamente lendo a mente uma da outra. Ela odiava que aquilo estivesse acontecendo comigo. Ela queria poder resolver tudo. Mas não podia, e não saberia nem como começar.

– E aí, o que você vai fazer? – perguntou ela.

– Não sei – sussurrei, e meus olhos começaram a arder. – Sabe o que é pior? Ele se encaixa. Tipo quando conheci você e a gente se deu bem de cara, sabe? Com Josh é assim. Ele se encaixa. Eu estava bem até ele chegar, estava em paz com minha decisão. E agora...

O caroço estranho que acompanhava as lágrimas inchou na minha garganta. Aquela tensão que eu raramente experimentava porque quase nunca chorava.

– O universo está rindo da minha cara, Sloan. Quando eu acho que não tem como piorar, ele diz "Segura minha cerveja". A questão dos filhos volta o tempo todo, para não me deixar esquecer o quanto isso é importante para ele. São lembretes constantes de que eu não tenho aquilo de que ele precisa.

Minha mente relembrou Josh segurando Dublê enrolado na toalha. Então pensei nele segurando um bebê no lugar do meu cachorro. Mas aquele bebê jamais seria meu. Não seria meu marido dando um banho em nosso filho. Ele só poderia viver esse momento com outra pessoa.

Foi o que bastou. Os soluços começaram. Sloan me abraçou na hora.

Eu não era uma pessoa emotiva. Desde que nos conhecemos, Sloan só me viu chorar uma vez depois de uma ida à emergência por causa das cólicas, e foi mais de dor e frustração que de tristeza.

Aquela era uma mudança brusca em nossa dinâmica, o momento em que o pai cai no choro e a mãe, com os olhos arregalados, precisa consolá-lo. O instinto maternal de Sloan tomou a dianteira e ela me abraçou forte, me consolando e sussurrando em meu ouvido de um jeito que nem minha mãe faria.

Eu tinha aceitado a histerectomia com uma praticidade estoica. Mas não conseguiria fazer isso com Josh. Simples assim. Não havia nada de prático no que aquele homem me fazia sentir. E eu me permiti chorar. O que fez com que eu me sentisse fora de controle e desesperada.

Alguém deu uma batidinha na parede. Então nos viramos e vimos a cabeça de Brandon no corredor.

– Ah... É... Desculpem interromper. Josh está aqui. Tudo bem se ele ficar para jantar?

Josh apareceu atrás de Brandon, com Dublê no colo. Meu cachorro estava lambendo o rosto dele.

– Oi, Sloan. Kristen.

O sorriso dele se desfez assim que viu meu rosto.

Enxuguei as lágrimas, corri para o banheiro e fechei a porta.

17

JOSH

O choro me pegou de surpresa. Nunca imaginei que ela pudesse estar *tão* chateada com o término do relacionamento com Tyler. Eu achava que...
Idiota.
É claro que ela estava chateada. Eu nem sei por que fiquei confuso. Eles namoraram durante dois anos, caramba. Ele ia morar com ela, pelo amor de Deus, e foi para mais uma missão sem conversar com ela, terminou o namoro numa maldita mensagem de voz.
Não era de admirar que ela não quisesse nada sério comigo. Ela devia estar tão arrasada que nem conseguia pensar direito. Eu devia ser só um estepe emocional. Merda.
Shawn tinha razão. Eu era um pau de emergência.
Eu me senti um idiota por ter pedido exclusividade a ela. Acreditei por um instante que tivéssemos algo. Que talvez ela também gostasse de mim. Mas eu devia ter imaginado a coisa toda. Interpretado mal cada sinal. Eu tinha que ter ouvido o que ela estava dizendo em vez de tentar me agarrar a coisas que nem existiam. Ela me disse desde o início que não teríamos nada além de sexo, e o motivo era claramente esse.
E eu simplesmente apareci lá, no dia seguinte ao que deveria ter sido a volta de Tyler. A ficha de Kristen ainda estava caindo. Ela queria desabafar com a melhor amiga.
Eu precisava dar um tempo a ela. Precisava ir embora.
– Vou embora – falei para Brandon, colocando Dublê Mike no chão.
Não era minha intenção me intrometer daquele jeito. Eu só soube que ela estava na casa de Brandon quando vi o carro dela na entrada da gara-

gem. E, para ser sincero, fiquei aliviado ao saber que ela havia feito cabelo e maquiagem para se encontrar com Sloan, e não com outro cara qualquer. Principalmente depois de tudo que Shawn tinha dito.

Mas não foi só por isso que fiquei feliz. Eu estava feliz só de vê-la.

Tinha pensado nela o tempo todo enquanto estava no trabalho, e, quando finalmente fui à casa dela, tudo que senti foi decepção.

Antes eu podia me sentar com ela no sofá e falar besteira. Agora, pelo jeito, eu precisava de um motivo para lhe fazer companhia na sala. Passamos a seguir regras e tudo parecia engessado.

Por um breve instante desejei que não tivéssemos dormido juntos. Que continuássemos amigos até que ela esquecesse aquele palhaço, e então talvez eu tivesse uma chance, uma chance clara. Porque naquele momento a sensação era de que eu havia perdido o que existia entre nós, a amizade fácil que estava ali antes de ultrapassarmos o limite. Claro, eu tinha transado com ela, mas não sabia se tinha valido a pena. Não naquelas circunstâncias.

Sloan entrou na sala. Parecia cansada.

– Amor, a descarga quebrou.

Ela colocou um pedaço de metal na mão de Brandon.

– Eu conserto assim que a Kristen sair – disse ele.

Sloan olhou para mim quando tirei a chave do bolso.

– Já vai embora?

– É, vou indo nessa.

Ela olhou na direção do banheiro e então diretamente para mim.

– Josh, *fica* – disse baixinho. – Janta com a gente.

Seus olhos me imploravam. Olhei para Brandon, depois para ela, depois para Brandon de novo. Ele não fazia ideia do que estava acontecendo. Estava tão perdido quanto eu. Olhava para a noiva como se talvez pudesse extrair alguma informação de seu rosto.

– Tem certeza? – perguntei.

– Absoluta – sussurrou ela, lançando um olhar para o banheiro.

Talvez eu fosse uma distração? Talvez Sloan achasse que eu poderia distrair Kristen? Eu não tinha nenhuma ilusão de que Sloan não soubesse que eu estava dormindo com sua amiga. Kristen certamente havia contado. Então Sloan sabia o que estava me pedindo.

Eu não queria ir embora. Queria estar onde Kristen estivesse. E, se Sloan achava que eu podia ficar, era isso que eu iria fazer.

Fiquei.

Brandon e eu voltamos para a garagem. Ele queria minha ajuda com uns projetos, e naquele momento a casa parecia território feminino.

– O que foi aquilo? – perguntou Brandon assim que ficamos sozinhos.

Ele estava falando da intervenção de Sloan, não do choro de Kristen. Dado o término recente, o choro era compreensível.

Eu me sentei numa banqueta junto à bancada de trabalho e dei de ombros.

– Acho que ela está mal por causa do Tyler, e a Sloan acredita que posso distraí-la.

Ele franziu a testa e pegou a cerveja. Ficou segurando a garrafa apoiada na perna, batendo nela com o mindinho, distraído.

– Sei não – falou. – Estou um pouco surpreso com essa reação da Kristen, para falar a verdade. Nunca a vi assim. Nem quando a avó dela morreu. Ela é durona.

Ele tomou um gole da cerveja e parecia tão perplexo quanto eu. Ficamos ali sentados, os dois parecendo confusos, como se tivéssemos adentrado um território desconhecido.

Geralmente, quando me deparava com uma mulher chorando sem que eu estivesse diretamente envolvido no motivo, eu me afastava devagar e deixava que as garotas resolvessem a questão. Mas me incomodava ver Kristen sofrendo. Desejei que ela conversasse comigo. Ela *conversava* comigo antes, cacete.

Brandon olhou para mim.

– O que aconteceu hoje quando você foi na casa dela?

– Ela agiu como sempre – respondi, balançando a cabeça. – Meio fria. Me expulsou. Disse que estava menstruada e que por isso não poderíamos transar.

– Você acha que foi uma desculpa?

– Não. Acredito nela.

Se Kristen não quisesse transar, sei que me diria isso abertamente. Eu não achava que a coisa da menstruação fosse mentira, ainda mais porque ela me ofereceu alternativas. Mas era a segunda vez em um mês.

Talvez ela tivesse algum problema menstrual. Minha irmã Laura também tinha e usava os mesmos ultra-absorventes que Kristen.

Brandon largou a cerveja e voltou a olhar para o armário da cozinha, cuja porta ele estava arrumando.

– Me ajuda com essa coisa. Estou tentando consertar a dobradiça.

Ele tinha uma bancada de trabalho impressionante, com letreiros de cerveja pendurados na parede, piscando em neon. Duas caixas vermelhas, cheias de ferramentas, estavam encostadas ao lado dos armários que ele mesmo tinha feito para guardar as ferramentas elétricas. Era bom que ele tivesse aqueles equipamentos, porque a casa que comprara com Sloan precisava de reparos.

Eu e ele nos distraímos com os projetos durante meia hora. De vez em quando, eu olhava na direção da porta que levava para dentro da casa. Sabia que Kristen estava do outro lado, preparando o jantar com Sloan. Eu *sentia* sua presença ali.

Num impulso, me levantei.

– Já volto.

Ao entrar, guiado pelo cheiro de alho e manjericão, encontrei Kristen sentada à mesa da cozinha com Dublê Mike. Sloan estava em frente a uma panela fumegante. As duas ficaram paralisadas.

Kristen e eu trocamos olhares por um instante.

– Podemos conversar rapidinho? – perguntei, apontando com a cabeça para a sala.

Sloan lançou um olhar para Kristen, que ficou de pé, colocando o cachorro no chão.

– Claro.

Fui atrás dela até a sala e ela se virou para mim com os braços cruzados.

– Que foi?

– Bem – falei, também cruzando os braços. – Nós dois vamos passar bastante tempo juntos nas próximas semanas, com o casamento e tudo mais. Acho que precisamos falar sobre o climão… de você ter me seguido até aqui.

Funcionou. Seus lábios se contorceram num sorriso relutante.

Seus olhos estavam inchados. Vermelhos. Ela parecia triste e abatida. Eu queria puxá-la contra meu peito e abraçá-la, dizer que Tyler era um babaca por abandoná-la. O desejo de fazer isso era tão intenso que precisei fechar os punhos para me impedir de estender a mão para ela. E senti que ela não deixaria, de qualquer forma. Não gostei da sensação de impotência que isso me causou.

Olhando para Kristen, me dei conta de que, por mais que ela resumisse nosso relacionamento a sexo naquele momento, eu aceitaria o que quer que estivesse disposta a me oferecer. Se tudo que ela queria era uma amizade colorida, eu seria esse amigo colorido, porque o que eu sentia por ela não me permitiria recusar qualquer oportunidade de estar ao seu lado.

Pigarreei e falei um pouco mais sério:

– Eu não sabia que você estaria aqui. Não estava tentando te cercar.

– Eu sei. – Ela desviou o olhar e seu sorriso se desfez um pouco. – Josh, não sei se é uma boa ideia a gente ficar de novo.

E me encarou.

Merda.

Eu respeitaria sua decisão se ela estivesse voltando atrás por vontade própria. Mas, se ela achava que estaria me poupando de qualquer sofrimento enquanto superava Tyler, eu precisava dizer a verdade.

– Eu tenho direito de opinar? – perguntei, abaixando um pouco a cabeça para olhar em seus olhos. – Você não quer nenhum compromisso agora. Eu entendo isso. Vamos com calma. Curtimos a companhia um do outro. O sexo é bom. Não vamos nos preocupar demais com isso.

– E tudo bem para você se isso *nunca* levar a algo mais?

Ela usar a palavra "nunca" era meio exagerado. Um dia ela iria superar Tyler. Mas fazia sentido que ela não quisesse estabelecer um prazo. E eu tinha a sensação de que, se fizesse qualquer menção à possibilidade de um dia termos algo mais sério, ela pularia fora. Então, pelo menos por enquanto, sim, aquele acordo funcionaria para mim. Eu podia esperar.

– Minhas expectativas estão sob controle – falei.

– E você vai sair com outras pessoas.

Foi mais uma afirmação que uma pergunta. Como se fosse uma expectativa dela que eu tivesse que cumprir.

– Se eu tiver vontade, sim – concordei.

Mas eu não teria vontade.

– E *eu* vou sair com outras pessoas. Então você precisa entender isso.

Isso já era mais difícil. Mas raciocinei: ela sairia com outras pessoas de qualquer forma, então não mudei de opinião. E parte de mim achava que, se eu ficasse por perto, ela não sairia com mais ninguém. Ela havia gostado do sexo tanto quanto eu – isso era óbvio. Eu só precisaria satisfazer todas as suas necessidades, uma missão que eu estava mais que disposto a cumprir.

– Você está solteira. Imagino que também vai sair com outras pessoas.

Ela analisou meu rosto por um instante, como se estivesse procurando um motivo para dizer não. Não deve ter encontrado nenhum.

– Certo. Se você acha que dá conta... – disse ela.

Nenhum de nós dois se mexeu. Ficamos olhando um para o outro. Um de nossos silêncios confortáveis.

Meus olhos passearam por seu lindo rosto. Os cílios espessos, o cabelo escuro que roçava seus ombros delicados, um pescoço comprido e gracioso. Lábios carnudos.

Eu queria poder beijá-la.

E o engraçado era que ela também estava olhando para os meus lábios. Mas sua expressão era de dor. Como se o simples ato de olhar para mim a machucasse.

Caramba, Tyler tinha mexido com ela. Eu odiava aquele cara.

Sloan chamou da cozinha.

– O jantar está pronto.

Kristen se virou sem dizer nem mais uma palavra. Eu segui a névoa suave de seu perfume de maçã verde e me sentei ao seu lado à mesa.

Dublê Mike se deitou no chão entre nós dois. Eu me abaixei, acariciando sua cabeça, e sussurrei para Kristen:

– Ouvi dizer que a comida aqui é ótima. Que tal jantarmos aqui mais vezes?

Se eu estava ali para animá-la, faria exatamente isso. Sua expressão suavizou.

– É difícil conseguir reserva – sussurrou ela.

E fitou meus lábios mais uma vez antes de me olhar nos olhos.

– Eu tenho um contato – falei. – Mas fiquei sabendo que eles tiveram que fechar por alguns dias quando vandalizaram o lugar semanas atrás.

Ela ergueu as sobrancelhas.

– É mesmo?

Assenti e olhei para Sloan antes de continuar, em voz baixa:

– O pior ataque de papel higiênico que Canoga Park já viu. Eles não têm nenhum suspeito. Deve ter sido alguém de dentro.

Ela sorriu e vi seu humor mudar diante dos meus olhos. Brandon veio do quarto e se sentou, colocando algo na mesa à minha frente.

– Olha só isso aqui – disse ele.

– Ah, meu Deus. De novo isso? – resmungou Sloan, colocando a salada caesar no meio da mesa.

– O que é? – perguntou Kristen, olhando para o pequeno objeto redondo de madeira.

– Um pio para atrair perus – respondeu Brandon.

– É, e ele está treinando há semanas. *Dentro de casa* – disse Sloan, pondo uma tigela de macarrão na mesa e se sentando também. – O dia inteiro.

Brandon olhou para a noiva achando aquilo tudo engraçado.

– Ei, se eu não praticar, nunca vou melhorar.

– Aham. Mas na sala? Enquanto estou pintando? – Ela sorriu e passou a baguete. – Ele costuma ser tão silencioso.

– Ele tem razão – falei, pegando o instrumento para analisá-lo melhor. – Precisa praticar. É preciso habilidade.

Era um belo pio. De madeira, com uma pena de peru entalhada na tampa redonda e uma vara de cedro combinando para emitir o barulho. O tipo de coisa que se passa de pai para filho. Assenti em aprovação.

– Bacana. Existem competições, sabia? – falei para Sloan. – As pessoas competem em nível nacional.

– É mesmo? É tão difícil assim? – perguntou ela, se servindo de macarrão.

– É, sim. – Tirei a tampa e passei o dedo na superfície preta. – Eles fazem vários sons diferentes. É preciso praticar para conseguir atrair as aves.

Sloan sorriu para Brandon.

– Bem, preciso admitir que ele mantém meu blog de culinária abastecido. Acho que vou ter que aguentar.

Brandon pegou a mão dela e a beijou, e Kristen e eu sorrimos.

– Você sabe usar? – me perguntou Kristen.

Era uma trégua. Uma tentativa de conversar comigo.

Brandon pegou a cerveja e apontou para mim com a garrafa.

– Josh é muito bom nisso. É por isso que sempre captura uma ave.

Ele estava levantando minha bola para Kristen. Torci para que ela se interessasse por perus mortos. Kristen sorriu para mim. Um sorriso genuíno.

– Você sempre caçou? – perguntou ela.

– Sempre.

Fechei o pio e devolvi o instrumento a Brandon. Kristen cutucou a salada. Depois voltou a olhar para mim, os olhos inocentes.

– É verdade que "vegetariano" é um termo nativo americano que significa "mau caçador"?

Brandon riu tão de repente que se engasgou. Eu sorri para ela, feliz por vê-la voltar a ser a Kristen de sempre.

– Sabe, eu ainda estou sem carro – disse Sloan quando Brandon parou de rir. – Vocês dois estragaram meu Corolla.

– Sério? – Kristen bufou. – Você vai colocar a culpa na gente? O hamster deve ter morrido.

– Que hamster?

Sloan pareceu confusa. Kristen espetou um crouton.

– O que corria na rodinha embaixo do capô.

Brandon e eu rimos, e Sloan pressionou os lábios tentando parecer brava, mas não conseguiu ficar séria.

– Como você pode deixar que ela dirija aquela coisa? – perguntei a Brandon, balançando a cabeça.

– Eu já falei para ela, nem sei quantas vezes, que eu compro um carro novo – disse Brandon, ainda rindo.

Sloan deu de ombros.

– Eu não quero um carro novo. Aprendi a dirigir naquele carro. Foi ali que dei meu primeiro beijo.

Brandon lhe lançou um olhar sério, de brincadeira, e decretou:

– Então temos mesmo que nos livrar dele.

Sloan sorriu para o noivo e se aproximou para um selinho. Vi meu melhor amigo continuar olhando para ela por um tempo depois de ela já ter voltado a comer. Ele a amava de verdade.

Eu me lembrei da primeira vez que ele falou sobre Sloan, três anos antes. Estávamos camuflados durante uma caçada na Dakota do Sul e ele passou horas falando sobre a garota com quem estava saindo. Eu nunca o tinha visto tão a fim de alguém. Fiz uma nota mental para incluir isso no discurso de padrinho.

– Ei, vocês não se conheceram durante um chamado? – perguntei, tentando me lembrar da história que ele tinha contado. – Num hospital ou algo do tipo?

Sloan lançou um sorriso doce para Brandon.

– Foi. Eu só dei meu número porque ele estava de farda.

– Não consegue resistir a um homem fardado, é? – provoquei.

Enrolei o macarrão no garfo. Estava incrível, uma versão de bolonhesa. Sloan cozinhava muito bem. Kristen e eu devíamos *mesmo* comer lá mais vezes.

– Consigo, sim – respondeu ela. – Só imaginei que eles não admitiriam um criminoso no Corpo de Bombeiros.

Brandon deu risada e contou:

– Eu estava empurrando o equipamento para a entrada da emergência e vi a Sloan saindo. Quando ainda tínhamos ambulância.

Então eu me lembrei da história. Os outros detalhes se encaixaram. Uma amiga de Sloan, que ela acompanhava, estava na emergência. Só podia ser Kristen.

– Era você que estava na emergência? – perguntei, olhando para ela.

Kristen jamais iria para a emergência por nada. Na verdade, ela era o tipo de pessoa que você não conseguiria levar para o hospital mesmo que fosse necessário. Teimosa que só ela.

Minha mãe chamava isso de síndrome da mulher forte. A maioria das minhas irmãs sofria dessa síndrome.

– Estava vendo um jogo e desmaiei na arquibancada – respondeu ela, sem tirar os olhos do prato.

– Por quê? – Franzi a testa.

– Estava com anemia.

Foi uma resposta sem emoção, mas percebi o modo como Sloan olhou para ela.

Anemia. *Sangramento.* A menstruação dela era *tão* ruim assim?

– Quando seu carro vai ficar pronto? – perguntou Kristen, mudando de assunto.

– Já está pronto – respondeu Sloan. – Só preciso que alguém me leve até lá. Brandon não pode. Vai ajudar na mudança da irmã amanhã.

– Eu posso trazer o carro para você – ofereci. – Kristen, e se eu for embora com você hoje? Deixo minha picape aqui e posso passar a noite na sua casa. Quando terminar os pedidos de amanhã, busco o carro da Sloan e trago para ela.

Parecia que todos estavam prendendo a respiração, esperando a resposta.

– Claro – respondeu Kristen, dando de ombros.

Garfos voltaram a tilintar nos pratos.

Eu tinha certeza de que seria obrigado a dormir no quarto de hóspedes, mas valeu a pena apostar na praticidade dela. Kristen sabia que eu estaria lá no dia seguinte logo cedo de um jeito ou de outro. Tínhamos vários pedidos para atender. E por que deixar Sloan sem carro? Eu já havia passado a noite lá muitas vezes, não era nada fora do comum. Pelo visto eu a conhecia o bastante para antecipar seus pensamentos.

Então por que fiquei tão surpreso por ela estar arrasada com o término do namoro?

18

KRISTEN

Quando achei que talvez tivesse conseguido me afastar, Josh me puxou de volta para perto.

Ficamos jogando na casa de Sloan até quase meia-noite. Sloan forçou a barra para que Josh e eu formássemos uma dupla. Nós *destruímos* Sloan e Brandon nas mímicas.

Quando fomos embora juntos, já éramos as mesmas pessoas pré-transa, rindo e brincando. Todo o constrangimento tinha desaparecido.

Eu havia acabado de escovar os dentes e vestir uma bermudinha e uma regata para dormir quando ele bateu à porta do meu quarto. Quando abri, o sorrisinho torto em seu rosto me alertou da gracinha masculina em andamento.

– Joshua. Você precisa de alguma coisa?

Ele estava de camiseta branca e calça de flanela cinza.

– Você se importa se eu fizer uma pergunta? – disse ele, sorrindo sugestivamente.

– Qual?

Aquele perfume de cedro se misturou ao cheiro de menta da pasta de dentes. Era inebriante. Tentei prender a respiração.

– Você tem algum problema menstrual?

A pergunta me pegou tão de surpresa que na hora pensei que Sloan tivesse contado alguma coisa a Brandon, que por sua vez tivesse contado a Josh. Mas ele continuou antes que eu pudesse questionar.

– Porque estudos recentes demonstram que dormir ao lado de um homem todas as noites pode regular a menstruação. Você sabia disso? Ando muito ocupado – disse ele, olhando para o corredor e então voltando a olhar para mim, as covinhas se destacando –, mas acho que posso oferecer meus serviços esta noite em troca de não dormir no seu futon.

Tentei conter um sorriso.

– Dormir aqui foi ideia *sua*. Você sabia que ia dormir no quarto de hóspedes.

Ele fez questão de olhar para o quarto atrás de mim de um jeito exagerado.

– Hum. Posso dar uma olhada no seu detector de fumaça?

Ele se escorou no batente da porta e cruzou os braços daquele jeito que destacava seus bíceps e fazia o peito pular da camiseta.

Meus ovários chegaram a coçar. Mas que droga eu estar sagrando! Do contrário, o arrastaria até a cama e aproveitaria o acordo de amizade colorida.

Coloquei a mão no batente e lutei contra a vontade de sorrir, pressionando os lábios um contra o outro.

– Meu detector de fumaça está ótimo.

– Posso ficar com o cachorro?

– Oi? Por que eu te daria meu cachorro?

– Para eu não ficar sozinho.

Ele fez uma carinha triste.

– Mas aí *eu* vou ficar sozinha.

– Você resolveria todos esses problemas se me deixasse entrar. Se me mandar embora, vou voltar fazendo o peladão – disse ele, sério.

Eu ri. Coitada de mim se ele voltasse fazendo o peladão. Eu não era forte o bastante para recusar Josh nu.

– Estou com um pequeno sangramento – lembrei, esperando que isso o fizesse calar a boca.

Tyler não chegava nem perto de mim se eu estivesse sangrando. Eu tinha que ser bem criativa para manter nossa vida sexual satisfatória quando a folga dele caía durante minha menstruação de três semanas.

– Pequeno? – Ele ergueu as sobrancelhas.

– É.

Ele se jogou em cima de mim, abraçando minha cintura e beijando meu pescoço.

– Eu não me incomodo com um pequeno sangramento – sussurrou, beijando logo abaixo da minha orelha.

A proximidade repentina me deixou sem ar.

– Eu me incomodo – falei baixinho, com as mãos em seu peito.

Eu me incomodo? Acho que sim, né?

– Então pare de se incomodar – disse ele, com a voz rouca, sorrindo com os lábios ainda em meu pescoço.

Josh me levou até a cama, os braços fortes me guiando. Quando deslizou para cima de mim, fiquei hipnotizada. Completamente entregue.

E ele não estava mentindo quando disse que não se incomodava com um pequeno sangramento.

Ele não se incomodava mesmo.

ACORDEI NA MANHÃ SEGUINTE nua e com o rosto colado no peito de Josh. Fiquei ali deitada por um tempo, a luz entrando pelas persianas, ouvindo o som das batidas compassadas de seu coração.

Eu queria me permitir mais alguns instantes de felicidade antes de expulsá-lo da minha cama e fingir que não me importava se ele estivesse ali ou não.

Ele se mexeu e fechei os olhos, fingindo ainda estar dormindo. Senti seu peito se mover como se ele tivesse olhado para mim e ouvi seu coração acelerar um pouco. Eu sabia que, se olhasse para cima, ele iria sorrir, e eu poderia lhe dar um beijo de bom-dia.

Mas não fiz isso, porque não é o que amigos coloridos fazem.

Lábios tocaram o topo da minha cabeça com delicadeza e ele me abraçou mais forte. Foi doce e afetuoso.

E um mau sinal.

Ele disse que saberia lidar com a situação, que aceitaria que aquilo fosse só sexo. Mas eu teria que ficar de olho nele, terminar tudo caso desconfiasse que estava se apegando muito.

Meu estômago roncou. Eu me perguntei que horas eram. Tinha um café que...

Pulei na cama.

– Que dia é hoje?

Procurei meu celular, desesperada. Josh se apoiou nos cotovelos e olhou para mim, o cabelo bagunçado.

– Oito de março. Terça-feira. Por quê?

Achei meu celular carregando: 10h13.

– Merda!

Eu me levantei da cama em um pulo e bati em cheio o quadril na mesinha de cabeceira, tendo que me equilibrar com as mãos. Peguei Dublê, que estava aos pés da cama, e o coloquei para fora pelas portas de correr antes de ir até o banheiro.

Ai, meu Deus, como fui esquecer?

Eu não tinha mais Tyler, apenas um cabelo bagunçado de quem acabou de transar, um marceneiro nu na minha cama e menos de vinte minutos para me recompor. Enfiei a escova de dentes da boca com uma das mãos enquanto a outra ligava o chuveiro. Entrei no banho antes que a água esquentasse e escovei os dentes enquanto molhava o cabelo na água gelada.

A porta do boxe se abriu e Josh entrou.

– Ui, está congelando.

Cuspi no ralo.

– Este banho não é para você. Saia.

Ele riu, pegando o sabonete.

– Eu tenho que usar outro chuveiro agora? Você não vai nem deixar o pobre do seu amigo colorido se limpar depois de ele ter passado a noite satisfazendo você?

Ele ensaboou o peito, com um sorrisinho no rosto. Num dia comum, Josh nu no meu chuveiro seria a realização de uma fantasia antiga, mas naquela manhã ele estava apenas ocupando um espaço onde eu poderia raspar a perna rapidinho.

– Qual é a pressa, afinal? – perguntou.

Abaixei para pegar o xampu e bati a testa na coxa dele. Quando me levantei de novo, ele era só sorrisos.

– Minha mãe. Tenho um brunch com a minha mãe – respondi, esfregando o cabelo freneticamente. – Tinha esquecido. Ela vai chegar em quinze minutos. E acha que o Tyler vai também. Ainda não sabe que a gente terminou.

Tirei o sabonete da mão dele, enxaguando o cabelo enquanto lavava o corpo. Era um pesadelo. Uma droga de um pesadelo.

– Josh, você precisa estar na garagem quando ela chegar.

– Não posso conhecer sua mãe?

– Não.

Meu Deus, *não. Oi, mãe. Eu e Tyler terminamos, mas esse é meu amigo Josh, com quem estou transando. Ele não é lindo? Deus me ajude.*

Minhas mãos estavam tremendo de tanta adrenalina.

– Estou ficando com bastante frio – disse ele, me abraçando por trás e beijando a lateral do meu pescoço.

Eu me desvencilhei dele.

– Josh, não tenho tempo para isso. Eu disse que este banho não é para você.

– Ok, ok.

Ele me soltou, dando risada. Não estaria rindo se conhecesse Evelyn.

– Tem certeza de que não posso conhecê-la? Sou ótimo com mães – falou, enquanto eu passava condicionador no cabelo.

– Não. Você não pode conhecê-la. Só… – Esfreguei o rosto com força e enxaguei, me virando rápido para tirar o sabonete e o condicionador. Então saí do banho, pegando a toalha mais próxima. – Só não saia do quarto. E também não deixe o Dublê entrar em casa. Ele tem mais ódio dela que do Tyler.

Saí tropeçando pelo banheiro, ligando o secador na tomada, passando hidratante de qualquer jeito, rímel. Josh saiu e foi para o quarto se trocar.

Dez minutos. Eu tinha dez minutos. Se meu cabelo estivesse molhado, ela saberia que eu esqueci. Seria pior se ela soubesse que eu esqueci.

Aff. Como ela encheria meu saco por causa de Tyler… *Claro, era só questão de tempo.* Ou talvez: *Você estraga tudo de bom que acontece na sua vida.* O que quer que ela dissesse, seria com um tom de indignação e julgamento, e eu não tinha tempo suficiente para me preparar para lidar com isso.

Eu andava distraída demais, e foi Tyler quem marcou o encontro na agenda. E é claro que ela não ligaria para confirmar ou avisar que estava a caminho, como uma pessoa normal faria. Ela iria preferir que eu estragasse tudo e confundisse a data ou esquecesse. Liguei o secador.

Seque mais rápido, seque mais rápido! Droga, por que foi que eu lavei o cabelo?

Saí do quarto às 10h29, pronta para abrir a porta. Ela nunca se atrasava. Chegaria exatamente às 10h30. Mas, quando avancei pelo corredor, colocando o brinco, minha mãe já estava na sala.

Conversando com *Josh.*

19

JOSH

O secador de cabelo ainda estava ligado no quarto de Kristen quando segui para a garagem e ouvi a campainha. Chamei por ela, que não me ouviu. Pensei que poderia pelo menos ser útil, então atendi.

A mulher que estava na porta não era como eu esperava. Ela poderia ser a avó de Kristen. Talvez *fosse* a avó de Kristen. Parecia ter quase 70 anos. Era bonita e majestosa.

As maçãs do rosto salientes, como as de Kristen, o corpo pequeno, os olhos grandes. O cabelo grisalho estava bem preso num coque. Ela usava um colar de pérolas.

Quando *me* viu, ergueu uma sobrancelha e me olhou de cima a baixo como se eu fosse uma carta de vinhos sem sua safra preferida.

– Olá. Minha filha está disponível?

Seus olhos focalizaram com frieza meu cabelo molhado.

– Ela já vem. Pode entrar. Eu me chamo Joshua. Sou o marceneiro – acrescentei, estendendo a mão.

– Evelyn Peterson.

Ela apertou minha mão com firmeza e olhou a sala, tirando um frasco de álcool em gel da bolsa e passando um pouco na mão.

Foi um pouco grosseiro, mas fiquei observando, curioso.

Vi de quem Kristen tinha puxado a carranca. Evelyn *não* parecia satisfeita.

– Espero que não considere o estado desta casa um sinal de *má educação* – disse ela, esfregando as mãos e olhando para uma garrafa de cerveja vazia e um prato sujo sobre a mesinha de centro. – Kristen cresceu com uma empregada em casa, mas gosto de pensar que incuti nela algum senso de responsabilidade. – Ela torceu o nariz para um dos ossos meio mastigados de Dublê Mike no chão. – Embora isso nem sempre fique óbvio.

A casa de Kristen era impecável. Não se via nem pó embaixo do sofá. Quem se importava com uma garrafa de cerveja e um prato?

Ela contornou a mesinha, olhou para uma pilha de encomendas que Kristen tinha registrado e pegou com dois dedos uma blusa verde de Dachshund. Dizia SEI QUE VOCÊ ESTÁ OLHANDO MINHA SALSICHA. Evelyn fez uma careta e largou a blusinha.

Minha mãe teria achado aquilo hilário. Acho que Evelyn não era o tipo de mulher que curtia piadas de salsicha.

Eu estava começando a ficar um pouco constrangido. Ela era pretensiosa demais para o meu gosto. Mas eu era meio que o anfitrião naquele momento e tinha que entretê-la até que Kristen assumisse o posto.

– É... Quer beber alguma coisa? Uma água? – perguntei.

Seu olhar de aço se voltou para mim.

– Não, obrigada. Onde está o Tyler?

– Não sei dizer. Eu só trabalho aqui.

Não era eu quem devia contar a ela sobre o término à distância. Ela semicerrou os olhos.

– Hum.

Kristen surgiu pelo corredor, com a mão na orelha, e parou de repente ao nos ver juntos. Então aconteceu uma coisa que eu nunca tinha visto durante todo o tempo que nos conhecíamos: ela ficou *vermelha*.

– Eu já estava quase acionando uma equipe de buscas – disse Evelyn, secamente.

Eu me preparei para a resposta sarcástica de Kristen, mas, para minha surpresa, ela não respondeu. Em vez disso, cumprimentou a mãe com um beijo rígido.

– E onde está o Tyler? – Evelyn deu um beijinho no ar. – Espero que não nos atrasemos. Você sabe o quanto detesto me atrasar.

E olhou para o relógio de diamante. Os olhos de Kristen voaram para mim, nervosos.

– Na verdade, o Tyler não vai. Nós terminamos.

Os lábios de Evelyn formaram uma linha reta. Ela esperou um bom tempo antes de responder friamente:

– Entendo. – E se virou para mim. – Joshua, gostaria de se juntar a nós? A reserva é para três pessoas.

Kristen respondeu rápido:

– Ele tem muitos pedidos...

– Acho que o convite para o brunch foi *meu*... – retrucou Evelyn. – Você nos privou de ser um trio e não me informou com antecedência para que eu pudesse preencher o assento. Eu gostaria de convidar o Joshua e estou convidando.

Seu tom tinha algo de peremptório. Olhei para Kristen. Ela estava em silêncio.

Kristen, *em silêncio*.

Isso me assustou mais do que eu era capaz de entender.

Algo me disse para não deixá-la sozinha com aquela mulher. A coisa toda com Tyler pareceu ser uma espécie de gatilho entre elas, e fiquei com a impressão de que um amortecedor seria necessário. Talvez ela tivesse me convidado por isso. A cadeira vazia deixaria Evelyn irritada e tudo ficaria ainda pior.

– Claro, eu adoraria – respondi.

Um ar de pânico surgiu no rosto de Kristen. Olhei para minhas roupas.

– Mas não sei se estou vestido para a ocasião.

Eu não sabia aonde iríamos, mas Kristen e Evelyn estavam de vestido e salto alto, e eu estava de calça jeans e camiseta do Corpo de Bombeiros. E não tinha outra roupa ali para vestir.

Evelyn soltou um suspiro.

– Imagino que vai se encaixar perfeitamente com os millennials mal-vestidos. Sinto muito que a Kristen não tenha me permitido fazer o convite com antecedência. – Ela se virou em direção à porta. – Ah, Kristen... Dá para ver suas lixeiras lá da rua. A aparência da fachada importa, querida.

Evelyn estava num carro preto com motorista. Durante os vinte minutos até chegarmos ao restaurante, ela tirou pelos do vestido de Kristen e comentou sobre o cabelo úmido. Enquanto isso, descobri que era professora de Direito na Universidade da Califórnia em Los Angeles e juíza.

Caramba, a mulher era rígida. Eu me perguntei se ela abraçava Kristen na infância. Não conseguia imaginar a cena. Não conseguia nem imaginá-la sorrindo. Pensando bem, ela nem tinha linhas de expressão causadas pelo riso. Só duas linhas fundas entre as sobrancelhas.

Kristen estava paralisada. Era muito estranho. Fiquei olhando para ela, tentando entender qual era o problema. Ela parecia um animal encurralado e assustado que perdeu a reação de luta ou fuga e só consegue ficar parado ali, morto de medo.

O restaurante ficava em Simi Valley e eu definitivamente não estava vestido para a ocasião. Os outros millennials não me ajudaram. Estavam de paletó e camisa social. Uma recepcionista nos levou até uma mesa com toalha de linho branca e um pequeno vaso de flores ao lado de uma janela.

– Vamos querer o cardápio – disse Evelyn para a recepcionista num tom de tédio. – Não confio em buffets. Muita gente colocando a mão.

Kristen e eu trocamos um olhar. O buffet parecia incrível. Nós dois queríamos atacar. Tinha uma maldita escultura de gelo e um bar de Bloody Mary. Havia um prime rib enorme na mesa, e patas de caranguejo e camarões decoravam a seção de omeletes.

Mas eu não queria ser grosseiro. Era um convidado. E Kristen não parecia disposta a discutir, então aceitamos o cardápio.

Só não entendi por que Evelyn deixou que Kristen pegasse um, porque, quando o garçom veio, Evelyn fez o pedido para ela – ovos beneditinos. Kristen não falou nada, mas eu sabia que ela odiava gema mole. E *definitivamente* não gostava que lhe dissessem o que comer.

Eu não entendia aquela dinâmica. Kristen estava sentada ali, mas na verdade não estava. Sua chama tinha se apagado, como se a mãe ofuscasse completamente seu brilho.

Nossas bebidas chegaram. Tomei um golinho do suco de laranja e Kristen um golão da mimosa. Evelyn pegou um adoçante na bolsa e colocou no café.

– Então, Kristen… O que você fez para afugentar o Tyler?

Que merda é essa? Segurei o copo com mais força. Kristen largou a taça com cuidado.

– Como você sabe que não fui eu que terminei?

Evelyn pareceu achar a pergunta divertida, como se fosse absurda.

– Foi você?

Kristen ficou tensa. Uma aluna na sala do diretor.

– Ele decidiu ir para mais uma missão.

– Entendo. – Evelyn pousou a colher sobre o pires. – Bem, não posso dizer que estou surpresa.

Um brilho de raiva surgiu nos olhos de Kristen, mas ela pareceu reprimi-lo.

– Por que diz isso?

Evelyn levou a xícara aos lábios e bebeu um gole.

– Ah, um homem determinado como ele quer o mesmo numa parceira, não? – Ela se virou para mim. – E o que você faz, Joshua? Ou fabrica mercadorias para cães em tempo integral?

A pergunta tinha um ar de superioridade. Até onde ela sabia eu fabricava, sim, mercadorias para cães em tempo integral. E qual seria o problema?

– Sou bombeiro e paramédico.

– Você tem ensino superior?

Por que eu tive a sensação de que a pergunta era um insulto? Ela devia saber que poucos bombeiros tinham graduação completa. O curso técnico era o padrão. Mas, se eu tivesse que adivinhar, diria que qualquer coisa menos que um diploma de quatro anos não a impressionaria. Eu não estava nem aí. Tinha orgulho da minha profissão. Mas ela claramente queria destacar o que considerava uma insuficiência.

– Não fiz faculdade. Fui para o Exército depois do ensino médio. E depois para o Corpo de Bombeiros, claro.

Evelyn falou com a xícara ainda próxima aos lábios.

– E há quanto tempo está dormindo com minha filha?

– Mãe!

Kristen olhou para ela, boquiaberta. Eu me recostei na cadeira e passei a mão no rosto. A franqueza de Kristen claramente era hereditária.

Evelyn colocou a xícara sobre o pires e uniu as mãos.

– Sério, Kristen. Não precisamos de fingimento. Somos todos adultos. – Ela me lançou um olhar de reprovação. – Só espero que esse não tenha sido o motivo pelo qual o Tyler decidiu ir atrás de pastos mais verdejantes. Pela primeira vez pensei que você estivesse no caminho certo.

Kristen corou mais uma vez e meus nervos ficaram à flor da pele. Aquela mulher estava falando sério?

– Eu não tive nada a ver com o término – falei, um pouco indignado. – E Kristen também não. Tem sido difícil para ela, e fico surpreso que a senhora não esteja mais preocupada em saber como ela está se sentindo neste momento.

De soslaio, percebi os olhos arregalados de Kristen. Continuei.

– E, se a senhora tivesse se dado ao trabalho de perguntar, ela teria contado que ele terminou o namoro por mensagem de voz, como um covarde.

Quem sabe isso derrubasse aquele babaca do pedestal em que Evelyn parecia mantê-lo.

A expressão dela continuou impassível, e, antes que ela respondesse, o garçom veio e começou a dispor a comida na mesa à nossa frente.

Kristen olhou para os ovos com desânimo. Ela era bem exigente com a comida e ficava irritada quando não comia. Tive a sensação de que iria se obrigar a comer porque a mãe parecia exercer uma espécie de controle sobre ela, mas que detestaria.

Quer saber? Foda-se.

Peguei os ovos beneditinos e passei minha rabanada para ela.

– Kristen não gosta dos ovos assim – falei para Evelyn, sem nem tentar esconder minha irritação.

Kristen olhou para mim como se eu tivesse acabado de lhe dar um dos meus rins. Coloquei a mão em seu joelho sob a mesa.

Evelyn ficou assistindo à cena com um desgosto evidente.

Eu não conseguia acreditar que aquela era a mãe de Kristen. Como aquela mulher tinha criado alguém tão incrível? Se não fosse a semelhança assombrosa, eu pensaria que não passava de uma pegadinha bem bolada.

Evelyn colocou um guardanapo sobre o colo.

– Joshua, talvez você não entenda minha impaciência com a minha filha. Não faz muito tempo que a conhece. O que você ainda não percebeu é que a Kristen tem uma tendência à autossabotagem.

– Duvido muito – falei, o maxilar tenso.

Não era culpa de Kristen que Tyler tivesse decidido ir para mais uma missão.

– Imagino. – Evelyn riu. – Mas, pensando bem, você é a prova mais recente disso, não é?

O garfo de Kristen bateu no prato com um estalo.

– Sei que está decepcionada porque o Tyler e eu terminamos – disse ela, com uma veemência repentina. – Mas isso não é da sua conta. Não é da sua conta com quem estou transando.

Os olhos de Evelyn arderam em chamas.

– Claro – respondeu. – Por que as coisas que você faz seriam da *minha* conta? Eu criei você para ser uma pessoa próspera, me dediquei ao seu desenvolvimento, e você passou os últimos cinco anos desfazendo tudo que aprimorei em você. Primeiro parou de tocar piano, torceu o nariz para Juilliard. Depois desistiu de Harvard para brincar de casinha com a Sloan. Descartou a educação de elite pela qual paguei quando largou o Direito para vender roupinhas de cachorro...

Piano? Direito??

Harvard???

Evelyn fez uma careta.

– Agora arruinou o único relacionamento que já aprovei. Mas, claro, continue, Kristen. Afunde mais nesse poço. Você poderia ter uma profissão respeitável, pelo amor de Deus.

Eu estava começando a sair do sério.

– Ela *tem* uma profissão respeitável – esbravejei.

Porra, ela ganhava fácil o dobro que eu. Evelyn me lançou um olhar penetrante.

– Nossas opiniões a respeito do que constitui uma profissão respeitável devem ser muito diferentes, rapaz. E agradeço se ficar fora disso.

Até parece que vou ficar fora disso.

– Ela começou o próprio negócio do zero – falei. – É chefe de si mesma e trabalha em casa. Pensei que ficaria orgulhosa.

– Pois é, eu não estou administrando um *laboratório de metanfetamina,* mãe – disse Kristen, sorrindo e olhando para a mimosa.

Essa é minha garota. Coloquei a mão em seu ombro e arrematei:

– Ah, chuchuzinho, não precisa abrir mão desse hobby.

Kristen engasgou e cuspiu a bebida de volta na taça, e nós dois caímos na gargalhada.

Saía fumaça das orelhas de Evelyn, que ficou nos encarando. Kristen teve um ataque de riso, apoiada no meu ombro.

O feitiço tinha sido quebrado. Ela estava *de volta.*

Evelyn enxugou a boca com o guardanapo e levantou um dedo, chamando o garçom.

– Bem, que ótimo que encontrou alguém com quem celebrar a mediocridade, Kristen.

Kristen me lançou um olhar cúmplice, ainda rindo.

– A gente sabe *mesmo* celebrar, não é, Joshua?

– Estou exausto depois da celebração desta noite. – Eu ri, enxugando os olhos. Empurrei o prato para longe e joguei o guardanapo em cima. – Pronta para ir embora? – Peguei a carteira e joguei umas notas na mesa. – Obrigado pelo convite – falei para Evelyn, empurrando a cadeira. – Kristen? – Estendi a mão para ela.

Ela não se mexeu.

Vamos, Kristen... Vamos embora. Não fique aguentando isso.

Ela pegou minha mão com um meio-sorriso e se levantou.

– Mãe, foi divertido, como sempre.

Então ela pegou o dinheiro que eu tinha deixado na mesa, enfiou no meu bolso traseiro, deu um apertão na minha bunda e me puxou pela mão para fora do restaurante.

20

KRISTEN

Saímos do restaurante para o ar quente do meio-dia e passamos pelo manobrista, avançando pela calçada ao som dos estalidos ligeiros dos meus saltos.

– Meu Deus, ela estava de brincadeira? – perguntou Josh, ainda rindo um pouco. Passamos por algumas butiques e salões de beleza. – Achei que pessoas assim não existissem de verdade.

– Ah, ela não estava de brincadeira, não. Sloan chama minha mãe de Rainha de Gelo.

Ele balançou a cabeça.

– Por que você deixa que ela fale com você daquele jeito? Não acredita nas coisas que ela fala, né?

Ele olhou para mim, as sobrancelhas grossas franzidas.

Eu me sentia uma decepção para ela. E era difícil não levar a sério o que minha mãe dizia. Eu tinha *mesmo* largado a faculdade de Direito. Tinha desistido do piano, embora fosse talentosa. Havia recusado bolsas de estudo. Levando em conta o que eu poderia estar fazendo, o que eu seria capaz de alcançar se me empenhasse e vivesse uma vida que eu odiava, sim, eu podia ser considerada uma decepção. Ela não estava de todo errada.

Não respondi.

– Kristen... – Ele parou na calçada e segurou meus braços. – Olha, você sabe que nada do que ela disse é verdade, não sabe?

Olhei nos olhos dele.

– Ela tem certa razão, Josh.

Eu tinha noção das coisas. E muita. Ele se aproximou mais um passo e seus olhos calorosos me ancoraram.

– Nada do que ela disse sobre você é verdade – repetiu, muito sério. – Você é uma das pessoas mais determinadas que eu já conheci. É inteligente e bem-sucedida, e o Tyler foi um babaca por terminar com você daquele jeito. Aquilo não foi culpa sua.

Tyler.

Ele ligava quase todos os dias desde o término. Eu não estava interessada em ouvir o que ele tinha a dizer.

Eu não conseguia decidir se minha emoção dominante era culpa por ter me apaixonado por Josh enquanto estávamos juntos, ou fúria por Tyler ter colocado fim a dois anos de namoro quebrando todas as promessas que tinha me feito e me dando a notícia por mensagem de voz.

Já devia fazer algum tempo que ele planejava me deixar. Se eu não fui franca a respeito da minha paixão por Josh, ele foi menos ainda a respeito do que sentia por mim.

Eu estava magoada e com zero vontade de explorar esse sentimento. Então fiz com Tyler o que costumava fazer com as outras merdas que aconteciam na minha vida. Coloquei meu ex no mesmo lugar onde guardava a histerectomia e a infância: num quartinho separado.

Joguei Tyler nesse depósito, apaguei a luz, fechei a porta de metal pesada e tranquei para não ter que olhar as coisas que me machucavam, e segui com minha vida normalmente.

Era por isso que eu não chorava. Era como eu vivia, usando apenas o lado esquerdo do cérebro.

Mas, por algum motivo, compartimentalizar aquele dia não parecia possível. Eu soube disso no instante em que vi Josh na sala com a minha mãe. Era como se as coisas que aconteciam com Josh não pudessem ser trancadas no quartinho. Elas se espalhavam por tudo, bagunçadas e impossíveis de serem contidas.

A sensação era um pouco assustadora, como se eu tivesse perdido meu mecanismo de defesa e estivesse nua e desarmada. Enquanto Josh olhava fundo nos meus olhos, percebi que eu estava emocionalmente exausta e, na verdade, um pouco constrangida com o que tinha acontecido – e eu *não* era de me constranger com nada.

Meu aperto na garganta ameaçou se converter em choro. Choro. *De novo.* Pela segunda vez em poucos dias. Eu nem me reconhecia mais.

Josh tocou minha bochecha enquanto seus olhos percorriam meu rosto, e fiquei com medo de que ele me beijasse. Fiquei com medo porque, se ele fizesse isso naquele momento, eu não seria capaz de impedi-lo. Eu precisava manter o controle. Por nós dois. Não podia me permitir ultrapassar os limites.

Mas ele apenas sorriu com o canto dos lábios.

– Você está com fome. Vamos.

E me puxou para dentro do café mais próximo. Tipo, literalmente o mais próximo. Ele nem se deu ao trabalho de olhar o cardápio na entrada.

– Como assim? – falei, horrorizada, enquanto ele me arrastava porta adentro. – Não vamos nem dar uma olhada nas avaliações? E se só tiver três estrelas?

Ele ergueu dois dedos para a recepcionista e se virou para mim.

– Não aguento com você, sabia? Encara os perigos da madrugada, mas não se arrisca a comer uma panqueca ruim. De todo modo, é por minha conta.

– Não. – Balancei a cabeça. – Eu pago o meu. Não estamos num encontro romântico.

– Eu sei. Fica tranquila… Não estou forçando um encontro sem que você perceba. – Ele fez uma careta, como se a ideia fosse louca. – Só quero providenciar seu café da manhã. Gosto de alimentar você.

– Por quê?

Ele deu um sorrisinho torto e colocou as mãos nos meus ombros.

– Porque você é muito mais legal comigo quando está alimentada. Na verdade, estou pensando mais em mim do que em você.

Abri um sorriso e seguimos a recepcionista pelo restaurante até uma mesa num pequeno pátio fechado. Um espaço só para nós dois.

Na verdade era um pouco romântico, sim. Cadeiras de bistrô variadas e mesas de madeira de demolição decoradas com cravos. O pátio era cheio de vasos de plantas. Várias fontes gotejavam pelas paredes de tijolinho cobertas por trepadeiras à nossa volta. Almofadas com padrão asteca nos assentos, luzinhas de Natal penduradas. Íntimo e encantador.

Mas ainda assim eu daria uma olhada nas avaliações.

Fizemos o pedido e Josh começou a me bombardear de perguntas. Acho que ele estava começando a processar o brunch infernal.

– Acho que não valorizei minha mãe como deveria – disse ele, tirando os enfeites do Bloody Mary e me entregando num guardanapo. – Como foi crescer com uma mãe como a sua?

– Foi tipo o brunch de hoje... Só que durou dezoito anos – respondi, mordiscando a lasca de picles.

– Ela me lembra aquela mulher daquele filme... – Ele estalou os dedos. – Aquele com a Meryl Streep...?

– *O diabo veste Prada*? Talvez ela seja *mesmo* o diabo. Ninguém nunca viu os dois no mesmo lugar ao mesmo tempo.

Ele riu e eu sorri de leve. Meu Deus, ele era meu herói. Era como se tivesse matado um dragão na última meia hora. O homem me salvou. *Duas vezes*. Primeiro, da Rainha de Gelo; depois, de morrer de fome.

A comida era minha moeda de troca. A fome era uma emoção para mim. Eu a sentia na alma.

Olhei para o guardanapo que ele tinha me dado. Ele gostava de tudo ali – aipo, picles, azeitonas, camarões. Ou minha fome era realmente assustadora, ou ele estava cuidando de mim. Ele também não tinha comido. Também estava com fome, mas não ficou nem com uma azeitoninha.

Josh seria um ótimo pai algum dia. Era altruísta e tinha princípios. Era corajoso. Leal.

Seria um ótimo marido também.

Lembrei que ele tinha me dado sua rabanada mais cedo e tive que segurar o coração dentro do peito.

– Você está bem? – perguntou ele ao me ver apertando o decote.

– Estou.

É que você é perfeito e meu coração dói.

– Ei... – Ele semicerrou os olhos vendo minha mão. – E esse machucado?

Ele passou o polegar na marca roxa logo acima dos meus dedos. O toque me arrepiou.

– Ah, foi um acidente com uma torrada quando você estava no trabalho.

Seu polegar parou e ele olhou para mim como se me esperasse dizer que era brincadeira.

– Um acidente com uma torrada? Você se machucou fazendo uma torrada?

Puxei minha mão de volta e fingi indignação.

– Isso mesmo. Já pegou uma torrada bem quente? O miolo parece lava. E eu tive um desentendimento com uma torrada específica.

Ele sorriu com os olhos.

– Precisamos mesmo manter você longe da cozinha.

– Eu cozinho como você dirige. – Dei de ombros. – Grande coisa.

Ele riu e eu falei depois de um tempo:

– Olha, desculpa pela grosseria da minha mãe. O alvo era eu, não você.

Ele segurou o copo sobre a mesa.

– Você fica muito diferente perto dela.

Fico mesmo. Porque ela tem a chave de todos os compartimentos da minha mente.

Nunca consegui mantê-la do lado de fora.

Nem trancá-la do lado de dentro.

Soltei um suspiro.

– Perto dela eu volto a ter 6 anos e sinto que a decepcionei no jantar com meu concerto de Mozart.

– Durante quanto tempo você tocou piano?

Estendi a mão e tirei o salto dos calcanhares.

– Quinze anos. Três horas por dia, seis dias por semana. Domingo era dia de tênis ou qualquer outra atividade que ela me obrigasse a fazer.

Ele ergueu as sobrancelhas.

– Uau. Por que você parou?

– Eu só fazia porque ela me obrigava.

– Você era boa? – Ele bebeu um gole.

– Bem, espero que sim. Se você passa três horas por dia fazendo uma coisa durante quinze anos, é melhor que faça direitinho – falei, comendo uma azeitona.

Eu tocaria para ele se ele pedisse. E eu não tocava para *ninguém*.

O piano era simbólico para mim. Representava as algemas da minha infância, a corrente da qual me livrei quando finalmente assumi algum controle na minha vida. Ainda que eu fosse boa, tocar de novo era como reconhecer que a tirania da minha mãe tinha algum mérito. Então meus dedos inertes eram minha rebelião.

Mas por Josh? Para que ele me olhasse com admiração? Para ele eu tocaria.

Era um sentimento estranho querer que ele ficasse impressionado comigo e ao mesmo tempo esperar que ele não gostasse tanto assim de mim.

– Você entrou em Harvard? E cursou Direito? – perguntou ele.

– Isso. – Suspirei. – Eu não via por que deixar a Sloan para trás e ir para Massachusetts só para ter um diploma que eu nem queria. Então fui para a UCLA. Eu estava no primeiro ano de Direito quando desisti. É óbvio que isso irritou minha mãe – resmunguei, levando a xícara de café à boca.

– Você não queria ser advogada? – Ele sorriu, mostrando as covinhas. – Ganhar a vida na lábia? Logo você, que nasceu para isso?

Dei um meio-sorriso.

– Prefiro gastar minha lábia por diversão.

Além disso, era difícil ficar sentada assistindo às aulas enquanto minha menstruação piorava cada vez mais. A cólica, a anemia. Trabalhar de casa era mais fácil para mim. E eu gostava de ter meu próprio negócio. Finalmente estava me divertindo.

– Sua mãe é mais velha do que eu imaginava – comentou ele. – Quantos anos ela tem?

– Tem 67. Ela engravidou de mim aos 43. Foi um choque. Ela achava que não podia engravidar. – Minha mãe tinha os mesmos problemas que eu, mas menos graves. – Eu basicamente arruinei a vida dela. A carreira, os planos de aposentadoria... Tudo teve que esperar.

Eu era gêmea. Ela perdeu meu irmão no quarto mês de gravidez. Já que ela ia ser obrigada a cuidar de um bebê, pelo menos poderia ter sido o menino, para que meu pai pudesse passar o nome da família adiante. Mas não. Ela ficou com a menina. Eu a decepcionei antes mesmo de nascer.

Minha infância foi muito diferente da de Josh. Os pais dele queriam um menino. Ele era exatamente o que esperavam. E deve ter sido amado e querido por todos os membros da família.

Como era amado e querido por mim.

Estávamos olhando um para o outro. Curtindo um de nossos silêncios confortáveis. Ele era encantador. Seu cabelo estava um pouco bagunçado, a camiseta apertada no peito largo.

Por um instante, pensei se eu seria mesmo capaz de seguir em frente com aquilo. Eu não sabia. Porque, mesmo que conseguisse evitar que ele me amasse, estava falhando miseravelmente na tarefa de não o amar.

Pensei na noite anterior, quando ele conseguiu invadir meu quarto e me fez acordar com o rosto colado no peito dele.

Josh era minha droga, meu traficante, aquele amigo tóxico que sempre nos incita a romper com a sobriedade.

Ele era como um filhotinho que você jura que nunca vai deixar dormir na sua cama. É fofinho demais, mas você precisa liderar a matilha e mostrar quem manda. Aí ele começa a chorar na área de serviço e você acaba cedendo logo na primeira noite.

– Em que você está pensando? – perguntou ele.

– Em traficantes e filhotinhos na área de serviço.

– Claro. – Ele riu.

– E você?

– Estou pensando que seu pai devia ser muito legal. – E bebeu mais um gole do Bloody Mary.

– Por que você acha isso?

– É um palpite. – Ele deu de ombros. – Você perdeu seu pai, né?

– Sim. Quando eu tinha 12 anos. Ele teve um infarto. Alguns meses antes de eu conhecer a Sloan.

– Como ele era?

Parecido com você.

Soltei o ar lentamente.

– Ele era divertido. E descontraído. Só assim para viver com uma mulher como minha mãe. Ele era professor de literatura.

Minha mãe o ouvia. Ele a acalmava. Mas, quando ele morreu, ela passou de difícil a impossível.

Nossa comida chegou e soltei um suspiro aliviado. Eu não queria mais falar sobre mim.

Minha omelete espanhola parecia estar muito boa. Empurrei as batatas para o lado com a lateral do garfo e também a torrada para que nenhuma comida encostasse na outra.

– Como é a sua família? – perguntei.

Ele deu um sorriso de canto de boca e respirou fundo.

– Bom, vamos ver. Meus pais são loucamente apaixonados. Meu pai beija o chão onde minha mãe pisa. Eles têm doze netos até agora, então o fim de ano lá em casa é como um casamento grego. Minhas irmãs são todas independentes e competitivas entre si. Brigam por tudo, mas são muito amigas. No momento estão todas unidas na missão de me fazer voltar para a cidade. – Ele colocou sal nos ovos e continuou: – Vem cá, o Tyler não deixava sua mãe falar com você daquele jeito na frente dele, deixava?

Dei a primeira mordida. Estava perfeito. Senti meu humor melhorar quase instantaneamente.

– Não. Ela não falava comigo daquele jeito na frente dele. Ela gostava do Tyler.

Tyler foi um alívio. Eu *finalmente* tinha feito alguma coisa certa.

– Por quê? – perguntou ele, colocando ketchup nas batatas.

– Tyler era sofisticado. Ela gostava disso.

– Ah – disse ele, inexpressivo, e me dei conta do que eu tinha insinuado. Mas Josh *não era* sofisticado. Ele não gostava de teatro – gostava de cinema, como eu. Preferia caçar a ir a uma galeria de arte. Pizza e cerveja a frios e vinho.

E ele era perfeito.

– Você sente falta da sua família? – perguntei, mudando de assunto.

Ele deu de ombros.

– Estou feliz por não estar lá todos os dias. Às vezes eles passam do ponto. – Ele levou uma garfada à boca e mastigou por um tempinho. – Sabe qual é o truque para lidar melhor com questões familiares, na minha opinião? Tenho pensado muito nisso ultimamente.

– Qual? – perguntei, passando geleia de morango na torrada.

– Se casar com seu melhor amigo. – Ele limpou a boca com um guardanapo. – Você se casa com seu melhor amigo e, nas reuniões de família, vocês lidam juntos com os parentes problemáticos. Dão risada juntos e apoiam um ao outro. Trocam olhares e mensagens cada um num canto quando todo mundo começa a ser babaca. E ninguém mais importa porque vocês têm seu próprio universo.

Ele sustentou meu olhar por um instante.

– É isso que eu quero – continuou. – Quero alguém que seja meu universo.

Ele não teria dificuldade nenhuma em encontrar isso. Nenhuma. Josh teria a mulher que quisesse. Afinal, ele era o sol. Caloroso e vital. Ele seria o centro de uma grande família um dia, exatamente como desejava, e todos seriam apaixonados por ele.

E eu era apenas um cometa passageiro. Uma distração momentânea. Inútil e desimportante. Eu era bonita de se ver, legal de se observar, mas nunca geraria vida nem seria o centro de nada.

Eu iria passar e desaparecer, e Josh me esqueceria antes mesmo que percebêssemos.

21

JOSH

Faltavam três semanas e meia para o casamento de Brandon, e duas semanas tinham se passado desde o brunch com a Rainha de Gelo.

Kristen e eu havíamos caído numa nova rotina. Quando ficávamos juntos, era como antes. Apenas amigos. Sem toques. Sem beijos. E, de vez em quando, desde que transássemos antes, ela deixava que eu dormisse na cama dela e a abraçasse. Mas só se a gente transasse. Para ela, ficar abraçadinho depois fazia parte do ato, eu acho. Assim que saíamos da cama, voltávamos ao modo apenas amigos. É claro que isso só me deixava mais empenhado em garantir que acabássemos na cama. Não que eu precisasse de um motivo para transar com ela, mas agora eu estava numa missão.

Eu queria poder abraçá-la no sofá enquanto víamos TV ou beijá-la quando nos esbarrássemos pela casa, mas suas regras eram rígidas. Tentei segurar sua mão uma vez enquanto passeávamos com Dublê Mike e ela perdeu a cabeça. Não falou comigo por três dias e quase terminou tudo. Disse que eu não "entendia" o que significava uma amizade colorida.

Depois disso, não tentei nada que infringisse suas regras. Ela claramente não estava pronta para um relacionamento romântico. Era um saco, mas o que eu podia fazer? Não tinha passado nem um mês desde o término com Tyler. Acho que eu não podia culpá-la por querer ir devagar.

Ela perguntava o tempo todo se eu estava saindo com outras pessoas, como se precisasse ter certeza de que eu mantinha o acordo. No início fui sincero – disse que não, não estava saindo com mais ninguém. Mas ela começou a ficar muito incomodada com isso.

Muito incomodada.

Disse que, se nosso acordo estava impedindo que eu saísse com outras pessoas, era melhor terminar tudo. Acho que ela se sentia mal por não estar pronta para assumir um compromisso comigo e não queria que eu perdesse a oportunidade de encontrar alguém que estivesse. Ela sabia que eu queria me casar, ter filhos. Que eu achava que já tinha passado da hora de formar família.

Então eu mentia.

Dizia que iria encontrar alguém, mas na verdade ia para casa e ficava lá sem fazer nada. Às vezes ia para a academia. Quando ela perguntava sobre o encontro falso, eu dava de ombros e dizia que não tinha rolado química. Isso parecia acalmá-la.

Mas o estranho era que, por mais que ela me pressionasse a sair com outras mulheres, acho que *ela* não estava saindo com outros homens.

Kristen sempre me mandava os pedidos pelo laptop. Então, quando eu estava no Corpo de Bombeiros e recebia um pedido às dez da noite, sabia que ela estava em casa no sofá checando e-mails, não num encontro. Aí eu esperava mais ou menos uma hora e respondia com alguma pergunta idiota sobre o pedido. Ela respondia na hora, o que mostrava que continuava trabalhando no sofá. Ela sempre respondia.

Nos meus dias de folga, quando eu ia até lá, ela nunca fazia nada que não fosse ficar comigo. Nunca saía para atender o celular e não desaparecia para compromissos misteriosos nem me dava qualquer motivo para pensar que ela estivesse mantendo a promessa de sair com outras pessoas.

Então por que ela não queria exclusividade? Ao que tudo indicava, ela não estava saindo com mais ninguém. E isso era bom, porque acho que eu não saberia lidar com a situação se não fosse o único.

Eu estava esperando pacientemente que ela superasse Tyler. Não conseguia ver muito progresso, mas pelo menos as coisas não estavam piorando.

Isso já era alguma coisa.

Passava das cinco da tarde quando um SUV preto parou na entrada da garagem. Como eu trabalhava com o portão aberto, virei o porteiro não oficial da Doglet Nation. Eu recebia todas as encomendas.

Mas aquilo não parecia ser uma entrega. O motorista usava óculos escuros. Saiu do carro, e algo me disse que eu não iria gostar de saber quem ele era.

O cara era bonitão. Mais alto que eu. Malhava – isso era óbvio. Estava bem-vestido, talvez fosse da minha idade.

Entrou direto na garagem com uma confiança que me disse que ele se sentia em casa. Alguém que já tinha estado ali antes e que tinha o direito de voltar.

– Você deve ser o Josh – disse, tirando os óculos e estendendo a mão para mim.

Ele tinha sotaque. Não era exatamente espanhol, mas alguma outra coisa. Mais exótico, estrangeiro. Não era cliente. Aquele cara jamais teria um cachorrinho de madame.

– Sou o Tyler – falou ele, apertando minha mão. – Kristen está por aí?

Senti um ciúme quente e pegajoso queimando por dentro.

Aquele era Tyler? O cara parecia um astro de cinema num filme de ação. E Brandon não tinha comentado *nada* sobre isso? Precisei me conter para não esboçar reação alguma.

– Está lá dentro. Ela está esperando você?

Cruzei os braços no peito, sem fazer menção de levá-lo para dentro da casa. Ele olhou em direção à porta que levava à lavanderia.

– Não – respondeu ele, abaixando o tom de voz. – Não está.

Ele pareceu perceber minha postura enrijecida e me olhou de cima a baixo.

– Você foi fuzileiro naval. – Ele olhou para a tatuagem no meu peito.

– Infantaria – respondi.

– Sargento de artilharia.

Sua patente era mais alta que a minha. Mas eu não era um militar de carreira como ele.

Só que sua patente também era mais alta no que dizia respeito a Kristen.

Ele parecia saber disso. Algo em seu olhar fez com que eu me sentisse um empregado. O guardinha enchendo o saco e pedindo que ele mostrasse o distintivo num local ao qual tinha livre acesso. Seus olhos verdes eram frios.

– Obrigado por ficar com minha namorada enquanto a polícia resolvia o caso do invasor. Ela se sentia segura com você aqui.

A possessividade tomou conta de mim.

– *Ex*-namorada. Ela é sua ex-namorada.

Ele retesou o maxilar.

Eu não gostava daquele babaca. Não gostava do fato de que ele era o motivo pelo qual Kristen não estava aberta a namorar comigo. Não gostava do fato de ela claramente gostar mais dele que de mim. Não gostava do fato de que ele era melhor que eu e não gostava do fato de ele tê-la magoado. Fiquei olhando para ele, que retribuiu o olhar.

– Foi um prazer – disse, rígido, e se virou em direção à porta.

Coloquei a mão no peito dele.

– *Eu* levo você.

Ele olhou para minha mão e percebi que ficou enfurecido.

Reage, otário. Quero ver se tem coragem. Só preciso de um motivo.

Seu olhar subiu devagar e vi meu próprio ódio refletido nos olhos dele.

Ele sabia. Ele sabia que ela tinha sido minha.

E era provável que ele acabasse ficando com ela.

Mas naquele momento tínhamos um acordo. Aquela era *minha* casa. Pelo menos naquele instante. E, se ele queria entrar, eu o levaria.

Obriguei-o a ficar parado ali por alguns segundos tensos antes de conduzi-lo até a porta.

22

KRISTEN

A porta da garagem se abriu e chamei Josh antes mesmo que ele aparecesse.
– Ei, quer experimentar aquele restaurante tailandês daqui a pouco? Podemos ir andando. Eles têm aquele chá que você adora.
Eu estava sentada no chão organizando o envio das novas guias de padronagem xadrez. Os tamanhos pareciam errados. O PP parecia P e o P parecia M. Eu estava pensando nisso quando levantei a cabeça e Josh entrou com Tyler logo atrás.
Minha respiração parou.
Dublê perdeu totalmente a cabeça. Pulou do sofá e foi direto nos tornozelos de Tyler. Num só movimento, Josh pegou o cachorro antes que ele atacasse.
Dublê latiu e rosnou, e Josh ficou ali parado por um instante antes de deixar Tyler, como deixava as encomendas quando eu estava ao telefone: fez contato visual comigo, deixou-o à porta e saiu.
– O que você está fazendo aqui? – perguntei baixinho.
Céus. Ele estava *lindo*.
Quer dizer, ele sempre estava lindo. Mas aquilo que sempre acontecia quando ele voltava, aquele momento de atração instantânea e primitiva que me atingia e me lembrava do que me atraía nele – *aquilo* aconteceu.
Ele estava com uma camisa social listrada com as mangas dobradas até os cotovelos, uma calça preta com cinto e sapatos caramelo.
O cabelo castanho espesso estava penteado e a barba, por fazer. Usava o relógio que eu tinha dado de presente no Natal.
– Você não atende o celular – respondeu ele, colocando as mãos nos bolsos.

Parecia magoado. Levemente abatido. Até então eu só o vira confiante e sorridente.

– Por que eu atenderia? – Eu me levantei e cruzei os braços. – Nosso relacionamento terminou, então...

Uma expressão de tristeza surgiu no rosto dele. Pela primeira vez desde o término, me dei conta de que tinha sido difícil para Tyler.

Eu achava que a carreira era o mais importante para ele e que estivesse aliviado porque não voltaria à vida civil. Com toda a história do "Aceitei mais uma missão sem te consultar antes", supus que Tyler estivesse em paz com a própria escolha e que o término do namoro fosse apenas uma consequência infeliz dessa decisão.

Ele deu um passo e se aproximou de mim.

– Kris, será que a gente pode conversar?

– Conversar? Pode falar – respondi, na defensiva. – Mas fala daí.

Ele lançou um olhar na direção da garagem.

– Posso te levar a outro lugar? Um restaurante legal. Onde a gente possa se sentar e conversar com calma.

– Eu não vou a lugar nenhum com você – vociferei. – Você tem dois minutos. Diz o que veio dizer e vai embora.

Ele ficou tenso.

– Kris, não vou embora enquanto não conversarmos e vou demorar mais que dois minutos para dizer o que vim dizer. Então, a menos que esteja pensando em mandar *aquele cara* me expulsar – ele apontou com a cabeça para a garagem –, vamos conversar em algum lugar, em particular.

Seus lábios firmes diziam que ele estava falando sério. Não iria embora enquanto eu não o deixasse falar. Imaginei Tyler e eu mergulhados numa conversa difícil enquanto Josh trabalhava a poucos metros da gente.

– Está bem. – Revirei os olhos e peguei a bolsa na mesinha de centro. – Vamos.

Ele olhou para a minha roupa. Eu estava de bermuda, chinelo, uma blusa amarrada na cintura e uma camiseta que dizia QUANTO MAIS CONHEÇO AS PESSOAS, MAIS GOSTO DO MEU CACHORRO.

Tyler gostava de restaurantes caros. A comida das missões no exterior era horrível, então quando voltava para casa ele queria comer bem. Provavelmente acabaríamos em algum lugar chique, e eu estaria absurdamente malvestida para isso – mas estava pouco me lixando.

– Você não vai trocar de roupa? – perguntou ele.

– Não. – Passei por ele e fui em direção à porta. – Você vai ter que se desculpar com o maître. – E saí pisando firme.

Ele me contornou apressado e abriu a porta do SUV para mim. Entrei, rabugenta, e fiquei olhando para a garagem enquanto Tyler ia até o banco do motorista.

Josh estava debruçado sobre uma escadinha com uma pistola de pregos nas mãos e Dublê preso aos seus pés. Ele olhou para mim por uma fração de segundo antes de voltar ao projeto, o maxilar enrijecido. Eu me perguntei o que ele estaria achando daquilo tudo.

Dublê latiu e forçou a coleira quando saímos, e não consegui evitar a estranha sensação de que estava deixando minha família para trás.

O perfume de sândalo de Tyler ficou mais concentrado no SUV fechado. Explodiu no meu rosto pelo ar-condicionado, familiar e novo ao mesmo tempo, atiçando sentimentos nostálgicos.

– Eu estava com saudade – disse ele, tentando pegar minha mão, mas recusei.

A porta pesada atrás da qual eu tinha escondido Tyler tremeu e sacudiu e de repente se abriu. Um tornado de emoções girou dentro de mim e não consegui processar nenhuma delas. Tudo que eu sabia era que no geral eu estava puta.

Estava indignada com o fato de ele ter tomado a decisão sem falar comigo antes.

Também havia a culpa por ele não ser mais o último homem com quem eu tinha dormido. Por ter pulado em cima de Josh minutos depois do término, sem nem uma pontada de arrependimento.

Mágoa por *ele* parecer magoado.

Confusão quanto ao motivo pelo qual ele estava ali.

Surpresa porque vê-lo fez com que eu me perguntasse por que estava tão nervosa com a ideia de morarmos juntos.

Raiva por ele não mexer tanto comigo quando ainda estávamos juntos, o que faria Josh mexer menos.

Revolta por ele não ter mantido suas promessas para que eu mantivesse as minhas.

Puta da vida.

Esse era o resumo confuso de como eu estava me sentindo. Eu estava puta.

Olhei para Tyler. Ele pareceu chateado por não poder segurar minha mão. Estava sério.

– Você está dormindo com ele?

Nós dois sabíamos de quem ele estava falando. Eu não me faria de desentendida.

– Não é da sua conta – retruquei.

– Dormiu com ele quando estávamos juntos?

Ele não olhou para mim, mas segurou o volante com mais força. Fiquei possessa.

– Quer saber? Pare o carro. Vou sair. – E tirei o cinto.

– Kris…

– Vai à merda, Tyler. Eu fui fiel a você. E não destruí nosso relacionamento. Você destruiu. Se não queria que eu dormisse com mais ninguém, não devia ter terminado comigo. Você abriu mão do direito de ficar magoado assim que me deixou aquela mensagem de voz.

Ele não parou o carro.

– Tudo bem – falou depois de um tempo. – Tudo bem, desculpa. Sei que você não faria isso. Eu só… O jeito como ele reagiu… Eu… Desculpa.

Como ele reagiu? O que foi que aconteceu naquela garagem? Eu não ia perguntar, mas fiquei curiosa.

Ficamos vários minutos em silêncio. Quando ele finalmente voltou a falar, sua voz era quase um sussurro.

– Você está apaixonada por ele?

Ignorei. Essa resposta era dolorosa demais de admitir até para *mim*. Virei o rosto e tentei organizar meus sentimentos olhando para a rua.

Como eu já imaginava, ele escolheu um restaurante de frutos do mar em Malibu ridiculamente escuro e presunçoso. Nossa mesa ficava embaixo de um pendente cafona feito de corais com vista para o mar. Ele puxou minha cadeira e eu me recusei a me sentar, olhando para ele até ele dar a volta e se acomodar na cadeira dele.

Não suportava mais tanto cavalheirismo. Só queria que tudo acabasse logo. Era um pouco tarde demais para aquilo, na minha opinião.

Eu me sentei e olhei o cardápio. Estava morrendo de fome e irritada. A ida até lá tinha levado 45 minutos de trânsito pesado. Josh e eu já teríamos terminado de jantar. Josh nunca me deixava ficar faminta. Ele teria me colocado no banco do passageiro, fechado a porta, batido no vidro e mostrado um pacote de salgadinho, sorrindo com aquelas malditas covinhas. Josh teria me levado aonde *eu* quisesse ir e também estaria com vontade de comer lá, porque gostávamos das mesmas comidas.

Um garçom colocou uma cesta de pães entre nós dois. Aquilo nem era pão – só um biscoito fino como papel com sementes de gergelim. Isso me inflamou na mesma hora e fiquei com mais raiva ainda.

– Dizem que o tartare de atum é excelente – disse Tyler, em tom de conciliação.

– É mesmo? – Fechei o cardápio com tudo e o coloquei sobre a mesa com força. – Peça para mim, porque eu nem sei o que estou lendo.

– Podemos ir a outro lu...

– Não. Vamos fazer o que *você* quer. Sempre – retruquei. – Vamos manter um relacionamento à distância que me deixa sozinha durante meses enquanto você faz o que quer. E vamos comer o que *você* quer comer. Porque é você que importa aqui, não é?

Não era justo e eu sabia disso. Eu tinha aceitado namorar um militar. Mas eu não estava raciocinando direito – estava com fome.

Eu me inclinei para a frente e disse:

– Peça ostras, se tiver coragem.

Eu só precisava que conchas cheias de gosma fossem colocadas à nossa frente para perder completamente a cabeça.

Ele pressionou os lábios um contra o outro. Pareceu perceber que eu estava faminta demais para uma conversa racional. Então, quando o garçom voltou, Tyler fez o pedido, me olhando o tempo todo pelo canto do olho, como se eu fosse virar a mesa ou algo do tipo. Depois tentou pegar minha mão mais uma vez.

– Kristen...

– O quê? – Coloquei as mãos no colo. – Diga o que quer dizer e faça isso sem me tocar.

– Kris...

– Você terminou comigo por mensagem de voz. *Dois anos* e é isso que eu ganho, uma mensagem de voz.

Tudo que fiz depois disso foi justificável.

Ele franziu as sobrancelhas espessas.

– Eu não conseguia falar com você – argumentou. – Tentei durante dias. Onde você estava?

Com Josh. Entrando em pânico porque você iria voltar para casa.

– Você ligou duas vezes, Tyler. Eu perco duas ligações e você decide re-planejar nossa vida sem falar comigo?

A indignação estava de volta.

– Sabe como é ter um namorado e não poder ligar para ele? – continuei. – Não saber onde ele está porque é informação confidencial? Nunca ter uma companhia? Ir a casamentos sozinha? Eu fiz isso por você durante *anos*. E, quando precisa fazer uma coisa por mim, você me abandona.

Peguei um dos biscoitos do cesto de pães e dei uma mordida raivosa.

– E a minha cirurgia? – Levantei o biscoito. – Eu podia ter feito a cirurgia há meses. Sloan cuidaria de mim. Mas nããão. Você pediu que eu esperasse. Queria "estar ao meu lado". – Fiz aspas com os dedos. – Obrigada pelos meses extras de sofrimento desnecessário. E a casa grande que você me obrigou a alugar para ter espaço para as suas coisas? Acho que vou ter que pagar o alu-guel altíssimo sozinha, não é mesmo?

Olhei para ele, me recostando na cadeira.

– Ah, e sabe de uma coisa? – continuei. – Você também me deixou mal com a Evelyn. Obrigada por isso.

Ele soltou um longo suspiro.

– Eu sei. E sinto muito. – Ele passou a mão no rosto. – Preciso que você saiba que não foi porque eu não queria ficar com você. Nunca foi por isso. Essa só não era a vida que eu queria, Kris. Eu só conheço a vida militar.

– Tudo bem. – Cruzei os braços. – Então você está fazendo o que quer, como sempre. Você fez sua escolha. E fez isso sem me incluir. Então o que estou fazendo aqui?

– Você não sente minha falta?

A pergunta atingiu meu coração. Seus olhos imploravam. *Imploravam* que eu sentisse falta dele.

Na verdade, não. Só quando vi você e permiti que saísse do seu esconderijo. Agora estou confusa...

... Josh.

Fui dominada por uma vontade de convencê-lo a não me querer.

– Sabe, é melhor assim – falei, levantando a mão. – Porque eu não sou eu mesma quando estou ao seu lado. Você odiaria morar comigo quando me conhecesse de verdade.

Ele me encarou, seu olhar ficando mais terno, como se soubesse o que eu estava fazendo e achasse fofo.

– Não acredita em mim? Este lugar... – Fiz um gesto indicando o restaurante. – Eu não gosto de comer neste tipo de lugar. O que é massa com tinta de lula? Eu vou a lugares assim porque você gosta e só pode frequentar uns... quinze dias por ano.

Coloquei a mão sobre o peito e continuei:

– Sou muito chata com o lugar onde como. Você nem sabe disso. É um traço importante da minha personalidade e você nunca viu esse meu lado, Tyler.

Os lábios dele se curvaram num sorriso.

– Não é engraçado. Estou falando muito sério. Eu fico irritada com muita facilidade. Sou impaciente e mal-humorada. Odeio quase todo mundo. A gente nem se conhece direito. Você só viu meu melhor lado, agradável e com maquiagem. Não é quem eu sou de verdade.

Josh sabe quem eu sou de verdade.

– Você vai para mais uma missão. Está decidido, e minha opinião sobre isso não mudou. Eu não vou continuar assim. Não vamos reatar. Então agradeço por ter vindo se explicar pessoalmente, mas isso não muda nada.

Ele apoiou os braços na mesa e falou olhando nos meus olhos:

– Eu te amo.

Senti um aperto no peito.

Eu tinha ouvido essas palavras ao telefone centenas de vezes. Ele as escreveu em cartas. Mas fazia quase um ano que não me olhava nos olhos e dizia isso na minha frente. E naquele momento eu não tive dúvida de que estava sendo sincero.

Ele esperou, mas eu não retribuí. Eu não tinha certeza de que o amava.

Eu não tinha certeza de que *não* o amava.

Alguém deixou umas saladas estranhas na mesa enquanto Tyler e eu olhávamos um para o outro, tensos. O prato verde tinha um leve cheiro de algas marinhas e fiquei um pouco enjoada só de olhar para ele. A única coisa que eu reconhecia ali era um tomate-cereja, e ele era amarelo. Empurrei o prato e cruzei os braços, fechando a cara.

Eu queria apagar a vela romântica idiota que tremeluzia entre nós dois. Peguei o vidrinho e virei minha água nele, e Tyler franziu a testa, provavelmente pensando que eu tinha enlouquecido.

– O que você quer de mim? – perguntei. – Perdão?

Coloquei a vela perto do sal e da pimenta. Aqueles lindos olhos verdes examinaram meu rosto.

– Lembra como a gente se conheceu? – perguntou ele.

– Claro. – Bufei. – Você passou vergonha. Como eu iria esquecer?

Ele sorriu.

– Você convenceu o pianista do bar a te deixar tocar. Foi incrível. Eu não conseguia tirar os olhos de você.

Meus lábios se curvaram levemente. Tinha sido a última vez que eu havia tocado piano. Fazia anos.

Eu estava com um estande numa feira de animais em Orange County e ia passar a noite sozinha num hotel. Tinha bebido um pouco e ninguém ali me conhecia. As notas atiçavam meus dedos e vi Tyler do outro lado do bar, sob um pendente numa mesa, como numa cena de filme. Tudo à sua volta saiu de foco.

Ele continuou:

– Perguntei seu nome e o escrevi num guardanapo com uma letra caprichada. E você riu de mim e perguntou se isso funcionava com alguém. – Ele deu um sorrisinho. – Funcionava, sabia? Funcionou com todas as garotas antes de você.

Isso me arrancou um sorriso e me amoleceu um pouco.

– Você estava tão bem-vestido que eu poderia apostar que era gay.

Ele riu, o olhar distante como se estivesse se agarrando a uma memória.

– Depois que você ridicularizou minha tática de paquera, tentei te pagar uma bebida. Você disse que só queria um guardanapo novo. Então consegui um e fiz um cisne em origami. Aí você se irritou de vez.

Eu ri. O maldito cisne de origami. Eu ainda tinha aquele cisne, embora jamais fosse admitir isso.

– Eu estava bem irritada naquele dia. Sem paciência para truques desesperados.

Ele riu e continuou:

– Você disse que me daria seu telefone se eu ganhasse de você na luta de polegares.

Pois é. Eu não imaginava aquela derrota. Nunca tinha perdido antes. Ele era surpreendentemente ágil com o polegar.

Recordei como meu coração palpitou quando nossas mãos se tocaram. Eu me senti atraída por ele naquele instante. A química foi instantânea.

Ele balançou a cabeça.

– Eu nunca tinha conhecido uma mulher como você. Você me mandou para o inferno de um jeito que me fez ficar ansioso pela viagem.

Ele arrastou a cadeira até ficar na diagonal, mais perto de mim. Nossos joelhos se tocaram e um arrepio discreto percorreu meu corpo.

Eu tinha chegado muito perto de morar com aquele homem. De dividir minha vida com ele. Poderia ser ele dormindo ao meu lado na cama, no lugar de Josh, meu urso de pelúcia fofinho.

Os olhos de Tyler pareciam penetrar minha alma, e eu não conseguia desviar o olhar.

– Eu não podia jogar minha carreira fora, Kris. Me dediquei demais para chegar aonde estou. Eles me ofereceram uma oportunidade, entrei em pânico e fiz besteira, e me arrependo disso todos os dias.

Ele soltou o ar, trêmulo.

– Na manhã seguinte àquela mensagem, eu acordei e era como se tivessem me enterrado vivo. Tentei te ligar na mesma hora e... – Ele balançou a cabeça. – Esse silêncio tem sido uma prisão. Eu estava tão desesperado para falar com você que quase desertei. Você não tem ideia do quanto tem sido difícil. Estou perdendo a cabeça.

Ele tentou pegar minha mão mais uma vez. Parecia tão vulnerável que achei que ele fosse se estilhaçar se eu recusasse, então deixei, relutante. Seu toque provocou um choque inesperado pelo meu corpo. Um calafrio motivado pela lembrança.

Ele olhou para nossas mãos, entrelaçando os dedos nos meus. Meu coração começou a bater forte.

Eu me lembro de você.

Tyler voltou à minha memória como se seu toque tivesse quebrado um feitiço de esquecimento.

Eu conhecia aquele homem. Conhecia o cheiro e o gosto dele. Reconhecia seu humor sem que ele dissesse uma palavra. Lembrei como ele me olhava quando fazíamos amor e como sorria pela manhã quando ficávamos deitados na cama, conversando no mesmo travesseiro. Recordei a dor de me despedir dele com um beijo no aeroporto e o vazio que sentia quando ele ia embora.

Eu me lembrei.

Ele olhou para nossas mãos como se sentisse dor ao me tocar. Seus olhos focalizaram os meus.

– Tem sido um vazio, Kris. Um buraco que vai ficando cada vez maior. É por você que eu vivo. Você é o alívio no meio de qualquer merda pela qual eu esteja passando. Eu converso com você na minha cabeça. Guardo as coisas para te contar. Nos últimos dois anos, minha única contagem regressiva tem sido para ver você. Apenas existo nos dias em que não conversamos nem estou de folga.

Ele parou e examinou meu rosto. O dele era só arrependimento e tristeza.

– Eu fiz besteira – falou baixinho. – Eu não devia ter feito aquilo. Devia ter vindo para casa.

– Nesse caso, você só acabaria se ressentindo de mim. – Soltei um suspiro profundo.

Cacete, não existia mesmo nenhum cenário em que um homem pudesse ficar comigo sem ter que desistir da única coisa que queria na vida?

Naquele ritmo, o único jeito de ficar com alguém até a morte seria me engasgando com o queijo e morrendo no primeiro encontro.

Nossa comida chegou e comemos em silêncio. Fiquei olhando para a mesa e Tyler olhando para mim. Quando retiraram nossos pratos, minha raiva já tinha passado. Fora substituída pela culpa.

– Tyler...

Ele me encarou, os olhos esperançosos com o novo tom na minha voz.

– Eu estou apaixonada por ele, sim. Acho que desde o primeiro dia.

Eu não via por que mentir. Se era para Tyler se torturar por ter feito aquela escolha, que pelo menos não me idealizasse.

Ele passou a mão na boca e se recostou na cadeira, o punho fechado apoiado na mesa.

– Imaginei – disse finalmente, em voz baixa.

Eu me perguntei como ele sabia. O que em mim havia entregado tudo? Talvez *Josh* tivesse entregado tudo.

– Vocês estão juntos? – perguntou.

– Não. – Balancei a cabeça.

– Então ele é um idiota – disse, desviando os olhos cheios de lágrimas.

– Não foi escolha dele. Foi minha. E eu estaria com ele se pudesse.

Ele ficou olhando para o cesto de pães.

– Mas e quanto a *mim*? Você não me ama?

Seus olhos voltaram aos meus. Dei de ombros.

– Não sei – respondi com sinceridade. – Acho que parte de mim estava com você porque não era de verdade, sabe? Você não estava aqui para lidar com minhas menstruações terríveis nem para ficar frustrado com a falta de sexo como meus ex ficavam. Você não queria filhos, então meus problemas não importavam para você. Minha mãe te amava. Você era fácil de lidar. Aí decidimos tornar tudo real e eu me apavorei, porque você iria voltar para casa. Fiquei com medo de morar com você e assumir esse tipo de compromisso. Mas quando vi você hoje, eu...

Ele ficou esperando que eu terminasse a frase. Soltei um suspiro.

– Vi você e me perguntei por que eu estava com medo. Acho que eu me apaixonaria por você de novo assim que você voltasse para casa. Mas você não voltou.

E eu precisava de você. Porque você era a única coisa que me impedia de me jogar na fogueira.

Ele fechou os olhos com força. Quando abriu, eles estavam cheios de mágoa.

– E ele?

– O que tem ele? Não posso ficar com ele. Nunca. Ele quer ter filhos. Então é impossível.

– É culpa minha – falou baixinho, balançando a cabeça. – É tudo culpa minha. Eu sabia que tinha alguma coisa entre vocês. Eu sentia. E aceitei mais uma missão assim mesmo. – Ele olhou para mim, a angústia estampada no rosto. – Eu fiz isso. Praticamente joguei você nos braços dele. Fui tão burro.

– Você não está de todo errado – resmunguei.

Eu me perguntei o que teria acontecido se Tyler tivesse simplesmente voltado para casa. Se ele tivesse ido morar comigo. Se ele estivesse ao meu lado. Se ele me fizesse *lembrar*, como estava fazendo naquele momento.

Mas no fundo eu sabia que Tyler não tinha nenhuma chance contra Josh. Josh teria pairado sobre qualquer felicidade que eu pudesse ter encontrado com Tyler.

Eu suspeitava que Josh pairaria sobre o resto da minha vida.

Então era bom que eu me acostumasse com isso.

Tyler pagou a conta e, quando nos levantamos, olhou para mim.

– Quero te levar a um lugar.

Fomos a um hotel à beira da praia. Achei que subiríamos até a cobertura – eu tinha visto uma placa que anunciava um bar lá em cima. Mas acabamos num andar de quartos. Quando pegou uma chave, eu me dei conta de que ele estava me levando até o quarto dele.

– Tyler…

– Só… Por favor, Kris. Só um minuto.

Ele abriu a porta, que levou a um ambiente espaçoso. Havia uma janela panorâmica enorme com vista para o mar. Ele me guiou com a mão nas minhas costas e percebi que não era um quarto qualquer. Era uma suíte presidencial.

Havia uma mesa para oito pessoas à esquerda, com um arranjo de flores frescas maior que eu. Uma escadaria em espiral levava até um loft com uma biblioteca com vista para uma cozinha gourmet.

Ao lado da porta da sacada, que estava aberta, havia um piano preto e elegante, e em cima dele velas bruxuleantes, duas taças de champanhe e pétalas de rosas. O champanhe estava aninhado num balde de gelo ao lado do banco do piano.

Ele claramente tinha planejado algo romântico – antes de eu ter deixado claro que não voltaríamos a ficar juntos e falado a verdade sobre Josh.

O dia não tinha saído como ele esperava.

Não tinha saído como eu esperava também.

– Eu não sabia se devia trazer você aqui – disse ele. – Não sabia nem se você iria querer me ver. Demorei para encontrar um quarto que tivesse um piano. – Ele olhou para mim, seus olhos verdes suplicantes. – Eu queria que você tocasse para mim. Como quando nos conhecemos.

Olhei para o piano. Eu não queria reencenar nosso primeiro encontro. Não queria tocar para ele nem entrar naquele jogo.

O que eu queria era ir para casa. Queria estar com Josh.

Ficamos ali em silêncio, o barulho distante do mar entrando pela porta aberta da sacada.

– Kris… – Ele colocou a mão no meu braço e inclinou a cabeça para olhar nos meus olhos. – Toca uma música para mim? Por favor? Uma última vez.

Uma última vez.

Então era isso. Nossa despedida.

Foi assim que começou e assim terminaria. Eu, sentada no banco de um piano, enquanto ele me ouvia tocar. Era um final adequado. Fiquei feliz por termos um final assim. Feliz por ele ter voltado e por termos dito o que precisávamos dizer. Foi melhor desse jeito.

Olhei para ele por um instante.

– Está bem, Tyler. Uma última vez.

Eu me sentei e coloquei os dedos sobre as teclas. Uma brisa fresca e salgada vinda do oceano entrou pela janela e respirei fundo antes de começar.

Minha mente se fechou em si mesma. Não senti Tyler acomodando-se ao meu lado e não sei dizer que música meus dedos escolheram nem por quanto tempo toquei. Quinze anos de memória muscular tomaram todas as decisões.

Quando acabou, parecia que eu tinha saído de um sonho. Coloquei as mãos no colo e vi Tyler ao meu lado, com um sorriso delicado, os olhos cheios de lágrimas.

Então sua mão surgiu sob meu queixo e ele me beijou.

Foi suave e gentil, com os lábios fechados. Mas me atraiu para ele como uma brisa quente levantando uma pipa. Meus braços encontraram o caminho até seu pescoço, e a memória do formato e do toque dos seus lábios preencheram os lugares que antes eram ocupados por pontos de interrogação e cantos escuros.

Sim, eu me lembrava dele. Eu me lembrava de *nós dois*.

Mas ele não era Josh.

Sua barba por fazer parecia errada. Ele era alto demais. E, embora meu coração estivesse batendo forte, não parecia querer alcançá-lo.

Quem sabe antes aquilo fosse o suficiente. Quem sabe eu até confundisse aquele sentimento com amor.

Mas agora eu sabia.

Ele se afastou, uma das mãos ainda no meu rosto, e olhei para ele, tomada pelo desespero.

Nunca vai ser melhor que isso.

Se Tyler não era capaz de me fazer esquecer Josh, ninguém seria. E isso me fez chorar, porque aquilo tudo era absolutamente desesperador.

Seu polegar percorreu meu queixo e seus olhos piscaram, contendo as lágrimas. Ele devia achar que eu estava emocionada com o beijo. Acho que eu estava mesmo. Mas não por causa dele.

– Eu te amo, Kris. Sempre vou te amar – sussurrou ele. – Por favor, me perdoa.

Desviei o olhar, enxugando uma lágrima no rosto.

– Eu posso te perdoar se você me perdoar – falei.

Ele abraçou meus ombros e encostou a cabeça na minha. Nosso abraço era cheio de perdas e arrependimentos e dúvidas.

Tyler era uma versão da minha vida. Um caminho que eu poderia ter trilhado. Mas naquele momento eu estava tão fora da rota que nem sabia mais para onde estava indo. Tudo que eu sabia era que estava seguindo rumo a um beco sem saída.

E, quando chegasse lá, estaria sozinha.

– Kristen, você já ouviu falar do fio vermelho do destino? – perguntou, ainda colado em mim.

– Não. – Funguei.

Ele me virou para si e olhou nos meus olhos.

– Estou estudando mandarim. Tenho aprendido muito sobre a cultura chinesa. E li uma história que mexeu muito comigo.

Ele estendeu a mão e enxugou com carinho uma lágrima no meu rosto.

– Segundo uma lenda, duas pessoas que se amam estão conectadas por um fio vermelho amarrado no dedo mindinho de cada uma. Elas estão destinadas a se amar desde o nascimento, independentemente do lugar, da hora ou das circunstâncias. Essa linha pode se esticar ou se emaranhar, mas nunca arrebenta.

Ele olhou bem fundo nos meus olhos.

– Você está do outro lado da minha linha, Kris. Por mais que a gente se afaste, você está amarrada a mim. Eu estiquei e emaranhei nosso fio, e sinto muito por isso. Mas não arrebentei, Kris. Ainda estamos conectados.

Ele fez uma pausa. A pausa que sempre fazia ao telefone, a pausa que me dizia que ele estava prestes a dizer a parte boa.

Então ele tirou uma caixinha de veludo preta do bolso e abriu a tampa.

Meu coração parou. *Ai, meu Deus.*

– Casa comigo?

23

JOSH

Terminei o último pedido, mas não fui embora. Queria estar lá quando Kristen voltasse para casa.

Queria ver *se* ela voltaria para casa.

A espera era excruciante. Meu peito doía como se meu coração tivesse caído numa armadilha para ursos. Minha mente estava a toda. Onde eles estavam? Conversando num restaurante? Ou num hotel, na cama dele, fazendo as pazes?

Não. Ela não faria isso. Tínhamos passado a noite juntos. Ela não faria isso, certo?

Merda, só de pensar nele segurando a mão dela eu surtava.

Ele estava ali para reatar com ela – eu não tinha dúvida disso. A única coisa que eu não sabia era o que ela faria a respeito.

Vê-la saindo com Tyler acabou comigo.

Mas eu não tinha nenhum direito sobre ela. Eu não tinha nem o direito de ficar chateado. Ele era *o cara* por quem ela estava sofrendo fazia um mês.

Ele era o cara; eu não era ninguém.

Fiquei andando de um lado para outro na garagem. Perambulei pela casa. Kristen sempre estava em casa quando eu estava lá, e a casa vazia piorava ainda mais minha ansiedade, reforçando o quanto aquilo era errado. Então voltei para a garagem, onde pelo menos eu não ficaria olhando para o sofá vazio.

Meu estômago roncou, mas eu não conseguiria comer. Até Dublê Mike estava agitado. Ele ficava chorando e olhando para a entrada da garagem, me seguindo como se ela tivesse sido sequestrada e ele estivesse puto porque eu não tinha feito nada para impedir. Acabei colocando Dublê na bolsa para carregá-lo comigo aonde eu fosse.

18h.

19h.

20h.

Eu não podia ficar lá até tão tarde sem que ficasse óbvio que estava esperando por ela. Eu nunca trabalhava até depois das nove. Mas, se eu simplesmente fosse para casa, não saberia que horas ela havia voltado nem *como* havia voltado. Feliz? Triste? No dia seguinte? Com a mesma roupa?

E se ele não fosse só deixá-la em casa? E se ele voltasse com ela para passar a noite lá? Aposto que o babaca adoraria esfregar isso na minha cara. Ele provavelmente faria uma volta olímpica.

Cada carro que passava acelerava meu coração e agitava minha mente.

Talvez eu devesse ir embora. Eu não sabia se daria conta de vê-los como um casal. Falei para mim mesmo que, se ela não voltasse até as nove, eu iria embora. Porque quanto mais tarde, mais provável seria eles passarem a noite juntos – ali ou em outro lugar. E, qualquer que fosse a opção, era melhor que eu não soubesse.

Finalmente, às 20h17, um Nissan bordô parou na entrada da garagem.

Ela voltou de Uber.

Sozinha.

O alívio que senti foi como se tirassem um peso de mil quilos de cima do meu peito. Finalmente pude voltar a respirar.

Três horas. Eles deviam ter ido a um restaurante. A ida até lá, a volta – isso poderia facilmente ocupar uma das três horas. Ela não passou a noite com ele. E, depois de tudo, só lhe deu algumas horas e não deixou que ele voltasse com ela. Talvez fosse um bom sinal.

Tirei a bolsa – eu preferia morrer a deixar que ela me visse com aquela bolsa de cachorro – e fingi que estava ocupado aplicando carpete nas escadinhas já finalizadas, e não sentado na garagem esperando como um cachorrinho ansioso que ela voltasse.

Ela saiu do carro e entrou pela garagem, com a blusa na mão, arrastando a manga pelo piso. Dublê Mike correu ao seu encontro, saltitando e choramingando aos seus pés, mas ela não se abaixou para pegá-lo.

– Oi – falei casualmente quando ela se aproximou. – Estou terminando aqui.

Ela parou à minha frente e me analisou sem dizer uma palavra. Tentei decifrar pela sua aparência o que tinha acontecido.

Ela não tinha se arrumado para sair com ele. Isso era bom. Mas estava sem batom. Porque eles comeram? Ou porque se beijaram? Será que brigaram o tempo todo? Era por isso que seus ombros estavam tão caídos? Seus olhos estavam vermelhos. O rímel um pouco borrado, como se ela tivesse chorado.

– Josh... Quer cantar no karaokê comigo?

Pisquei, sem entender.

– Karaokê?

Ela fungou e me lançou um olhar de cansaço.

– Sinto que um período de mania pode estar se aproximando. Pode ser de limpeza ou de cantoria. Cantoria talvez seja mais saudável.

– Vamos. Parece divertido. – Sorri para ela.

– Combinado. – Ela também sorriu de leve. – E você precisa me alimentar. Logo.

– Ele não alimentou você? – Levantei uma sobrancelha.

Ela não tinha comido antes de sair. Fazia três horas que eles haviam saído. Caramba, o babaca brincava com fogo. Torci para que ela tivesse sido um pesadelo para ele o tempo todo.

– Ele meio que me alimentou. – Ela fez uma careta. – Comi uma espécie de tapenade ou ceviche desconstruído de robalo chileno.

– Isso é comida?

– Não faço ideia. Estou morrendo de fome – resmungou ela, se virando para a porta de casa.

A conversa não tinha corrido bem. Isso era óbvio. E eles só foram a um restaurante, como eu imaginava – uma droga de um restaurante de que ela não gostou ainda por cima. Ele não conseguiu nenhum ponto com essa jogada de principiante.

A esperança cresceu dentro de mim. Talvez aquela fosse a última vez que veríamos Tyler. Ainda assim, ela estava abatida.

– Está tudo bem? – perguntei, ficando de pé.

Ela parou de costas para mim e abaixou a cabeça.

– Tudo. – Fez uma pausa. – Ele me pediu em casamento.

Um soco no peito me tirou o ar. *O quê?*

Fiquei feliz por ela não estar olhando para mim, porque teria visto na minha cara. Eu não conseguia respirar. Quase não consegui me recompor para responder.

– Ah, é? – Pigarreei. – E o que você disse?

Ela esperou um instante antes de responder por sobre o ombro:

– Eu disse talvez.

ENQUANTO ELA TROCAVA DE ROUPA, preparei um sanduíche – sem maionese, só uma fatia de presunto, provolone, sem casca – do jeito que ela gostava. Entreguei o sanduíche enrolado num guardanapo quando ela saiu do quarto. Ela parecia querer chorar quando pegou. Eu odiava vê-la tão chateada.

Chamamos um Uber para que pudéssemos beber.

E eu tinha planos de *beber*.

Eu disse talvez.

Ele queria se casar com ela e ela estava cogitando isso. Fiquei enjoado.

Ela se sentou ao meu lado no Uber, em cima da perna, o joelho aparecendo no rasgo da calça jeans. Tinha se maquiado e estava olhando pela janela, distraída.

Fiquei observando sua mão apoiada no banco. Nada no dedo anelar. *Por enquanto.*

– Quer conversar sobre isso? – perguntei.

Ela olhou para mim.

– Você quer conversar comigo sobre meu namorado?

Namorado. Ela o chamou de namorado. Não de ex-namorado. *Namorado.*

A faca que estava no meu coração se contorceu, mas eu me obriguei a manter a voz calma.

– Claro. Talvez eu possa te ajudar.

Eu estava dividido entre a vontade de me manter feliz na ignorância e a necessidade de estar informado. A curiosidade mórbida venceu. O que quer que fosse acontecer iria acontecer independentemente de eu saber os detalhes. E, se ela conversasse sobre o assunto comigo, talvez eu pudesse influenciar a decisão a meu favor.

Ela respirou fundo.

– Bem, ele aceitou mais uma missão. Mas desta vez ele não vai para uma zona de guerra. Vai trabalhar como intérprete para dignitários e militares do alto escalão.

– Intérprete? – Franzi a testa.

– É. Ele é linguista. É fluente em nove idiomas... Dez. Talvez agora sejam dez. Ele disse que está estudando mandarim. Não sei.

Jesus Cristo. Como Brandon pôde se esquecer de mencionar que o babaca não era um soldadinho de infantaria fazendo o trabalho braçal? Ele era inteligente, culto e ainda por cima boa-pinta?

Porra, Brandon. Essa tendência dele a subestimar as coisas estava me matando. Eu estava completamente despreparado para enfrentar o cara.

Então era por isso que a Rainha de Gelo gostava dele. Eu parecia um panaca perto de Tyler. Não era de admirar que Kristen não quisesse nada sério comigo.

– Ele quer se casar comigo. Quer que a gente vá morar no exterior.

Ela olhou nos meus olhos. Meu estômago se revirou.

– E você disse talvez?

– Eu disse que ia pensar.

Cocei o rosto, tentando agir como se aquilo não me incomodasse, embora por dentro estivesse perdendo completamente a cabeça.

– Quais são os contras?

Ela não me respondeu.

– Sloan sentiria sua falta se você fosse embora – falei.

Isso sem falar no que aconteceria comigo.

Mas ela só respirou fundo e desviou o olhar.

Ficou olhando para a rua e eu fiquei olhando para ela. Quando voltou a olhar para mim, seus olhos estavam cheios de lágrimas. Então ela soltou o cinto, escorregou pelo banco e se aninhou no meu colo.

Meu coração saltitou com o afeto inesperado. Eu a puxei para perto e aconcheguei sua cabeça sob meu queixo, inalando o cheiro do seu cabelo. Sentir seu corpo pequeno e quente nos meus braços era como estar em casa. Não havia outra palavra para descrever.

Ela era meu lar.

Era difícil ver o quanto ele mexia com ela. Aquela era a segunda vez que eu a via chorar, e as duas vezes tinham sido por causa dele.

O ciúme era quase além do que eu podia suportar.

Aquela mulher era minha. *Minha*, não dele. Por que ele não ficou longe dela? Por que não deixou que ela o esquecesse?

Mas então me dei conta da verdade. Ela não era minha – nunca foi.

Eu que sou dela.

E não é a mesma coisa.

Eu tinha aceitado ser paciente porque estava esperando que ela superasse. Não me preparei para vê-lo voltar para a vida dela. E naquele momento, ao encarar a realidade de que talvez eu a perdesse de vez, me dei conta de algo que sabia havia semanas.

Estou apaixonado por ela.

E aquele cara com quem eu nem tinha como competir talvez a tirasse de mim.

Eu me senti impotente. Em *pânico*. Uma reação de luta surgiu dentro de mim, mas não levaria a lugar algum, porque eu não podia fazer nada. Eu só podia ser eu mesmo, e isso não era o bastante.

É só sexo. Nunca vai ser mais que isso.

Ela levantou a cabeça e deu um beijo suave no meu queixo, e isso quase partiu meu coração. Ela nunca agia assim comigo. E, por mais que eu estivesse amando, aquilo estava sendo alimentado por sentimentos que ela nutria por outra pessoa. Ele a tinha magoado, e eu estava ali para consolá-la.

Mas já era alguma coisa. Pelo menos eu podia fazer algo a mais por ela.

Ela estava comigo, me abraçando. Deixando que eu a abraçasse. Eu precisava aproveitar o momento, porque não sabia quantos ainda teria.

Fechei bem os olhos e engoli com dificuldade o nó na garganta, tentando me concentrar na respiração dela em meu pescoço, seu rosto encostado na minha clavícula – a vulnerabilidade que ela estava demonstrando e que eu só via quando ela dormia ao meu lado nas noites em que me deixava entrar.

Jurei para mim mesmo que aquela noite seria divertida, para que ela esquecesse.

E para que eu tivesse uma lembrança quando ela fosse embora.

24

KRISTEN

Desci do palco cambaleando, rindo histericamente. Josh me segurou no último degrau quando me joguei contra o peito dele. Senti o estrondo da sua risada através da camiseta.

Era a mesma camiseta que eu tinha roubado quando nos conhecemos. Com a estampa de cervejaria. Ficava linda demais nele. As costas largas, a cintura afunilada, o tecido justo no peitoral definido. Respirei fundo e tentei sentir o cheiro que senti quando a vesti, o cheiro masculino de cedro. Quando consegui, prendi a respiração, sem querer soltar.

Eu tinha bebido um pouco demais.

Tomamos uma dose antes de subir no palco e eu já havia bebido duas cervejas. Cantamos "No Diggity" juntos e passei a metade da música gargalhando. Josh foi muito bem. Dançou e tudo.

Abracei sua cintura, entrelaçando os dedos nas suas costas, e ele me abraçou também, sorrindo para mim. Apoiei o queixo no peito dele.

– Só estou te abraçando porque aquelas senhoras ali estão de olho em você – menti. – É meu dever de amiga protegê-lo do ataque de papa-anjos.

Ele riu.

– Obrigado por esclarecer. Por um instante temi que você estivesse me abraçando de verdade.

Eu faria tudo com você. De verdade.

– Tenho uma confissão a fazer – falei, olhando para ele. – Eu não acho que você dirige mal.

Ele abriu um sorriso.

– O que foi? – Mordi o lábio.

– Estou pensando numa coisa que o Shawn me disse um dia desses. Que bêbados e leggings sempre dizem a verdade.

– Não estou bêbada. – Bufei. – Só estou falando lentamente. E o Shawn é um idiota. Você já teve vontade de mandar alguém calar a boca quando a pessoa nem está falando? É isso que eu sinto sempre que olho para a cara dele. – Semicerrei os olhos. – Mas a coisa da legging tem mesmo um fundo de verdade…

Ele riu e enrugou o canto dos olhos. Fiz um biquinho.

– Josh… Preciso de asinhas apimentadas.

Ele me soltou.

– Sim, senhora.

Voltamos para nossa mesa ao som de uma música mal cantada da Lola Simone e ele fez o pedido. Bebi um gole generoso de cerveja.

– Por que os caras sempre sentam de frente para a porta? – perguntei, passando a língua nos lábios.

Ele sorriu para mim.

– A gente faz isso? – E olhou por sobre meu ombro para a entrada. – Hum. Acho que é verdade. Talvez seja um instinto protetor. Para ficar de olho em algum perigo. Manter o braço da espada livre para proteger você.

Ele mostrou as covinhas. *Meu Deus.*

Tyler tinha uma beleza que parecia esculpida. Como um modelo de perfume num comercial em preto e branco. Mas Josh. Meu Deus. *Josh.* Ele me fazia derreter. Ele era um ursinho de pelúcia. Um pedacinho de tudo, quentinho, maravilhoso, delicioso.

Queria poder deixá-lo entrar na minha vida. Deixar que ele fosse meu namorado se quisesse. Na manhã seguinte à nossa primeira vez, ele disse que podíamos ter exclusividade. Ele ficaria só comigo. Queria isso.

Ele trancaria a casa antes de irmos dormir e me daria um beijo de boa--noite. Jogaria a camiseta no encosto da cadeira e eu nem reclamaria. Dublê poderia dormir com a gente, porque gostava de Josh. E, quando ele fosse para o trabalho, eu poderia mandar mensagem dizendo que estava com saudade e ele diria que também estava, e se eu falasse demais ele daria risada e saberia como lidar comigo, porque ele sempre sabia. Não se importava com meu mau humor. Era como se nada em mim o assustasse, e isso me fazia sentir que podia ser eu mesma com ele. Que eu era eu mesma *somente* com ele.

Talvez eu devesse mesmo me casar com Tyler.

Quer dizer, por que deixar todo mundo triste? Se eu me casasse com Tyler, ele ficaria feliz, minha mãe ficaria feliz. Josh seguiria em frente, para pastos mais férteis, e teria um milhão de bebês. E eu estaria com alguém de quem gostava, que poderia me distrair do coração partido que eu carregaria comigo pelo resto da vida.

Tyler e eu nos dávamos bem. Não seria ruim. Não seria como eu e Josh, mas não *existiria* um eu e Josh, então eu precisava considerar as alternativas, não é mesmo? E Tyler sabia que eu estava apaixonada por Josh. Ele sabia o que estava propondo quando me pediu em casamento.

Minha melhor amiga nunca mais falaria comigo e meu cachorro provavelmente fugiria. Com *Josh*.

Eu me perguntei se Tyler comeria asinhas apimentadas e beberia cerveja comigo. Provavelmente não.

– Sabe do que você precisa, Josh? De uma mulher do tipo que sorri quando fala.

– Quê? – Ele riu.

– Sabe, uma mulher doce que está sempre sorrindo. Elas dão ótimas mães. Oferecem apoio e massageiam suas costas depois de um dia difícil. Cheiram a biscoitos, têm linhas de expressão causadas pelas risadas e usam lenços para ir ao mercado.

– Acho que você está bêbada.

Os olhos dele estavam brilhando. E eu estava bêbada mesmo. Ele me deu um sorrisinho torto.

– Gosto de você assim – falou.

– Preciso te contar uma coisa. – Fiz uma expressão séria. – Você não pode rir da minha cara.

Ele se ajeitou na cadeira e também fez uma expressão séria.

– O quê?

– Tyler me levou para o hotel dele.

O humor nos olhos de Josh evaporou na mesma hora.

– Não. Não é isso. Não fizemos nada disso. – Levantei uma das mãos. – Ele tinha montado um cenário romântico. Quando chegamos lá, havia champanhe e pétalas de rosa e velas por toda parte. *Por toda parte.*

– Coitado. – Seu olhar ficou leve de novo.

– Pois é. Eu saí de lá. Fiquei horrorizada. Porque... Sabe por quê?

– Por quê?

– Ele deveria saber. Deveria saber que eu não gosto dessas coisas, né? Isso quer dizer alguma coisa, concorda?

A expressão dele ficou um pouco mais séria.

– Concordo.

– Eu sou uma escrota? Eu sou, fala a verdade. Ele foi um doce e eu não valorizei isso. Eu *sou* uma escrota. Eu sabia.

Josh deu risada.

– Não. Você é sincera. – Ele balançou a cabeça e falou olhando para a cerveja. – E ele fez tudo errado.

– Ah, é? – Sorri.

– É. – Ele soltou o copo. – Vou adivinhar... O anel era enorme. Um diamante grande, acertei?

– Meu Deus, Josh, você não faz ideia. Era *enorme*. Ele desenhou e *mandou fazer*. Tinha uma linha de rubis ao redor e...

Respirei fundo ao lembrar. Ele tinha gastado uma fortuna e eu detestei. Era chamativo demais.

– Por quê? – perguntei. – Que tipo de anel ele deveria ter comprado?

– Nenhum. Você ia preferir escolher seu próprio anel. Diria algo como "Eu é que vou ter que ficar olhando para ele pelos próximos cinquenta anos". Eu teria levado você para escolher em vez de simplesmente te empurrar um goela abaixo.

– Como você sabe que eu não ia gostar que me empurrassem um anel goela abaixo? – perguntei, semicerrando os olhos.

– A única coisa que você gosta que te empurrem são lanches. Você tem opinião sobre *tudo*. E também é prática. Você escolheria algo discreto. Sem diamantes. Talvez só uma aliança gravada. Nada que precisasse de reparos ou de limpeza ou que você tivesse que tirar para lavar a louça. – Ele ficou me olhando por um instante. – Algo íntimo gravado dentro. Algo que só vocês entendessem.

Ele me conhece. Ele me conhece melhor que eu mesma.

Tive que pressionar os lábios um contra o outro para manter a expressão neutra. Mudei de assunto.

– Sabe do que eu gosto em você, Josh?

– Do meu jeito com cachorrinhos ferozes?

Contive um riso.

– Você não faz aquilo que todo cara faz, de tentar resolver todos os meus problemas. Os caras fazem isso. Às vezes eu só quero reclamar. Só isso. Não quero conselho. Só quero ser ouvida. E você é um bom ouvinte.

Ele brincou com o descanso de copo e seu sorriso diminuiu um pouco.

– Eu *tentaria* resolver todos os seus problemas. – E voltou a olhar nos meus olhos. – Se você quisesse.

Meu Deus, sim, eu quero. Mas você não pode fazer isso. Nunca vai poder.

A garçonete chegou com nossas asinhas.

– Vou morder e mergulhar de novo no molho – falei, pegando um talo de aipo. – Se não gostar disso, peça um só para você.

– Acho que já fizemos muito pior que isso, não acha? – Ele mergulhou uma asinha, deu uma mordida, e mergulhou de novo. – E aí, quando você tem que dar uma resposta?

Mordisquei a ponta do aipo sem olhar diretamente para ele.

– Ele vai ficar duas semanas. Então, acho que antes que ele vá embora.

Josh falava olhando para a cesta de asinhas.

– O que você está inclinada a responder?

Alguém começou a cantar "Push It".

– Josh! Quero dançar. Vamos?

Se ele percebeu que mudei de assunto de propósito, não demonstrou. Limpou as mãos com um guardanapo.

– Claro.

Fomos até a pequena multidão em frente ao palco e começamos a dançar.

Ele não estava brincando quando disse que sabia dançar. Era tão bom na pista de dança quanto na cama. Dançamos três músicas, rindo o tempo todo.

Então alguém começou a cantar uma versão horrível de "All of Me", do John Legend. A mulher que estava cantando estava ainda mais bêbada que eu.

Josh e eu nos olhamos e, sem dizer uma palavra, começamos a nos movimentar juntos. Agarrei seu pescoço com um dos braços e ele segurou minha outra mão sobre o peito. Ele ainda estava um pouco sem fôlego e seu peito subia e descia contra minha mão.

Estou apaixonada por você.

O impulso me atingiu com tanta força e tão rápido que eu nem percebi.

Estou muito apaixonada por você.

Pensei nisso com tanta naturalidade. Com Tyler a questão era obscura e confusa. Mas com Josh era nítida. Eu estava apaixonada por ele. E de um jeito que dizia que fomos feitos um para o outro.

Mas não fomos, certo? Porque como eu poderia ter sido feita para ele se meu corpo não era capaz de lhe dar filhos?

Meus olhos começaram a se encher de lágrimas e ele abaixou a cabeça para olhar para mim.

– Ei... Está tudo bem... Eu sei que o que aconteceu hoje foi difícil.

Ele beijou minha testa com tanto carinho que me senti ao mesmo tempo melhor e pior.

Balancei a cabeça e enterrei meu rosto no peito dele. Ele não fazia ideia.

Quando voltei a olhar para cima, seu rosto preocupado pairava sobre o meu. Eu quis ficar na ponta dos pés e beijá-lo. Ou deixar que ele me beijasse. Eu queria que *ele* me pedisse em casamento. Se pudesse ficar com ele, diria sim na hora, mesmo que o pedido fosse brega e constrangedor. Mesmo que houvesse pétalas de rosa espalhadas pela casa inteira.

Meu Deus, a gente seria um casal e tanto, não seria? Não fosse aquela coisinha. Aquela coisinha que era tudo.

Por um instante, em meu estado de embriaguez, pensei que poderia contar a ele. Eu poderia simplesmente deixar toda a verdade escapar. Tirá-la de dentro de mim, colocá-la em suas mãos, deixar que ele decidisse o que fazer com ela. Então talvez eu não me sentisse mais tão pesada. Talvez ele aceitasse e...

E o quê, Kristen? Se contentasse? Abrisse mão dos próprios sonhos por você?

– Sou egoísta demais – sussurrei.

Ele encostou o rosto no meu e respondeu ao pé do ouvido:

– Não é, não. Você é maravilhosa. E está linda hoje.

Funguei e inclinei a cabeça para olhar nos olhos dele.

– Sabe por que eu estava sempre desleixada perto de você? Porque gostava de você.

Ele afastou um pouco o rosto e seus olhos se arregalaram.

– Pois é. Eu me sentia culpada por gostar tanto de você sendo que tinha namorado. Então sempre tentava ficar feia na sua frente para que você não percebesse.

Ele abriu um sorriso radiante.

– Então a máscara de argila e os bobes e aquela fita no nariz…

– Tudo prova do quanto eu me sentia atraída por você.

A bebida me desinibiu. Chutei o balde mesmo.

– Uau – disse ele, pensativo. – Você devia gostar muito de mim. Teve uma vez que passou dois dias seguidos sem pentear o cabelo.

Comecei a rir e ele riu comigo, encostando a testa na minha.

– E ainda assim eu te achava a mulher mais linda que eu já tinha conhecido.

Fechei bem os olhos, sentindo seu cheiro, sua respiração no meu rosto. Eu queria parar o mundo naquele momento. Aqueles doces segundos roubados. Minha testa encostada na dele, sua mão quente sobre a minha, seu coração batendo contra minha mão. Ele me fazendo girar devagar na pista de dança, dizendo que eu era linda.

Sua voz grave ressoou acima, suave:

– Posso fazer uma pergunta?

– O quê? – sussurrei, abrindo os olhos.

– O que a Sloan acha dele?

Dei risada, balançando a cabeça.

– Ela odeia o Tyler.

– Por quê?

– Porque acha que me contentei com pouco.

– Se contentou com pouco? – Ele franziu a testa. – Por quê? Tem algo de errado com ele? Por acaso ele é um babaca?

– Não. – Suspirei profundamente. – Ele não quer filhos.

– Ah, então é isso. – Ele bufou. – Filhos são importantes demais. Você não pode ficar com ele.

Foi como um soco bem no meio do meu útero. Um nó se formou na minha garganta e tive que desviar o olhar, porque estava prestes a cair no choro.

Ali estava, direto dos seus lábios.

Filhos são importantes demais. Você não pode ficar com ele.

Ele parou de nos girar e colocou as mãos no meu rosto. Quando voltei a olhar para ele, perdi o controle. Meu queixo tremeu e lágrimas escorreram. Ele olhou dentro dos meus olhos.

– Não se casa com ele, Kristen.

Meu coração se partiu ao meio.

– Não se casa com ele – sussurrou. – *Por favor.*

Havia um tom de desespero em sua voz. Analisei seu olhar. Atormentado. Ansioso. *Suplicante.*

Aquele não era o olhar de um homem que não queria perder uma transa. Era um olhar cheio de sentimentos. *Josh sente alguma coisa por mim.*

Essa descoberta atingiu minha alma como uma tristeza profunda e cancerosa. Esses sentimentos que percebi nele – eles deviam me deixar feliz. Eu devia estar em êxtase por saber que o que eu sentia talvez fosse recíproco. Mas, em vez disso, uma decepção amarga tomou conta do meu corpo, me deixando tão fraca que fiquei com medo de que meus joelhos cedessem.

Eu precisava abrir mão dele.

Não podia permitir que aquela coisa entre nós avançasse mais um centímetro.

Eu não me casaria com Tyler. Acho que sempre soube disso. Quando eu disse não, ele implorou que eu pensasse a respeito. Então pensei. Mas eu não ficaria com nenhum dos dois. Não podia fazer isso.

Filhos são importantes demais. Você não pode ficar com ele.

Eu não seria capaz de amar Tyler como ele merecia e não poderia dar uma família a Josh. Não podia dar a nenhum dos dois o que eles realmente queriam.

25

JOSH

Kristen recusou o pedido de Tyler, e fazia duas malditas semanas que eu não a via.

Shawn, Brandon e eu estávamos em Las Vegas, em frente às fontes do Bellagio, esperando o show das águas começar. Era o fim de semana da despedida de solteiro. Não podia ter acontecido num momento pior. Eu estava perdendo a cabeça. Precisava vê-la.

Olhei mais uma vez para o celular. *Nada.*

– Cara, ela não está pensando em você – falou Shawn ao me ver olhando a tela. – Cacete, você está obcecado.

– Elas estão indo fazer massagem – comentou Brandon, bebendo um gole da garrafa d'água. – Sloan acabou de me mandar mensagem.

Estavam na despedida de solteira na Califórnia. Eu odiava ter notícias de Kristen por outra pessoa. Odiava.

Na manhã seguinte à noite do karaokê, nossa equipe foi enviada numa força-tarefa de emergência para combater um incêndio florestal no Parque Nacional da Sequoia. Ficamos doze dias lá e Kristen só me ligou uma vez durante todo o tempo que passei fora. Ela não atendia quando eu ligava nem respondia às minhas mensagens. Estava totalmente fria comigo.

Chegamos em casa quase na hora de ir para Vegas. Não tive tempo de passar na casa dela.

Arregacei as mangas. Eram duas da tarde e a calçada irradiava calor. Turistas suados passavam pela gente. Estudantes em recesso, bronzeados de sol, bebendo em copos promocionais. Um grupo de garotas, que riu ao passar por nós, todas reunidas em torno de uma amiga com um véu branco. Duas mulheres de meia-idade com mochilas e câmeras penduradas no pescoço.

Casais de mãos dadas.

Shawn acendeu um charuto.

– Ela deve estar trepando com outro este fim de semana, cara. Você também devia arranjar alguém.

– Cala a boca, idiota.

Puxei a frente da camisa, me perguntando se Shawn tinha razão e ficando irritado só de pensar nisso.

Brandon dispensou um cara de óculos escuros que estava entregando panfletos de um clube de strip.

– Está tudo na mesma, é? – perguntou ele para mim.

Assenti.

– Ela desapareceu desde a noite do karaokê.

Era como se uma torre enorme tivesse se erguido ao redor dela, com uma ponte levadiça, um fosso cheio de piranhas e metralhadoras no topo. Por causa de Tyler, sem dúvida. Eu odiava aquele cara. Não que eu estivesse progredindo com ela antes de ele aparecer, mas pelo menos ela falava comigo.

Um dia ela estava sentada no meu colo num Uber e dançando comigo, me dizendo que gostava de mim, e no dia seguinte eu não conseguia nem que ela respondesse a uma mensagem.

Repassei aquela noite várias vezes na cabeça, tentando entender o que tinha dado errado.

Estávamos dançando juntinhos. Pedi a ela que não se casasse com Tyler. Ela obviamente concordou comigo, porque saiu para ligar para ele e recusou o pedido. Depois voltou uma pessoa totalmente diferente.

Ela me obrigou a levá-la para casa, chorou durante todo o percurso e não me deixou tocá-la. Aí se trancou no quarto, me expulsou de lá e mal falou comigo desde então.

E eu não entendi porra nenhuma.

Naquela manhã mandei uma mensagem que sabia que era um risco. Mas, já que ela não estava falando comigo, por que não? As coisas não podiam piorar. Escrevi "Estou com saudade" e fiquei uns cinco minutos olhando a tela antes de enviar.

Já tinham se passado três horas desde então. Ela me ignorou.

Brandon se apoiou no parapeito de concreto do lago, olhando para a água azul-esverdeada.

– Odeio dizer isso, mas o Shawn talvez tenha razão. Talvez você devesse procurar outra pessoa.

Não consegui nem olhar para ele.

– Não quero procurar outra pessoa – falei, com os dentes cerrados. – Se fosse a Sloan, você iria querer procurar outra pessoa?

Caralho, se alguém tinha que me entender, esse alguém era ele. Agora até Brandon queria que eu superasse logo?

Ele levantou as mãos.

– Tudo bem. Você tem razão. Sinto muito. É que parece que a situação não melhora nunca, e odeio ver você correndo atrás de alguém que não está correspondendo. Só isso.

– Ela não gosta tanto assim de você, cara. Aceita – disse Shawn, soltando a fumaça do charuto e batendo as cinzas na calçada. – Me diz uma coisa. Quantos moletons seus ela tem?

– Nenhum. – Franzi a testa. – Por quê?

– Ela não gosta de você, cara. Elas adoram moletons. Se ela não está roubando seus moletons, é porque não te quer.

Isso acabou comigo. Por mais ridículo que fosse, parecia verdadeiro. Até Celeste tinha ficado com alguns dos meus moletons, e ela me detestava.

Às vezes eu sentia medo de que Shawn fosse uma espécie de idiota expert em relacionamentos. Muito do que ele dizia tinha um quê de sabedoria profunda.

Isso me deixava apavorado.

Ainda assim, uma coisa não batia.

– Se ela não gosta de mim, por que usou o Brandon para ter notícias minhas?

Isso era estranho. Durante todo o tempo que passei viajando, ela não retornou nenhuma das minhas ligações nem respondeu minhas mensagens. Então, no oitavo dia limpando mato, fui transferido para outro aceiro, sem Brandon. Quando terminou seu turno, ele disse a Sloan que não sabia onde eu estava e segundos depois Kristen começou a ligar para o meu celular sem parar. Foi a única vez que conversamos. Ela parecia quase desesperada para saber se eu estava bem.

É claro que, assim que soube que eu estava vivo e não tinha morrido queimado, ela desligou. Mas foi quando percebi que ela estava usando Sloan para saber de mim. Por quê? Por que não simplesmente atendia uma das minhas muitas ligações?

– Parabéns, filho da mãe – disse Shawn. – Ela se importa com a possibilidade de você ter morrido.

Fiquei olhando para ele. Mas não era só isso. Às vezes eu a flagrava me observando. Ou, quando estávamos na cama, ela me beijava quando achava que eu estava dormindo. E, mesmo na noite do karaokê, ela ficou me abraçando, mas inventou uma desculpa esfarrapada. Parecia que ela não queria que eu soubesse que ela gostava de mim. *Parecia que ela estava disfarçando.*

Shawn apontou o charuto para mim.

– É isso que você ganha por ser um garganta-seca.

– Um o quê? – perguntei, mal-humorado.

– Um garganta-seca – repetiu Shawn, apoiando as costas no parapeito e cruzando as pernas na altura dos tornozelos. – Um babaca sedento que dá em cima de uma mulher assim que ela fica solteira.

Brandon riu. Fechei a cara para Shawn e me virei para Brandon.

– Sloan disse alguma coisa? Qualquer coisa sobre o Tyler? Ou sobre a Kristen sair com outras pessoas?

– Não. – Ele balançou a cabeça. – Quer que eu pergunte?

– Não.

Eu queria saber, mas não queria que Kristen achasse que eu tinha mandado Brandon dar uma sondada. E Sloan perceberia se ele sondasse.

Passei a mão no rosto. Eu teria que ir direto para o Corpo de Bombeiros quando voltasse de Las Vegas, então seriam mais dois dias. E depois? Eu iria até lá para ela me ignorar presencialmente? O que tinha acontecido, afinal? Eu sabia que a visita de Tyler tinha mexido com ela, mas não entendia o que isso tinha a ver comigo.

Eu estava morrendo de saudade dela. Não conseguia entender como ela podia não estar com saudade de mim. Ainda que fosse só pela amizade, ela devia sentir minha falta. Passávamos cada minuto livre juntos. Éramos íntimos. Como ela podia não se importar assim?

– É que faz um tempo que não nos vemos – resmunguei, como se isso explicasse tudo.

– Ótimo – disse Shawn, sorrindo ao olhar para a bunda de umas mulheres de saia curta e salto alto que passavam por nós. – Deixe que ela sinta sua falta. E aí, garotas? Querem ajudar um grupo de bombeiros a comemorar uma despedida de solteiro?

Elas deram risadinhas, mas seguiram em frente. Brandon tirou um charuto do bolso.

– Não é o pior dos conselhos – disse ele, riscando um fósforo e dando bafuradas até acender o charuto. – Tenta se divertir. Se concentrar em outra coisa.

Uma música começou a tocar e as fontes ganharam vida. Uma versão instrumental de "Ain't That a Kick in the Head". As águas subiam trinta metros no ar e dançavam ao ritmo da música, lançando uma névoa fresca sobre nós.

A energia vibrante contrastava com meu mau humor.

Brandon e Shawn se apoiaram no parapeito e assistiram ao show, e eu olhei mais uma vez para o celular.

Nada.

Fiquei olhando irritado para a rua congestionada de limusines pretas e táxis com letreiros que anunciavam shows que eu não queria ver e churrascarias onde eu não queria comer. O que eu queria era ir para casa ver Kristen.

Estava nas mãos dela.

Sempre esteve nas mãos dela. Era *ela* quem mandava.

Talvez ela realmente não sentisse nada por mim. Na noite do karaokê, ela disse que gostava de mim, e essa foi a última vez que ela me deu esperança. Caramba, foi a única vez que ela me deu esperança. E eu me agarrava a essa esperança desde então. Na época eu até achava que talvez, se ela desse o fora em Tyler, alguma coisa pudesse acontecer entre a gente.

Sempre que eu achava que estávamos dando um passo rumo a algo mais, esse algo mais era arrancado de mim.

Talvez ela estivesse falando sério quando disse que entre nós só haveria encontros casuais sem compromisso.

Talvez até os encontros casuais tivessem chegado ao fim.

Quando o show das águas acabou, Brandon olhou para o relógio.

– Quero dar uma olhada naquela livraria de volumes raros antes que feche.

– É, parece mesmo uma ideia incrível – disse Shawn. – Ei, que tal uma foto de vocês dois? Você pode mandar para a Sloan.

Brandon colocou a mão no bolso e entregou o celular a Shawn.

– Vamos tirar uma do seu também – disse Shawn para mim. – Você pode mandar para a Kristen. Ela pode imprimir e guardar junto com as suas bolas.

– Demente – retruquei, e coloquei o celular na mão dele.

Brandon e eu nos apoiamos no parapeito em frente ao lago e fingi um sorriso. Shawn levantou o celular de Brandon para tirar a foto. Mas então esticou o braço e jogou o aparelho na água por cima da nossa cabeça.

– Ei…

Antes que eu conseguisse reagir, ele jogou o meu. Então pegou o próprio celular, como um lunático, e também jogou na água.

– Que merda é essa?! – gritei, empurrando Shawn.

– Vocês dois estão em *Vegas*! – Ele riu. – Esse cara quer visitar uma maldita livraria e você está aí quase chorando por causa de uma garota. Eu libertei vocês, seus putos!

Até Brandon pareceu irritado.

– Você vai me pagar um celular novo, babaca.

Shawn tirou um cantil do bolso.

– Ok, ok. Vamos comprar quando ganharmos nos dados. – Ele empurrou o cantil contra o peito de Brandon. – Agora chega de Sloan e Kristen. E nada de livraria também. Estamos em Vegas e vamos fazer o que se faz em *Vegas*!

26

KRISTEN

Sloan e eu estávamos em pé numa água cor de ferrugem que ia até a cintura, passando lama no rosto uma da outra. Comecei a despedida de solteira no Glen Ivy, um spa enorme em Corona.

Banheiras de hidromassagem, saunas. Alugamos uma barraca perto de uma das piscinas e passamos a primeira parte do dia relaxando e bebendo mojitos. Tínhamos acabado de sair da massagem e ido até o poço de lama, uma piscina do tamanho de um lago com um pedestal no meio em que havia uma pilha enorme da lama vermelha característica do spa. A ideia era passar a lama na pele, deixar secar e remover para fazer esfoliação.

A mãe de Sloan, sua prima Hannah e a irmã de Brandon, Claudia, já estavam devidamente enlameadas e deitadas em espreguiçadeiras sob o sol.

– Brandon disse o que eles vão fazer hoje? – perguntei, tentando não parecer interessada demais.

Sloan passou lama na barriga.

– Estavam caminhando na rua principal na última vez que ele me mandou mensagem. E, só para você saber, é a última atualização que vai receber de mim. Se está com saudade dele, ligue.

Pressionei os lábios um contra o outro e passei dois dedos cheios de lama no rosto dela. Sloan já tinha me provocado falando de uma foto em que os meninos apareciam montados nas motos. Não me deixou ver. Disse que, se eu quisesse ver as fotos de Josh, deveria segui-lo no Instagram como uma pessoa normal.

– Não posso ligar para ele.

– Kristen – ela revirou os olhos –, isso é tão idiota.

– Não é, não.

Eu tinha sumido para o bem dele. Josh e eu precisávamos recomeçar do zero, principalmente depois do que eu dissera quando estava bêbada.

Josh nutria uma paixonite por mim – eu tinha quase certeza disso. Então a gente precisava parar de se pegar. Só que eu ainda não podia terminar tudo. Quando pensei bem, me dei conta de que não era o momento ideal. Mas as duas semanas na força-tarefa foram a oportunidade perfeita para impor uma distância necessária entre nós. Se ele ainda quisesse me ver quando voltasse, eu aceitaria. Mas por enquanto o certo era me manter distante.

Sloan balançou a cabeça em reprovação.

– Você não pode estar falando sério. Está com saudade dele. E aposto que ele também está.

Eu sabia que ele estava com saudade. Ele tinha dito isso numa mensagem menos de quatro horas antes. Eu não conseguia parar de pensar no que exatamente ele quis dizer com aquilo. Estava com tesão? Viu algo engraçado que Brandon não entenderia e quis me contar, por isso sentiu minha falta? Ou estava com saudade, *saudade*?

Qualquer que fosse a resposta, reforçava minha decisão de mantê-lo longe nas últimas duas semanas. Não era para ele estar com saudade de mim. Era só uma amizade colorida – ele deveria sentir falta apenas do sexo. Eu não incentivaria aquele comportamento respondendo às suas mensagens. Eu tinha uma regra clara de não falar com ele por telefone nem por mensagem de texto e precisava me manter firme nesse propósito, agora mais do que nunca. Não queria que ele achasse que poderíamos ficar juntos.

– Ele sai com outras mulheres, sabia? – falei, na defensiva. – A gente sai com outras pessoas.

– Com quem *você* está saindo? – perguntou ela, inclinando a cabeça para o lado.

Passei lama nos meus braços, prestando atenção à maçaroca, para não ter que encarar Sloan.

– Saí com o Tyler aquela vez – respondi, pateticamente.

Ela bufou.

– Era o que eu imaginava. E se ele transar com essas outras mulheres? Você não se importa?

Só de mencionar isso foi como se ela enfiasse a mão no meu peito e esmagasse meu coração. Sim, eu me importava. Tentei não pensar nisso. Josh transaria com outras mulheres e um dia teria filhos com uma delas. Essa era a realidade. Dei de ombros.

– Ele é solteiro, pode fazer o que quiser.

– Hum. E por que você também não faz, então?

Ela sabia que eu não podia. Não podia ficar com outro homem. Não queria outra pessoa. Enfiei o dedo na pilha de lama vermelha sobre o pedestal.

– Só vou transar com outras pessoas depois da histerectomia.

– Como está se sentindo? – perguntou ela, olhando meu abdômen.

Eu estava com uma camiseta por cima do biquíni para esconder a barriga. Parecia que eu tinha apenas exagerado no almoço, mas sentia vergonha do inchaço. Eu *sabia* o que era aquilo. E surtaria se alguém me perguntasse para quando era o bebê.

– Bem, o DIU fez efeito. O médico disse que levaria alguns meses para reduzir os sangramentos, e finalmente estou vendo a diferença. É enorme, na verdade. Agora só sangro um pouquinho.

A lama vermelha no rosto dela deixava seu sorriso ainda mais deslumbrante.

– É mesmo? Você conseguiria viver com isso? Talvez adiar a cirurgia?

Fiz que não com a cabeça.

– Não, não posso viver assim. Ainda sangro quase todo dia, a cólica é terrível e parece que estou grávida de três meses. Olha.

Estiquei a camiseta em volta da cintura e mostrei a barriga inchada. Ela olhou, triste. Acho que, de tudo, a barriga foi o que a fez entender. Sloan tinha um corpo violão e percebeu o impacto que meu útero estava causando na minha cintura.

– Estou cansada de viver assim, Sloan. – Soltei a camiseta. – Esse útero me ferrou todos os dias da minha vida nos últimos doze anos. Nunca me deu nada que não fosse tristeza, e nunca vai dar.

Eu me dei conta de que a dor fazia parte do meu mundo diariamente. Eu já esperava por ela. Convivia com ela como se convive com um ruído ambiente. E não aguentava mais.

Meu médico tinha me sugerido escrever uma carta de despedida para meu útero antes da cirurgia. Para eu sentir que estava encerrando um ciclo.

Meu útero que se fodesse.

Eu não tinha nada a agradecer. Ele havia destruído minha vida mil vezes de mil maneiras diferentes. Sempre que me fez sangrar na calça em público ou vomitar de dor. Sempre que roubou minha energia e impediu minhas conquistas e oportunidades. Quando estragou relacionamentos e férias, momentos especiais e sonhos.

E ainda haveria mais. Ele *nunca* deixaria de tirar coisas de mim. Mesmo quando não estivesse mais ali, continuaria tirando coisas de mim.

Sloan soltou um suspiro.

– Como você pretende explicar a cirurgia ao Josh? Porque o homem trabalha na sua garagem. Ele vai saber.

Desviei o olhar para as palmeiras e as aves exuberantes que cercavam a piscina. Eu não tinha um plano. Havia passado aquelas últimas semanas pensando muito nisso.

– Vou demiti-lo e terminar tudo no dia seguinte ao casamento.

– O quê? – Ela arregalou os olhos.

– Eu pretendia terminar na noite do karaokê. Mas então me dei conta de que, se fizesse isso antes do casamento, o clima ficaria estranho, e eu não quero estragar seu dia especial.

Com o casamento chegando, nós quatro ficaríamos inevitavelmente próximos. Eu não sabia como Josh se sentiria com o fim do nosso acordo, mas sabia que *eu* teria dificuldade em fingir estar feliz quando tudo acabasse, e Sloan com certeza perceberia. Ela certamente seria afetada.

Então por que causar um climão? O que era mais uma semana e meia? Eu continuaria seguindo minhas regras como sempre fiz – *desde que estivesse sóbria* – e tudo ficaria bem. Eram só onze dias.

Olhei para Sloan e continuei:

– Pensei em esperar o casamento passar e só então dizer a ele que não podemos mais ficar juntos. Já estou anunciando a vaga de marceneiro. Vou precisar de outra pessoa de qualquer modo. Ele passou duas semanas fora e eu tive que suspender os pedidos das escadinhas.

– Ah, Kristen. – Ela suspirou mais uma vez.

– O quê? – Dei de ombros. – Eu sabia que isso ia acontecer. Vendi minha alma, Sloan, por algumas semanas felizes. Pelo menos pude ficar com ele, ainda que só por um tempinho. Vou terminar tudo antes da cirurgia, mas depois do seu grande dia. Problema resolvido.

Com alguma sorte, ele já teria alguém em vista. Seria mais fácil para nós dois quando a hora chegasse.

Bem, seria mais fácil para *ele*.

Ele poderia ficar com as mulheres com quem estava saindo além de mim. Voltaria a ter tempo livre. Teríamos que ficar meses sem transar depois da cirurgia, então seria o fim de qualquer forma.

Faltavam menos de duas semanas para o casamento de Sloan. Menos de duas semanas de Josh na minha vida.

Depois disso, tudo estaria acabado.

O CELULAR ME ACORDOU ÀS 4H23 DA MANHÃ. Não reconheci o número, só o código de área de Las Vegas. Eu me sentei e atendi, ainda meio grogue.

– Alô?

– Oi... Sou eu.

Sorri. Era Josh. Bêbado, pelo jeito.

– Me diga que não precisamos pagar fiança para o Brandon – falei, esfregando os olhos.

– Não, ele está bem – respondeu, a fala arrastada. – Consegui evitar que fosse preso. Melhor padrinho da história.

Eu me deitei de lado e arrumei o travesseiro embaixo da cabeça.

– Sloan está apavorada, aliás. Nenhum de vocês atende quando ela liga.

A verdade era que *eu* também estava apavorada. Aquele papo sobre Josh dormir com outras mulheres me assombrou a noite toda. E, como Sloan não sabia onde Brandon estava, eu não sabia onde Josh estava. E detestava isso.

– Shawn jogou nossos celulares no lago em frente ao Bellagio.

– Como é que é?

– Pois é. Não estamos nem no nosso hotel. Estamos no... Espera. No Twisted Palm. Não conseguimos voltar. Estamos muito bêbados.

– Bom, fico feliz que tenha ligado. Pelo menos posso dizer à Sloan onde o Brandon está hoje. Ele devia ter dado um jeito de ligar. Ela se preocupa. – *E eu também.*

– Ele está zoado demais. Shawn o obrigou a beber uma dose sempre que dissesse "Sloan". Teve que ser carregado até o quarto.

Gargalhei, e Josh riu também, uma risada bêbada, cansada e arrastada.

Era tão bom conversar com ele. Eu sentia tanto sua falta. Só percebi isso durante aquela ligação. Queria que ele estivesse ali, na cama comigo, e não a quinhentos quilômetros de distância.

– Tive que vir até o coworking do hotel para te ligar – continuou ele. – Eu não sabia seu número, então procurei seu site. Sei que te acordei e não me arrependo.

– É mesmo? – Bufei. – Por que não? Você devia estar se sentindo péssimo. Preciso do meu sono de beleza.

– Não precisa, não. Você é perfeita.

Dei um sorriso.

– Obrigada, Josh Bêbado. É muita gentileza sua.

Ouvi um soluço durante a pausa.

– O que vocês fizeram hoje? – perguntou.

Contei sobre o spa e a lama e a camiseta chupe-por-um-dólar.

– Sloan ganhou 67 dólares. Ela não está falando comigo, mas vendemos todas as balas.

Ele riu.

– Tirou fotos?

– Tirei. Eu te mandaria, mas você está sem celular. Se ainda estiver no computador, procura meu Instagram.

A insistência de Sloan para que eu seguisse Josh no Instagram finalmente surtira efeito. Eu não tinha nenhuma foto dele no meu celular. Pelo menos ali poderia bisbilhotar o que ele andava fazendo, olhar para ele quando sentisse saudade – o que acontecia o tempo todo.

Ouvi um chiado no telefone.

– Está bem. Espera – falou.

Peguei meu laptop embaixo da cama e perguntei:

– Posso te seguir também?

– Você pode me seguir aonde quiser.

Ele flertava quando estava bêbado. Era fofo. Normalmente eu cortava essas gracinhas na mesma hora, mas Josh Bêbado não era o Josh de verdade.

– Por que o Josh Sóbrio não tem toda essa ginga, hein? – provoquei.

– Ele tem, sim – protestou. – Mas está tentando seguir muitas regras. O Josh Bêbado não segue regras. O Josh Bêbado faz o que quer – respondeu ele, se atrapalhando com as palavras.

– E o que o Josh Bêbado quer? – Dei um sorriso e digitei o nome dele na busca do Instagram.

– Você.

Arqueei uma sobrancelha.

– Você tem sorte de não estar aqui. Eu me aproveitaria de você. Você parece fraco demais para lutar contra mim.

– Você tem meu consentimento.

Enviei uma solicitação, rindo do comentário. Um segundo depois, recebi a dele e aceitei. Ficamos em silêncio vendo as fotos um do outro.

– Não sabia que você escalava – comentei. Havia uma foto dele pendurado num penhasco bem alto. Ele estava de cadeirinha e capacete e, como sempre, lindo. – E pratica esqui aquático também.

– Tyler – disse ele, sem emoção.

Esqueci que aquelas fotos estavam no meu Instagram. Tyler e eu no baile da Marinha. Algumas selfies quando ele estava de folga. Uma dele me beijando.

– Celeste é bonita – respondi, vendo fotos e mais fotos dos dois juntos, sorrindo.

Ela era uma Sloan. Linda mesmo sem maquiagem. O tipo de mulher que reluz quando sorri.

– Você é mais bonita – disse ele.

– E seu pau é maior que o do Tyler.

Arranquei uma risada de Josh. Imaginei os olhos dele brilhando, as covinhas no rosto.

Eu estava com saudade.

A dor rasgou meu peito. Fazia tempo demais que não nos víamos, e por algum motivo a separação não diminuía o que eu sentia por ele como acontecia com Tyler.

Tyler desaparecia da minha mente quando estava longe. Ele sempre desaparecia, embora conversássemos por telefone e Skype e escrevêssemos um para o outro. Mas Josh só ficava mais nítido. Quanto mais tempo eu passava longe dele, mais a dor aumentava.

Eu esperava que para ele fosse o contrário. Esperava que aquele tempo longe de mim tivesse esfriado qualquer sentimento que ele pudesse ter, porque eu não conseguiria manter os muros que havia erguido entre nós quando ele voltasse. Eu sentia muito sua falta, e o tempo que ainda tinha com ele agora era curto demais.

Como eu conseguiria superar quando tudo acabasse, quando lhe dissesse após o casamento que não queria mais vê-lo? Isso me mataria.

Voltei às fotos e murchei.

Havia várias fotos dele com os sobrinhos. Ele com um recém-nascido no colo no hospital. Carregando crianças nas costas. Uma foto dele enterrado até o pescoço numa praia qualquer, com dois garotinhos muito parecidos com ele segurando pás vermelhas de plástico.

– Você ama mesmo crianças, né? – Foi mais uma afirmação que uma pergunta.

– Vem para Vegas. Vamos nos casar.

Bufei. Meu Deus, que loucura.

– E ofuscar o Brandon e a Sloan?

– Ah, vem. Por que não?

– Quanto você bebeu?

Mais um soluço.

– Você é um unicórnio – disse ele.

Dei um meio-sorriso. Completamente bêbado. Josh continuou:

– Quando a gente encontra um unicórnio, a gente se casa com ele. Penso em você o tempo todo. Você pensa em mim?

Sempre.

– Quando estou com tesão – respondi.

Ele ficou em silêncio. Não era um silêncio confortável. Era um silêncio de decepção. Pelo menos para mim. Eu odiava mentiras e ser obrigada a contá-las.

– Kristen... Acho que vou vomitar.

Fechei o laptop. O quarto voltou a ficar escuro e fiquei ali sentada, escorada na cabeceira, na escuridão. Ele não se lembraria daquela ligação. Estava bêbado demais.

– Josh...

Demorou bastante até que ele respondesse, a voz arrastada:

– Quê?

Respirei fundo.

– Penso em você o tempo todo – falei. – Sinto saudade quando não está comigo.

– Sente?

– Sinto.

Foi tão bom dizer isso em voz alta. E dizer para *ele*. Ainda que ele estivesse bêbado demais para guardar a informação, foi libertador dizer o que eu sentia.

Continuei, falando baixinho:

– Quando você não está comigo, sinto um vazio. Fico me perguntando o que você está fazendo. Com quem está. Leio suas mensagens centenas de vezes. – Meu coração batia forte. – Queria dizer que também estava com saudade, mas não posso te falar essas coisas. Mas eu *estava*. As duas últimas semanas foram uma tortura.

Ele deu um gemido e ouvi algo metálico se arrastando. Provavelmente uma lixeira. Soltei um suspiro.

– Josh, não vai desmaiar aí. Volta para o quarto.

– Não. Quero falar com você.

Parecia que ele estava cuspindo. Não tinha ouvido uma palavra do que eu disse antes. Ficamos em silêncio por um tempo. Eu me perguntei se ele havia desmaiado.

– Josh?

– Pega a Sloan e vem para cá amanhã. Vamos nos casar.

Sorri docemente.

– Não posso me casar com você, Josh.

Escarro.

– Por que não? Eu seria um bom marido. Cuidaria de você. Seria um bom pai.

Afastei o celular da boca enquanto uma vontade repentina e dolorosa de chorar brotava na minha garganta. Pressionei os lábios um contra o outro e engoli o choro.

– Eu sei que seria – sussurrei. – É por isso que *não posso*.

Mais silêncio. Então sua voz se infiltrou na minha escuridão:

– Eu te amo.

Lágrimas escorreram pelo meu rosto e o nó na minha garganta ameaçou me sufocar.

– Eu também te amo.

A ligação caiu.

27

JOSH

Eu também te amo.
    Imaginei que poucos acontecimentos na vida fossem capazes de sobreviver àquele nível de embriaguez. Um assassinato. Um acidente terrível.
    Kristen dizendo que me amava.
    Eu *lembrei*.
    Brandon estava pronto para ir embora de Vegas. Tínhamos planos de ficar mais uma noite, mas a experiência com Shawn fora o bastante para uma vida inteira. Então nos arrastamos de volta até nosso hotel, tomamos um banho, fizemos as malas, fomos até a loja de eletrônicos para que Shawn pudesse nos comprar celulares novos e retornamos para casa ainda de ressaca.
    Chegamos meia-noite.
    Eu não via a hora de encontrar Kristen. Ela não estava me esperando e eu não liguei avisando. Queria aparecer lá de surpresa na manhã seguinte. Eu ia abraçá-la e beijá-la e depois conversaríamos sobre o que ela tinha dito. Queria obrigá-la a parar com esses joguinhos.
    Meu coração estava leve e esperançoso pela primeira vez em meses. Não consegui nem dormir de tão ansioso. Eu devia ter ido direto para a casa dela. Acordei cedo e saí do meu apartamento antes mesmo que o sol nascesse, com planos de ficar na cama com ela.
    Mas, quando parei em frente à sua casa e vi uma picape na entrada às sete da manhã, voltei à realidade.
    Fiquei ali sentado, segurando o volante com força. Eu não acreditava no que estava vendo.
    Eu tinha passado noites suficientes lá para saber que era incomum uma

picape estacionar na entrada a qualquer hora do dia, ainda mais assim tão cedo.

Ninguém ia até lá. Ela não recebia visitas. E, além de Brandon e de mim, não tinha amigos que dirigiam picapes.

Ela estava lá dentro com outro cara. Achou que eu estivesse fora e levou outro sujeito para lá.

E ele passou a noite com ela.

Era isso que ela estava fazendo enquanto eu estava na força-tarefa? Foi por isso que não atendeu quando liguei?

Minha ficha caiu e percebi finalmente onde eu tinha me metido.

Desgosto, raiva, mágoa, decepção – todos esses sentimentos percorreram meu corpo e se instalaram no meu peito como um bloco de concreto. Meus olhos arderam em lágrimas e apertei o nariz, furioso comigo mesmo por achar que ela me queria.

Engatei a marcha a ré, saí para a rua e estacionei mais afastado, olhando para a casa, a mente a mil. Eu queria chutar a porta e encher o sujeito de porrada, quem quer que ele fosse.

Mas eu tinha o direito de estar com raiva?

Ela havia sido clara comigo. Muito clara: ela sairia com outras pessoas. Não queria exclusividade. Era uma amizade colorida. Só isso.

E eu tinha *concordado*.

Mas e o que ela disse ao telefone? Ela disse que me amava, não disse? Disse, sim.

Ou eu falei primeiro e ela retribuiu? Ou quis dizer que me amava do mesmo jeito que amava Sloan?

Ela claramente não quis dizer o mesmo que eu, ou eu não estaria olhando para a merda da picape de outro cara parada em frente à casa dela. Fiquei ali sentado, contemplando a entrada da garagem pelo que pareceu uma eternidade.

Até que ele saiu. Ela ficou na porta de roupão enquanto ele descia os degraus correndo. Respirei pelo nariz, tentando me manter calmo.

Não consegui ver direito. Trinta e poucos anos, talvez. Calça jeans e camiseta.

Ele entrou na picape e foi embora, e me perguntei se agora ela estaria tomando banho. Tirando a roupa de cama. E se eu tivesse aparecido uma hora depois? Ela teria dormido com os dois no mesmo dia? Será que depois do sexo ela ficava deitada com ele como fazia comigo? Entre conversas e beijos?

Dei a partida e fui para casa antes que fizesse algo idiota.

Quando voltei ao meu apartamento, a torre de caixas que ainda estava na sala me atormentou. Um lembrete de que eu tinha passado os últimos dois meses dedicando todo o meu tempo livre a uma mulher que não me queria, que dormia com outra pessoa sem pensar duas vezes.

Chutei a caixa de baixo e a torre inteira tombou, espalhando roupas pelo chão. Peguei outra caixa e a joguei pela sala, depois fiquei ali parado, ofegante, naquela bosta daquele apartamento minúsculo.

Chega. Para mim *chega*.

Eu não queria mais nada daquilo. Não queria aquela droga de vida. Não queria morar ali. Não queria meu emprego de merda. Queria poder não a conhecer mais. Voltar no tempo e nunca tê-la encontrado, nunca ter me mudado.

Peguei o celular e procurei o número de Amanda, a professora de ioga. Fiquei ali, encarando a tela. Eu podia ligar para aquela mulher. Fazer a mesma coisa. Sair com outra pessoa também. Não era isso que eu *devia* estar fazendo? Talvez aquilo não mexesse tanto comigo se eu tivesse cumprido minha parte no acordo, se tivesse saído com outras pessoas como disse que faria. Como ela me *pressionou* a fazer.

Escrevi uma mensagem e estava prestes a enviar quando meu celular tocou.

Kristen: E aí? Sloan me disse que vocês chegaram ontem à noite. Quer vir aqui?

A ironia era demais. Ela nunca me mandava mensagem. Nunca me convidava para ir até lá. Ela *nunca* me procurava – era sempre eu que ia atrás dela. Fazia semanas que ela andava fria comigo. A mensagem estava ali, embaixo do meu "Estou com saudade" que ela não tinha respondido e de várias outras perguntas e esforços meus, ignorados… E, agora que ela finalmente me queria, eu não conseguia nem pensar nisso.

Josh: Estou doente.

E nem era mentira. Eu não conseguiria olhar para ela naquele momento. Não sabia se *algum dia* conseguiria. Não conseguia nem me imaginar entrando com ela no casamento de Brandon.

Kristen: Você está bem?

Balancei a cabeça olhando para o celular e o joguei no colchão. Não. Não estou bem.
Chega.

28

KRISTEN

Bati à porta segurando uma embalagem com hambúrgueres. Olhei para o relógio: 13h15. Josh demorou um pouco para atender. Quando finalmente abriu, vi que não era brincadeira – ele estava *mesmo* doente. Parecia péssimo.

O rosto inexpressivo, como se ele estivesse mal demais para reagir à minha visita inesperada. Os olhos vermelhos e uma camiseta amassada, como se tivesse dormido de roupa. Cabelo bagunçado, como se eu o tivesse tirado da cama.

– Oi. Surpresa. – Abri um sorriso.

Minha nossa. Eu estava com tanta saudade daquele rosto.

Tanta.

Quando Sloan me disse que Brandon estava em casa, meu coração saltitou no peito. Era para eles voltarem só à noite e Josh trabalharia na manhã seguinte, então eu ficaria mais três dias sem vê-lo. Geralmente eu segurava a ansiedade e esperava que ele fosse até minha casa. Mas dessa vez não consegui. Não consegui esperar mais três dias para vê-lo sabendo que ele estava de volta. Então quebrei minha própria regra e o convidei. E, quando descobri que ele estava doente, quebrei mais uma regra e fui *até ele*.

Ele nem sequer se mexeu para me deixar entrar. Ficou parado me encarando.

– Hum... Posso entrar? – perguntei, olhando para o apartamento atrás dele.

Ele ficou mais alguns segundos imóvel, depois abriu a porta e voltou para dentro em silêncio.

Entrei atrás dele, me perguntando qual seria o problema. Ele não podia estar de ressaca dois dias depois. Talvez o cansaço da força-tarefa e da viagem tivesse finalmente batido. Ele devia estar exausto.

O apartamento estava escuro e com um cheiro rançoso.

– Você não respondeu às minhas mensagens, então decidi verificar se estava vivo – falei, olhando ao redor e sentindo uma necessidade repentina de abrir uma janela e começar uma faxina. – Parece até que você está perdendo uma partida de Jumanji. O que foi que aconteceu aqui?

Ele se escorou no balcão da cozinha e cruzou os braços no peito, olhando para mim, e eu larguei a embalagem de comida. Fui até ele e toquei seu rosto para ver se estava com febre. Ele fechou os olhos ao sentir o contato e respirou fundo, fazendo uma careta, como se sua cabeça doesse ao ser tocada.

– Você não parece quente. Está com dor de cabeça?

Ele abriu os olhos e me encarou. Para ser sincera, eu esperava uma recepção mais feliz. Achei que... Não sei o que eu achei. Não deveria achar nada. Não deveria esperar nada também.

– Estômago? – perguntei.

Silêncio.

– Garganta? – insisti.

Ele retesou o maxilar.

– Não é uma boa ideia você estar aqui agora – respondeu ele, a voz fria, sem emoção.

Dei um meio-sorriso. Não havia nenhum lugar onde eu preferisse estar. Não estava nem aí se fosse contagioso.

– Onde dói?

Ele demorou um pouco a responder.

– Tudo.

– Uau. Um homem gripado. Beleza, estou preparada para lidar com isso. Vamos. Deita aqui.

– Kristen, é melhor você ir embora. E precisa procurar outro marceneiro.

– Eita. Você está *morrendo*? – Dei risada, abrindo a bolsa e pegando o naproxeno.

Peguei dois comprimidos e ofereci a Coca-Cola que tinha levado.

– É engraçado você falar de um novo marceneiro – comentei.

Entreguei os comprimidos e ele ficou parado, olhando o remédio na palma da mão.

– Adivinha quem apareceu hoje cedinho implorando pelo emprego de volta? Miguel. – Balancei a cabeça. Ele tinha visto meu anúncio. – Perdeu o emprego na Universal.

Coloquei as mãos na cintura e dei uma olhada no apartamento. Meu Deus, estava uma zona. Roupas por toda parte. A mochila que ele tinha levado para Vegas ainda largada ao lado do colchão. E tinha umas duas semanas de roupas para lavar.

Meu momento de brilhar. Aquele lugar passaria por um exorcismo. Assim que eu colocasse o paciente na cama. Eu me virei para ele e continuei:

– Nem quero saber o que o cara fez para ser mandado embora. Ele sempre foi meio bizarro. Tipo *O silêncio dos inocentes.* E ele simplesmente apareceu *lá em casa,* e eu só de roupão. – Estremeci ao lembrar. – Para falar a verdade, foi uma pena você não estar lá. Um segurança seria útil.

Ele olhou bem para mim, o cabelo bagunçado caindo na testa. Ficou olhando até aquilo ficar constrangedor, então soltou o refrigerante. Num só movimento, me abraçou apertado e enterrou o rosto no meu pescoço. Foi tão inesperado que congelei.

Então *derreti.*

Eu tinha sentido tanto a falta dele. *Tanto.* E amava quando ele me abraçava. Era uma coisa que eu não podia permitir fora do sexo porque nunca mais iria querer soltá-lo, mas aquele abraço me pegou de surpresa e não tive como sair dali. Meu coração não tinha força suficiente.

Ele me abraçou tão forte que por um segundo fiquei com medo de que ele estivesse com algum problema. Um problema *sério.* Abracei sua cintura, me perguntando se ele teria recebido alguma notícia ruim. Ele não parecia bem e nunca desrespeitava minhas regras quanto ao toque.

– O que foi? – sussurrei.

Ele balançou a cabeça, ainda encostada no meu pescoço.

– Só estou feliz por você estar aqui.

Ele afastou o rosto e parecia que ia me beijar, mas em vez disso encostou a testa na minha e fechou os olhos. Dei um sorriso ofegante.

– Bem, é uma amizade colorida, não é? – falei, meus lábios a um centímetro dos dele. – Essa é a parte da amizade.

E senti sua falta. Não suportei a ideia de não te ver hoje. Quis cuidar de você. Precisava ter certeza de que você estava bem.

Ele colocou a mão no meu rosto e passou o polegar sobre os meus lábios. Então se aproximou e me beijou. Um beijo hesitante e suave, e eu me dissolvi nele.

Parecia que o espaço que eu tinha imposto entre nós me fazia precisar dele ainda mais, para compensar, e eu não conseguia ficar perto o bastante ou absorvê-lo o suficiente.

Enlacei seu pescoço com os braços e beijei-o com mais intensidade, pressionando o corpo contra o dele enquanto ele me levava em direção à cama. Tropeçamos na bagunça sem que nossos lábios se separassem, nossos pés se emaranhando em roupas e caixas. Esbarrei no abajur e o derrubei, fazendo um estrondo, mas não paramos. Tiramos a camiseta um do outro, voltando a nos abraçar antes mesmo que as peças tocassem o chão.

Quando chegamos ao colchão e ele deslizou sobre mim, eu já estava insaciável. Puxei sua calça, mas ele fez que não com a cabeça e puxou minhas mãos, segurando-as contra o travesseiro.

– Não.

Seus lábios traçaram meu queixo. Joguei a cabeça para trás enquanto seus lábios passeavam por minha pele.

– Como assim "não"? – perguntei baixinho.

O cheiro dele era incrível, o perfume masculino de cedro era como um feromônio. Seu peito irradiava calor e, com as mãos presas, eu estava encasulada em seu corpo, aninhada entre seus braços fortes.

– Você se deu mal – disse ele, com os lábios na minha clavícula. – Perdeu esse acesso.

– O quê? Por quê?

Ele voltou e se instalou sobre meu quadril, lançando um raio de eletricidade que percorreu meu corpo, intensificando meu desejo.

– Ficou duas semanas sem falar comigo. – Ele sugou meu lábio entre os dentes. – Está de castigo.

Sua língua mergulhou na minha boca. Eu estava quase ofegante. Tentei libertar minhas mãos e ele as segurou com mais firmeza, dando um sorrisinho perverso, os lábios próximos dos meus. Balançou a cabeça de novo.

– Não.

Ele pressionou o corpo contra o meu. Duro como pedra.

Então vai ser na base da tortura.

Soltei um ruído de impaciência.

– Bom... Como consigo meu acesso de volta?

Mexi os quadris, sedutora, e sua respiração pareceu ficar presa na garganta. Dei um sorrisinho e ele fechou bem os olhos, claramente lutando contra o próprio boicote.

– Você tem que pedir desculpa por ter me ignorado.

– Desculpa. – Mordisquei o lábio dele.

– E dizer que ficou com saudade de mim.

– Sim – sussurrei. – Fiquei com saudade de você.

Ele abriu os olhos e me encarou.

– Fala de novo.

Encarei de volta aqueles olhos castanhos, sérios.

– Fiquei com saudade de você, Josh.

Ele me observou longamente, avaliando se eu estava falando a verdade. Eu *estava*. Ainda estava com saudade dele, e ele estava bem ali.

Ele assentiu e soltou minhas mãos, o semblante mais suave.

Minhas mãos dispararam para sua calça, mas ele saiu de cima de mim, tirou a roupa e se ajoelhou entre as minhas pernas. Então agarrou meu short e o puxou para baixo.

– Está menstruada?

Seus olhos semicerrados estavam cheios de desejo, sua respiração, irregular. Ele estava *faminto*. Ele com certeza não tinha transado com outra pessoa naquelas duas semanas. Ele estava na mesma seca que eu.

Fiz que não com a cabeça.

– Não, não estou.

Ele abaixou o rosto entre minhas pernas e agarrou meu quadril, me puxando em direção à sua boca. Arquejei. Sua língua entrou em ação e minhas mãos voaram até seu cabelo.

Meu Deus do céu...

Ele nunca tinha feito aquilo – eu geralmente estava com algum sangramento. E, *puta merda*, ele era muito talentoso. Não sei o que estava fazendo ali, mas era claramente um profissional. *Cacete, ele é bom em tudo?*

Meus joelhos começaram a tremer. Soltei um gemido e, como se soubesse que eu estava prestes a pirar, ele voltou e se deitou sobre mim.

– Não tenho camisinha.

Nãããão!

– O quê? Por quê? Cadê suas camisinhas?

– Na *sua* casa, onde eu deixo – respondeu ele, com a voz rouca.

Ele só está transando comigo? Sei que ele disse que seus encontros não costumam...

Meu brinquedinho favorito pressionou minha barriga, me provocando, e perdi a linha de raciocínio.

Foda-se.

– Vai sem camisinha mesmo... Não me importo – respondi, arquejando.

– Também não estou dormindo com mais ninguém.

Ele ergueu o tronco de repente e olhou para mim, a respiração ofegante batendo no meu rosto. Ele me analisou por um tempo e havia algo indecifrável em seus olhos. Então mergulhou os lábios nos meus e deslizou para dentro de mim.

Havia algo mais profundo no sexo dessa vez, mais emocional, desesperado. Nós dois estávamos frenéticos, como se pensássemos que aquela seria a última vez, e a ausência do preservativo, daquela barreira, elevou tudo e nos deixou com ainda mais vontade.

Nenhum dos dois ia aguentar muito tempo. Não tinha como.

Suas arremetidas me fizeram começar a ter espasmos em segundos. Meus gemidos o levaram ao limite e ele jorrou dentro de mim, rosnando e ofegando.

Ele desabou e nos agarramos, recuperando o fôlego, sua testa na minha, com um leve brilho de suor. Demorei um tempo para conseguir falar de novo.

– Achei que você estivesse *doente* – murmurei. – Mentiroso.

A risada dele ressoou contra meu peito.

– Tudo parte do meu plano para que você viesse.

Eu ri e ele me apertou em seus braços e sorriu para mim, me beijando com leveza, seu coração batendo no meu peito.

Eu te amo, Josh. Queria poder dizer isso. Queria poder ficar com você.

Com uma pontada de pavor, me perguntei como viveria sem aqueles momentos quando tudo chegasse ao fim. Eu precisava aproveitar cada segundo da semana e meia que ainda tinha com ele. Absorver tudo, guardar tudo.

E então esperar que fosse o bastante para uma vida inteira.

FICAMOS HORAS NA CAMA. Nunca fazíamos isso na minha casa. Eu sempre conseguia inventar muitas desculpas para voltarmos ao modo apenas-amigos. E-mails para responder, entregas para providenciar, pedidos para separar. Mas na casa dele não havia mais nada para fazer a não ser ficar entre os lençóis. Josh não tinha sofá nem TV, então ficamos embaixo das cobertas e, teoricamente, de acordo com minhas regras, beijos e carinhos eram aceitáveis nesse cenário.

Aproveitei a brecha. Precisava de cada segundo.

Josh também não pareceu se importar. Passamos o dia *inteiro* transando. Depois da rapidinha, fizemos uma maratona longa e lenta, cheia de beijos profundos e movimentos suaves, seguida de um ataque de cócegas antes de Josh me pegar por trás. Após esgotarmos um ao outro, ficamos ali deitados, nossas pernas emaranhadas, conversando sobre tudo que tínhamos feito durante aquelas duas semanas. Ele contou sobre a força-tarefa e o quanto gostava de estar na natureza e não atender a chamados médicos. Falou sobre a beleza do Parque Nacional da Sequoia e que eu teria gostado de uma banda que tocou num bar que eles frequentavam nas horas vagas.

Contei sobre as coisas do casamento que eu tinha resolvido com Sloan e sobre uma entrega grande na mansão de Dale. Falei também que Dublê tinha mordido o cara dos correios de novo.

Ele não mencionou o telefonema de Vegas, graças a Deus. Provavelmente nem se lembrava. Passou o dedo no meu rosto.

– Vou pegar uma bebida. Está com sede? Quer alguma coisa?

– Água.

Ele levantou e me apoiei nos cotovelos para vê-lo caminhando nu até a cozinha. A bunda daquele homem era muito firme. Meu Deus, que corpo lindo.

O meu nem tanto.

Logo eu teria que ir ao banheiro e não dava para ficar exibindo minha barriguinha por aí. Minhas roupas estavam espalhadas por toda parte. Eu não fazia ideia de onde largara minha camiseta.

Eu me sentei, puxando o lençol até o peito para procurar uma roupa. Então vi um moletom do Corpo de Bombeiros pendurado numa das caixas. Estendi a mão e peguei o moletom antes que Josh se virasse.

– Posso usar? – perguntei, vestindo antes mesmo que ele pudesse responder. Enfiei o nariz no decote e respirei fundo, fechando os olhos.

Ele voltou para o colchão e me entregou o copo d'água.

– Pode ficar com ele, se quiser. – E sorriu.

– Mesmo? – Céus, eu nunca lavaria aquele moletom. Usaria como se fosse um abraço quentinho. – Tem certeza? É arriscado, Joshua. Moletons são a porta de entrada. Daqui a pouco vou roubar suas camisetas e jaquetas.

Bebi um gole, larguei o copo ao lado do colchão e voltei a olhar para ele. Ele se aproximou e me beijou, o sorriso enorme.

– Tenho certeza – sussurrou, os lábios contra os meus. – Pode pegar o que quiser.

Ergui uma sobrancelha.

– Por que está tão feliz de me deixar roubar suas roupas?

– Só estou feliz porque gosto quando você me chama de Joshua – respondeu ele, sorrindo.

Seus dedos afastaram o cabelo da minha testa e ele me beijou com delicadeza. Senti tanta intimidade nesse gesto que precisei mudar de assunto.

– O que é isso, Joshua? – perguntei, desviando o olhar e pegando um exemplar amassado de *Sob um céu em chamas*. O livro estava sobre a caixa que ele tinha virado de ponta-cabeça para servir de mesa de cabeceira. Voltei a me deitar. – Não sabia que você gostava de ler.

Ele se deitou ao meu lado e se apoiou no cotovelo.

– Gosto de ler sobre incêndios.

Segurei o livro em frente ao rosto.

– É bom? É sobre o quê? – Sorri para ele. – Lê um capítulo para mim?

Ele pegou o livro e se virou para o outro lado.

– É sobre um incêndio em Minnesota, em 1894.

Quando se virou de volta, estava de óculos. Pisquei, perplexa, enquanto ele abria o livro na página marcada e se apoiava nos travesseiros.

– Para com isso – falei, olhando para ele.

– O que foi?

– Você usa óculos?

– Só para ler. Por quê?

Quando eu achava que não tinha como Josh ficar mais lindo, ele vai e coloca um maldito par de óculos.

– É brincadeira, né? Você não pode ficar mais gostoso do que já é. Eu proíbo.

Ele largou o livro no colo e sorriu para mim.

– Curte óculos, é? – Ele ergueu as sobrancelhas. – Quer que eu fique com eles da próxima vez?

– Sim, por favor.

Ele tirou os óculos e colocou de novo. Seus olhos se arregalaram.

– Uau! Olha só como você é bonita!

Ri e coloquei o livro de lado, montando no colo dele. O moletom subiu pelas minhas coxas. Então segurei as bochechas dele e beijei seu rosto inteiro. Ele fechou os olhos e me deixou beijá-lo, sorrindo como um garotinho.

– Hoje o tema do quiz do Malone's é Tarantino, sabia? Quer ir? Estou ficando com fome. – A geladeira de Josh estava vazia e fazia horas que tínhamos comido os hambúrgueres que levei. Olhei para o relógio. – Mas precisamos sair em, tipo, dez minutos.

– Claro – respondeu, as mãos nas minhas coxas. – Será que convidamos o Brandon e a Sloan?

Fiz que não com a cabeça.

– Eles vão jantar no Luigi's. Seremos só nós dois.

Josh me deu um selinho.

– Como num encontro… – falou. – Vamos.

Não era um encontro, mas não o corrigi. Ele só reviraria os olhos e diria que não era nada de mais, que não estava tentando me enfiar um encontro goela abaixo, como sempre fazia. Eu não precisava desse lembrete.

Eu *queria* que fosse um encontro.

Ele me seguiu até minha casa com a picape dele para que eu pudesse me arrumar e levar Dublê para passear um pouquinho. Depois pegamos um Uber para que pudéssemos beber.

No caminho até o Malone's, dei uma olhada nos e-mails. Ele olhou para mim enquanto eu digitava.

– Espera a gente parar. Vai ficar enjoada.

– Não vou, não.

– Vai, sim. Você fica enjoada quando mexe no celular no carro.

– Só quando *você* dirige, porque *você* dirige feito um doido – falei, respondendo a um e-mail sobre uma encomenda. – Freando, pisando no acelerador com tudo, virando rápido demais. E ainda por cima nem xinga.

Ele riu.

– O que o xingamento tem a ver com a direção?

– Se você não fica puto quando dirige, não está prestando atenção no trânsito.

Olhei para ele pelo canto do olho e percebi uma covinha. Sorri para a tela. Então engoli em seco. Na verdade eu estava, sim, um pouco zonza. Larguei o celular no colo e fechei os olhos.

– Eu avisei. – Ouvi sua voz na escuridão atrás das minhas pálpebras. – Tão teimosa, o tempo todo.

– Não. Às vezes eu durmo. Além do mais, você não sabe da minha vida.

– Na verdade eu sei, sim. – Ele riu. – Sei tudo sobre você.

– Aham – zombei.

– Que foi? Sei mesmo. Sei que come um pacote inteiro de biscoitos sozinha.

– E quem não come?

Ele continuou:

– Sei que gosta que cocem suas costas depois que tira o sutiã. Seu humor fica melhor quando você vai dormir às onze e meia e acorda às sete do que quando vai dormir meia-noite e meia e acorda às oito. Gosta de roxo. Ama cheiro de cravo, mas odeia ganhar flores porque acha um desperdício de dinheiro...

Abri um olho e o fitei. Ele estava falando com a janela, observando a rua.

– Gosta de discutir quando acha que talvez esteja errada. Quando sabe que está certa nem se dá ao trabalho. Odeia dividir comida, mas sempre pega do meu prato, por isso sempre peço uma porção extra de fritas. – Ele olhou para mim e sorriu. – E prefere zombar das minhas habilidades de motorista a admitir que fica enjoada quando mexe no celular no carro. Viu? – Ele arqueou uma sobrancelha. – Eu conheço você.

Parecia que meu coração ia partir ao meio. Ele me conhecia *mesmo*.

Ele prestava atenção em mim. E eu também o conhecia. Eu o conhecia por dentro e por fora.

Eu sabia como tinha sido o dia de trabalho dele só de olhar para seus ombros quando ele chegava em casa. E sabia que deixá-lo falar sobre um chamado ruim o ajudava a desestressar. Eu sempre ouvia, embora às vezes fosse difícil.

Quando ele ficava quieto, era porque estava cansado. Ele sempre escolhia sorvete de pistache na Baskin-Robbins, mas na Cold Stone ele escolhia o de creme. Eu sabia que ele gostava de Dublê, embora nunca admitisse. E no fundo ele gostava quando eu implicava com ele. Dava para perceber pelo brilho nos seus olhos.

E eu também sabia que ele queria ter mais filhos que filhas. Que queria que o primeiro se chamasse Oliver e a primeira se chamasse Eva. Ele queria ensinar todos os filhos a caçar e tinha uma coleção de roupas de bebê em estampa camuflada. Ele mesmo queria fazer os berços com madeira da floresta que cercava a casa dos avós na Dakota do Sul.

Ele queria no mínimo cinco filhos, mas tinha planos de ter nove. E queria que todos tivessem as covinhas e o topete típicos dos Copelands.

Eu também queria. Queria que ele realizasse todos os seus sonhos.

Sim. Eu o conhecia. Eu o conhecia bem.

FICAMOS EM PRIMEIRO LUGAR NO QUIZ. O prêmio eram duas camisetas do Malone's.

Depois ficamos sentados a uma mesa escura com o couro do assento rachado, no fundo do bar, bebendo nossa cerveja e comendo asinhas apimentadas e o famoso *queso* do Malone. Uma banda ao vivo tocava "Wonderwall" no palco surrado. O Malone's era uma espelunca. Já tínhamos visto duas brigas naquela noite. Era uma boa diversão. Melhor que a banda.

Comprei vinte dólares em tatuagens falsas numa máquina, e estávamos tatuando o braço um do outro e rindo das pessoas no bar.

– Vamos lá – disse Josh, pressionando um guardanapo molhado no meu braço para transferir uma das tatuagens. – Se você pudesse transformar qualquer coisa num esporte olímpico, o que te garantiria uma medalha?

Levantei o guardanapo e tirei o protetor de plástico, olhando para minha nova tatuagem de rosa.

– Sarcasmo.

Ele riu, o cantinho dos olhos castanhos se enrugando.

– Beleza, minha vez – falei, colocando uma tatuagem de âncora no seu bíceps impressionante. – Assento no corredor ou na janela?

Ele ficou me observando bater no guardanapo molhado.

– Do meio. Assim fico ao seu lado, não importa qual seja sua escolha.

Ah. Aquele homem. Tão altruísta.

Ele disse como se não fosse nada, como se pensar primeiro no meu bem--estar fosse natural. Como se fosse um reflexo. Sorri e ficamos um tempo olhando um para o outro.

Ele estava se divertindo. Estava feliz. E me perguntei se ele ficava feliz assim quando não estávamos juntos. Se ele se divertia assim com os amigos ou com a equipe do trabalho.

Ou com as mulheres com quem saía.

Eu, não. Nem com Sloan. Com Josh era diferente. Simples assim.

Quantos dias bons como aquele ainda nos restavam? Em algumas semanas eu não o veria mais. Eu estaria me recuperando da cirurgia e ele já estaria bem longe. O casamento não nos uniria. Eu já tinha contratado Miguel de volta. Bizarro ou não, eu precisava substituir Josh. Miguel conhecia o trabalho e tinha a própria garagem para fazer as escadinhas, então eu não precisava recebê-lo em casa.

Já estava tudo resolvido. Exceto como eu me sentiria quando tudo chegasse ao fim. E não tinha nada que eu pudesse fazer quanto a isso.

– Preciso mandar uma foto disso para a Sloan – falei, afastando meus pensamentos. Inclinei a câmera para pegar todo o meu braço. Então me recostei no assento e comecei a escrever. – O corretor fica corrigindo "*queso*" para "quero". – Balancei a cabeça. – Confie em mim, celular. Tudo que eu *quero* é escrever *queso*.

Josh bufou e me cutucou, apontando com a cabeça para uma garota que estava com uma saia curtinha, cambaleando ao voltar do banheiro. Eu ri.

– Olha o sujeito que está com ela – falei. – Parece um cão defendendo a comida. Rosnando em cima dela. Ele olha para todos os caras num raio de três metros.

– Quer que eu teste sua teoria? Fingindo que vou tentar falar com ela? – Seus olhos brilhavam.

– Ai, meu Deus, sim. Por favor.

Ele largou a cerveja e se levantou, e eu fiquei assistindo com um sorriso largo enquanto ele se aproximava do bar, me lançando um olhar cruel por sobre o ombro. Quando chegou perto, o Cara do Osso estufou o peito e abraçou a garota. Josh desviou para a esquerda, rindo.

Cobri o sorriso com uma das mãos. Aquele charme de menino sempre me pegava. Ele era muito fofo.

Josh voltou para nossa mesa e se sentou ao meu lado, me abraçando.

– Você tinha razão.

– Foi hilário.

Dei uma risadinha, me recostando nele. Seus olhos brilharam e ele mordeu o lábio inferior, olhando minha boca. E, como se não fosse nada de mais, como se não existissem regras, como se fôssemos um casal num encontro, se divertindo, ele se aproximou e me beijou.

E eu *deixei*.

29

JOSH

Ela correspondeu ao beijo. Não me empurrou, irritada, nem se opôs. Não me lembrou de que era apenas amizade colorida nem disse que aquilo não era um encontro.

Ela correspondeu ao beijo.

Não mencionei o telefonema de Vegas – não foi preciso. Ela estava tão diferente comigo que finalmente pareceu que tínhamos virado uma página. Talvez ela tivesse sentido minha falta no decorrer daquelas semanas, ou talvez tenha sido o fato de eu dizer que a amava. Talvez ela tivesse esquecido Tyler. Eu não sabia ao certo o que fizera com que ela finalmente se abrisse para mim. Só sabia que aquilo era um presente.

Seus dedos agarraram minha camiseta e eu a puxei mais para perto, pressionando-a contra meu peito, amando o sabor do lúpulo na sua língua, inalando seu perfume.

O beijo foi lento e cheio de emoção. E foi a primeira vez que nos beijamos sem transar.

Valorizei esse pequeno gesto, essa pequena demonstração pública de que ela era minha. Esse contato íntimo que não respeitava nenhuma das suas regras.

Quando nos separamos, seu sorrisinho parecia mais leve e aberto. Ela abraçou meu pescoço:

– Você é meu macaco favorito para jogar merda nos outros, sabia?

Olhei dentro dos seus olhos.

– Então por que não estamos juntos, Kristen?

E, de repente, ela sumiu. Sua expressão virou uma cortina pesada. Eu a perdi.

Ela se endireitou e se afastou de mim.

– Está na hora de ir embora – disse, o rosto sem expressão, procurando a bolsa.

A decepção partiu meu coração ao meio, afiada como navalha. Minha esperança foi arrancada de mim.

Não. Hoje, não. De novo, não.

Retesei o maxilar.

– Kristen, responde. Por que não estamos juntos?

Quando ela olhou para mim, seu rosto estava frio.

– Eu disse desde o início que seria só sexo. Nunca fiz você acreditar que seria diferente, Josh.

Balancei a cabeça.

– Mas é diferente e você sabe disso.

Ela se virou e se levantou da mesa.

– Aonde você vai?

– Pegar outra bebida – respondeu ela, sem olhar para mim. – Bem forte. Pode ir embora se quiser. Eu volto de Uber.

– Kristen!

Ela me ignorou e foi até o bar. Passei a mão no cabelo, frustrado.

Não posso mais fazer isso.

Mas, ao mesmo tempo, eu tinha que fazer. Eu não conseguia deixar de aceitar as migalhas que ela me lançava, mas como continuar vivendo daquele jeito?

Semanas daquela montanha-russa, de vislumbres de... *alguma coisa*. E eu a perseguia, corria atrás do arco-íris de ilusão que era aquela mulher, sem nunca alcançá-la.

Por que ela continuava com aquilo?

Ela se escorou no bar e eu me sentei, tentando me acalmar um pouco antes de ir atrás dela. Fiquei olhando os cartões de visita colados à mesa, melancólico. Quando ergui a cabeça, vi um cara se aproximando dela. Um cara qualquer.

Ele colocou a mão nela...

Eu me levantei na mesma hora.

30

KRISTEN

Eu precisava me levantar, precisava estar em outro lugar, onde ele não visse a dor nos meus olhos. Minha máscara não aguentaria muito tempo.

Os limites que impus tinham passado o dia quase cedendo. Fui desleixada – fui *burra*. Senti muita saudade dele, e com o pouco tempo que ainda nos restava não consegui me conter. Eu só queria mostrar o quanto Josh me fazia querer estar com ele. Só por um dia.

Só uma vez.

E acabei estragando tudo. Eu nem devia ter deixado aquilo começar. Fui egoísta e idiota ao acreditar que eu conseguiria suportar. E eu não devia ter ido até a casa dele. Devia ter terminado tudo depois do karaokê – eu sabia disso. *Sabia* que ele estava se apaixonando.

– Uma dose de Patrón.

Eu me escorei no bar de madeira, sentindo o olhar de Josh nas minhas costas. Era o fim. O último dia. Estava tudo acabado. Tudo.

Um nó brotou na minha garganta.

Foi um bom dia. Foi, sim. Pelo menos isso. Chegou antes do que eu imaginava, mas chegou.

Um corpo quente se aproximou quando enxuguei uma lágrima, então me virei, esperando que fosse Josh. Mas era um dos caras de fraternidade da mesa ao lado da nossa.

Ele jogou a cabeça para trás, tirando o cabelo da testa.

– Oi. Você acredita em amor à primeira vista?

Estava bêbado. Olhos vermelhos, fedendo a Jägermeister. Ele me olhou de canto de olho, perto demais. Eu me afastei.

– Não, mas agora acredito em irritação à primeira vista – resmunguei.

Ele estalou os dedos para o barman.

– Ela vai beber mais uma dose do que você serviu – falou, apontando para mim.

– Não vou, não. – Eu me virei para ele, irritada, com meu melhor sorriso sarcástico. – Qual é o seu nome?

Ele abriu um sorriso largo, as bochechas coradas.

– Kyle.

– Certo, Kyle. Estou tentando ser uma pessoa melhor ultimamente, então vou mandar você se foder do jeito mais simpático possível. – Olhei para ele como se eu fosse louca. – Vai se foder. *Por favor.*

– Uau, está bem.

Ele riu e soprou aquele hálito azedo na minha cara.

O barman colocou a tequila na minha frente e Kyle deixou uma nota de dinheiro sobre o balcão. Devolvi a nota para ele.

– Não. – Balancei a cabeça, incrédula. – Por acaso a expressão no meu rosto está te dando alguma abertura?

Nunca entendi homens que não aceitam "não" como resposta. Abri a bolsa e paguei.

– Fica com o troco.

Então peguei minha dose e dei as costas para Kyle, balançando a cabeça. Ele segurou meu braço por trás.

– Ei, não seja grossa…

Eu estava olhando para a mão dele, pronta para apresentá-lo a meu cotovelo, quando Josh surgiu de repente. Ele se enfiou entre nós dois, empurrando Kyle para longe.

– Tira a porra dessa mão dela.

Kyle cambaleou para a frente, batendo em mim e derramando minha bebida no balcão.

Josh foi tão rápido que Kyle nem viu o que o atingira. Josh era grande, mas não imaginei que fosse tão rápido. Parecia uma cobra dando o bote. Numa fração de segundo, estava segurando Kyle contra o bar, torcendo o braço do cara às costas e pressionando o rosto dele no balcão.

O segurança surgiu do nada.

– Vocês dois, para *fora* – disse, apontando para Josh e Kyle.

Josh soltou o idiota bêbado e eu peguei a bolsa e desci da banqueta, escapando antes que ele tentasse me convencer a ir junto. Costurei as mesas altas e vazias em direção ao banheiro feminino, mas Josh me alcançou e segurou meu braço.

– Então você vai fugir de mim? Não vamos conversar sobre isso?

Eu me virei para ele e soltei meu braço.

– Não, não vamos. Não temos nada para conversar. Sou solteira, não temos nada. Você sabia disso desde o início.

A dor serpenteou em seu rosto.

Eu nunca tinha visto Josh daquele jeito. Tão agitado. Ele sempre foi tranquilo, e eu só conseguia pensar que tinha magoado aquele homem doce. Isso me estraçalhou. Eu não conseguia mais nem olhar para ele.

Tentei passar por ele em direção ao banheiro, desesperada para me esconder do dano que tinha causado, mas ele bloqueou o caminho.

– Como você pode agir como se o dia de hoje não tivesse acontecido, Kristen?

– Josh, eu não quero brigar com você. Com licença – falei, olhando bem para ele.

Ele ficou com o maxilar tenso e eu o empurrei para o lado. Então ele me pegou e me jogou por sobre o ombro como se eu fosse uma mangueira de incêndio. Gritos e aplausos ecoaram pelo bar.

– Josh! Me põe no chão!

Lutei contra ele sem sucesso. O homem tinha trinta quilos a mais que eu e estava numa missão. Eu não sairia dali tão cedo. Seus braços eram como uma jaula.

– Você não vai mais fugir de mim – disse ele. – Vai conversar comigo.

Ele saiu pelas portas duplas rumo ao estacionamento e só me largou quando chegamos ao canteiro no meio da rua. Assim que meus pés tocaram o chão, raiva e indignação borbulharam dentro de mim.

– Nunca mais faça isso. Eu não sou propriedade sua – falei, sibilando de raiva.

Seus olhos brilharam.

– Não, você não é nada minha, não é? Eu posso tocar você desde que finja que não significa nada, não é isso?

A emoção no rosto dele contorceu minhas entranhas. Angústia e desespero rodopiavam em seus olhos.

Eu me virei para o bar na tentativa de fugir daquele olhar e em um segundo seus braços envolveram meus ombros, me prendendo de costas contra seu peito. Seus lábios alcançaram minha orelha.

– Eu vejo o que você sente por mim quando acha que ninguém está olhando. Eu vejo, Kristen. – Sua voz falhou. – Eu lembro o que você disse quando eu estava em Vegas. Eu *lembro*.

Toda a força se esvaiu do meu corpo num instante. Ele respirou junto à minha orelha.

– Por que não me deixa amar você?

Um soluço escapou dos meus lábios e eu fiquei mole nos braços dele. Ele me segurou, me abraçando, absorvendo minha rendição.

Eu me virei dentro daquele abraço e chorei na camisa dele. Ele enterrou o rosto no meu pescoço e me abraçou com tanta força que eu não conseguia respirar. Mas eu não queria respirar. Queria ser sua prisioneira. Queria nunca fugir. Lágrimas jorraram de mim.

– Não posso, Josh. – Arquejei no peito dele. – Você não sabe de tudo.

– Então *me fala* – disse ele, se afastando e me olhando nos olhos. – O que foi? Porque eu sei que você me quer. Sei que está fingindo. Então me diz *por quê*.

Como compartilhar algo assim? Como eu podia contar para ele que meu corpo nunca seria o que ele precisava que fosse? Eu não podia. Não conseguia dizer aquelas palavras. Não suportava ver meu valor diminuir diante dos olhos dele, vê-lo perceber que eu não era o que ele queria.

Menos mulher.

Defeituosa.

Infértil.

Estéril.

Balancei a cabeça, mordendo os lábios.

– Josh, você precisa me esquecer. Ter algo sério com as outras mulheres com quem você sai. Transar com elas. Seguir em frente.

Ele soltou um suspiro exasperado.

– Que outras mulheres? *Não existe* outra mulher. Nunca existiu. Sabe o que eu fico fazendo quando você acha que estou num encontro? Fico em casa, sozinho, querendo estar com você. Foi nisso que você me transformou. Eu finjo sair com outras pessoas porque sei que se não fizer isso você não vai mais sair comigo. *Por quê?*

– Você... você não está saindo com mais ninguém? – Meu queixo caiu.

– Claro que *não*. Estou apaixonado por você, cacete.

E, como se não conseguisse aguentar mais um segundo, ele me agarrou e me beijou. Os lábios pesarosos e desesperados, e eu retribuí o beijo, entregue. Subi nele, passando as mãos em seu cabelo. Desejei poder me afogar nele. Precisava apagar aquela decepção que queimava minha alma e por alguns segundos consegui.

Então o afastei.

Ele me soltou e eu cambaleei para trás na grama, e ele ficou ali, ofegante.

– Josh, não podemos mais nos ver, está bem? Acabou. – Engasguei nas palavras.

Vi minhas palavras o atingirem como um tapa.

– Por quê?

Enxuguei o rosto com o dorso da mão e pisquei para conter as lágrimas.

– Porque você claramente está levando isso muito mais a sério do que deveria. Eu te avisei. Eu te avisei desde o primeiro dia que seria só sexo. Nunca menti para você.

Ele enrijeceu.

– Está mentindo para mim. Eu sei que não é isso que você quer. Você me ama, Kristen. Caramba! Para com isso...

Josh estendeu a mão e eu a afastei com um tapa. Ele ficou ali, olhando para mim, confusão e mágoa gravadas no seu rosto lindo.

– É porque não sou bom o bastante? Porque não falo várias línguas? Não tenho a porra de um ensino superior? Não ganho dinheiro suficiente? Por quê?

Não é você.

Deixei as lágrimas escorrerem pelo meu rosto e me agarrei à minha máscara.

– Você achou que poderia me mudar, assim como achou que poderia mudar a Celeste. Está mudando as regras, da mesma forma que fez com ela. Não jogue seus problemas para cima de mim, Josh. Você disse que saberia lidar com isso. Você disse que saberia...

– Eu não estou louco! Para de agir como se eu estivesse inventando coisa!

Ele passou as mãos no rosto e cerrou os punhos sobre os olhos. Ficou parado ali, a respiração saindo em arfadas, e eu quis correr até ele e mergulhar em seus braços. Mas não me mexi.

– Estamos apaixonados – disse ele, piscando enquanto as lágrimas caíam.

– Estamos, sim. Por que você está fazendo isso?

Meu queixo tremeu.

– Tudo bem, Josh. Estamos apaixonados. O que você quer de mim?

Ele soltou um suspiro trêmulo e o alívio transformou cada centímetro do seu corpo. Seus olhos se suavizaram com a esperança. Ele se aproximou e tocou meu rosto.

– Eu quero o que tivemos hoje, o tempo todo. Quero estar com você. Quero segurar sua mão quando caminhamos e beijar você numa mesa de bar. Quero que atenda quando eu ligo e que me deixe abraçar você. Quero fazer planos para o Ano-Novo e para o meu aniversário ao seu lado e dizer às pessoas que você é minha namorada. – Seus olhos imploravam. – Por favor, Kristen. Só... *para com isso.*

– Não posso ter filhos.

Eu me obriguei a dizer antes que perdesse as forças. E surtiu o efeito esperado. Ele congelou.

– O quê? – perguntou baixinho.

– Não posso ter filhos. Tenho uma doença. Nunca vou ter filhos.

Suas mãos soltaram meu rosto. Ele ficou olhando para mim, boquiaberto, a cor se esvaindo da face.

– Você não pode...? O que você...? *O quê?*

Dei alguns passos para trás, me afastando primeiro. Ele nem se mexeu. Ficou ali parado, em choque, olhando para mim.

Como ele não voltou a se aproximar, eu me virei e corri.

31

JOSH

Cheguei ao Corpo de Bombeiros bem cedo. Sabia que não conseguiria dormir e precisava me distrair um pouco.

Kristen não tinha voltado para casa.

Cacete, eu não devia ter deixado que ela saísse correndo. Mas fiquei em choque. Parecia que uma bomba tinha explodido na minha cara, arremessando estilhaços emocionais para todos os lados. Meus ouvidos literalmente começaram a zumbir depois do que ela disse, e aí ela saiu correndo, entrou no carro de uma garota que tinha conhecido durante o quiz e desapareceu de repente. Foi muito rápido.

Fiquei acordado esperando por ela na sala. Ligando, mandando mensagens, implorando que ela voltasse para casa e conversasse comigo.

Ela me enviou uma mensagem por volta da meia-noite dizendo que estava bem, que não voltaria e pedindo que eu levasse o cachorro para passear.

E aí tudo ficou claro. Tudo fez sentido. Era tão óbvio que me perguntei como pude não ter percebido antes. As cólicas severas, o sangramento constante. O histórico de anemia. As menstruações longas.

Os muros que ela havia erguido entre nós dois.

E todas as idiotices que eu disse para ela.

Que não queria adotar. Que queria uma família grande. Que tinha terminado com Celeste porque ela não queria filhos.

De repente a noite do karaokê virou outra coisa para mim, assim como as semanas seguintes, quando ela me tratou com frieza – eu tinha dito a ela que, se Tyler não queria filhos, ela não deveria ficar com ele. Que essa coisa de filhos era importante demais.

Eu realmente falei muita merda.

Desde o primeiro dia eu estava convencendo Kristen a não me namorar. Caralho, se eu soubesse...

Tive a noite toda para pensar no que aquilo significava e nada mudou. Eu a amava. Não podia perdê-la. Era a essa conclusão que eu sempre chegava. Eu não podia me afastar dela – nem conseguiria fazer isso. A situação era difícil e infeliz, e eu não estava nem aí. Ela era a mulher que eu amava, então teríamos que dar um jeito de lidar com aquilo.

Eu estava na cozinha preparando a segunda jarra de café. Os outros caras ainda cochilavam. Faltavam oito dias para o casamento, e Brandon ficaria três semanas de folga. Estávamos com um substituto chamado Luke, deslocado de outro batalhão. Eu estava colocando pó na cafeteira quando ouvi a voz dela.

– Joshua...

Eu me virei e a abracei na mesma hora.

– Kristen, meu Deus, obrigado – falei baixinho, beijando seu pescoço.

Vê-la foi como o adiamento de uma sentença de prisão. Eu ficaria dois dias preso ali, dois dias sem poder vê-la, e ela foi até mim.

Mas ela não retribuiu o abraço. Colocou as mãos no meu peito e tentou abrir um espaço entre nós.

– Josh, eu só vim conversar com você, está bem?

Não tirei as mãos da sua cintura. O rosto dela estava inchado, como se tivesse passado a noite chorando. As olheiras eram profundas. Eu me aproximei para beijá-la e ela se afastou.

– Preciso que você fique ali. – E apontou com a cabeça para o balcão da cozinha. – Por favor.

Se ela fosse embora, eu não poderia ir atrás. Estava de plantão e não podia sair. Eu não queria soltá-la, mas também não queria que ela fugisse de novo, então me afastei.

Ela estava de legging e com uma daquelas camisetas de ombro caído que eu amava, e, embora parecesse cansada, era a mulher mais linda que eu já tinha visto.

E ela me amava.

Eu nem sabia o que tinha feito para merecê-la, mas sabia que faria qualquer coisa para compensar o sofrimento que tinha causado.

Ela respirou fundo e disse, sem rodeios:

– Vou fazer uma histerectomia parcial na semana seguinte ao casamento. Tenho miomas. São tumores que crescem na parede do útero. Os meus não podem ser removidos com cirurgia e não responderam ao tratamento. Causam sangramento intenso e cólicas. E... infertilidade.

Ela pronunciou a última palavra como se tivesse que forçá-la a sair. Colocou o cabelo atrás da orelha e desviou o olhar, lágrimas enchendo seus lindos olhos.

– Desculpa por não ter te contado antes. Eu tinha vergonha. E você não precisa dizer nada. Eu só precisava que você soubesse o motivo. Porque nunca foi minha intenção fazer você sentir que eu não te queria. – Seu queixo tremeu e meu coração se partiu. – Eu queria, Josh. – Ela voltou a olhar para mim. – Sempre quis. Você não estava imaginando coisas.

Aquela confissão me fez querê-la mais perto de mim. Dei um passo à frente e ela recuou. Levantei as mãos.

– Kristen, nada mudou. Meus sentimentos por você não mudaram. Eu quero você, do jeito que for. Me desculpa... Eu não sabia. Quando eu disse...

Ela balançou a cabeça.

– Josh, isso não está aberto a discussão. Eu não vim até aqui para te contar e você decidir se quer ficar comigo. Essa não é uma possibilidade. Eu só me dei conta de que nas últimas semanas fiz você sentir que não era amado. E peço desculpas. Eu achava que você... Bem, eu não sabia que você estava apaixonado por mim. Eu achava que só eu... Enfim, foi culpa minha. Eu não devia ter deixado isso acontecer.

– Não havia nada que você pudesse fazer para impedir que eu me apaixonasse. Mesmo que eu soubesse disso desde o início, eu não me afastaria. Você devia ter me contado.

– Não, eu devia ter ficado longe de você – disse ela. – Me desculpa por não ter ficado.

O alarme tocou e as luzes vermelhas começaram a piscar. Três bipes e a mensagem:

– *Colisão de trânsito, motocicleta caída no cruzamento entre a Verdugo e a San Fernando Boulevard.*

Merda.

– Você tem que ir. – Ela se virou para a porta.

Corri atrás dela e segurei sua mão.

– Espera... Só espera.

Ela olhou para mim, a expressão triste.

– Não temos mais nada para conversar, Josh.

– Temos, sim. Espera por mim? Por favor? Espera aqui. Vinte minutos, para a gente poder conversar.

Ela pressionou os lábios um contra o outro.

– *Por favor*, Kristen.

Ficamos nos olhando pelo que pareceu uma eternidade. Ela assentiu.

– Está bem.

Soltei um suspiro de alívio e, antes que ela pudesse se opor, puxei-a para perto e a beijei.

– Eu te amo – sussurrei. – Espera por mim.

Depois corri pelo corredor enquanto o restante da equipe saía dos dormitórios.

Deixá-la ali parecia errado. Tudo entre nós era frágil e eu sabia como seria fácil ela se afastar de mim de novo. Aquele chamado não poderia ter vindo em pior hora. Praticamente mergulhei no assento do motorista, determinado a acabar com aquilo o mais rápido possível.

Os rapazes entraram e Shawn colocou o headset.

– Quer dizer que a Kristen está aqui, é?

– Agora não, Shawn.

Acendi as luzes e fui para a rua. O acidente tinha acontecido a uma quadra do Corpo de Bombeiros, graças a Deus.

– Pode ter sido motorista alcoolizado – disse Javier, abrindo o laptop e lendo as anotações do atendente.

– Não são nem nove da manhã. – comentou Luke, bufando no banco de trás.

– Bem, já são cinco da tarde em algum lugar. – Shawn riu e perguntou para mim: – E aí, o que deu nela agora?

Virei na Verdugo e mostrei o dedo do meio para ele por sobre o ombro.

Nós nos aproximamos do acidente. A polícia já estava ali, bloqueando o tráfego no cruzamento, então parei atrás de uma viatura com as luzes acesas, e Shawn, Javier e Luke desceram para pegar o kit de primeiros socorros.

Um hotel da rede Hilton, condomínios novos e uma casa de repouso para artistas ficavam de frente para a ampla rua arborizada. As Montanhas Verdugo, marrons e cansadas, assomavam à distância.

Olhei para o relógio quando desci do caminhão. Se ela não estivesse mais lá quando eu voltasse, eu perderia a cabeça.

Ela disse que ficaria e costumava cumprir sua palavra. Mas aquilo tudo tinha mexido com ela, e eu não conseguiria esperar 48 horas para correr atrás dela se ela fugisse de novo. Eu ia enlouquecer.

Minha mente estava exausta. Eu não tinha dormido na noite anterior. Não absorvi nada do que ela me disse na cozinha e só naquele momento começava a processar partes da conversa.

Eu não vim até aqui para te contar e você decidir se quer ficar comigo. Essa não é uma possibilidade.

Kristen estava louca se achava que eu ia simplesmente deixá-la partir. Não sabendo que ela me amava. Nunca.

Eu finalmente entendia o tipo de amor que faz com que um homem abra mão de tudo. O tipo de amor que faz alguém trocar de religião ou se tornar vegano ou se mudar para o outro lado do mundo para ficar com a pessoa amada. Se alguém tivesse me dito seis meses antes que eu escolheria uma mulher que não podia ter filhos, eu chamaria essa pessoa de louca. Mas estar com ela era muito natural para mim. Eu queria filhos. Mas antes de tudo eu queria Kristen. Todo o resto era só isso, o resto.

Claro, parte de mim sofria pela vida que eu sabia que não teria. Filhos que jamais conheceria, um futuro diferente daquele que eu havia desejado nos últimos anos. Mas processei isso como se *eu* tivesse acabado de receber um diagnóstico. Porque, de certa forma, era isso mesmo. Não parecia um problema dela. Parecia um problema *nosso*, que tínhamos que resolver juntos. Era tão meu quanto dela.

Eu me juntei aos rapazes e fomos em direção ao acidente, nossos pés esmagando vidro quebrado.

Passei por cima de um retrovisor e acenei para um policial que tomava o depoimento de uma mulher que soluçava ao lado do Kia azul. Imaginei que fosse o outro veículo envolvido no acidente. O para-choque estava amassado.

Nenhuma marca de freada. A mulher tinha ultrapassado o sinal vermelho.

– Remédio controlado – resmungou Luke.

– Para mim está mais para vodca – bufou Shawn.

– Espero que o acidente não tenha cortado o barato – falei, balançando a cabeça. – Ela vai precisar dele na delegacia.

Víamos muitas situações como aquela. E naquele momento eu era obrigado a limpar a bagunça daquela mulher quando devia estar conversando com Kristen.

Javier cutucou Luke e ele foi ver se a mulher precisava de atendimento.

Tentei entrar no modo trabalho, embora àquela altura já operasse praticamente em piloto automático.

O motociclista estava de bruços, a uns seis metros de distância. Fora arremessado longe. Ao me aproximar eu já soube que os ferimentos eram graves. Pela perna retorcida, ele devia ter ficado entre o carro e a moto na hora do impacto. A moto estraçalhada estava caída ao lado de um canteiro cheio de aves coloridas, na calçada em frente ao hotel.

Olhei para a moto enquanto andava.

A moto... *Uma Triumph, mas com o escapamento novo que ele acabou de colocar.*

Olhei para a vítima e de repente tudo ficou em câmera lenta.

O capacete... *Um Bell Qualifier DLX todo preto.*

A camiseta... *Da lojinha de souvenir do Wynn em Las Vegas.*

Shawn e Javier deviam ter percebido na mesma hora, porque, sem dizer uma palavra, todos corremos os metros que faltavam.

Brandon.

Era *Brandon.*

– Ei! Ei, está me ouvindo? – Caí de joelhos no asfalto.

Ai, meu Deus...

Ele estava inconsciente. Coloquei a mão nas suas costas e senti a movimentação discreta.

Respirando. Está vivo.

É o Brandon. Como pode ser o Brandon?

Peguei seu pulso para aferir a frequência cardíaca. Estava fraca. Mal dava para sentir.

Significava perda de sangue.

Não vi muito sangue, então devia ser sangramento interno.

Hemorragia interna.

Ele podia estar morrendo.

Minha mente acelerou. Precisávamos estabilizá-lo e colocá-lo na ambulância.

Shawn abriu o kit de primeiros socorros, ajoelhando-se num riacho de sangue que cheirava a metal.

– Merda, merda, merda! – exclamou. – Vamos, caralho, você vai se casar! Precisa estar bem!

Sloan.

Meu coração latejava nos meus ouvidos.

– Ele vai ficar bem – falei. – Você vai ficar bem, parceiro.

Peguei a lanterna, levantei o visor do capacete e abri suas pálpebras. As pupilas eram pequenos pontos pretos. Estavam do mesmo tamanho e reativas. Ótimo. Bom sinal. Não havia dano cerebral. Ainda não. Precisávamos levá-lo para a emergência antes que seu cérebro começasse a inchar.

Inspirei com força. Eu precisava me manter calmo. *Fica calmo!*

A ambulância chegou e Javier correu até eles.

– Preciso de um colar cervical e uma maca! – gritei.

Meu Deus, o capacete estava destruído. Amassado pelo impacto. Todo arranhado.

Ela não parou. A mulher *não* tinha parado. Era uma via de 60km/h. Um impacto a 60km/h, isso se ela não estivesse acima do limite de velocidade.

E devia estar.

Peguei a tesoura e comecei a cortar as roupas dele.

– Desculpa, eu sei que você gosta dessa camiseta, cara. Vamos voltar e comprar outra, beleza? – Minha voz tremia.

Quando cortei o tecido, vi mais ferimentos em seu corpo. Tentei entender o que tinha acontecido.

Aonde é que ele estava indo? Por que não estava em casa com a Sloan?

O terno. Ele tinha a última prova do terno às nove da manhã. Havia comentado comigo.

Por que não se atrasou um pouco? Ou foi mais cedo? Por que não foi com a droga da picape? Ou pegou outra rua?

Cortei a calça. Uma fratura. Exposta, perna esquerda. O fêmur tinha atravessado a pele.

Engoli em seco olhando para seu corpo mutilado e meu cérebro foi classificando os ferimentos.

Grave.

Grave.

Grave.

Olhei para os olhos arregalados e assustados de Shawn.

– Vamos ter que rolá-lo para cima da prancha – falei rápido. – Não podemos fazer tração na perna. Vamos tirar o capacete.

Javier trouxe a prancha, e Shawn se ajoelhou e segurou a cabeça de Brandon. Estendi a mão e soltei a alça, e mantivemos o pescoço estável ao tirar o capacete. Seu cabelo castanho estava ensopado de sangue.

Shawn estava chorando.

– A vadia nem parou.

– Se controle – disse Javier, com calma. – Olhe para mim, Shawn. Ele é um paciente. Pode ser seu amigo quando o atendimento terminar. Neste momento ele é um paciente. Faça seu trabalho e ele vai ficar bem.

Shawn assentiu, tentando se recompor. Javier colocou o colar cervical no pescoço de Brandon e todos colocamos as mãos nele, prontos para virá-lo.

– No três – disse Javier, sem levantar a cabeça, gotas de suor se formando em sua testa. – Um, dois, três.

Num só movimento, viramos Brandon para cima da prancha.

Brandon sempre usava calças grossas quando saía de moto. Mas estava de camiseta. Estava fazendo quase trinta graus. O braço esquerdo fora estilhaçado pelo asfalto. Parecia que ele tinha passado por um ralador. O sangue escorria dos veios brancos da camada inferior da pele. E essa era a menor das preocupações.

Shawn, Javier e um paramédico o levantaram até a maca enquanto eu examinava o peito e a barriga. Havia fraturas nas costelas e rigidez no abdômen.

– Possível laceração no fígado – falei, um nó se formando na minha garganta.

Javier murmurou um palavrão e Shawn balançou a cabeça, os olhos vermelhos e vidrados.

Precisávamos levá-lo ao hospital.

A equipe da ambulância assumiu.

Repeti tudo que sabia enquanto o levávamos até as portas abertas da ambulância, a voz profissional e desconectada, como se pertencesse a outra pessoa, uma pessoa que não estava ao lado do melhor amigo gravemente ferido.

– Homem de 29 anos, motociclista atingido por veículo, arremessado a seis metros do ponto de impacto. Capacete com danos consideráveis. Batimentos fracos. Pupilas de mesmo tamanho e reativas. Fratura exposta no fêmur, ferimentos graves na pele. Inconsciente.

Subi na ambulância e vi a mulher do Kia azul sendo algemada enquanto as portas se fechavam.

Nós o colocamos na ambulância em menos de cinco minutos. Fiquei com medo de que cinco minutos fosse tempo demais.

– Ei, amigão. – Eu me debrucei sobre ele e minha voz falhou. – Aguenta firme. Você vai ficar bem. Vou chamar a Sloan.

Lágrimas ardiam nos meus olhos, mas minhas mãos seguiram trabalhando à base de memória muscular. Preparei o acesso venoso no caminho. O paramédico o colocou no oxigênio enquanto o motorista avisava o hospital.

Medimos a pressão sanguínea. Preparamos o eletrocardiograma para monitorar o coração. Mas nada disso o ajudava. Estávamos apenas reavaliando seu estado. Era tudo que podíamos fazer. Reavaliar. Foi o deslocamento mais longo da minha vida.

Finalmente a ambulância entrou no estacionamento do hospital.

Os batimentos cardíacos pararam.

– Não! – Dei início às compressões torácicas ao som do bipe longo do monitor quando a ambulância parou na entrada da emergência. – Vamos, Brandon, *vamos*!

As portas da ambulância se abriram e eu subi em cima dele na maca, pressionando seu peito com as palmas das mãos. Javier, Shawn e Luke estavam esperando, e me abaixei quando eles nos tiraram da ambulância para nos levar para dentro.

– Ele está em choque! – gritei enquanto pressionava seu peito. – Vamos perdê-lo!

A equipe da emergência cercou a maca.

O ambiente estava um caos. Gritos de ordens, máquinas apitando e o som estridente de rodas rolando no chão duro. Continuei com as compressões até eles trazerem o desfibrilador. Não parei enquanto não vi as pás.

Um médico de jaleco branco esperou que eu saísse da maca e encostou as pás no peito de Brandon.

– Afastem!

O corpo de Brandon deu um solavanco e todos ficaram paralisados olhando para as linhas do monitor.

Nada.

– Afastem!

Mais um solavanco.

Esperamos.

O V irregular que indicava os batimentos cardíacos fez todos voltarem à ativa, e eu voltei a respirar.

Fui empurrado para o corredor pela multidão de pessoas que atendiam Brandon. Elas passaram um acesso venoso central. Prepararam os raios X. Chamaram a neurologia. Então uma cortina foi fechada. Não havia mais nada que eu pudesse fazer.

Estava fora das minhas mãos.

Fiquei ali ofegante, em choque, a adrenalina batendo agora que eu tinha parado. Olhei para baixo, minhas mãos tremiam. Eu estava coberto de sangue.

Coberto do sangue do meu melhor amigo.

– Ela estava bêbada – falou Luke atrás de mim.

Cerrei os punhos e Shawn começou a hiperventilar.

Sloan. Eu precisava que Kristen fosse buscar Sloan. Saí, pedindo a Deus que Kristen me atendesse, que não tivesse decidido me dar mais um gelo naquele curto espaço de tempo. Se ela não atendesse e eu tivesse que mandar mensagem, eu não conseguiria. Minhas mãos tremiam tanto que eu só consegui desbloquear o celular e selecionar o número dela.

Vinte minutos tinham se passado. Vinte minutos que pareciam uma eternidade.

Coloquei o celular na orelha, a mão tremendo.

Eu não poderia ficar com ele. Não podia deixar o trabalho no Corpo de Bombeiros sem que alguém me liberasse. Eu precisava voltar.

– Oi.

Ouvir a voz dela me fez respirar fundo pela primeira vez em quase meia hora. Só de saber que ela estava do outro lado da linha me permitiu sentir os pés no chão. Tudo que tinha acontecido entre nós dois parecia distante e sem importância.

– Kristen, o Brandon sofreu um acidente.

Contei tudo. Eu sabia que ela cuidaria do restante. Ela era prática – levaria Sloan ao hospital.

Quando voltei, Javier estava andando de um lado para outro no corredor, fazendo ligações para que nos substituíssem. Mas, com os incêndios no norte, estava difícil conseguir alguém. E já estávamos contando com a ajuda extra de Luke.

Shawn respirava num saco de papel, e Luke estava agachado ao seu lado, preocupado.

– Eles acabaram de levá-lo para a cirurgia – disse Luke.

Eu me escorei na parede da emergência enquanto enfermeiros e funcionários passavam por mim. Levei as mãos aos olhos e chorei como um bebê.

32

KRISTEN

Desliguei o celular e foi como se uma chave tivesse virado na minha cabeça.

Sloan dizia que meu cérebro era de velocirraptor, porque me deixava feroz e afiada. Era necessário algo impactante para acioná-lo e, quando acontecia, meu lado primitivo, focado e compulsivo entrava em ação. Foi o que me garantiu uma nota quase máxima nos exames para entrada na universidade e me ajudou a sobreviver às provas finais e à minha mãe. Era o que me fazia faxinar quando estava estressada e ameaçava um ataque de TOC se eu não fizesse nada a respeito – foi *isso* que entrou em ação.

A emoção desapareceu, o cansaço por ter passado a noite em claro chorando se dissipou e eu só tinha um propósito.

Eu não ficava histérica. Nunca. Numa crise, eu era sistemática e eficiente.

E a transição estava completa.

Apenas por um segundo, pensei se deveria ligar para Sloan ou ir buscá-la. Decidi ir buscá-la. Ela ficaria abalada demais para dirigir, mas, conhecendo-a bem, tentaria assim mesmo.

Pelo que Josh me explicou, Brandon não sairia do hospital tão cedo. Sloan não o deixaria sozinho, e eu não a deixaria sozinha. Ela precisaria de algumas coisas para ficar no hospital. Era preciso ligar para algumas pessoas. Providenciar coisas.

Comecei a montar na cabeça uma lista de coisas a fazer e coisas a levar enquanto dirigia até a casa de Sloan, rápido mas com cuidado. *Carregador de celular, fones, cobertor, uma muda de roupa para Sloan, produtos de higiene, laptop.*

Levei vinte minutos para chegar à casa dela e saí do carro pronta para uma extração cirúrgica.

Fiquei ali parada, cercada pelo cheiro terroso das flores recém-regadas da varanda. A porta se abriu e observei seu rosto feliz e sem saber de nada, pela última vez.

– Kristen?

Não era incomum eu simplesmente aparecer ali. Mas ela me conhecia o suficiente para saber que alguma coisa estava errada.

– Sloan, o Brandon sofreu um acidente – falei, com calma. – Ele está vivo, mas preciso que pegue sua bolsa e venha comigo.

Na hora eu soube que tinha feito bem em decidir buscá-la em vez de ligar. Só de olhar para Sloan percebi que ela não conseguiria colocar um pé na frente do outro. Enquanto eu entrava em ação e ficava mais forte sob estresse, ela paralisava e perdia as forças.

– *O quê?* – perguntou ela, baixinho.

– Precisamos ir. Venha.

Passei por ela e executei minha lista. Disse a mim mesma que tinha dois minutos para pegar o necessário.

A mochila da academia ficava na lavanderia e já tinha produtos de higiene e os fones. Peguei a mochila, um suéter no armário, escolhi uma muda de roupa e enfiei o laptop na mochila.

Quando saí do quarto, ela havia conseguido pegar a bolsa, como instruí. Parada ao lado do sofá, parecia abalada, os olhos agitados de quem tenta entender o que está acontecendo.

Peguei seu celular ao lado do cavalete e tirei o carregador da tomada. Puxei sua manta favorita do sofá, enfiei dentro da mochila e fechei o zíper.

Lista completa.

Então a segurei pelo cotovelo, tranquei a porta e a arrastei até o carro.

– O quê… O que aconteceu? O que aconteceu?! – gritou ela, finalmente saindo do estado de choque.

Abri a porta do passageiro e a coloquei dentro do carro.

– Coloca o cinto. Vou te contar o que sei no caminho.

Quando cheguei ao banco do motorista, ela estava com o celular na orelha.

– Ele não está atendendo. Ele não está atendendo! O que aconteceu, Kristen?!

Segurei seu rosto com as mãos.

– Escuta. Olha para mim. Ele está *vivo*. Bateram na moto dele. Josh atendeu o chamado. Brandon estava inconsciente. Com alguns ossos quebrados e um possível ferimento na cabeça. Ele está na emergência e preciso levar você até o hospital para que esteja ao lado dele. Mas preciso que fique *calma*.

Seus olhos castanhos estavam aterrorizados, mas ela assentiu.

– Agora você precisa telefonar para a família do Brandon – falei com firmeza. – Diga a eles o que acabei de te contar, *com calma*. Pode fazer isso, pelo Brandon?

– Sim. – Ela assentiu mais uma vez.

Suas mãos tremiam, mas ela ligou.

Dirigi rápido e com cuidado enquanto Sloan fazia ligações. Examinei a estrada e segui trinta quilômetros acima da velocidade da rodovia. Costurei os outros carros dando a seta e acenando com a mão. Quando chegamos ao hospital, deixei-a na entrada da emergência e fui estacionar, depois corri com a mochila para encontrá-la no balcão de atendimento.

– Ele está em cirurgia – contou ela, com os olhos cheios de lágrimas, quando passei correndo pelas portas automáticas, os sapatos rangendo no chão branco e reluzente.

Olhei para a mulher que estava ao balcão, coletando dados como um robô. Enxerguei tudo. As marcas de idade na testa, os fios grisalhos no cabelo. A bancada branca esterilizada e o brilho das pétalas de rosa num vaso atrás do balcão.

– Onde podemos esperar? – perguntei. – E você poderia informar ao médico que a família dele chegou?

Fomos encaminhadas para uma área de espera privada no departamento de neurologia, no terceiro andar. Bem iluminada, com vasos de plantas artificiais nos cantos, paredes azuis serenas, cadeiras padronizadas com estofamento cinza, revistas e caixas de lenço em cada superfície e mesinha.

Sloan olhou para a sala. Talvez por ter parado, pela interrupção repentina do movimento, nesse momento ela desabou. Enterrou o rosto nas mãos e chorou.

– Por que isso está acontecendo?

Coloquei o suéter nas costas dela e a fiz se sentar numa cadeira.

– Não sei, Sloan. Existe algum motivo para as coisas acontecerem?

Eu sabia o que era preciso fazer para que ela ficasse confortável. Mas não conseguia sentir o pânico ou a dor que via em Sloan. Era como se eu estivesse assistindo a um filme sem som. Eu via o que estava acontecendo, mas não conseguia me conectar com os personagens.

Esperamos. E esperamos. E esperamos.

Um policial entrou e fez algumas perguntas a Sloan. Confirmou o nome e o endereço de Brandon. Então contou que a mulher que causou o acidente estava presa por dirigir embriagada.

Sloan voltou a soluçar ao ouvir isso.

Eu a cobri com a manta e peguei um café para ela. Coloquei seu celular para carregar e fiz com que comesse metade de um sanduíche de atum.

A família começou a chegar e se amontoar na sala de espera, sussurrando e chorando. A mãe de Brandon rezava em espanhol, segurando um rosário.

Eu me sentei ao lado de Sloan, fingindo emoção, entrando na cena. Parecendo séria e acariciando suas costas, mas me sentindo vazia e deslocada porque meu modo crise ainda estava em ação.

Como a correria tinha acabado, o velocirraptor operava em segundo plano. Eu não conseguia desligar meu cérebro e a necessidade de fazer alguma coisa, mas a única coisa que podia fazer era esperar. Balancei os joelhos e cutuquei as cutículas até sangrarem. Mandei mensagem para Josh, mantendo-o atualizado. Eles tinham conseguido alguém para substituí-lo, mas ele só poderia sair às oito da noite.

Então, dez horas após o acidente, o médico apareceu.

Sloan se levantou num pulo, e eu com ela, pronta para absorver o que ele dissesse com tanta precisão que seria capaz de transpor sua fala para um papel, palavra a palavra, dois dias depois.

A mãe de Brandon fechou bem o casaco que vestia e ficou ombro a ombro com Sloan. O pai dele abraçou a esposa.

Tentei prever o resultado analisando o rosto ossudo e envelhecido do médico, mas sua expressão era impassível.

– Sou o Dr. Campbell, neurocirurgião. Brandon saiu da cirurgia. Está estável. Conseguimos estancar a hemorragia interna. Precisei remover um pedaço grande do crânio para aliviar a pressão do cérebro.

Sloan arquejou e voltou a soluçar. Abracei-a, espremendo-a entre mim e a mãe de Brandon enquanto ela cobria o rosto com as mãos. O médico continuou:

– A boa notícia é que há atividade cerebral. Não posso dizer ainda como vai ser a recuperação, mas os exames que fizemos foram promissores. A estrada será longa, mas estou bastante otimista.

Todos respiraram fundo.

– Por enquanto vamos mantê-lo no respirador e em coma induzido para que o inchaço diminua e o cérebro dele possa se curar sozinho. Só saberemos a gravidade das lesões quando ele sair do coma. Mas, de novo, estou otimista. Ele é um jovem forte.

– Posso vê-lo? – Sloan enxugou os olhos.

– Ele ficará em recuperação durante uma hora. Assim que o instalarem na UTI poderá receber visitas. Quinze minutos apenas, no máximo duas pessoas por vez.

– Quando vão tirá-lo do respirador? – perguntei.

– Tudo isso depende dele. Pode levar dias. Pode levar semanas. Semanas é o cenário mais provável.

O Dr. Campbell nos apresentou o cirurgião ortopedista, que explicou os próximos passos para lidar com os ossos quebrados de Brandon. Outro cirurgião falou sobre os reparos no fígado. Então um cirurgião plástico falou sobre os enxertos que seriam necessários para cobrir os ferimentos no braço esquerdo.

Quando os médicos terminaram, Sloan estava esgotada. Sentei-a de novo na cadeira e liguei para Josh.

O celular ainda estava tocando quando o ouvi atrás de mim. Eu me virei e ali estava ele.

Assim que o vi, a desconexão emocional se encerrou. Meu mecanismo de defesa foi embora como um elástico atirado pela sala, e o peso do que tinha acontecido me atingiu. A dor de Sloan, o estado de Brandon – o trauma de Josh. Mergulhei em seus braços, murchando ali mesmo.

Nunca confiei em outra pessoa a ponto de deixá-la assumir o controle, e minha mente maníaca cedeu a ele imediatamente e sem reservas e voltou a si.

Ele se agarrou a mim e o abracei com mais força do que jamais tinha abraçado alguém na vida. Eu não sabia se era eu quem o consolava ou se estava me permitindo ser consolada por ele. Tudo que eu sabia era que algo em meu inconsciente me dizia que, com ele ao meu lado, eu não precisava mais suportar o peso do mundo sozinha.

– Estou tão feliz por você estar aqui – sussurrei, inspirando seu cheiro enquanto meu corpo voltava da animação suspensa.

O som do filme ao meu redor voltou a subir. Meu coração começou a bater forte e arquejei em seu pescoço, lágrimas enchendo meus olhos.

Ele encostou a testa na minha. Parecia péssimo. Já estava mal naquela manhã no Corpo de Bombeiros – percebi que não tinha dormido. Mas naquele momento seus olhos estavam vermelhos, como se ele tivesse chorado.

– Alguma novidade? – Sua voz saiu rouca.

Eu não conseguia nem imaginar o quanto devia ter sido difícil para ele ver o que viu e continuar trabalhando, atendendo os chamados. Eu queria cobri-lo como um cobertor. Queria cobrir os dois, Josh e Sloan, e protegê-los daquilo tudo.

Coloquei a mão em seu rosto e ele fechou os olhos.

– Ele acabou de sair da cirurgia – respondi.

Então lhe contei tudo, com as mãos em seu peito, como se elas me ancorassem. Ele manteve os braços na minha cintura, assentindo e olhando para mim como se estivesse preocupado, como se *eu* é que não estivesse bem.

Não deixei de perceber que estávamos abraçados e não me importei com o que isso significava nem com que sinais poderia estar enviando naquele momento. Eu só sabia que precisava tocá-lo. Precisava daquela rendição momentânea.

Por nós dois.

33

JOSH

Várias horas se passaram até que eu pudesse ver Brandon. O número de visitantes na UTI era restrito e os familiares entraram primeiro.

Já era noite. De algum jeito eu tinha sobrevivido ao pior dia da minha vida. Olhei para o relógio: 23h18. Eu estava na sala de espera com Kristen e Sloan e um grupo cada vez menor dos parentes de Brandon.

Kristen estava segurando minha mão.

Ela não parou de me tocar desde que cheguei. Eu estava feliz por isso. Precisava dela. O simples fato de estar ali com ela me deixou mais calmo. No trabalho minha cabeça estava um turbilhão, repassando em looping as imagens de Brandon acidentado. O cheiro de sangue, as costelas dele estalando nas minhas mãos, cada ferimento, e eu me perguntava sem parar se tinha agido certo ao tratar de cada um. Se tinha feito o suficiente para salvar sua vida.

Mas os dedos de Kristen entrelaçados nos meus acalmavam tudo. Eu não conseguia imaginar passar por aquilo sem ela. Não sabia como estaria suportando sem ela.

Sloan estava acabada. Kristen parecia orbitar ao seu redor num fluxo constante de alerta, mesmo quando deitou a cabeça no meu ombro e cochilou. Sloan se levantou para ir ao banheiro e Kristen abriu os olhos como se mesmo dormindo fosse capaz de detectar o barulho da amiga se mexendo.

Kristen ficou observando Sloan se afastar. Quando ela saiu da sala, Kristen olhou para mim com aqueles olhos castanhos, uma das mãos entrelaçada na minha e a outra em meu peito, e eu me senti inteiro só de olhar para ela.

Aquela crise deixou tudo claro.

Eu tinha encontrado a pessoa certa para mim.

Ela era a base. Era sobre ela que todas as outras coisas se sustentavam. Nada era mais importante que estar com ela. Não importava onde eu trabalharia ou se gostaria do meu trabalho, onde viveria ou se teria filhos. Minha felicidade, minha sanidade, meu bem-estar... Tudo começava com ela. E agora que sabia disso eu não queria ser só seu namorado – eu queria tudo. Eu queria que ela fosse minha esposa. Queria acordar com ela todos os dias pelo resto da vida.

Precisávamos conversar. Não naquele momento. Não era o lugar nem a hora certa. Mas precisávamos conversar.

– Pode entrar agora – falou a enfermeira, interrompendo meus pensamentos.

Kristen se endireitou na cadeira e apertou meu braço.

– Quer que eu vá junto? – perguntou.

– Não. Sloan vai querer vê-lo de novo. Posso ir sozinho. – E me levantei.

Os pais de Brandon tinham ido para casa cuidar dos cachorros e tomar banho. Só a irmã dele, Claudia, ainda estava na sala de espera. Ela já tinha entrado duas vezes nas últimas duas horas e estava dormindo num banco.

A enfermeira liberou minha entrada na UTI.

Olhei para os quartos abertos e com iluminação baixa ao caminhar pelo corredor, o cheiro de antisséptico pairando ao meu redor.

Paramos no quarto 214.

Era pequeno. Entendi o motivo do limite de dois visitantes por vez.

Como nos outros quartos, a iluminação era baixa por causa da hora. Brandon estava deitado de barriga para cima. As mãos na lateral do corpo, um oxímetro no indicador da mão direita. A cabeça envolta em gaze branca e grossa, a perna esquerda elevada, pendurada e enfaixada. Um respirador cobria seu rosto. Fios serpenteavam em seu peito sob a roupa do hospital.

O apito suave e baixo do monitor cardíaco e o barulho do respirador eram os únicos sons no quarto. Seu rosto estava roxo e inchado, os hematomas que eu tinha visto no local do acidente, reluzentes.

Fiquei parado ali, como se estivesse olhando para uma bagunça grande demais que precisava arrumar e não soubesse como. Não sabia o que fazer. Eu me sentia paralisado. Brandon tinha servido no Iraque. Era um caçador. Um homem forte e hábil.

E parecia tão frágil naquele momento.

Sloan entrou no quarto, se sentou numa das cadeiras ao lado da cama e segurou a mão dele. Minhas pernas destravaram e me sentei na cadeira ao lado dela.

Ela olhou para ele, o queixo tremendo. Seu cabelo estava preso num coque bagunçado e torto. Seu rosto, inchado e vermelho.

– Os médicos disseram que ele está ouvindo. Acho que devemos falar com ele, Josh.

Pigarreei e me inclinei para a frente.

– E aí, cara? Você está péssimo, hein?

Sloan deu uma risada chorosa. Então colocou a outra mão sobre a dele.

– Sua família inteira estava aqui hoje, amor. Você nunca vai ficar sozinho. Alguém sempre vai estar na sala de espera. Não vou sair daqui. Não posso ficar no quarto o tempo todo, mas estarei logo ali fora.

Eu me perguntei por que não era permitido que alguém ficasse com ele. Quando os quinze minutos chegaram ao fim e a enfermeira foi nos buscar, Sloan voltou para a sala de espera e fui até o balcão da enfermagem. Abri meu sorriso mais convincente, o que parecia funcionar com Kristen, e me aproximei.

A enfermeira de meia-idade que estava ao balcão olhou para mim, para o distintivo dos bombeiros, e abriu um sorriso caloroso.

– Ora, olá! O que posso fazer por você, meu jovem?

Fiquei grato pela minha profissão nesse momento. Ninguém ficava infeliz ao encontrar um bombeiro. Apontei com o polegar por sobre o ombro.

– Então, acabei de visitar meu amigo, Brandon, no quarto 214. – Olhei para o quarto e de novo para ela, com um sorriso que eu esperava que alcançasse meus olhos. – Não pude deixar de perceber que em muitos outros quartos havia visitantes que parecem ter montado acampamento. Será que a noiva dele pode ficar? Ele ficaria muito feliz.

Minha irmã Amber era enfermeira e eu sabia que eram as enfermeiras que mandavam no hospital. Elas podiam contornar qualquer regra se quisessem.

– Bem – ela sorriu para mim –, é contra as regras para visitantes. Mas acho que podemos dar um jeito nisso. Vou liberar a entrada dela.

Também defendi que Claudia ficasse e consegui um aval.

Quando voltei para a sala de espera e contei a novidade a Sloan e Claudia, as duas me abraçaram antes de voltar à UTI.

– A gente devia ir para casa – falei para Kristen. – Dormir um pouco.

Éramos os últimos na sala de espera e o cansaço estava começando a me derrubar. Eu estava exausto, física e emocionalmente. Coloquei as mãos nos braços dela.

– Não há mais nada que você possa fazer pela Sloan agora – continuei. – E dormir numa cadeira não vai mudar nada. Ele está estável. Vamos para casa.

Ela se encolheu junto ao meu peito e eu apoiei o queixo na cabeça dela e fechei os olhos, envolvendo-a em meus braços. Era a primeira vez que a via tão vulnerável. Ela havia baixado totalmente a guarda, e isso fez com que eu quisesse protegê-la.

– Vem. – Beijei sua testa e ela fechou os olhos, entregue. – Eu dirijo.

A caminho de casa, ela encolheu as pernas contra o peito e se recostou na porta do carro. Segurei sua mão.

Paramos no Del Taco, compramos comida e comemos no caminho. Só queríamos ir para a cama. Acho que nenhum de nós tinha dormido na noite anterior, por causa da briga, e estávamos exaustos.

Quando chegamos à casa dela, escovamos os dentes juntos e fomos direto dormir, sem conversar. Ela se aninhou em mim e passamos a noite toda abraçados.

Pela manhã, quando o sol entrou pela janela e acordei ao seu lado pela primeira vez em semanas, meu coração estava pleno, apesar dos acontecimentos do dia anterior. Cheirei seu cabelo, inalando o aroma quente e frutado.

Minhas mãos passearam por seu corpo e a puxei mais para perto, beijando sua nuca, acordando-a devagar. Eu queria me perder nela, só por um tempinho, antes que a realidade para a qual teríamos que voltar entrasse em foco. Ela se mexeu.

– Josh, não.

– Não o quê? – falei baixinho, movendo meu corpo junto ao dela, minha mão deslizando entre suas pernas.

Ela se desvencilhou dos meus braços e se sentou, o cabelo caindo sedutoramente sobre os olhos.

– Não. Não vamos mais fazer isso.

Eu desabei. Esperava que tivéssemos superado aquilo tudo.

– Kristen, não me importo com a histerectomia. Quer dizer, me importo. É uma droga e sinto muito que isso esteja acontecendo com você, mas não muda o que sinto. Podemos conversar sobre…

– *Não*. E não diga que não se importa, porque é mentira. Eu não te contei para que você dissesse que tudo bem ou pensasse numa solução alternativa. – Ela empurrou a coberta e se levantou. – Não vamos mais ficar juntos. Deixei você ficar comigo ontem para que não ficasse sozinho. Só isso.

Ela se virou em direção ao banheiro e me levantei da cama, indo atrás dela.

Ela parou em frente à pia, colocando pasta na escova, e eu me aproximei por trás e deslizei as mãos sobre seus ombros. Ela se desvencilhou de novo. Olhei para ela pelo espelho.

– Kristen, estamos apaixonados um pelo outro. Quero ficar com você. Vamos sentar e convers…

Ela se virou para mim.

– Não. – Sua expressão estava firme. – Passei *meses* ouvindo você falar sobre o quanto quer ter filhos. Já tivemos essa conversa. Muitas vezes. E não há nada que você possa dizer agora para me convencer de que de repente filhos não são uma prioridade. Não posso te dar uma família. Não sou diferente da Celeste.

– Celeste não *queria* filhos. Não é a mesma coisa.

Ela bufou, acenando com a escova de dentes.

– Não é? O resultado é o mesmo. Fertilização *in vitro* tem só 40% de chance de sucesso… Sabia disso? Sabe quanto custa? Ou como é difícil encontrar uma barriga solidária? Podemos passar *anos* tentando, perder todo o nosso dinheiro e nunca ter *um* bebê. *Nenhum*.

– Então podemos adotar, oferecer lar temporário…

Ela revirou os olhos e me deu as costas para molhar a escova na torneira e levá-la à boca.

– Kristen, você está sendo ridícula.

Coloquei as mãos nos seus ombros mais uma vez e ela se afastou. Cuspiu na pia e se virou para mim.

– Josh, não vai acontecer, entendeu?

Retesei o maxilar.

– Por que não? Você não tem o direito de tomar essa decisão por mim.

Eu quero ficar com você. Se estou dizendo que isso não muda nada para mim, é porque não muda.

Ela riu.

– Muda *tudo*. – E piscou bastante. – Josh, eu fui muito sincera. Eu te amo mais do que jamais amei alguém. E te amo demais para deixar que você se contente com menos do que quer. – Seu olhar suavizou um pouco. – Sei que acha que é isso que quer agora, mas em alguns anos, quando tiver uma esposa grávida e crianças correndo pela casa, vai ver que eu tinha razão. Não posso te dar seu time de beisebol. E não vou tirar isso de você.

Tentei tocá-la e ela empurrou minha mão.

– Não.

– Você *não* é a Celeste. Vocês não estão nem na mesma categoria. E sinto muito se as coisas que eu disse antes de saber disso te fizeram mal. Eu não sabia...

– Eu sei que você não sabia. É por isso que sei que estava sendo sincero.

– Eu te amo – falei, olhando em seus olhos.

Ela balançou a cabeça.

– E o que o amor tem a ver com a história? O amor não é nada prático, Josh. É idiota. E você nunca deve tomar decisões com base nele. – Seus olhos pareciam firmes e determinados. Ela soltou o rabo de cavalo e pegou uma toalha. – Precisamos tomar banho e voltar para o hospital. E não quero mais falar sobre isso. Nunca mais.

34

KRISTEN

Tinham se passado 21 dias desde o acidente de Brandon e praticamente o mesmo tempo desde a última vez que Josh e eu conversamos. A data do casamento chegou e passou e Brandon não saiu do coma.

Eu ficava o tempo todo entre o hospital e a casa de Sloan, onde regava suas plantas e recebia encomendas. Lavava a roupa que ela deixava quando ia em casa para tomar banho e trocar de roupa antes de voltar à UTI. Dava uma olhada em seus e-mails. Liguei para os fornecedores para cancelar o casamento até segunda ordem.

Levava livros, revistas, café e comida para Sloan no hospital, assim ela nunca precisaria sair do lado dele para fazer algo que não fosse importante.

Então voltava para minha casa vazia.

Passava horas fazendo faxina. Tirei tudo que havia dentro de todos os armários da cozinha e lavei. Limpei as gavetas do banheiro. Desmontei a cama para aspirar embaixo dela, e todas as linhas que o aspirador deixava no carpete precisavam estar na mesma direção. Limpei o rejunte da lavanderia. Limpei as fendas do fogão com um palito, ansiando por aliviar minha mente.

Meu perfeccionismo era algo que eu alimentava e cultivava por mim mesma. Algo útil que me deixava focada para que eu desse conta das coisas.

Mas eu estava enlouquecendo. Nenhum dos meus rituais estava ajudando. Nada aplacava meus impulsos nem satisfazia a sensação de incompletude. Nada me fazia retomar o controle.

Eu sentia falta de Josh. Sentia falta dele como sentia falta da minha sanidade.

Ficou claro, quase imediatamente, que o fardo de salvá-lo de si mesmo recairia sobre mim.

Depois que eu disse que estava tudo acabado entre nós, ele se recusou a desistir. Então parei de atender suas ligações. Passei a evitá-lo no hospital e me recusava a falar com ele quando o via. Desde que eu contratara Miguel de volta, minha garagem estava vazia e sem vida. O cheiro do perfume de Josh nas almofadas do sofá estava tão fraco que não me envolvia mais quando eu sentava ali.

Era para o bem dele.

E a fera dentro de mim rugia.

Mais alto a cada dia. Ninguém era capaz de domá-la. Josh me acalmava, mas eu não podia deixar que ele se aproximasse.

A enfermeira Valerie liberou minha entrada na UTI. Coloquei a caixa de cupcakes em cima do balcão da enfermagem.

– Nadia Cakes – falei.

Ela abriu um sorriso enorme e agradeceu:

– Você é gentil demais com a gente, garota. – E puxou os cupcakes para perto, analisando a variedade.

Sloan tinha me incumbido de trazer pequenos mimos para a equipe de enfermeiras. Donuts, biscoitos, flores. Eu tentava levar alguma coisa mais ou menos a cada dois dias. As enfermeiras tinham feito toda a diferença naquela situação.

Valerie deu batidinhas com a caneta na tampa transparente da embalagem e olhou para mim antes de dizer:

– Posso fazer uma pergunta?

Eu me apoiei no balcão, organizando as canetas por cor.

– Diga.

Eu gostava de Valerie. Era minha enfermeira preferida. Direta e prática. A gente se deu bem desde o início.

– O que aquele rapaz fez para você? Porque não consigo entender como você não se joga naquele homem.

Josh. De algum jeito, nas semanas anteriores, a equipe do hospital ficara sabendo do meu lance com Josh.

– Valerie, já falamos sobre isso.

– Já? – Ela ergueu a sobrancelha. – Porque você me pareceu um pouco evasiva, para ser sincera.

Balancei a cabeça. Eu não iria entrar naquele assunto. Ela retorceu os lábios e deu um sorrisinho.

– Aquele homem enlouquece você.

– Não preciso que ele me enlouqueça. – Bufei. – Já estou bem perto de conseguir isso sozinha.

Ela se recostou na cadeira, rindo.

– Entra, garota. Sloan está esperando.

Segui para o quarto de Brandon. Sloan estava sentada no lugar de sempre, com uma das pernas encolhida em cima da cadeira. Parecia bem naquele dia. Devia ter recebido notícias boas. Estava pálida e com olheiras escuras, mas sorria.

Abracei-a e me sentei na cadeira vazia ao seu lado.

– Vão tirá-lo do respirador amanhã. – Ela abriu um sorriso reluzente.

– Sério?

– Já tiraram o cateter intracraniano. O cérebro não está mais inchado. O médico disse que está esperançoso, que os exames têm melhorado. – Ela sorriu para Brandon, deitado ali como nas últimas três semanas. – Kristen, pode ser que ele esteja bem. Tipo, bem mesmo, de verdade.

Seus olhos se encheram de lágrimas e eu a abracei. A fera recuou um pouco. Ela colocou a mão na barriga dele.

– Serão meses de fisioterapia – falou. – Talvez ele tenha que reaprender coisas como falar. Mas ele ainda está aí dentro.

Valerie entrou e Sloan sorriu para ela.

– Pronta para a folga da sedação de hoje? – perguntou Valerie, mexendo no soro.

Sloan praticamente saltitou na cadeira.

– Era isso que eu queria te mostrar – disse para mim. – Todos os dias eles diminuem um pouco a sedação para ver como os sinais vitais reagem. Não muito, para ele não lutar contra o respirador, mas o suficiente para deixá-lo levemente consciente.

Ficamos sentadas observando Brandon por um tempinho.

– Muito bem, garota – disse Valerie. – Agora é com você.

Sloan sorriu e pegou a mão do noivo.

– Amor, está me ouvindo? Aperta minha mão se estiver ouvindo.

Segurei a respiração e fiquei olhando para os dedos dele.

Eles se mexeram.

Sloan soltou uma risada que arrancou lágrimas dos seus olhos.

– Viu? Amor, aperta duas vezes se você me ama.

Dois apertões.

Nossa risada era o som do alívio. O alívio dela por Brandon ainda estar ali. O meu alívio por *ela* também estar.

Ela beijou a mão dele.

– Mais um dia, amor. Mais um dia e vou poder te ver, está bem? Eu te amo tanto!

Quando Valerie voltou com a sedação, a euforia de Sloan se manteve em seu rosto lindo. Mas ela parecia tão, tão cansada.

– É sua vez de ir para casa hoje, não é? – perguntei.

Ela e Claudia revezavam as noites na UTI, e Josh ou Shawn de vez em quando, para que elas pudessem dormir numa cama de verdade. Os pais de Brandon tinham problema de coluna e não podiam dormir numa cadeira, e Sloan se recusava a deixá-lo sozinho.

Ela nunca se ausentava por mais que algumas horas, mas a noite numa cama sempre a transformava. Parecia fazer algum tempo que ela não era transformada.

– Não, a Claudia teve que voltar ao trabalho – respondeu ela. – Passei as últimas três noites aqui.

– Quer que eu fique uma noite? – perguntei.

Brandon e eu nos dávamos bem, mas não éramos íntimos. Por isso ela nunca aceitou minha oferta de passar a noite no hospital. Talvez se preocupasse com os silêncios constrangedores?

Ela fez que não com a cabeça.

– Josh vai ficar hoje para que eu possa ir para casa. Na verdade, ele deve chegar a qualquer momento – disse ela, olhando para a porta por sobre o ombro.

– Então é melhor eu ir embora. – E me levantei.

– Kristen. – Ela segurou meu punho. – Ele sente tanto sua falta. Tem certeza de que está fazendo a coisa certa?

– Estou fazendo a coisa certa por *ele*.

Se é a coisa certa para mim é irrelevante.

Abracei-a uma última vez e saí pelo corredor. Quando Valerie liberou minha saída, Josh estava entrando.

Era a primeira vez que nos víamos em mais de uma semana. Ficamos paralisados.

A presença dele era uma carícia física, como uma lufada de ar quente.

Meu olhar se derramou sobre ele. Estava com as mãos nos bolsos da calça jeans e a camiseta que tinha ganhado na noite do quiz – e ficava lindo com ela.

Era incrível como tudo ficava sexy nele. O homem podia vestir um saco de estopa e ficaria incrível. Só de olhar para a camiseta, eu já soube o cheiro que teria e quis mergulhar o nariz no algodão azul.

Ele tinha perdido peso. Seus músculos estavam mais definidos. As covinhas não deram as caras, porque ele não sorriu.

Estava lindo... mas parecia triste.

Logo superaria. Era só ganhar alguns bebês que ele nem se lembraria de mim.

Ele não se mexeu para sair da minha frente. Desviei o olhar e passei por ele, que ficou ali como uma estátua, sem tirar os olhos de mim. Então de repente uma mão disparou e tocou meu braço. Desceu levemente pelo antebraço enquanto eu avançava, passando pelas costas da minha mão, pelos dedos, até desaparecer.

Não a afastei porque fazer isso seria reconhecer sua presença.

Mas os poucos segundos de contato percorreram meu corpo inteiro.

E a sensação ficou comigo pelo resto do dia.

35

JOSH

Tirei os óculos e pressionei o nariz, largando o livro na mesa ao lado da cama de hospital.

– Desculpa, preciso fazer um intervalo. *Shantaram* é longo, cara.

Eu levaria um mês até terminar de ler aquele livro para Brandon, mas era o que ele tinha começado a ler no trabalho antes do acidente e eu sabia que ele gostaria de ouvir.

Demorou só um minuto para que meus pensamentos voltassem a Kristen. Minha mente sempre voltava a ela.

Pelo menos no trabalho havia distrações. Passei a pegar plantões extras sempre que podia para não ficar em casa olhando as paredes, pensando nela ou me preocupando com Brandon. Nos dias de folga, após a visita no hospital, ia à academia. Às vezes ficava lá o dia todo. Tinha desempacotado a mudança, comprado um sofá e uma TV. Estava tentando me manter ocupado.

Mas era inevitável – o que quer que eu fizesse, estava sempre pensando nela.

E agora, sem o livro para ler, sentado ali com Brandon no meio da noite, a única coisa que me restava fazer era pensar.

Olhei o relógio: 2h12. Imaginei Kristen dormindo de lado sob a colcha floral. A mão embaixo do travesseiro favorito, aquele com a fronha bege de flanela. Dublê Mike enrolado em cima do cobertor no emaranhado de suas pernas. O relógio na mesinha de cabeceira iluminando apenas o bastante para que eu visse os cílios compridos no seu rosto macio.

Na minha imaginação, puxei o cobertor até o queixo dela, beijei sua testa e vi seus olhos se abrirem enquanto ela sorria para mim.

Caramba, como eu sentia sua falta.

– Queria que você pudesse conversar comigo – falei para Brandon. – Que me dissesse o que fazer. Preciso que você acorde e me mande a real. Ou, melhor ainda, que acorde e mande a real para *ela*.

Passei a mão no rosto. Mais cedo, quando a tinha visto, só confirmei o que já sabia: nunca iria esquecê-la. Eu *nunca* deixaria de sentir sua falta.

Ela estava me punindo por um crime que eu nem sabia que estava cometendo. Por coisas que eu disse e coisas que eu quis antes de saber o que significavam para ela. Cada comentário era um prego na tábua da porta que ela havia fechado bem na minha cara.

– Eu nem sei como começar a conversa – disse. – Ela nem fala comigo. É a minha cara mesmo me apaixonar pela mulher mais teimosa do mundo.

Tentei pensar em qual seria a resposta de Brandon. Ele sempre foi muito sensato. Saberia o que fazer.

Quanto mais eu tentava convencê-la, mais ela se afastava. Quanto mais eu dizia que a amava, mais ela se fechava. Eu não conseguia evitar.

Eu me inclinei para a frente e olhei o quarto frio e esterilizado ao meu redor. Paredes bege. Máquinas cinza ao redor da cama. Algumas eu reconhecia, outras não. Os únicos sons àquela hora da madrugada eram o leve toque de um telefone no balcão da enfermagem, o ruído do elevador, o som distante das rodas de um carrinho e o bipe suave do monitor de sinais vitais.

O hospital não permitia flores nem itens pessoais na UTI, mas Sloan entrara com uma foto do noivado escondida. Estava na mesinha ao lado da cama. Ela e Brandon na praia, as ondas quebrando em seus pés, o braço tatuado dela sobre o ombro dele, eles olhando um para o outro. Os dois rindo.

Voltei a olhar para ele e soltei um suspiro.

– Você vai ficar com umas cicatrizes enormes, cara. – Eles tinham começado a fazer os enxertos no braço. – Mas vai poder fazer tudo que planejava fazer. Um de nós vai conseguir a mulher dos sonhos. E eu vou te ajudar como puder. Nem que tenha que te carregar até o altar.

Imaginei o sorriso dele. Com alguma sorte o veria em algumas horas.

Uma batida à porta me fez virar o pescoço.

– E aí, gracinha?

Era Valerie, entrando para verificar os sinais vitais. Ela acendeu a luz e eu levantei para me alongar.

Como se dormir numa cadeira não fosse difícil o bastante, a atividade a cada duas horas era a cereja do bolo. Eu não chamaria o que fazia naquelas noites de dormir. Talvez cochilar. A cada duas horas, eles movimentavam Brandon. Checavam as vias aéreas, trocavam bolsas, verificavam os sinais vitais. Não sei como Sloan deu conta de lidar com isso quase todas as noites durante aquelas três semanas.

Sloan era uma mulher e tanto. Sempre tinha gostado dela, mas naquele momento ela conquistara meu respeito e eu me sentia grato por alguém assim estar na vida de Brandon e Kristen.

– Já decidiu quando vai querer levar as crianças ao Corpo de Bombeiros? – perguntei a Valerie, bocejando.

Ela ajustou o aparelho de pressão no braço de Brandon e sorriu.

– Acho que quinta-feira – respondeu. – Você vai estar lá?

– Vou, sim.

Ela fez algumas anotações no prontuário de Brandon e olhou para mim com a sobrancelha erguida.

– Alguma novidade com sua amiga?

Dei uma risadinha.

– Não.

Toda a equipe de enfermagem sabia sobre minha vida amorosa deprimente. As enfermeiras mais jovens viviam dando em cima de mim. Eu não podia dizer que tinha namorada, não era casado, então fiquei entre "Sou gay" e "Estou apaixonado por aquela garota ali".

Decidi pela segunda opção, mas agora preferia ter dito que era gay.

Elas não sabiam por que Kristen não queria sair comigo, só que ela não queria. Eu tinha me tornado o assunto favorito da UTI. Um episódio de *Grey's Anatomy* da vida real. Raramente passava uma visita inteira sem que o assunto viesse à tona.

O drama foi ladeira abaixo quando o cirurgião ortopedista favorito das enfermeiras deu em cima de Kristen. Segundo o circuito de fofocas da enfermagem, Kristen mandou ele se foder.

E pelo jeito ela dissera isso mesmo: "Vai se foder."

Depois disso, todos passaram a ter certeza de que ela estava esperando por mim. Mas eu sabia que não.

Valerie verificou a temperatura de Brandon.

– Sabe, eu mesma falei para aquela garota que ela é maluca. Sabe o que ela me disse?

– O quê? – Arqueei uma sobrancelha.

– Ela falou: "Você pode ter a melhor transa da sua vida sem transformar o queridão no seu namorado." Meu Deus, eu quase morri – disse ela, rindo.

Bufei. É, parecia algo que Kristen diria.

Bem, pelo menos eu tinha feito *alguma* coisa direito.

Valerie riu sozinha enquanto verificava o pulso de Brandon.

– Vão suspender o coma amanhã – falou. – Aposto que vocês estão animados.

– Foram semanas difíceis. – Esfreguei a nuca.

– Ele vai tirar de letra.

Ela trocou a bolsa da medicação intravenosa. Depois tirou uma pequena lanterna do bolso, acendeu a luzinha e abriu o olho direito de Brandon.

– Sabe, muitas enfermeiras vão sentir falta do fluxo de bombeiros bonitos entrando pel... – Ela parou.

Abriu o outro olho e iluminou a pupila. Pigarreou ao apagar a lanterna e a colocou de volta no bolso.

– Vamos sentir falta de vocês. – E pegou o prontuário.

Não olhou mais para mim. Seu tom tinha mudado. Sua linguagem corporal também. Eu já havia mudado assim durante um atendimento.

Tem algo errado.

– O que foi?

Ela não respondeu.

Peguei o celular e acendi a lanterna. Cheguei mais perto de Brandon e abri seu olho enquanto Valerie observava sem dizer uma palavra.

Minha respiração ficou presa na garganta.

– Não. *Não!*

Chequei o outro olho e minhas mãos começaram a tremer. Cambaleei para trás e caí na cadeira, derrubando o celular, que fez barulho ao bater no chão.

Valerie se virou para mim e trocamos um olhar de compreensão em silêncio.

As pupilas de Brandon estavam dilatadas.

Eram bolas de gude pretas enormes em seus olhos.

36

KRISTEN

Quando o celular tocou, tateei a mesinha de cabeceira. Era do hospital. E eram 3h57 da madrugada. Tirei o cabelo da testa e sentei.

– Alô?
– Kristen.

Era Josh. Mas não era o Josh habitual. Aquele tom de voz eu nunca tinha ouvido.

– Kristen, você precisa buscar a Sloan. Brandon teve um derrame.

Joguei a coberta para longe.

– O quê? Um derrame? Como assim?

Caí da cama e cambaleei pelo quarto, pegando o sutiã e vestindo a legging aos saltos. Ele fez uma pausa antes de responder:

– Ele teve morte cerebral. Não vai acordar. Acabou. Traga a Sloan. – E desligou.

Fiquei parada no meio do quarto escuro. O celular continuou aceso por um tempo. Quando a tela voltou a se apagar, mergulhei na escuridão.

O velocirraptor rugiu e o chão tremeu.

Enquanto dirigia até a casa de Sloan, tive uma percepção surreal, uma experiência quase extracorpórea, de que eu estava prestes a dar à minha melhor amiga a pior notícia da sua vida. De que, no instante em que ela abrisse a porta, eu partiria seu coração e ela nunca mais seria a mesma.

Meu estado alterado me permitiu processar isso à parte. Eu sabia que não sentiria a dor quando tudo acontecesse, mas a colocaria numa caixinha e passaria o resto da vida olhando para ela de vez em quando.

VI SLOAN MORRER POR DENTRO naquela madrugada.

Os médicos chamaram de acidente vascular cerebral catastrófico. Um coágulo tinha saído das feridas na perna e viajado até o cérebro. Provavelmente aconteceu enquanto Josh estava com ele. Foi silencioso e definitivo e não havia nada que alguém pudesse ter feito.

Josh tinha razão. Brandon havia partido.

Três dias após o derrame, um comitê de ética formado pelos médicos de Brandon, uma organização que coordenava doações de órgãos e um terapeuta especializado em luto chamaram a família para uma reunião às onze da manhã no hospital. Fiquei do lado de fora da sala, balançando os joelhos, esperando que Sloan saísse.

Desde o derrame eu não saía de perto dela. Todas as noites eu dormia na cadeira ao lado dela no quarto de Brandon. Mas ele não estava mais em coma se curando.

Ele estava com morte cerebral.

Josh não voltava ao hospital desde o diagnóstico. Não atendia quando eu ligava.

Era uma mudança estranha. As dezenas de mensagens que ele me enviava, implorando que eu falasse com ele, se transformaram em dezenas de mensagens minhas, não respondidas, implorando que ele falasse comigo. Eu queria saber se ele estava bem.

O silêncio me dizia que não.

Eu estava com o moletom dele naquele dia. Nunca usava perto dele. Não queria incentivar nada. Mas, com sua ausência naqueles três dias, eu achava que não corria esse risco. E precisava senti-lo envolvendo meu corpo. Precisava sentir seu cheiro no tecido.

Eu precisava *dele*.

Aquela reunião não seria fácil para Sloan. Era sobre os passos seguintes.

A porta da sala de reuniões se abriu e a mãe de Brandon saiu, falando com o pai dele num espanhol choroso.

Sloan saiu logo atrás e eu a levei imediatamente para a sala de espera, que estava vazia.

Ela parecia um zumbi. Havia morrido três dias antes, junto com Brandon. A luz tinha desaparecido dos seus olhos. Suas pernas caminhavam, suas pálpebras piscavam, mas ela estava vazia.

– O que eles disseram? – perguntei, sentando minha amiga numa das cadeiras estofadas ao meu lado.

Sua fala estava cansada, seus olhos num tom permanente de vermelho.

– Disseram que precisamos desligar os aparelhos. Que o corpo dele está se deteriorando.

O choro da mãe de Brandon avançou pelo corredor. Aquele tinha se tornado um som que todos conhecíamos bem demais. Ela desmoronava do nada. Todos desmoronávamos. Bem, exceto eu. Eu ficava desprovida de emoções enquanto meu predador e eu compartilhávamos o mesmo corpo. Em vez de sentir dor pelo sofrimento de Sloan, mergulhei mais fundo no TOC. Dormia menos, me movimentava mais. Tinha mergulhado nos meus rituais.

E nada ajudava.

Sloan não reagiu ao som que vinha do corredor.

– O cérebro dele não produz mais hormônios nem controla as funções corporais – explicou. – Os medicamentos que mantêm a pressão sanguínea e a temperatura estão danificando os órgãos. Eles disseram que, se quisermos doá-los, temos que fazer isso logo.

– Entendi – falei, tirando lenços de uma caixa e enfiando na mão dela. – Quando vão fazer isso?

Ela falava olhando para o nada, para um ponto atrás de mim. Não me encarava.

– Não vão fazer – respondeu.

Fiquei olhando para ela.

– Como assim, não vão fazer?

Ela piscou, as pálpebras se fechando no automático.

– Os pais dele não querem desligar os aparelhos. Estão rezando por um milagre. São muito religiosos. Acham que ele se recuperou uma vez e vai se recuperar de novo.

Os olhos dela focaram em mim e as lágrimas brotaram, ameaçando cair.

– Tudo isso vai ser em vão, Kristen. Ele é doador de órgãos. É o que ele iria querer. Ele vai apodrecer naquele quarto e vai morrer em vão, e eu não tenho nenhum poder de escolha.

As lágrimas escorriam por seu rosto, mas ela não soluçava. Elas apenas fluíam, como água numa mangueira com vazamento.

– Mas… mas *por quê*? – Fiquei boquiaberta. – Ele não tinha testamento? Que merda é essa?

Ela fez que não com a cabeça.

– Chegamos a falar sobre isso, mas o casamento estava chegando e decidimos esperar. Não tenho nenhum poder de decisão. Nenhum.

A realidade de repente se desenrolou diante dos meus olhos. Não era só isso. Era tudo. O seguro de vida de Brandon, os benefícios, a parte dele da casa… Ela ficaria sem nada.

Não poderia nem opinar.

– Não sei como convencê-los – continuou, atordoada. – O plano de saúde não vai cobrir as despesas por muito tempo, então em algum momento eles vão ser obrigados a tomar uma decisão. Mas até lá os órgãos vão parar.

Meu cérebro tentou encontrar uma saída.

– Claudia – falei. – Ela pode convencer os pais.

Claudia não tinha conseguido comparecer à reunião. E concordaria com Sloan, eu tinha certeza. Ela conseguiria influenciar os pais.

– E talvez o Josh – continuei. – Eles gostam do Josh. Pode ser que o escutem.

Eu me levantei. Ela olhou para mim, uma lágrima escorrendo por seu queixo e caindo na coxa.

– Aonde você vai? – perguntou.

– Atrás do Josh.

PRIMEIRO FUI ATÉ O CORPO DE BOMBEIROS, mas Josh não estava lá. Achei-o em casa.

Ele abriu a porta após ter me deixado batendo por quase cinco minutos. A picape estava na garagem. Eu sabia que ele estava em casa.

Abriu a porta e voltou para dentro sem olhar para mim nem dizer nada. Entrei atrás dele e ele se jogou num sofá que eu nunca tinha visto.

Estava com a barba por fazer. Eu nunca tinha visto Josh sem a barba feita. Nem em fotos. Havia bolsas sob seus olhos. Ele envelhecera dez anos em três dias.

O apartamento estava uma zona. Não havia mais caixas. Parecia que ele tinha finalmente desempacotado tudo. Mas roupas sujas se empilhavam num cesto tão cheio que havia peças caídas pelo chão. Embalagens vazias de comida enchiam a bancada da cozinha. A mesinha de centro estava lotada de garrafas de cerveja vazias. A cama, desarrumada. O cheiro era de um lugar fechado e úmido.

Uma necessidade brutal de cuidar dele tomou conta de mim. O velocirraptor bateu com a garra no chão. Josh não estava bem.

Ninguém estava bem.

E isso fazia com que *eu* não estivesse bem.

– Oi – falei, parada na frente dele.

Ele não olhou para mim.

– Ah, então agora você está falando comigo – disse ele, amargo, bebendo um gole de cerveja. – Ótimo. O que você quer?

A frieza na voz dele me pegou de surpresa, mas mantive a calma.

– Você não tem ido ao hospital – falei.

– Por que eu iria? – Seus olhos vermelhos se arrastaram até os meus. – Ele não está lá. Ele morreu, caralho.

Fiquei olhando para Josh. Ele balançou a cabeça e desviou o olhar.

– O que você quer? – perguntou. – Queria ver se eu estava bem? Não estou nada bem. Meu melhor amigo está com morte cerebral. A mulher que eu amo nem se dá ao trabalho de falar comigo.

Ele pegou uma tampinha em cima da mesa de centro e jogou do outro lado da sala. Meu TOC estremeceu.

– Estou fazendo isso por você – sussurrei.

– Bem, então *não faça*. Nada disso é por mim. Nada. Eu preciso de você, e você me abandonou. Vai embora. Pode ir.

Eu queria me sentar no colo dele, dizer o quanto eu sentia sua falta e que nunca mais o abandonaria. Queria fazer amor com ele e nunca mais me afastar na vida – e limpar aquela droga de apartamento.

Mas, em vez disso, fiquei ali parada.

– Não, não vou embora. Precisamos conversar sobre o que está acontecendo no hospital.

– Só tem uma coisa sobre a qual quero conversar. – E olhou para mim. – Quero conversar sobre como é possível que estejamos apaixonados e você se recuse a ficar comigo. Ou como você suporta passar semanas sem me ver ou me ligar. É sobre isso que quero conversar, Kristen.

Meu queixo tremeu. Fui até a cozinha e peguei um saco de lixo embaixo da pia. Comecei a jogar fora as embalagens de comida e as garrafas de cerveja.

– Levanta – falei por sobre o ombro. – Vai tomar um banho. Fazer a barba. Ou não, se esse for o visual que você quer agora. Mas preciso que você se recomponha.

Minhas mãos tremiam. Eu não me sentia bem. Estava tonta e um pouco quente desde a ida ao Corpo de Bombeiros. Mas me concentrei na tarefa que estava fazendo, enfiando o lixo no saco.

– Para que o Brandon possa doar os órgãos, o hospital precisa desligar os aparelhos nos próximos dias. Os pais dele não querem e a Sloan não tem o direito de opinar. Você precisa conversar com eles.

Mãos surgiram sob meus cotovelos e o toque irradiou por meu corpo.

– Kristen, para.

Eu me virei para ele.

– Vai à merda, Josh! Você precisa de ajuda e eu preciso ajudar você!

Então, com a mesma rapidez com que a raiva surgiu, o arrependimento tomou conta. As correntes do meu humor se quebraram e os sentimentos me invadiram como água rompendo uma represa. Comecei a chorar. Eu não sabia o que havia de errado comigo. Quando se tratava de Josh, a força que me guiava naqueles dias sumia.

Deixei o saco de lixo cair aos pés dele, levei as mãos ao rosto e solucei. Ele me abraçou e eu perdi totalmente o controle.

– Não consigo parar de limpar as coisas e tem um monstro dentro do meu cérebro e sinto sua falta e a Sloan está desmoronando e os pais do Brandon se recusam a desligar os aparelhos, então os órgãos dele estão apodrecendo. Não consigo deixar todas as linhas no carpete na mesma direção com o aspirador e o Dublê está num canil e não o vejo há dias e preciso que você me deixe limpar essa droga de apartamento!

Não sei quanto disso ele ouviu, se é que ouviu alguma coisa. Eu estava chorando tanto que mal conseguia entender minhas próprias palavras. Ele só me abraçou e acariciou meu cabelo, e pela primeira vez em semanas o velocirraptor perseguiu outra presa.

Josh me enfraquecia. Ou fortalecia. Era difícil decifrar meu estado sem meu mecanismo de defesa. Pelo menos com a fera eu resolvia as coisas. E agora não passava de uma bagunça emocional.

Mas pelo menos a bagunça era minha.

Por que ele tinha esse efeito sobre mim? Ele conseguia despertar as partes dormentes da minha alma. Ele me invadia e deixava que tudo entrasse como uma tempestade.

Comecei a afundar.

E ao mesmo tempo algo me dizia que, se eu o deixasse entrar, ele me manteria à tona. Não deixaria que eu me afogasse. Nunca me senti tão vulnerável e segura com alguém.

Eu me sentia quente e trêmula. Arquejei e me agarrei à sua camiseta até que os espasmos do choro parassem. Ele me abraçou tão forte que, ainda que meus joelhos cedessem, meu corpo não teria caído nem um centímetro.

– Não posso ser a única que não surta – sussurrei.

Seu peito ressoou quando ele respondeu:

– Não *parece* que você não surta...

– Josh, por favor. – Olhei para ele, minhas mãos tremendo em sua clavícula. – Preciso que você colabore. Fala com os pais dele. Eles vão ouvir você.

Josh olhou para mim como se me ver chorar fosse uma agonia. O anseio no seu rosto era como uma lâmina contra meu peito. Os olhos tristes, os lábios em linha reta, a testa franzida.

Ele me amava quase tanto quanto eu o amava, e eu sabia o quanto estava magoado. Sabia que ele achava que eu era o bastante. Mas eu *não* era o bastante. Como eu sozinha poderia substituir a meia dúzia de filhos que ele sempre quis? Impossível. A conta não batia. Não havia lógica.

Ele enxugou com o polegar uma lágrima no meu rosto.

– Está bem – sussurrou. – Eu vou. Mas senta um pouco. Para de limpar as coisas. – Abaixou a cabeça para me olhar nos olhos. – Tudo bem? Você está tremendo.

Colocou a mão sobre a minha para acalmar o tremor, e ficar perto dele fez com que eu me sentisse inteira pela primeira vez em semanas.

– Estou bem – falei, engolindo em seco. – Mas vai logo, ok?

Ele ficou me olhando por um bom tempo, como se estivesse tentando memorizar meu rosto ou roubar mais um segundo de abraço. Então se virou em direção ao banheiro.

Quando se afastou, a ausência do seu corpo contra o meu fez com que eu me sentisse nua e exposta.

Eu sentia sua falta. O tempo não atenuava a saudade. Piorava. Meu coração era um prédio abandonado, e todos os dias eu resistia a uma tempestade que abria uma goteira no telhado, inundava o chão e quebrava as janelas, e o desespero ia me deixando cada vez mais fraca e perto de desabar.

Ouvi o chuveiro ligado e olhei ao meu redor, a compulsão voltando com fúria agora que ele não estava mais ali.

Pelo menos aquilo era algo que eu podia fazer por ele. Podia cuidar do seu espaço, organizá-lo. Lavar suas roupas e suas cobertas. Deixar tudo com cheirinho de limpeza, fazer da sua casa um lugar onde ele gostaria de estar. Fazer por ele algo que ele claramente não era capaz de fazer naquele momento.

Coloquei a mão na massa. Tirei a roupa de cama, abri as janelas. Eu estava lavando a louça quando a tontura começou.

Por que meus lábios estão formigando?

Levei um dedo trêmulo à boca.

Então minha visão começou a embaçar...

37

JOSH

Passei uma lâmina no rosto pela primeira vez em dias e analisei meu semblante no espelho do banheiro. Dava para ver na minha cara como eu estava me sentindo.

Perdido.

Foi bom vê-la. Kristen me preenchia. Mesmo quando me enchia o saco e mandava em mim, estar com ela era como recuperar o fôlego. Kristen recarregava minhas energias e me arrastava de volta ao meu verdadeiro eu.

E estava linda – mas não parecia bem. Pálida. Magra. Tinha perdido peso – bastante. Ela não estava se cuidando.

Eu não podia fazer nada por mim naquele momento, mas podia fazer alguma coisa por ela. Cuidaria dela se ela deixasse. Mas era a primeira vez que falava comigo em semanas.

Eu não tinha desistido. Nunca desistiria dela. Mas estava cansado. Ela era muito teimosa, implacável demais, e meu coração estava exausto. Sem Kristen e Brandon, eu não conseguia mais nem me mexer. Queria conversar com ele sobre ela e com ela sobre ele. E não tinha nenhum dos dois.

Era muita coisa para meu cérebro processar.

Eu nunca mais o veria. Nunca mais me sentaria com ele durante uma caçada para falar besteira. Nunca mais conversaria com ele sobre Kristen ou sobre Sloan ou sobre qualquer outra coisa.

Eu não seria seu padrinho de casamento. Ele não seria o meu. Nossos filhos não brincariam juntos.

Onze anos. Fazia onze anos que éramos amigos. E ele simplesmente se foi. Sua vida chegou ao fim. Ele viveu tudo que tinha para viver. E eu não sabia como superar isso.

Então decidi nem me mexer.

Eu meio que esperava que ela tivesse ido embora quando eu saísse do banho. Ela fugia. Era isso que fazia comigo. A parte de mim que esperava que ela ainda estivesse ali teria apostado que ela estava fazendo faxina. Mas quando saí ela estava no sofá. Soube imediatamente que havia algo errado. Corri até ela.

– Kristen, o que foi?

– Não estou enxergando direito. – Ela estava ofegante. – Minha... minha visão está embaçada.

Ela estava toda suada. Tremendo, respirando com dificuldade. Abri suas pálpebras e ela me deu um tapa.

Combativa.

Hipoglicêmica.

Corri até a cozinha, rezando para que ela não tivesse jogado fora todo o lixo. Vi um copo da lanchonete com Coca-Cola do dia anterior e peguei, voltando correndo para o sofá.

– Kristen, preciso que você beba isto. Você não vai gostar, mas preciso que beba.

Estava sem gás, velha e quente, mas era tudo que havia no apartamento. Coloquei o canudo nos seus lábios. Ela balançou a cabeça e cerrou os dentes.

– Não.

– Escuta, sua glicose está baixa. Você precisa de açúcar. Bebe. Vai se sentir melhor. Vamos.

Ela tentou derrubar o copo das minhas mãos e eu o protegi como se fosse a cura do câncer. Se sua glicose não subisse, ela poderia ter uma convulsão. Ficar inconsciente. E os sintomas já estavam avançados.

O pânico tomou conta de mim. Meu coração martelava nos ouvidos. *O que há de errado com ela?*

– Só um gole, por favor – implorei.

Ela pegou o canudo nos lábios e bebeu, e meu alívio foi perceptível.

Demorou alguns minutos e foram necessários mais alguns goles, mas ela parou de tremer. Peguei um pano úmido e limpei seu rosto enquanto ela voltava a si. Tirei seu moletom – *meu* moletom.

– Quando foi a última vez que você comeu? – perguntei.

Ela ainda estava um pouco desorientada. Quando olhou para mim, seus olhos não pareceram focados.

– Não sei. Não comi.

Olhei o relógio. Meu Deus, eram quase duas da tarde.

– Vamos… Vou levar você para comer alguma coisa.

Ajudei-a a levantar, passando o braço pela sua cintura. Ela estava muito frágil. A lateral da barriga estava dura.

Tem alguma coisa errada.

Coloquei-a na picape e fui até a lanchonete mais próxima. Não era o que ela gostaria de comer. Kristen odiava Burger King, mas eu precisava que ela comesse logo.

Entramos no drive-thru e estacionamos. Abri o papel do hambúrguer e fiquei observando Kristen comer. Ela parecia exausta. Sua pele estava pálida.

– Você é diabética? – perguntei, analisando-a.

– Não. – Ela fungou.

– Tem certeza?

– Tenho. – E comeu uma batata frita.

– Pode ser hereditário. Algum parente seu tem diabetes?

– Sei o que significa "hereditário" – retrucou ela. Então me lançou um olhar raivoso e eu sorri, feliz por ela ter passado de hipoglicêmica a simplesmente irritada de fome. – E não, ninguém tem. Nem eu.

Coloquei o canudo no suco de laranja e lhe entreguei o copo.

– Como você sabe?

– Porque não tenho tempo para ser diabética, Joshua.

Reprimi um riso. *Claro.*

– Olha só, você precisa ir ao médico e fazer um exame de glicose. Isso já aconteceu alguma vez?

Ela fez que não com a cabeça.

Olhei para sua barriga. A regata que ela tinha colocado embaixo do meu moletom era justa. Pelo que pude perceber, sua barriga não tinha ficado maior naquelas últimas semanas. Na verdade, parecia até menor. Eu me perguntei se isso queria dizer que as fibroses estavam diminuindo. Será que elas reagiam à perda de peso como o restante do corpo? Não parecia provável.

Eu queria examinar seu abdômen, ver se conseguiria usar meus conhecimentos médicos para descobrir qual era o problema. Mas ela nunca me deixava tocar sua barriga.

– Para quando sua cirurgia está marcada? – perguntei.

Ela bebeu um gole do suco.

– Duas semanas atrás.

– Quando você vai remarcar?

Ela deu de ombros.

– Não sei. Não vai ser logo. A recuperação demora entre seis e oito semanas. Não tenho ninguém para cuidar de mim...

– Eu cuido de você.

– Preciso estar ao lado da Sloan – respondeu, franzindo os lábios.

Eu me recostei no banco e fechei os olhos. Precisava que ela cuidasse de si mesma, droga.

Será que o que estava acontecendo tinha a ver com os miomas? Mas a insulina vinha do pâncreas. O que tumores no útero tinham a ver com o pâncreas? Eu me perguntei se poderia ser algo que já estava à espreita. Se ela nunca se permitia ficar com fome, nunca ficaria hipoglicêmica. Ela comia bem. Talvez nunca tivesse deixado chegar àquele ponto.

– Eu estou bem – falou.

Abri os olhos.

– Não está, *não*. Você parece doente. Está pálida. Seus batimentos estão lentos. Você quase desmaiou. Podia ter entrado em convulsão. E se estivesse dirigindo?

Um senso de proteção percorreu meu corpo. Ela era *minha*. Eu precisava cuidar dela e ela não me deixava fazer isso. Era contra todas as leis da natureza. Era errado. Estávamos apaixonados e eu deveria estar ao lado dela.

Ela olhou para o hambúrguer.

– Josh, só estou um pouco cansada, entende? Estou dormindo com a Sloan no hospital toda noite. Estou vivendo de café e do que consigo enfiar na boca. Meu TOC está fora de controle...

– Você tem TOC?

Na verdade não fiquei surpreso. Percebi mesmo alguns sinais durante o tempo que passamos juntos. Uma das minhas irmãs também tinha. Eu sabia reconhecer o transtorno.

– Não costuma ser tão ruim, mas piora quando estou estressada.

Ela terminou o hambúrguer e amassou o papel como se até isso fosse um esforço. Então se recostou no banco e fechou os olhos.

Ela estava desmoronando. Estava se deteriorando física e mentalmente ao tentar evitar que Sloan desmoronasse. E onde eu estava nisso tudo?

Eu a deixei na mão.

Ela não pediria ajuda. Eu a conhecia o bastante para saber disso, e fazia três dias que eu nem aparecia no hospital para dar uma olhada nela. Deixei-a sozinha com Sloan e a família de Brandon e todo o resto.

Eu deveria ter estado lá. Talvez pudesse ter tomado a frente naquela história de desligar os aparelhos. Ficado com Sloan uma noite para que Kristen pudesse dormir. Garantido que ela se alimentasse. Falando comigo ou não. Kristen nunca recusava comida.

Eu me culpei por tudo isso. Mas também culpei Kristen. Porque, se ela tivesse deixado, eu teria cuidado dela. Teríamos cuidado um do outro e nenhum dos dois ficaria tão mal.

Estendi a mão e entrelacei os dedos nos dela. Ela não puxou a mão. Parecia cansada demais para lutar contra mim. Apertou minha mão e o calor do seu toque percorreu meu corpo inteiro.

– Vou até o hospital – falei. – Vou conversar com os pais dele e vou ficar com a Sloan hoje. Preciso que vá para casa e durma. E amanhã quero que vá ao médico. Ligue para marcar ainda hoje, porque pode ser que tenha que fazer jejum para os exames.

Ela só olhou para mim, o rosto lindo, apático e cansado. Ela era sempre tão forte. Era assustador vê-la se entregar assim.

O amor fazia isso com ela. O amor por Sloan.

E provavelmente por mim também.

Eu sabia que não era fácil para ela. Sabia que ela achava que estava fazendo a coisa certa. Mas, cacete, eu queria que ela *parasse*. Queria que ela parasse para que nós dois ficássemos bem.

Ela olhou para mim, exausta.

– Aposto que você só percebeu agora onde estava se metendo. – E deu um sorrisinho fraco. – Não está feliz de eu ter poupado você?

Balancei a cabeça.

– Não, não é assim que funciona, Kristen. O amor é para momentos bons e ruins. É para sempre, não importa o que aconteça. Só que parte do "não importa o que aconteça" chegou antes do que a gente imaginava.

Seus olhos lacrimejaram e ela comprimiu os lábios.

– Sinto sua falta – confessou.

Senti um nó na garganta.

– Então *fica comigo*, Kristen. Agora. Podemos ir morar juntos hoje. Dormir na mesma cama. É só você dizer que sim. É só isso que precisa dizer. Diz que sim.

Eu queria tanto que ela dissesse sim que meu coração parecia gritar. Minha vontade era chacoalhá-la, sequestrá-la e fazê-la refém até ela parar de bobeira. Mas ela balançou a cabeça.

– Não.

Soltei a mão dela e me afastei, me recostando na porta e pressionando o nariz.

– Você está acabando com a gente – falei.

– Um dia...

– Para com essa história de "um dia" – interrompi, me virando para ela. – Nunca vou deixar de sentir o que sinto.

Ela esperou um instante antes de dizer:

– Nem eu.

Ficamos um tempo em silêncio e fechei os olhos. Senti Kristen se aproximar e encostar o corpo no meu. Eu a abracei e deixei que aninhasse a cabeça sob meu queixo.

Senti-la era terapêutico. Acho que para nós dois. Uma compressa quente para a alma.

Eu nunca a tive por inteiro. Só pedacinhos. Sua amizade sem seu corpo. Seu corpo sem seu amor. E seu amor sem todo o resto.

Mas, ainda que só tivesse pequenos fragmentos, era o bastante para saber que nunca deixaria de buscá-la por inteiro. Nunca. Nem se eu vivesse até os 100 anos. Ela era minha alma gêmea. Simples assim.

– Kristen, você é a mulher com quem eu preciso passar o resto da vida – sussurrei. – Eu sei disso do fundo da minha alma.

Ela fungou.

– Eu também sei, Josh. Mas isso foi antes.

– Antes do quê?

Eu a abracei mais forte, lágrimas ardendo nos meus olhos.

– Antes de eu estragar por dentro. Antes de o meu corpo fazer com que eu fosse a pessoa errada para você. Às vezes almas gêmeas não ficam juntas, Josh. Elas se casam com outras pessoas. Não se conhecem. Ou uma delas morre.

Fechei bem os olhos e senti aumentar o nó na garganta. O simples fato de admitir aquilo, de reconhecer que éramos isso, foi a maior validação que Kristen já havia me dado.

– Kristen, eu sei o que eu disse, que não quero adotar, que quero filhos biológicos e uma família grande. Mas você muda tudo.

Ela ficou em silêncio por um bom tempo antes de responder:

– Josh, se você soubesse que ficar comigo me roubaria a única coisa que eu sempre quis, você ficaria?

Eu entendia o raciocínio. De verdade. Mas isso não facilitava as coisas.

– E se fosse eu que não pudesse ter filhos? – perguntei. – Você *me* deixaria?

Ela soltou um suspiro.

– Josh, é diferente.

– Por quê? Por que é diferente?

– Porque você vale a pena. Você vale qualquer questão que possa ter. Eu, não.

Eu a afastei para poder olhar nos seus olhos.

– Você acha que não vale a pena? Está de brincadeira?

Seus olhos exaustos ficaram me encarando, vazios.

– Eu sei que não – respondeu. – Sou uma encrenca. Irritada e impaciente. Mandona e exigente. E tenho um monte de problemas de saúde. Não posso te dar filhos. Eu não valho a pena, Josh. Não mesmo. Com outra mulher seria tão mais fácil…

– Eu não quero uma mulher mais fácil. Quero *você*. – Balancei a cabeça. – Você não entende? É perfeita para mim. Eu me sinto um homem melhor só de saber que posso fazer qualquer coisa por você… Preparar seu almoço, fazer você rir, te levar para dançar. Essas coisas são um privilégio para mim. Todas essas coisas que você acha que são questões são o que eu amo em você. Olha para mim. – Ergui o queixo dela. – Estou infeliz. Estou infeliz pra caralho sem você.

Ela voltou a chorar e eu a abracei.

Aquela foi a conversa mais longa que tivemos sobre o assunto. Não sei se ela estava cansada e doente demais para me afastar ou se apenas não tinha para onde correr, presa na minha picape, mas o fato de ela pelo menos conversar comigo me deu esperança.

Encostei o nariz no cabelo dela e inalei seu cheiro.

– Não quero nada sem você – murmurei.

Ela balançou a cabeça junto ao meu peito.

– Eu queria poder te amar menos – falou. – Se te amasse menos, quem sabe eu suportasse te roubar esse sonho. Mas não consigo deixar você desistir de algo assim por mim. Eu teria que te pedir desculpa todos os dias.

Respirei fundo antes de responder:

– Você não faz ideia do quanto eu queria poder voltar no tempo e nunca ter colocado essas merdas na sua cabeça.

Seus dedos se abriram e se fecharam no meu peito. Eu estava feliz. Só de ela estar comigo no meu carro no estacionamento do Burger King, me tocando, conversando comigo, dizendo que me amava, me trouxe uma paz que fazia semanas que eu não sentia. Então a felicidade se esvaiu quando lembrei que não ia durar. Ela me deixaria de novo, e Brandon continuava morto. Mas foi esse alívio temporário que me disse que com ela ao meu lado eu seria capaz de superar qualquer coisa. Seria capaz de suportar os piores dias da minha vida se ela estivesse comigo.

Ah, se ela me deixasse ajudá-la a suportar seus piores dias...

Ela voltou a falar, ainda encostada no meu peito.

– Sabia que você é o único homem por quem já chorei?

Dei um meio-sorriso.

– Vi você chorar pelo Tyler. Mais de uma vez.

– Não. – Ela balançou a cabeça. – Sempre foi por sua causa. Porque eu estava apaixonada demais por você e sabia que não poderíamos ficar juntos. Você meio que me transformou numa louca.

Ela levantou a cabeça e olhou para mim.

– Tenho tanto orgulho de ter conhecido você, Josh. E me sinto sortuda por ter sido amada por alguém assim.

Ela estava chorando, e eu não consegui mais manter os olhos secos. Era impossível. E não me importava que ela me visse chorar. Eu tinha perdido as duas pessoas de quem mais precisava na vida e jamais teria vergonha de mostrar que estava sofrendo por qualquer um dos dois. Deixei as lágrimas rolarem, e ela se aproximou e me beijou. Arquejou ao me tocar e seus lábios se tensionaram, indicando que ela estava tentando não desmoronar. Ela colocou as mãos no meu rosto e nos beijamos e nos abraçamos como se estivéssemos nos despedindo – amantes prestes a serem separados por um oceano ou uma guerra, desesperados e tristes demais para soltar um ao outro.

Mas ela não precisava me soltar. E assim mesmo soltaria.

Ela se afastou, o queixo tremendo, e me disse:

– Você merece se doar por inteiro a seus filhos um dia. Ter um garotinho que seja a sua cara e que você possa educar para seguir seus passos. Você precisa superar nossa história, entendeu? Você precisa.

Estávamos de volta à estaca zero. Pressionei sua testa contra a minha, com as mãos na sua nuca, e procurei desesperadamente palavras que pudessem fazê-la mudar de ideia. Mas não havia nada que eu pudesse fazer. Ela estava mergulhada demais naquela ideia. E como eu poderia convencê-la do contrário se na maior parte dos dias ela não deixava nem que eu me aproximasse?

– Kristen, nunca vou desistir de você. Nunca. E você está me magoando. Por favor, para de me magoar. Preciso de você comigo. Está entendendo?

Então a perdi de novo.

Seu rosto assumiu aquela expressão impassível que eu conhecia tão bem. Ela se afastou de mim, voltando ao banco do passageiro, o muro se instalando de novo entre nós, pesado e definitivo.

Eu me inclinei para a frente e levei as mãos ao rosto. Esperei um pouco antes de voltar a falar.

– Pode pelo menos começar a dormir um pouco? Se eu voltar para o hospital, você fica no meu apartamento e dorme, combinado?

Olhei para ela. Ela assentiu.

– Josh...

– O quê?

– Parou.

– O que parou? – perguntei, com a voz suave.

– Minha mente. Está em silêncio. Só fica em silêncio quando estou com você.

FOI UMA DISCUSSÃO LONGA E EMOTIVA com Claudia e os pais dela, mas eles concordaram em desligar os aparelhos de Brandon no dia seguinte.

Após a conversa na casa deles, os pais de Brandon se despediram de mim com abraços e Claudia foi comigo até a entrada. O sol estava se pondo. A estrada zumbia ali por perto. Abri o pesado portão branco de ferro que cercava a pequena propriedade na zona leste de Los Angeles.

Claudia tinha se oferecido para passar a noite com Sloan no hospital para que eu pudesse ir para casa. Eu só queria voltar para Kristen. Queria me deitar na cama com ela, sentir o alívio do sono que eu só encontrava com ela ao meu lado.

– Obrigada – disse Claudia quando olhei para ela.

Ela era uma cópia de Brandon. Eles tinham as mesmas expressões, os mesmos olhos. Eu nunca mais veria as expressões do meu amigo. Esse pensamento me atingiu como um soco no estômago.

Claudia fechou o casaco e continuou:

– Acho que meus pais não aceitariam se você não tivesse vindo até aqui. Foi importante para eles ouvir você dizer que era isso que Brandon queria. – Ela me abraçou e, ao se afastar, enxugou os olhos. – É difícil argumentar contra a fé. É muito abstrato, sabe?

– Você não sabe a dificuldade que é argumentar contra a lógica... – falei, limpando o nó que havia na minha garganta.

– Prefiro mil vezes argumentar contra a lógica. – Ela fungou. – Pelo menos dá para usar os fatos. Boa noite, Josh.

A caminho de casa, peguei o trânsito da hora do rush. Fiquei sentado na picape pensando na conversa com os pais de Brandon. Buzinas soavam. Luzes de freio vermelhas piscavam.

Pensei em Kristen, em como ela não cedia, por mais que eu dissesse que queria estar com ela. Eu queria que Kristen acreditasse no meu amor, que acreditasse em algo intangível, como os pais de Brandon acreditavam que suas orações seriam atendidas. Mas Kristen não era assim. Para ela, sentimentos não sustentavam decisões. Ela se sentia um objeto de desejo, como um carrão que eu não pudesse comprar. Algo que eu queria pela empolgação, sem levar em conta o preço. Ela era prós e contras, fatos e números, preto no branco. Bom senso. Ela era prática, e não havia nada de lógico em ficar comigo.

Ou será que havia?

Prefiro mil vezes argumentar contra a lógica. Pelo menos dá para usar os fatos...

Parei de respirar.

Puta merda.

Puta que pariu!

Eu estava usando o argumento errado!

De repente eu soube como convencê-la. Soube o que fazer.

Levaria algum tempo para organizar tudo, talvez algumas semanas. Mas eu *sabia*.

Sorri durante todo o percurso até meu apartamento, até chegar e ver que o carro de Kristen não estava mais lá.

Quando entrei, a roupa estava lavada e dobrada e o apartamento, impecável e arejado. E o moletom que eu tinha dado para ela semanas antes estava dobrado em cima da cama.

38

KRISTEN

Estacionei na entrada da garagem de Sloan e usei a chave que ficava embaixo de um vaso para entrar, como fazia todos os dias desde o velório duas semanas antes. Eu sempre dizia que precisava mandar fazer uma chave extra, mas nunca tinha tempo. Entre tentar administrar a Doglet Nation e cuidar do que restava da minha melhor amiga, meus dias estavam cheios.

Eu começava a cogitar morar de novo com Sloan. Não conseguia imaginar que um dia ela não precisasse mais de mim. A mãe dela aparecia de vez em quando e fazia o que podia, mas trabalhava sessenta horas por semana, e o pai morava a duas horas de distância. Eu era o último recurso.

A casa cheirava a flores mortas. Coloquei Dublê no chão e levei as compras até a cozinha, onde guardei tudo. Então comecei a jogar fora os buquês. Ela poderia abrir uma floricultura com todos aqueles vasos vazios.

A porta do quarto estava fechada. Deixei que ela ficasse dormindo. Tirá-la da cama antes do meio-dia era duas vezes mais difícil – eu tinha desistido. Usei aquelas horas da manhã para organizar as coisas.

Essa passou a ser minha vida. A segunda metade da nossa vida tinha começado. O antes havia chegado ao fim e agora estávamos vivendo o depois. Eu ia até lá toda manhã assim que acordava. Ficava até meia-noite. E vivia lado a lado com meu velocirraptor. Nós coexistíamos, cuidando de Sloan.

Eu evitava limpar qualquer coisa que fosse de Brandon. Não tocava nas suas roupas sujas. Não joguei fora a garrafa de cerveja que estava na garagem. A única faísca de vida que vi em Sloan desde o velório foi no dia em que ela perdeu a cabeça porque tirei e guardei o copo de água que ficara quase dois meses na mesinha de cabeceira de Brandon.

Ao meio-dia bati à porta do quarto. Como ela não respondeu, entrei. Estava enrolada no edredom azul. Abri as persianas e a janela, esperando que o ar fresco lhe fizesse bem. Preparei um banho para ela e me sentei na beirada da cama para fazê-la se levantar.

– Sloan? Hora de levantar. Vamos.

Ela gemeu.

Tirei as cobertas. Olhei para ela, deitada em posição fetal, o braço com tatuagens coloridas dobrado ao lado do corpo.

Eu a levaria para sair, a obrigaria a ir ao parque ou a dar uma caminhada. Talvez conseguisse fazê-la se sentar na varanda.

Alguma coisa.

– Sloan. Levanta.

Eu me enfiei sob o braço dela e fiz com que se sentasse. Com algum esforço a coloquei na banheira.

Enquanto ela tomava banho, tirei a roupa de cama e coloquei na máquina de lavar. Eu lavava os lençóis todos os dias, graças ao TOC. Se ela passaria doze horas por dia na cama, pelo menos os lençóis estariam limpos. Minha tarefa era manter Sloan e tudo ao seu redor limpo e confortável.

Quando coloquei sabão na máquina, meu celular tocou. Nem precisei olhar para saber quem era. Josh mandava mensagem todos os dias. Olhei a tela.

Josh: Diz que sim.

Engoli o nó que havia na garganta e enfiei o celular no bolso.

Ele mantinha contato diário comigo. Totalmente unilateral. Às vezes dizia que me amava e sentia minha falta. Mandava verdadeiras cartas por e-mail, dizendo onde estava ou o que estava fazendo, como se não quisesse que eu o esquecesse – como se eu fosse capaz de fazer isso. E, todos os dias, uma mensagem se repetia.

Diz que sim.

Na semana anterior, ele passara alguns dias na Dakota do Sul e eu me perguntei se planejava voltar a morar lá. Josh não tinha nenhum motivo para ficar. Odiava o trabalho, Brandon tinha morrido e eu nunca respondia. Não nos vimos nem nos falamos mais depois do velório.

Lavei o cabelo de Sloan enquanto ela abraçava os joelhos contra o peito. Então a tirei da banheira, sequei seu cabelo com a toalha e o prendi numa trança quando já estávamos no sofá.

Mais tarde assistiríamos a um filme. Eu escolhia algo todos os dias, com cuidado. Não podia ser uma história de amor. Nada triste.

Coloquei os lençóis na secadora. Então preparei o almoço – ruim – e, quando voltei, ela estava no sofá assistindo ao vídeo. O maldito vídeo. *De novo.*

Era a única coisa que parecia lhe interessar. Um vídeo de "The Wreck of the Edmund Fitzgerald". Um cover da música. Ela estava obcecada.

Acho que eu devia ficar feliz por ela se interessar por alguma coisa. Coloquei a comida na mesinha de centro.

– Ei, não quer me ajudar com o almoço da próxima vez? Você cozinha bem melhor que eu. Eu não sabia quanta vodca colocar no arroz.

Ela sorriu de leve, mas foi algo mecânico. Fui pegar as bebidas. Quando voltei, ela estava assistindo ao vídeo de novo.

– Quantas vezes você já viu isso? – perguntei, me sentando ao seu lado.

Ela deu de ombros, cansada.

– Eu gosto. – Sua voz saiu rouca.

Eu me aproximei e assisti ao vídeo com ela. Era uma animação de um naufrágio. Um cargueiro jogado contra as ondas até afundar. Fiquei vendo até o fim. E ela colocou de novo.

– Por que você gosta tanto desse vídeo? – perguntei, balançando a cabeça.

Ela ficou olhando a tela por um tempo antes de responder:

– Porque me sinto como esses homens. Uma tempestade veio e afundou meu abrigo, e agora estou perdida no mar. Me afogando.

Não respondi.

– Gosto da voz dele – acrescentou ela.

– Por que não ouvimos outras músicas? – *Deus queira que não sejam todas depressivas.* – Vamos ver se ele tem um álbum – falei, pegando o celular dela.

Eu estava começando a rolar a lista da Amazon Music quando uma mensagem surgiu na tela.

Josh: 👍

– Hum… Josh acabou de te mandar mensagem. – Olhei para ela. Não sabia que eles andavam conversando. – Ele mandou um joinha…

Ela olhou para mim sem energia.

– Kristen, por que não fala com ele?

A pergunta me pegou de surpresa. Fazia tempo que minha melhor amiga não era minha melhor amiga. Não conversávamos sobre mim ou sobre o que eu estava passando.

Não conversávamos sobre nada.

– E o que eu diria? – Voltei a rolar o álbum do artista no celular para não ter que olhar para ela.

Ela riu. Foi tão repentino que me assustou, e olhei para ela, surpresa.

– Vai para casa, Kristen.

– O quê? – Pisquei com força.

– Vai para casa. – Ela pegou o celular da minha mão. – Fala com ele. Fica com ele. Seja feliz.

Franzi a testa.

– Nada mudou, Sloan.

– Você não reconhece o próprio valor. – Ela olhou para mim com os olhos vermelhos.

– Do que você está falando? – Eu me remexi no sofá, desconfortável.

– Da sua mãe. Ela passou a vida inteira fazendo você sentir que não era boa o bastante. Então você acha que também não é boa o bastante para o Josh. Mas você é.

Balancei a cabeça.

– Não, Sloan. Não é isso.

– É, sim.

– Sloan, ele não sabe o que é melhor para ele. Só está pensando no agora.

– Não. *Você* não sabe o que é melhor para *você*. Ela te destruiu. Passou toda a sua infância ditando padrões que você jamais alcançaria, e agora você acha que precisa ser perfeita para ser boa o bastante para alguém.

Ficamos olhando uma para a outra. Então o peito dela começou a subir e descer com aquela rapidez que indicava um colapso a caminho. Como por instinto, puxei lenços de uma caixa que ficava na mesinha de canto assim que seus olhos começaram a se encher de lágrimas.

– Kristen... O acidente do Brandon foi culpa minha.

Eu estava acostumada com isso. Ela sempre perdia o foco. Dessa vez fiquei feliz pela mudança de assunto.

– Não, Sloan, não foi. – Peguei o prato do colo dela e o coloquei na mesinha. Então segurei suas mãos. – Nada disso foi culpa sua.

Ela mordeu o lábio, as lágrimas escorrendo pelo rosto.

– Foi, sim. Eu não devia ter deixado que ele fosse de moto. Devia ter insistido.

Balancei a cabeça, me aproximando dela.

– Não. Ele era adulto, Sloan. Era paramédico. Atendia esse tipo de acidente... Sabia quais eram os riscos. Não ouse se culpar por isso.

Seu queixo tremeu.

– Como? Eu não tinha que proteger o Brandon de si mesmo? Eu o amava. Era minha obrigação.

– Não, *não era*. As pessoas fazem as próprias escolhas, Sloan. Ele viveu a vida que quis viver. Era um homem de 29 anos. Era capaz de tomar as próprias decisões.

Ela enxugou o rosto com as costas da mão.

– Então você pode decidir pelo Josh, mas eu não devia ter decidido pelo Brandon?

Vi a armadilha, mas era tarde demais. Ela balançou a cabeça, piscando em meio às lágrimas.

– Você está perdidinha, não é? – falou. – Acha que ele estaria se contentando com pouco? Para o Josh, não estar com você é que é se contentar com pouco. Você não entende isso?

– Sloan – falei, com a voz suave. – Você não enten...

– Eu não entendo? Você acha que, se o Brandon não pudesse ter filhos depois do acidente, eu estaria me contentando com pouco se ficasse com ele? Eu o aceitaria de qualquer maneira. Incapacitado. Numa cadeira de rodas, sem braços e pernas. Essa sua obsessão *não importa*. Ele te ama. Ele quer *você*. – Ela estava respirando com dificuldade. – Não seja como eu. Não passe o resto da vida sem o homem que você ama. Vai para casa, Kristen.

– Sloan...

– Vai para casa! *Sai daqui!*

Seu grito me fez levantar num salto.

– Vai para casa. – O olhar de Sloan ficou intenso. – E *nunca mais* apareça aqui sem o Josh.

Ela pegou Dublê e o enfiou no meu colo. Então me escorraçou para fora de casa, me jogou na varanda. Pegou a chave que ficava no vaso e bateu a porta na minha cara.

O choque me fez ficar ali, parada, olhando para a porta durante um minuto inteiro.

Ela me expulsou.

Partiu para cima de mim e me expulsou.

Levantei a mão e bati na porta.

– Sloan, abre.

Ela passou a corrente e trancou a fechadura.

– Sloan! Por favor!

Apertei a campainha várias vezes. Nada. Inacreditável...

Bem, era mesmo *perfeito*. Quem arrumaria a cama dela? Ela não conseguia nem lavar a louça. Os pratos do almoço provavelmente mofariam na sala. E o jantar? Ela morreria de fome sem mim. Estava sendo completamente irracional.

Dublê olhou para mim como se não entendesse o que tinha acabado de acontecer. Eu também não havia entendido.

Fui até o carro e me sentei no banco do motorista, de braços cruzados.

Quem sabe a porta dos fundos esteja aberta?

Sloan e eu nunca tínhamos brigado assim.

Soltei um longo suspiro. Eu entendia. Entendia o sentimento dela – *de verdade*. Minha melhor amiga estava vivendo seu maior pesadelo. Enquanto ela vivia seu inferno pessoal, o homem que eu amava estava vivo e ao meu alcance, e eu me recusava a ficar com ele. É claro que eu entendia que isso a magoava, o quanto meus motivos pareciam triviais diante da realidade dela. Eu me senti péssima ao pensar que ela estava me achando mesquinha.

Mas isso não mudava nada.

Josh queria tomar uma decisão emocional por impulso, uma decisão que mudaria toda a vida dele, e eu não podia encorajar isso. Não podia *mesmo*.

Sloan podia ficar irritada comigo o quanto quisesse. Eu estava fazendo a coisa certa, e às vezes fazer a coisa certa irrita os outros, mas nem por isso é *errado*. Às vezes o remédio precisa ser amargo, e eu não seria intimidada a mudar de ideia.

Fui para casa, as palavras de Sloan martelando dolorosamente na minha cabeça como uma bala ricocheteando. Não mudavam nada, mas doíam.

Quando cheguei, joguei a chave do carro na mesa da cozinha e observei minha casa imaculada, me sentindo perdida.

O que eu faria? Sempre tive Sloan na minha vida. E se ela estivesse falando sério e não quisesse mais me ver?

De repente me dei conta de que precisava dela quase tanto quanto ela de mim. Cuidar dela me ajudava a manter minha pose com Josh, porque, embora a vida de Sloan estivesse um caos, o caos era algo que eu podia arrumar. Ali, sem a distração, o vazio era avassalador.

Eu me sentei à mesa da cozinha e puxei uma pilha de guardanapos à minha frente e comecei a endireitá-los, alinhando os cantos e mordendo o lábio, pensando no que fazer.

Beleza, o que ela disse sobre minha mãe podia *mesmo* ser verdade. Eu poderia passar o resto da vida na terapia processando as merdas que a Rainha de Gelo me fez passar. Talvez minha mãe tivesse *mesmo* ferrado comigo e me causado algumas questões de autoestima, mas a verdade nua e crua era que eu carregava muita bagagem e *não* valia o sacrifício que Josh teria que fazer para ficar comigo. Eu nunca seria capaz de dar em troca tanto quanto receberia dele. Isso não era falta de autoestima. Era apenas um fato.

Talvez Sloan topasse fazer um acordo. Eu conversaria com alguém sobre minhas questões se ela concordasse em tratar o luto na terapia. Eu não cederia em relação ao Josh como ela queria, mas Sloan sabia o quanto eu detestava terapeutas e sempre quis que eu procurasse um. Eu estava pensando em como propor isso a ela quando olhei para a sala e vi – um único cravo roxo na mesinha de centro.

Olhei ao redor como se de repente pudesse dar de cara com alguém dentro da minha casa. Mas Dublê estava calmo, deitado embaixo da minha cadeira. Fui investigar e vi que a flor estava em cima de um fichário com a frase "Diz que sim" na capa, com a letra de Josh.

Ele esteve na minha casa?

Meu coração começou a bater forte. Olhei de novo ao redor, como se pudesse vê-lo ali, mas não havia mais ninguém.

Eu me sentei no sofá, com as mãos nos joelhos, olhando o fichário pelo que pareceu uma eternidade, antes de tomar coragem de pegá-lo. Coloquei o cabelo atrás da orelha, umedeci os lábios, respirei fundo e abri.

A primeira página dizia "Especialistas em fertilidade".

Prendi a respiração. *Como é que é?*

Ele tinha feito uma consulta com o Dr. Mason Montgomery, da SoCal Fertility. Um especialista em endocrinologia reprodutiva e infertilidade do Conselho Americano de Obstetrícia e Ginecologia. Tinha conversado com médicos sobre fertilização *in vitro* e barriga solidária e feito um exame de fertilidade.

Levei a mão, trêmula, à boca e lágrimas borraram minha visão.

Eu me debrucei sobre os resultados do exame. Josh era uma *máquina* de reprodução. Nadadores fortes e uma contagem de espermatozoides impressionante. Ele tinha circulado essa informação e acrescentado uma carinha sorridente piscando ao lado. Não consegui conter o riso.

Ele também destacou a alta taxa de sucesso da clínica – mais alta que a média nacional – e conseguiu depoimentos de antigas pacientes, mulheres como eu que usaram uma barriga solidária. Cartas e mais cartas de incentivo endereçadas a mim.

A página seguinte era uma descrição completa dos custos da fertilização *in vitro* com informações sobre o que o plano de saúde dele cobria. Era um plano bom. Cobria 100% da primeira tentativa.

Ele fez até um pequeno plano de negócios. Propôs vender casinhas de cachorro que ele mesmo faria. A renda extra garantiria dinheiro suficiente para a segunda tentativa em uns três meses.

A seção seguinte tinha vários panfletos do Departamento de Adoções Internacionais. Anotações rabiscadas com a letra de Josh diziam que o Brasil tinha acabado de entrar no programa. Ele detalhou o processo, o cronograma e os valores, das despesas de viagem às custas judiciais.

Virei um plástico cheio de panfletos e cheguei a uma página sobre como conseguir licença para oferecer um lar temporário. Ele já tinha passado pela verificação de antecedentes e anexado um formulário para mim, além de uma série de datas disponíveis para cursos de orientação e inspeções domiciliares.

Era isso que ele andava fazendo? Devia ter levado semanas.

Meu queixo tremeu.

Por algum motivo, ver aquilo no papel, saber que passaríamos por tudo juntos, não parecia tão desesperador. Parecia algo que *poderíamos* fazer. Algo que poderia dar certo.

Algo possível.

A última página tinha um envelope. Abri com as mãos trêmulas, a garganta se fechando.

Sei que será uma jornada, Kristen. Estou pronto para enfrentá--la. Eu te amo e não vejo a hora de te contar a melhor parte... Diz que sim.

Larguei a carta, levei as mãos ao rosto e solucei como nunca.

Ele tinha feito tudo aquilo por mim. Josh encarara a infertilidade de frente e sua escolha *continuava* sendo eu.

Ele nunca desistiu.

Todo aquele tempo, por mais que eu o rejeitasse ou dificultasse as coisas, ele nunca virou as costas para mim. Só mudou de estratégia. E eu sabia que, se aquela não funcionasse, ele tentaria outra. E outra. E outra.

Ele nunca deixaria de tentar, até que eu cedesse.

E Sloan... Ela *sabia*. Sabia que o fichário estava lá esperando por mim. Por isso me obrigou a ir embora. Eles tinham conspirado.

Em seu luto, quando mais precisou de mim, quando não conseguia nem se alimentar ou tomar banho sozinha, ela se dispôs a abrir mão da minha presença na esperança de que eu me convencesse, porque queria o meu bem. Queria que eu fosse feliz.

Porque ela me ama demais. Ela me ama tanto quanto Josh.

Eles achavam que eu valia a pena.

Eu ainda não achava. Talvez nunca achasse de verdade.

Mas *eles* achavam.

Algo dentro de mim se partiu naquele momento. Desisti. Não tinha mais forças para ficar longe dele. Não conseguiria mais... e não havia mais motivos. Josh sabia o que estava fazendo.

Dublê se recostou, olhando para mim. Enxuguei os olhos com a gola da camiseta.

– Vou trazer seu papai para casa.

Ele colocou a língua para fora e pareceu sorrir. Peguei o celular e mandei uma mensagem para Josh pela primeira vez em semanas.

Kristen: Sim.

Esperei, olhando o celular com o coração na garganta.

A campainha tocou.

Dei risada, me levantando do sofá com um salto, lágrimas escorrendo pelo meu rosto. É claro que ele estava esperando por mim. Josh sempre esperou por mim.

Ele nunca mais teria que fazer isso.

Abri a porta com tudo. Ele estava na varanda, com um sorriso largo, aquelas covinhas e o topete. Eu me joguei nos seus braços e o cheiro de cedro me atingiu. Senti o toque familiar do seu corpo em volta do meu e isso me completou na mesma hora. Ele riu, aliviado, e me ergueu do chão, me abraçando com tanta força que mal consegui respirar.

– Sim – sussurrei. – Sim.

Josh é meu.

A felicidade era quase demais. Então, com a mesma profundidade, quando me dei conta de que minha luta tinha sido em vão, senti o vazio dos últimos meses sem ele. As semanas em que poderíamos estar cuidando um do outro, ajudando um ao outro a enfrentar aquela tragédia.

– Josh, desculpa. Desculpa ter magoado você. – Eu me agarrei a ele, chorando. – Obrigada por nunca ter desistido.

– Shhh. – Ele me apertou. – Eu teria passado a vida inteira lutando por você. Estou feliz por não me obrigar a esperar mais. – Ele sorriu, a testa encostada na minha, os olhos fechados. – Está pronta para a melhor parte?

– Você roubou um bebê? – Funguei.

Ele riu, passando o dedo no meu rosto, o canto dos olhos castanhos enrugadinho.

– Não. Mas é quase tão bom quanto. – Ele me olhou nos olhos. – Já consegui uma barriga solidária.

– Não – protestei, dando um passo atrás. – Sloan não está bem para fazer isso, nem emocional nem mentalmente. Não sei se um dia vai estar...

– Não é a Sloan. – Ele abriu um sorriso. – São minhas irmãs.

– O quê? – Pisquei com força.

Seu sorriso se alargou.

– Fui para casa para uma reunião de família. Encontrei todas as minhas seis irmãs e meus cunhados. Contei para eles que estava completamente apaixonado por uma mulher muito prática que não me aceitaria se eu não desse um jeito nessa situação.

Um soluço escapou dos meus lábios e levei a mão à boca, sorrindo.

– Todas as seis se ofereceram – continuou. – Elas até brigaram para ver quem vai primeiro. Não tem graça se elas não discutirem.

Solucei mais ainda, rios de lágrimas percorrendo meu rosto. Ele me puxou para si, enxugando minhas lágrimas.

– Kristen, preciso que você saiba que, se nenhuma dessas opções estivesse disponível, eu ia querer você assim mesmo. Quero você não importa o que aconteça. Quero você mais do que quero qualquer coisa. – Sua expressão era sincera e firme. – Não tenho nenhuma chance de ser feliz se não puder ter você. Nenhuma.

Enterrei o rosto no seu pescoço e ele me abraçou.

– É difícil para mim, Josh. É difícil acreditar que sou o bastante – sussurrei.

– Bem, vou ter que passar o resto da vida trabalhando nisso, não é mesmo? O que me leva à próxima questão. Olha para mim. – Ele levantou meu queixo. – Acho que a gente devia se casar. – E olhou bem fundo nos meus olhos. – Hoje.

39

JOSH

Estávamos na varanda da casa dela, e ela olhou para mim com aqueles olhos castanhos.

– Você quer se casar comigo *agora*? *Hoje*?

O muro tinha ido embora. A ponte levadiça, as piranhas, as metralhadoras – *tudo embora*. Ela estava feliz e aberta e seu amor preenchia tudo. *Jorrava* dela. Eu percebia no modo como ela olhava para mim. No tom da sua voz. Na sua mão sobre o meu peito e no beijo dela, no sorriso que alcançava seus olhos e no formato da boca.

Passei todas aquelas semanas planejando e rezando por isso. Eu nem sabia o que faria se fracassasse. Eu me recusava a pensar nisso.

Mas *não* fracassei.

E vê-la me amar tanto era um alívio para a minha alma. Eu a tinha por inteiro pela primeira vez. Ela era minha. Era *finalmente* minha.

Mas ainda não era hora de comemorar.

Eu tinha pensado muito durante aquelas semanas. Ainda não sabíamos se ela estaria com mais algum problema de saúde, e eu poderia apostar que, se estivesse, ela voltaria a me deixar para me poupar do transtorno.

Mas Kristen acreditava no casamento. Acreditava em "na saúde e na doença" e, se assumisse esse compromisso comigo, ela iria honrá-lo. Mesmo que *ela* é que ficasse doente.

Eu precisava selar o acordo antes que ela mudasse de ideia. Já vira muitas vezes a rapidez com que podia perdê-la e não tinha intenção nenhuma de deixar que isso acontecesse enquanto planejávamos um casamento. Não com Kristen a uma consulta ruim de me deixar.

– Escuta – falei. – O fato de eu estar loucamente apaixonado por você não tem nada a ver com isso. Eu juro. Sei o quanto você detestaria se eu quisesse me casar por algum motivo romântico, não é?

Ela riu. *Meus Deus, como senti sua falta.*

– Você está prestes a fazer uma cirurgia importante e meu plano é melhor que o seu. Você poderia consultar o médico que quisesse. Teria acesso a qualquer especialista, mesmo sem ter sido encaminhada. Não quero terminar como a Sloan e o Brandon. Não quero morrer sem estar casado com a mulher que eu amo. E quero que possamos tomar decisões médicas um pelo outro caso aconteça alguma coisa.

– Pensar que minha mãe tem total poder de decisão sobre os meus órgãos me assusta um pouco, na verdade. – Ela mordeu o lábio.

Abri um sorriso. Eu sabia que assustava.

– Além disso – continuei –, os benefícios fiscais são bastante generosos para pessoas casadas.

– É verdade. – Ela sorriu para mim, seu belo rosto iluminado. – Preciso dizer que seus argumentos são muito bons. Está atrás de cidadania? Ou precisa que eu te ajude a sumir com um corpo e não quer que eu testemunhe contra você? Porque, em qualquer um dos casos, por mim é negócio fechado.

Eu a puxei mais para perto.

– Casa comigo. Agora. Hoje. Vamos até o cartório acabar logo com isso.

Diz que sim. Por favor, diz que sim.

– Tá. – Ela deu de ombros.

– Sim? – Meu coração explodiu dentro do peito.

Ela mordeu o lábio e sorriu.

– É, não tenho nenhum argumento contra essa lista de prós que você fez. – Ela franziu a testa. – Mas e sua família? Eles não vão ficar bravos por você sair por aí se casando com uma mulher qualquer?

Foda-se minha família – e digo isso com o maior amor do mundo, mas minha família era a última coisa com que eu me preocuparia naquele momento. Eu não conseguiria relaxar enquanto Kristen não fosse minha esposa. Nada daquilo seria real enquanto não nos casássemos.

Primeiro isso, família e oxigênio depois.

– Meus pais já casaram seis filhas. – Balancei a cabeça. – Vão ficar aliviados por não ter que ir a mais um casamento. Eu já contei meus planos a eles. Podemos ir para lá e dar uma festa quando quisermos.

– Ah! – Ela deu pulinhos. – Podemos comprar as alianças na casa de penhores do *Pulp Fiction*?

Abri um sorriso, um entusiasmo ainda cauteloso se instalando.

– Como você quiser. – Olhei o relógio. – É melhor a gente ir logo se quiser fazer isso ainda hoje. Você tem alguns minutos para se trocar.

– Beleza, vou ligar para a Sloan – disse ela, pegando o celular.

Senti um frio na barriga. Eu sabia que esse momento chegaria e meu coração doía em antecipação ao que eu precisava contar a ela. Segurei seu punho.

– Kristen – falei, com a voz suave. – Sloan sabia que eu te pediria em casamento. Ela não quer estar presente.

Sua felicidade se esvaiu diante dos meus olhos, e a minha alegria também. Eu odiava vê-la magoada. Queria poder lhe dar tudo que ela quisesse. Mas Sloan não estava à venda.

Olhei para ela com a expressão suave.

– Ela apoia. Estava torcendo por mim. Pediu que eu mandasse mensagem contando sua reação. Mas não vai conseguir ir a um casamento.

Ela engoliu em seco e assentiu, os olhos castanhos brilhando apenas o suficiente para partir meu coração.

– Não... Ela não daria conta de algo assim. Claro.

Ela sorriu para mim, um sorriso fraco dessa vez, tentando parecer bem. Eu a amei por isso. Mas sabia o quanto estava magoada. Eu também estava.

Finalmente tínhamos um ao outro, mas também tínhamos perdido nossos melhores amigos.

40

KRISTEN

Estávamos sentados em bancos de madeira, cada um de um lado do corredor, esperando que chamassem nosso nome. Tínhamos a licença e as alianças e conseguimos o último horário do dia para uma cerimônia civil.

O casamento com um juiz de paz custava 35 dólares, mais 20 por duas testemunhas aleatórias, designadas pelo cartório, para assinar a certidão.

Não havia flores nem bolo. Eu não estava com um vestido de noiva. Minha aliança estava tão frouxa que tive que prendê-la com fita adesiva. Pegamos chuva no estacionamento. Não teríamos uma primeira dança nem fotos nem um padre que falasse "ceuimônia". Minha melhor amiga não estaria ao meu lado, nem o dele.

Era o casamento mais triste da história dos casamentos – e eu estava tão entusiasmada que não conseguia parar de sorrir.

Depois de ter desistido de resistir, percebi o quanto minha cruzada fora exaustiva. Era como lutar para não dormir quando tudo que você quer é se entregar e pegar no sono.

Deixar Josh me amar era natural e fácil – mantê-lo longe de mim é que era difícil. Drenava toda a minha energia, tirava tudo de mim, e eu estava aliviada por aquilo ter chegado ao fim.

Josh estava com a camiseta da cervejaria, do dia em que nos conhecemos, embaixo de um paletó, e eu usava o vestido preto do jantar de Sloan e Brandon, a pedido dele.

Olhei para Josh e ele ergueu os olhos do papel que segurava nas mãos e sorriu para mim, as covinhas aparecendo. Estávamos escrevendo nossos votos.

Aquele homem estava prestes a ser meu marido.

Foi meu namorado durante uns três minutos, meu noivo por duas horas e estava prestes a ser meu marido para o resto da vida.

Eu seria Kristen Copeland.

Não sei em que ele estava pensando ao olhar para mim do outro lado do corredor, mas nunca o tinha visto tão feliz.

– Kristen Peterson e Joshua Copeland?

O chamado nos arrancou do momento privado. Josh se levantou e me estendeu a mão. Então, logo antes de entrarmos, me puxou para perto.

– Preparada?

Meu Deus, eu estava tão preparada que não tinha nem graça.

– Sim.

Mordi o lábio inferior e sorri. Ele acariciou meu rosto.

– Você sabe que é a melhor coisa que já me aconteceu, não sabe? – Seus olhos brilhavam de emoção. – Eu te amo, Kristen. Você é o grande amor da minha vida.

Suas palavras tocaram meu coração.

– Eu também te amo, Joshua. Para sempre.

A CERIMÔNIA ACONTECEU NUM ESCRITÓRIO. Estávamos em frente a uma mesa, onde um funcionário de cabelos grisalhos confirmou nosso nome e verificou nossos documentos. Nossas testemunhas estavam em pé nos fundos quando a cerimônia começou. Tinham se passado alguns minutos e eu estava prestes a ler meus votos quando a porta se abriu de repente e Sloan apareceu.

Meu queixo *caiu*.

Ela parecia uma madrinha zumbi. A trança estava arrepiada e o batom vermelho, borrado. Usava o mesmo vestido rosa do casamento da mãe, três anos antes – abotoado errado. As mãos agarradas às flores quase mortas que eu tinha separado na cozinha dela. Deve tê-las tirado do lixo. Estava com olheiras profundas escuras e pálida mesmo com blush.

Mas estava *ali*.

Eu a abracei.

– Não pude deixar de vir – sussurrou ela.

Eu nem conseguia imaginar a força que fora necessária para que ela saísse de casa e estivesse ali comigo. O aperto no peito ao me ver casando, algo que ela nunca teve.

Mas ela *foi*.

Josh a abraçou, e pela primeira vez vi a ausência de Brandon estampada no rosto dele. Ele estava se esforçando muito para não ficar pensando nisso, eu acho. Mas, com Sloan ali, a ausência do amigo se materializou.

Não era para ser assim. Sloan e Brandon já teriam voltado da lua de mel, já estariam acomodados em casa. Eu não sabia onde Josh e eu estaríamos, mas me dei conta de que não havia universo em que não acabássemos juntos. E Brandon e Sloan estariam no nosso casamento, nos apoiando.

Mas era só ela. E na verdade nem era mais *ela*. Eu não sabia se voltaria a ser algum dia.

Mas pelo menos ela estava ali.

Sloan parou ao meu lado e funguei, pegando o recibo do Taco Bell onde tinha rabiscado meus votos.

Olhei para Josh. Seu peito subia e descia rápido demais. A expressão em seu lindo rosto era de... ansiedade, preocupação e expectativa, como se ele estivesse com medo de que, de repente, aquilo tudo lhe fosse roubado, como se eu pudesse mudar de ideia de uma hora para outra.

Eu merecia isso.

Era um casamento forçado. E tinha sido forçado por Josh.

Aquilo tudo fora uma campanha-relâmpago planejada para me empurrar até o cartório antes que eu me desse conta do que estava acontecendo. Ele queria me prender antes que eu surtasse e fugisse. Foi por isso que apressou tudo. Mas o jogo tinha virado – eu *queria* ficar presa a ele e não mudaria de ideia. Nunca mais o abandonaria. Já que ele queria tanto meu corpo enferrujado, que ficasse com ele, e eu passaria o resto da vida fazendo de tudo para que ele se sentisse seguro e amado.

Olhei para ele com o olhar firme e respirei fundo.

– Joshua, prometo responder às suas mensagens.

Todos riram, até meu noivo, e seu rosto relaxou. Continuei:

– Vou atender sempre que você ligar, pelo resto da vida. Você nunca mais vai precisar correr atrás de mim.

Seus olhos se encheram de lágrimas e ele pareceu soltar a respiração que estava presa.

– Prometo estar sempre presente no dia da família do Corpo de Bombeiros, para que você saiba que é amado. Prometo apoiá-lo e segui-lo aonde quer que vá, até você encontrar um lugar que te faça feliz. Prometo ser sua melhor amiga e tentar preencher esse vazio no seu coração. – Sorri para ele. – Vou orbitar ao seu redor e ser seu universo, porque você sempre foi meu sol.

Ele enxugou os olhos e teve que respirar um pouco antes de ler seus votos.

Enquanto eu esperava, deixei que seu rosto me ancorasse. Eu o absorvi por inteiro, deixando seu amor me lembrar de que eu valia a pena.

Ele olhou o papel e pareceu decidir que não precisava dele, largando-o sobre a mesa. Pegou minhas mãos.

– Kristen, prometo amar e cuidar de você em meio a qualquer problema de saúde que nos aguarde. Vou te mostrar, todos os dias da sua vida, que você vale qualquer dificuldade. Vou carregar o peso das suas preocupações. Tudo que peço é que você carregue a bolsinha do cachorro.

Todos riram de novo.

– Prometo amar o Dublê Mike e matar todas as aranhas e sempre evitar que você fique com fome.

Eu ria em meio às lágrimas.

– Sempre vou defender você. Sempre vou estar ao seu lado. – Então se virou para Sloan. – E prometo cuidar de você, Sloan, como se fosse minha irmã, pelo resto da vida.

Essa foi a gota d'água. Lágrimas escorriam pelo meu rosto, e antes mesmo de me dar conta eu já estava em seus braços.

Nós dois estávamos chorando. *Todos* estavam chorando, até as testemunhas que não faziam ideia do quanto a jornada até ali tinha sido difícil, dos sacrifícios que tivemos que fazer por aquela união.

Ou quem perdemos pelo caminho.

41

KRISTEN

Consultórios médicos nunca são quentes o bastante. Era de se esperar que mantivessem o aquecedor ligado num lugar onde a gente fica usando apenas um vestido de papel.

Eu estava sentada na maca, as pernas nuas balançando, e Josh ao meu lado. Ele segurava minha mão para me acalmar.

– Sempre demora tanto assim? – perguntou, olhando as horas.

A aliança dele ficava na mão do relógio e sorri ao olhar para ela, embora estivesse com frio e nervosa. Dentro dela estava escrito "Tá". Eu tinha mandado ajustar a minha, e Josh mandou gravarem as palavras "Meu universo". Éramos muito fofos.

E estávamos famintos.

Já fazia quase meia hora que a ultrassonografia tinha terminado. Ninguém voltara desde então e eu estava em jejum por causa do exame de glicose. Josh também não tinha comido, em solidariedade a mim, então estávamos os dois morrendo de fome.

– Não sei quanto tempo leva. – Suspirei. – Nunca tive que fazer um pré-operatório para histerectomia.

Fazia quatro semanas que estávamos casados. Um mês agitado.

Josh fora morar comigo, mas no primeiro dia percebemos que precisávamos morar perto de Sloan. Nós dois ficávamos mais lá que na nossa casa.

Propusemos que ela morasse conosco e ela se recusou terminantemente. Propusemos ir morar *com ela* e ela também recusou. Então, além de unir nossas vidas, lançar a linha de casinhas de cachorro e cuidar da minha melhor amiga, estávamos procurando uma casa nova.

Josh assumiu todos os reparos domésticos que Brandon não tinha conseguido fazer. Ele preparava a maior parte das nossas refeições e eu passava quase todos os dias tirando Sloan da cama, limpando a casa dela e tentando animá-la.

Mas ela não melhorava.

Eu só conseguia convencê-la a sair de casa para ir ao túmulo de Brandon ou ao Starbucks, bem de vez em quando. Ela se recusava a fazer terapia ou tomar antidepressivos. Eu não sabia mais o que fazer.

Josh me abraçou e fechei os olhos, me aninhando nele.

– O que levamos para o almoço na casa da Sloan? – perguntou ele.

– Hum, ela gosta de tacos. Podemos parar no food truck a caminho de casa.

– Boa ideia. – Ele colocou as mãos no meu rosto. – Me lembra de consertar a porta do quarto dela. A fechadura anda emperrando.

Inclinei a cabeça e ele me beijou. Ele estava sempre me beijando. Me tocando, me abraçando, segurando minha mão. Não tivemos lua de mel, mas isso não importava.

Nossa lua de mel era todo dia.

Na semana anterior, a mãe de Sloan passara alguns dias com ela enquanto Josh me levava a Dakota do Sul para conhecer sua família.

Ele não estava brincando. Suas irmãs eram loucas.

E amei todas elas.

Era como correr com uma matilha de lobas lutando pela posição de líder. Muito divertido.

Quando estávamos lá, decidimos que Carmen tinha as melhores condições de ser nossa primeira barriga solidária. Ela era dona de casa e tinha dois filhos, um bebê e uma criança de 7 anos, e suas gestações foram as mais tranquilas.

Eu teria que tomar injeções diárias antes de coletar os óvulos, e os miomas nunca reagiam bem a hormônios. Então, embora estivéssemos ocupados com Sloan e a recuperação fosse longa, decidimos marcar a histerectomia.

Estava na hora. Minhas cólicas andavam terríveis e eu sangrava quase diariamente. Os miomas tinham começado a apertar minha bexiga e eu não conseguia mais dormir de bruços porque era muito desconfortável. E, por mais que Josh dissesse que eu era sexy, eu não me sentia assim com aquela barriga inchada.

Eu estava pronta para me livrar disso tudo.

Josh estava me beijando quando bateram à porta, e nos afastamos como adolescentes pegos no meio do amasso.

O Dr. Angelo entrou, olhando meu prontuário.

– Bem, já temos os resultados dos exames. Sr. Copeland, o senhor tinha razão em se preocupar. – Ele virou a página, analisou-a por um momento, e se virou para mim. – Por causa de algumas coisinhas, infelizmente a histerectomia está fora de cogitação.

Sua expressão era séria.

Fechei os olhos e soltei um suspiro. Havia algo de errado comigo.

Eu sabia.

Dizem que só somos velhos se nos sentimos velhos. Eu estava começando a achar que era uma relíquia antiga ou algo do tipo.

Nas últimas semanas, eu andava com dores de cabeça e me sentindo exausta. E estava perdendo muito peso. Estava sempre tonta e nem ousei contar isso a Josh, porque ele teria me arrastado até a emergência na mesma hora. Ele já me enchia o saco para que eu fizesse o exame de glicose. Eu não tinha tempo para ser carregada até o hospital. Precisava fazer muitas coisas.

E agora iria aparecer diabetes ou câncer ou alguma doença rara no coração, e Josh teria que cuidar da moribunda.

Claro que algo assim aconteceria comigo. Eu não só seria obrigada a ficar com meu útero idiota e inchado que não parava de sangrar, como também teria que lidar com alguma outra doença qualquer.

Eu não tinha tempo para isso. Sloan era um trabalho em tempo integral. Meu *trabalho* era em tempo integral.

E coitado de Josh. Eu só queria ser uma boa esposa para ele. Queria ser normal e saudável. E, se eu não podia fazer a histerectomia, será que poderia coletar os óvulos para a fertilização *in vitro*? Quer dizer, até onde ia essa doença nova? E, se eu tivesse que recorrer à adoção, minha saúde seria um impeditivo? Havia restrições quanto a isso, não havia? Se você estiver morrendo, não pode colocar uma criança nessa situação, pode?

Meu velocirraptor arranhou alguma porta interna. Mas Josh colocou a mão no meu ombro e o monstro voltou a hibernar.

Eu sabia que meu marido não me abandonaria, por pior que fosse a bomba que estivesse prestes a explodir. E o pior era que eu tinha deixado que ele colocasse uma aliança no meu dedo, e agora *eu* é que não podia deixá-lo e poupá-lo de uma vida inteira de doenças. Bela jogada, Josh. Agora ele seria obrigado a ficar comigo.

Suspirei e me preparei para a notícia.

O Dr. Angelo puxou a banqueta e se sentou, repousando a prancheta no colo. Ele entrelaçou os dedos.

– Você está grávida, Sra. Copeland.

Tudo parou.

A mão de Josh vacilou no meu ombro.

– Estou *o quê?* – Fiquei olhando para o médico.

– De quatro meses e alguns dias – respondeu ele, com um sorriso.

– *O quê?* – disse Josh, baixinho.

O Dr. Angelo girou na banqueta em frente à máquina de ultrassom. Digitou alguma coisa no teclado e uma imagem em preto e branco surgiu no monitor.

– Aqui está seu bebê. – Ele bateu com a caneta num ponto da tela e inclinou a cabeça. – Aqui um pé. Aqui a cabeça. A mão...

Josh e eu olhamos a tela, boquiabertos. Acho que nenhum de nós estava respirando. Meus ouvidos começaram a zumbir.

O Dr. Angelo nos entregou um papel em preto e branco que foi impresso sob o monitor.

– A primeira foto do seu bebê.

Josh e eu olhamos para o papel fino em choque, cada um segurando de um lado.

– Sua glicose está um pouco desregulada – disse o Dr. Angelo, ajeitando os óculos. – Diabetes gestacional. Vai precisar cuidar bem da dieta daqui em diante e vai ter que testar o nível de açúcar no sangue. – Ele falava olhando a prancheta. – Foi isso que causou aquela crise de hipoglicemia que você mencionou. – Ele assentiu para Josh. – Vou passar uma dieta adequada. Tudo certo com a ultrassonografia. Seu bebê parece saudável. Tudo parece estar bem.

– *Como?* – perguntei baixinho. – Eu tenho DIU. E os miomas! Eu sangrei todo esse tempo!

O Dr. Angelo balançou a cabeça.

– Você mencionou os sangramentos quando conversamos antes. Sangramentos leves e cólicas não são incomuns na gravidez, principalmente pós-sexo. E, pelo que estou vendo, seu DIU, bem... – Ele deu uma risadinha. – Desapareceu. Não estou vendo DIU nenhum. O radiologista também não viu. Deve ter sido expelido durante um fluxo pesado. Quando o fluxo é muito intenso, o DIU pode se deslocar e passar despercebido.

Josh tremia. Eu sentia o tremor na sua mão. Olhei para ele e vi que seus olhos estavam arregalados. Comecei a rir como uma louca e, assim que perdi a compostura, ele também começou a rir. O médico esperou pacientemente que voltássemos ao normal.

– Como isso foi acontecer? Esse tipo de coisa não acontece. – Olhei para cima, enxugando o rosto. – Por que eu não sinto o bebê se mexendo? Está tudo bem?

Eu estava processando aquilo tudo a uma taxa de mil que-merda-é-essa por segundo. Não conseguia acreditar. Literalmente não conseguia acreditar.

– Ainda é cedo. – O médico deu um sorriso tranquilizador. – E, quando a mulher não imagina que está grávida, é comum confundir o movimento fetal e os sintomas com outras coisas.

– Eu achei que fossem... os miomas. Estava tão acostumada a ficar sempre péssima... – Coloquei a mão sobre a protuberância redonda que era minha barriga pela primeira vez em meses.

Um bebê.

Minha barriga inchada era um *bebê*. Não uma barriga cheia de tumores, mas um *bebê*.

Eu estava *grávida*.

– Seus miomas não parecem estar causando nenhum problema para a gravidez. Os tumores na verdade parecem ter diminuído desde sua última consulta – disse o Dr. Angelo, folheando o prontuário. – Os hormônios da gravidez às vezes têm esse efeito.

Começaram a surgir flashes daqueles quatro meses na minha cabeça.

– Mas eu bebi. E não tomei vitaminas e... e...

– Uma bebida de vez em quando não afeta a gravidez. Ter ficado um pouquinho embriagada uma ou duas vezes não vai prejudicar o feto. E, embora o ideal seja manter as vitaminas em dia, é possível conseguir quase todos os nutrientes com uma alimentação balanceada.

Tentei respirar fundo. Estava ficando tonta. Levei as mãos à boca e desabei. Soluços de sacudir o corpo. Eu me agarrei a Josh mais uma vez e ele me pressionou contra o peito.

Nenhum de nós dois conseguiu conter as emoções. A clínica toda devia estar ouvindo a gente rir e chorar como dois malucos.

– Vou recomendar um pouco de tranquilidade – falou o médico, nos entregando lenços –, e preciso que você ganhe um pouco de peso. Está uns cinco quilos abaixo do que gostaríamos. Uma gravidez exige trezentas calorias a mais por dia. Ela vai sugar tudo de você se não se alimentar bem, e queremos que fique bem e forte para o parto, Sra. Copeland.

A sala rodou. Eu não parecia estar acompanhando.

Grávida. Eu. Eu e Josh.

Quando o médico finalmente saiu, depois que eu fiz todas as perguntas que queria e vi o bebê mais uma vez no ultrassom e ouvi os batimentos cardíacos, Josh e eu ficamos ali abraçados.

– Foi naquela noite – falei. – Do jantar da Sloan.

Ele riu e tirou uma mecha de cabelo molhado do meu rosto.

– A primeira vez. Foi a única vez que não usamos camisinha no começo. Uma oportunidade e eu já te engravidei.

– Foi seu superesperma – zombei. – Graças a Deus que você fez de mim uma mulher honesta. Me arrastou até o cartório para um casamento no civil, o que condiz com minha situação escandalosa.

Ele riu. Então aproximou a mão da minha barriga e me olhou como se estivesse pedindo permissão.

Ele tocava cada centímetro do meu corpo, menos a barriga. Assenti e ele colocou a mão quente sobre meu umbigo, e foi o momento mais íntimo da minha vida. Ele se aproximou e me beijou, nosso bebê sob a mão dele.

Então o medo tomou conta de mim. Eu me afastei, assustada de repente.

– Josh, e se eu perder o bebê? Minha mãe perdeu meu irmão. E se ele vier cedo demais? E se for uma menina e ela tiver os mesmos problemas que eu? E se eu for uma mãe de merda como a minha e não souber criá-la ou dizer a ela o quanto a amo ou... ou...?

A histeria borbulhou dentro de mim. Agora eu era uma mulher que ficava histérica.

– Ei, ei. Você não vai ser uma mãe de merda – disse ele, com as mãos no meu rosto. – Você não tem nada a ver com a Evelyn. Não pense no "E se?" porque você não pode fazer nada para evitar essas coisas. Vamos curtir o momento. E, se as coisas não saírem como o planejado, vamos enfrentar. Sempre, o que quer que aconteça. Juntos.

Assenti, e o tremor nas minhas mãos foi diminuindo com a força do seu abraço.

Fechei os olhos e acalmei minha respiração, me concentrando nas mãos do meu marido em meu rosto e na sua presença familiar. Meu porto seguro. A calmaria na minha tempestade. O sussurro para meu grito.

Então olhei para ele e a realidade enfim entrou em foco.

– Josh, você vai ser papai.

Ele sorriu de lado, lágrimas de alegria brilhando nos seus olhos.

– Kristen... *você* vai ser mamãe.

Epílogo

JOSH

2 anos depois

Eu me enfiei na parte de trás do SUV e soltei Oliver Brandon da cadeirinha. Kristen estava ao meu lado, uma bolsa de fraldas pendurada no ombro.

– Quer mesmo fazer isso? – perguntou. – E se ela comer o coitado?

Abri um sorriso, erguendo o bebê no colo e pegando seu copinho.

– Evelyn está se esforçando – falei. – Ela merece uma chance.

Fechei a porta e me virei para Kristen, que olhou para mim.

– Ela chamou você de ardiloso.

– Chamou... – Dei risada. – Chamou mesmo.

Kristen e eu nos divertimos com essa. Era seu apelido favorito para mim.

– Mas, sendo justo – falei, dando o copinho a Oliver –, ela ficou sabendo que você estava casada e grávida por meio de uma *batata*. Tinha todo o direito de ficar possessa. Isso você não pode negar. – Peguei a bolsa de fraldas. – Você não devia estar carregando peso.

Ela fez uma careta.

– Já tem quatro meses que fiz a cirurgia. Posso carregar uma bolsa de fraldas de dois quilos.

Beijei sua cabeça teimosa.

Depois que Oliver nasceu, passamos um ano tentando engravidar de novo, mas o raio não caiu duas vezes no mesmo lugar.

Consultamos um especialista em fertilidade e fizemos três tentativas de fertilização *in vitro*, sem sucesso, porque os miomas impediam a implantação dos embriões.

Kristen estava péssima na época. A menstruação continuava um pesadelo. Ela sentia dor e estava quase anêmica. Essas coisas todas, mais os tratamentos de fertilidade e os cuidados com o bebê, estavam sendo muito difíceis para nós dois.

Eu odiava vê-la sofrendo.

Ela relutava em marcar a histerectomia porque tivemos sorte de primeira. Mas, depois de um ano de sofrimento, passamos a enxergar exatamente o que Oliver era: um milagre. E um milagre que não iria se repetir.

Então, após eu garantir de muitas formas que estava tudo bem e que eu só queria que ela ficasse saudável, ela fez a histerectomia, aos 26 anos.

E era uma nova pessoa.

Acho que até então eu não tinha me dado conta do quanto minha esposa era forte. Kristen não gostava de me dizer quando se sentia mal. Ela era boa em esconder e parecer bem. Mas, quando as cólicas e os sangramentos deixaram de fazer parte da sua vida diária, ela floresceu. Passou a dormir melhor, a ter mais energia. Era uma nova mulher. Até a irritação de fome passou a ser menos assustadora.

Vê-la assim foi um presente.

– Sabe, até amanhã minha mãe já vai ter ensinado Oliver a usar o vaso – disse ela.

– Ótimo. – Olhei para a fachada da mansão da década de 1940 em Simi Valley. – A cada minuto que passa essa ideia parece melhor.

Subimos os degraus da entrada e Evelyn abriu a porta antes mesmo que batêssemos.

Eu ainda não estava acostumado a ver aquela mulher sorrindo. Mas ela sorriu. Não para Kristen ou para mim, claro, mas ela amava o neto.

– Meu netinho chegou! – disse, com um floreio.

Ela se aproximou e nos cumprimentou com beijinhos no ar, depois tirou Oliver do meu colo, envolta numa névoa de Chanel Nº 5.

Quem pegou a bolsa de fraldas foi Maria, a babá noturna que Evelyn tinha contratado para que deixássemos Oliver passar a noite lá.

Oliver conhecia Maria. Evelyn a contratara para ajudar nas primeiras semanas pós-parto, e de novo quando Kristen estava se recuperando da histerectomia.

Evelyn andava bastante prestativa. Era toda recompensas agora que os castigos tinham deixado de funcionar.

Sloan estava tão bem quanto era possível. Eu não diria que ela estava ótima, mas tinha voltado a ser uma adulta funcional. E parte disso era obra de Evelyn. Além de nos ajudar com nosso filho, ela também estava representando Sloan na Justiça para ajudá-la a ficar com a casa. Não que a casa valesse muito. Eu ia até lá toda semana para tentar mantê-la em pé. Mas o gesto significava muito para nós três. E, depois disso, passei a ter muita dificuldade de recusar as tentativas de Evelyn de fazer parte da vida do neto.

Kristen continuava cética. Mas não me preocupei com isso. Oliver foi a primeira coisa que Evelyn elogiou na filha.

Kristen mordeu o lábio, nervosa, e coloquei a mão no seu ombro.

– Tem certeza de que vai dar conta, mãe? – perguntou ela.

Até então, Oliver sempre estivera com pelo menos um de nós dois. Era a primeira vez que dormiria fora de casa. Mas era uma ocasião especial e precisávamos da casa vazia.

Evelyn fez pouco caso da preocupação, levantando a mão que ostentava uma pulseira de diamantes.

– Tenho, tenho. Podem ir. Feliz aniversário. Aproveite a noite, querida.

Evelyn voltou para dentro de casa, sussurrando para Oliver que eles veriam o piano da mamãe. O barulho de mãozinhas de bebê nas teclas ressoou quando fechamos a porta. Paramos na varanda.

– Finalmente livres – falei, abraçando sua cintura.

Ela passou os braços em volta do meu pescoço e me beijou.

– Vamos fazer aquilo que a gente gosta de fazer a noite inteira, não é? – disse ela.

Apalpei sua bunda e mordisquei seu lábio, sorrindo.

– Faz tanto tempo...

– Eu sei... – sussurrou ela. – Não vejo a hora de levar você para a cama.

– Estamos falando de dormir, não estamos? – Dei um sorrisinho.

Rimos sem afastar os lábios e a beijei intensamente, bem ali na varanda de Evelyn.

Caramba, eu não enjoava da minha esposa. Ela era a mulher mais sexy do mundo. Eu amava cada centímetro do seu corpo. Amava suas estrias e suas cicatrizes, as pintinhas nos olhos e a marca de nascença no pescoço. Todas as suas imperfeições impecáveis.

O tempo todo, todos os dias, eu me sentia grato por Brandon ter me levado até Kristen. Ela era o presente eterno que eu tinha ganhado de um homem que jamais esqueceria, pelo resto da vida.

– Então você quer hambúrguer no almoço e filé no jantar, é isso? – perguntei, encostando minha testa na sua.

Ela assentiu e colocou a mão no meu peito, onde eu tinha tatuado seu nome.

– Josh... Acho que estou pronta para continuar tentando. Será que é hora de começar a falar sobre a barriga solidária? Carmen ainda está disposta, não está?

Eu sabia por que ela estava perguntando aquilo. Kristen ainda queria me dar um time de beisebol. Mas meus sonhos tinham mudado.

Testemunhar todo o tenso processo de fertilização e o quanto aquilo exigia dela, emocional e fisicamente... Eu só queria que ela fosse feliz. Queria que aproveitasse nosso filho. Ela nunca reclamava, mas eu sabia que estava cansada das consultas e das injeções de hormônios e da decepção. Se continuasse disposta em alguns anos, talvez pudéssemos tentar de novo ou explorar outras opções. Éramos jovens... Tínhamos tempo. Mas eu não queria que ela fizesse tudo isso por mim ou porque se sentia em dívida comigo. Ela já fizera o bastante.

Coloquei as mãos no seu rosto.

– Vamos dar um tempo, Kristen. Estou feliz assim. E, se essa for nossa família, para mim é o bastante.

– Tem certeza? – O alívio em seu olhar era visível.

Meus lábios se curvavam num sorriso.

– Absoluta. Tenho tudo de que preciso.

Nota da autora

Quando me sentei para escrever este romance, eu sabia que queria criar uma história que parecesse real – uma história que incluísse mulheres neuróticas, que ficam possessas de fome e que menstruam, e os homens que as amam (rsrs).

Como a infertilidade é uma questão séria e comum, eu sentia que tinha a responsabilidade de contar essa história não só com compaixão, mas com autenticidade. Então procurei alguém que já tinha passado por isso.

Embora a história de amor entre Kristen e Josh seja ficção, a infertilidade é inspirada em acontecimentos reais.

Kristen é baseada na minha melhor amiga, Lindsay, e na sua luta contra a infertilidade. Falo sobre isso agora com a permissão dela, assim como escrevi o livro com sua permissão.

Lindsay fez uma histerectomia completa aos 29 anos após enfrentar problemas reprodutivos debilitantes por muito tempo. Embora tenha conseguido conceber dois filhos de forma natural (e, como aconteceu com Kristen, sem intervenção médica e por total acidente), ela enfrentou a infertilidade causada por miomas. Passou por todos os desafios físicos e emocionais de Kristen e provavelmente por muitos outros. Muito do que escrevi foi uma transcrição fiel das palavras de Lindsay.

Você pode ou não ter reconhecido sua própria experiência nestas páginas. Uma coisa que aprendi durante a pesquisa para escrever este livro – e que você talvez já saiba, caso esteja passando por isso – é que *não existe* uma história universal a ser contada. Não há duas experiências iguais, e essa condição clínica é desafiadora e dolorosa de suportar, não importa a gravidade.

O que une essas histórias é a sensação de impotência, desespero e culpa que vem com esse problema de saúde muito comum, mas pouco discutido. E foi isso que tentei contar aqui.

Só mais um recadinho.

O final feliz de Kristen nunca foi a gravidez em si, mas ela se permitir ser amada, apesar de quaisquer debilidades que acreditasse ter. Foi ela reconhecer que a incapacidade de gerar filhos não a definia e que seu valor ia além do estado do seu útero. Esse foi seu *felizes para sempre*.

Agradecimentos

Sou grata a muitas pessoas por este livro ter virado realidade.

Em primeiro lugar preciso agradecer a meus amigos críticos e meus leitores beta. Eles chafurdaram na lama até que esta história virasse o livro que você acabou de ler. Um agradecimento especial à minha primeira leitora beta, Kristen McBride, que já lia meus textos antes de virar modinha. E, sim, a personagem principal foi batizada em sua homenagem. Você segurou o rojão, garota. É merecido.

Obrigada a Joey Ringer, Hijo, Tia Greene, Shauna Lawless, Debby Wallace, J. C. Nelson, Jill Storm, Liz Smith-Gehris, G. W. Pickle, Dawn Cooper, Andrea Day, Lisa Stremmel, Lisa Sushko, Michele Alborg, Amanda Wulff, Summer Heacock, Stacey Sargent, George, Jhawk, Abby Luther, Patt Pandolfi, Bessy Chavez, Mandy Geisler, Teressa Sadowski, Stephanie Trimble e Kristyn May.

Obrigada a Naomi, minha filha mais velha, que amava ouvir minhas ideias e me incentivou a escrevê-las e, como uma típica adolescente, revirou os olhos e disse que eu nem a citaria nos agradecimentos... Na sua cara, sua aborrecente.

Agradeço às pessoas que emprestaram seus conhecimentos para que esta história pudesse ser autêntica: Valerie Hales Summerfield (enfermeira de UTI), Terry Saenz (enfermeira de emergência), Suzanna e TJ Keeran (paramédicos da Califórnia) e minha ginecologista e obstetra, que respondeu a perguntas bem aleatórias sobre saúde reprodutiva sem que eu desse qualquer explicação.

Agradeço também à minha melhor amiga, Lindsay Van Horn, que não leu merda nenhuma porque só ouve audiolivros, mas que inspirou Kristen e torceu por mim durante todo o percurso. Ela também me mandou uma batata de parabéns ao receber a notícia da publicação, sem saber que eu tinha incluído isso no livro. Que ninguém diga que eu não conheço essa mulher.

Nem sei como demonstrar toda a minha gratidão e todo o meu carinho por minha agente literária, Stacey Graham. Ela deu uma olhada no e-mail de uma autora desconhecida de primeira viagem, leu a piada de pinto que incluí na proposta e disse "Essa garota vai longe". Ela foi gentil, me apoiou e me incentivou, e foi simplesmente um ser humano incrível desde o início. Ela me acalmou, me aconselhou e, o mais importante, foi minha amiga. Obrigada por me dar uma chance.

Obrigada, Dawn Frederick, por me deixar fazer parte da agência Red Sofa Literary.

Agradeço à minha editora, Leah, que enxergou alguma coisa em mim e quis colocar minhas histórias no mundo. Suas habilidades absurdas e sua orientação libertaram minha criatividade, e posso dizer com toda a sinceridade que meus livros são melhores porque ela faz parte deles. Agradeço também a toda a equipe da Forever, que apoiou o projeto desde o início: Estelle, com seu trabalho de divulgação incrível, Lexi, Gabi, Cristina, e Elizabeth, pela capa maravilhosa.

E, finalmente, agradeço a meu marido, Carlos, que abdica da minha atenção e do tempo que teria comigo para que eu possa me dedicar à minha paixão (com certo nível de compulsão, preciso admitir). Se não fosse por ele, eu não saberia o que é ser feliz para sempre. As pessoas me perguntam se Josh é o meu marido. Todas as melhores partes de todos os personagens que eu venha a criar sempre serão algo que vi nele. Mas nenhum personagem ficcional é o meu marido – ele é melhor.

CONHEÇA OS LIVROS DE ABBY JIMENEZ

Parte do seu mundo
Para sempre seu
Apenas amigos?

Para saber mais sobre os títulos e autores da Editora Arqueiro,
visite o nosso site e siga as nossas redes sociais.
Além de informações sobre os próximos lançamentos,
você terá acesso a conteúdos exclusivos
e poderá participar de promoções e sorteios.

editoraarqueiro.com.br